녹두장군

녹두장군 2

지은이 | 송기숙
펴낸이 | 김성실
편집주간 | 김이수
책임편집 | 손성실
편집기획 | 박남주 · 천경호
마케팅 | 이동준 · 이준경 · 강지연 · 이유진
편집디자인 | 하람 커뮤니케이션(02-322-5405)
인쇄 | 중앙 P&L(주)
제본 | 대흥제책
펴낸곳 | 시대의창
출판등록 | 제10-1756호(1999. 5. 11)

초판 1쇄 인쇄 | 2008년 7월 1일
초판 1쇄 발행 | 2008년 7월 10일

주소 | 121-816 서울시 마포구 동교동 113-81 (4층)
전화 | 편집부 (02) 335-6125, 영업부 (02) 335-6121
팩스 | (02) 325-5607
이메일 | sungkiller@empal.com(책임편집자)

ISBN 978-89-5940-113-0 (04810)
      978-89-5940-111-6 (전12권)
값 10,800 원

녹두장군

2

분노는 하늘을 찌르고

송기숙 역사소설

시대의창

┃ 일러두기

1. 이 책은 1994년 창작과 비평사(현 창비)에서 완간한 《녹두장군》을 개정하여 복간한 것이다.
2. 지문은 원문을 최대한 살리되 현행표기법에 따라 표준말을 기준으로 바로잡았다. 대화에서는 사투리와 속어를 포함한 입말의 느낌을 살리기 위해 한글맞춤법에 맞지 않더라도 그대로 두기도 했다.
3. 외국 인명人名은 외래어표기법에 따라 고쳤으나, 옛사람들이 쓰던 발음과 크게 달라지는 경우 그대로 두었다.
4. 독자들에게 생소한 어휘와 사투리 및 속담은 어휘풀이를 달았다. 동사 및 형용사는 사전에 등재된 기본형을 표제어로 삼았으나, 그 밖의 용어나 사투리 및 잘못된 표현은 본문 표기를 그대로 표제어로 삼은 것도 있다.

차 례

제2권 분노는 하늘을 찌르고

이번 난리는 외적이 쳐들어오는 그런 난리가 아니고, 바로 권세 있는 자들, 돈 있는 자들, 그들 밑에서 짓밟히고 천대받던 백성이 일으키는 난립니다. 그런 백성이 들고일어나면 누구한테 대들겠습니까? 제일 먼저 백성을 폭압하고 늑탈하던 관에 대들 것이고, 그 다음으로는 돈 있는 자들과 백성을 능멸하던 양반들한테 대들 것입니다.

1. 공주

공주公州는 양쪽으로 뻗어나간 산줄기가 *부중을 길쭉하게 싸안
고 있어 그 형상이 영락없이 배 형국이었다. 그 배가 금강을 조금 밀
고 올라가다가 멈춘 꼴을 하고 있었다. 배의 고물은 글자 그대로 배
의 꼬리 주미산舟尾山이며, 고물의 덕판에 해당하는 곳은 우금고개
요, 이물은 공주 공산성인 셈이다. 고물에서 이물까지의 직선거리는
십리가 조금 넘는데 바로 이 배 안통에 공주가 들어앉아 있다.

주미산에서 남쪽으로 뻗어내려간 산줄기는 삼십 리쯤 흘러내려
가다가 놀메들을 내려다보며 노성에서 멈추는데, 이 산줄기가 오른
쪽 뱃전으로 공주 공산성까지 이어지는 긴 줄기와 건너편 계룡산 줄
기 사이로 나 있는 길이 달주 일행이 왔던 삼남대도고, 우금고개를
넘어 아래로 내려가는 길은 이인을 거쳐 부여에 닿는다.

공주는 산과 강줄기가 이렇게 천연의 요새를 이루고 있기 때문에

백제가 처음 여기다 도읍을 정했던 모양이고, 그 뒤 숱한 싸움터가 되었던 것도 이런 지형 때문일 것이다. 배의 이물 짬에서 금강을 바로 발밑에 두고 북쪽 들판을 바라보는 공주 공산성은 적의 내침에는 이만한 요새가 드물어 백제 22대 문주왕 때는 60여 년 동안 도성이 숫제 그 성안에 들어앉아 있기도 했다.

남쪽에서 한반도를 도모하려는 세력이 있다면 그 세력은 우선 이 공주를 손에 넣어야 이 천연의 요새를 안전한 거점으로 차령산맥 이남을 호령하며 한양을 넘볼 수가 있었다. 그러나 만약 여기서 밀리면 그 아래는 징게맹게 허허벌판, 어디 버틸 데가 없으니 그대로 노령산맥의 전라도 장성 갈재까지 밀리게 된다.

이때부터 2년 뒤인 갑오년 농민전쟁 2차 봉기 때 남접과 북접, 통칭 20만 대군이 이 공주성을 둘러싸고 관군 및 일본군과 대항, 피가 도랑을 이루고 시체가 계곡을 메우는 무서운 싸움을 벌였던 것도 여기가 그만큼 중요한 전략적 요지였기 때문이었으리라.

고려 태조 왕건이 죽으면서 역대 왕들에게 내린 정치 지침서라 할 수 있는 훈요십조訓要十條 제8항에서 "차현車峴 이남 공주강公州江외의 산형은 지세가 배역하니 그 지방 사람들은 중용하지 말라"고 했는데, 이것은 한마디로 공주 이남의 호남지방을 두고 이른 말이다. 이런 소리는 두말할 것도 없이 20년간 이 지방 사람들과 피비린내 나는 싸움을 벌였던 원한이 골수에 사무쳐 나온 소리였을 것인데, 그것을 산세에 의탁해서 말하고 있는 것은 여러 가지로 흥미로운 일이 아닐 수 없다.

"기찰이 어떨까?"

달주가 물었다.

"장날이라 괜찮을걸."

"혹시 여기도 내 인물파기가 와 있잖을까?"

"그까짓 엉성한 인물파기를 가지고 이렇게 하고 많은 사람 중에서 어떻게 너를 가려내겠냐? 천연스럽게 지나치자."

성문에는 벙거지들이 앉아 있었다. 달주는 가슴이 철렁했다. 그러나 벙거지들은 잡담을 하고 있을 뿐 기찰을 하지 않았다.

"아까 내 솜씨가 어떻더냐."

용배가 천연스럽게 물었다. 달주더러 벙거지들한테 태연스럽게 뵈게 하려고 부러 그렇게 말을 거는 것 같았다.

"예사 솜씨가 아니던걸."

"왕삼은 나보다 한 수 위다. 팔팔 나르지."

그들은 한참 걸었다. 중동에 있는 사비정은 엄청나게 큰 집이었다.

달주는 용배가 가리키는 사비정을 보며 입이 떡 벌어지고 말았다. 몇천 석 하는 부잣집보다 집이 더 우람했기 때문이다.

독수리 날개처럼 네 귀가 덩실하게 뒤틀려 올라간 사비정 지붕의 고래 등 같은 용마루는 한여름 뙤약볕을 받으면 펑 튀지 않을까 싶게 기왓골이 팽팽했다. 아름드리로 뽑아 올라간 도리기둥 또한 건드리면 쩡 소리가 날 것 같게 힘이 꼬여 있었다.

이렇게 어마어마한 집에 꽃 같은 기생들이 선녀처럼 살고 있으려니 생각하면 여기는 이 세상과는 너무도 동떨어진 별천지로 느껴졌다. 이런 집에 들어간다고 생각하니 달주는 새삼스럽게 자기 행색이 초라하게 느껴졌다. 비록 군자란이란 주인여자가 김덕호나 박성호와 깊이 맥을 통하고 있는 동학도라 하더라도 자기 같은 사람이 이런 데 들어가는 것은 시골 송아지가 관청에 들어가는 만큼이나 엉뚱한 짓으로 여겨졌다.

달주가 사비정의 위용에 기가 질려 멍청하게 쳐다보며 걷고 있을 때 앞서 가던 용배는 걸음을 멈추고 한쪽을 바라보고 있었다. 달주도 얼핏 발을 멈추고 그쪽을 봤다. 사비정에서 흘러나오는 수채통 밑에 웬 노파 한 사람이 꾸물거리고 있었다.

아이를 업은 노파는 아이를 한쪽 어깨 밑으로 돌려 수채통에서 흘러나온 밥풀 찌꺼기를 주워 먹이고 있었다.

돌잡이 아이는 할머니가 먹여주는 밥풀 찌꺼기를 제비 새끼처럼 널름널름 받아먹고 있었다. 노파는 간간이 자기 입으로도 손이 갔다.

달주는 용배 얼굴을 건너다봤다. 용배는 멍청하게 노파를 내려다보고 있었다.

그렇게 한참 노파를 내려다보고 있던 용배가 무슨 생각을 했는지 등에서 괴나리봇짐을 벗었다. 엽전 한줌을 꺼냈다.

"할머니!"

노파는 깜짝 놀랐다. 무슨 죄라도 짓다 들킨 사람처럼 조그맣게 오그라들었다. 용배는 말없이 돈을 내밀었다. 노파는 더욱 놀란 얼굴로 용배를 빤히 건너다봤다. 아이도 용배를 쳐다봤다.

지저분한 얼굴이지만 눈이 유별나게 까만 것이 귀염성스러웠다.

"받으시요."

다시 다그쳤다. 노파는 경계의 표정을 풀지 않은 채 용배와 돈을 번갈아 봤다. 이내 긴장이 피어오르며 마치 남의 물건이라도 훔치듯

슬그머니 손이 나왔다. 용배는 할머니의 지저분한 손에 돈을 건넸다. 할머니는 돈 쥔 손을 냉큼 옷섶 밑으로 감췄다. 용배는 아이의 볼을 한번 어루만졌다. 아이는 선 낯을 하지 않고 방싯 웃었다.

용배는 달주를 돌아보며 씽긋 웃었다. 옛날 개울가에서 굶어 죽었다는 자기 할머니와 자기 모습을 이 할머니와 아이한테서 연상하고 돈을 쥐어준 것이 아닌가 싶었다. 달주는 찡한 감동을 느끼며 용배가 갑자기 가엾다는 생각이 들었다.

용배가 앞장을 서서 사비정 솟을대문으로 썩 들어섰다.

"이리 오너라!"

용배가 양반 가락으로 위의를 갖춰 턱없이 크게 소리를 질렀다. 행랑채 방문이 열리며 스물서넛 되어 보이는 젊은이가 내다봤다. 하인이라기는 옷매무새며 풍채가 너무 의젓했다.

"뉘셔?"

젊은이는 몹시 아니꼬운 눈초리로 용배와 달주의 위아래를 훑어보며 착 가라앉은 소리로 물었다.

"쥔마님 좀 뵈러 왔어."

용배가 버티고 서서 여전히 거만하게 말했다.

"쥔마님?"

젊은이 눈초리가 치켜 올라갔다.

"그래, 어서 앞서!"

용배가 턱으로 안채를 가리켰다.

"쥔마님을 뵈러 왔으면 왔지, 혓바닥은 한 토막을 지리산 곰한테 잘리고 왔나? 어디라고 함부로 말을 부질러?"

젊은이가 만만찮게 나왔다.

"대신 댁 강아지 범 무서운 줄 모른다더니 세상이 하도 험하게 망가져 논께 이러다가는 *홍루紅樓에서 나팔소리 터지겠네."

"야, 이 쥐만 한 새끼야, 여기가 어딘지 알고 혓바닥을 함부로 놀리냐? 어느 골에서 놀던 강아진지 스라소닌지 모르겠다만 그래 지금 눈에 뵈는 것이 없냐?"

젊은이가 피글 웃으며 다그쳤다.

"이 멀쩡한 놈 노는 것 봐. 여기는 유곽이고 너는 청지기 아니냐? 청지기면 청지기답게 찾아오는 손님한테 다소곳해야지 개구리 삼킨 뱀 대가리같이 턱주가리를 뻣뻣하게 치켜들기는? 그게 어디서 배워먹은 버르장머리냐?"

용배가 까깡 소리를 질렀다. 달주는 용배가 이렇게 거칠게 나오는 까닭을 알 수가 없었다. 아까 수챗구멍에서 밥풀 찌꺼기 주워 먹는 할머니를 보고 괜히 심통이 뒤틀려 엉뚱한 데다 화풀이를 하자는 것인지, 따로 무슨 그만한 다른 까닭이 있는지, 도무지 용배 심사를 헤아릴 수 없었다.

"허허."

젊은이는 어이없다는 듯 혼자 웃었다. 그때였다.

"무슨 일이냐?"

안채에서 중년 여자가 나오며 알은체를 했다.

"마님을 찾아왔다고 어디서 저런 쥐만 한 것이 기어들어 범이니 강아지니 큰소리를 치고 있소."

여인은 두 젊은이를 봤다.

"안녕하셨소?"

용배가 꾸벅 절을 했다.

"아니, 네가?"

"예, 경천점 용배요."

"아니, 네가 벌써 이렇게 컸단 말이냐?"

여인은 반색을 했다. 군자란은 씨암탉처럼 *암팡지게 발그라진 몸집부터가 이런 유곽 하나쯤 거느리게 보였다.

"긴한 일이 있어 왔소."

"들어가자!"

군자란이 앞을 섰다.

"너 이 녀석, 꼼짝 말고 거기 있어!"

용배는 마치 제 어미 치맛귀에 감싸여 나이 든 놈한테 큰소리치는 어린애 꼴로 젊은이를 노려보며 얼렀다.

젊은이는 그냥 웃으며 돌아섰다.

"이놈아, 저 아이가 누군 줄 알고 함부로 까부냐?"

군자란이 웃으며 가볍게 핀잔을 주었다.

군자란을 따라 방으로 들어가려 할 때 색시 하나가 저쪽 방에서 나왔다. 열일여덟 세쯤 되어 보이는 색시는 눈이 번쩍 뜨이게 얼굴이 예뻤다.

"야!"

경황 중에도 용배가 달주를 보며 혀를 날름했다. 두 젊은이는 방 안으로 들어섰다.

"절 받으십시오. 여기는 제 친굽니다."

용배가 새삼스럽게 큰절할 자세를 취했다. 달주도 함께 서서 같이 절을 했다.

"너 본 지가 몇 년 만이냐?"

"한 삼 년 된 것 같소."

"너희들 커나는 것을 보면 세월이 빠른 줄을 알겠더구나. 어느새 이렇게 헌헌장부가 됐냐?"

군자란은 대견한 듯 용배를 맵쓸러보며 입이 벌어졌다.

용배는 달주를 소개한 다음, 괴나리봇짐을 끌러 자기 어머니가 싸 보낸 보자기를 군자란 앞에 내밀었다.

"이게 뭐냐?"

군자란은 보자기를 풀며 물었다.

"오랜만에 저를 보내면서 맨손으로 보낼 수가 있느냐고 변변치 않다면서 갖다 드리라고 합디다."

"아이구, 이런 귀한 것을 보내다니. 나는 번번이 언니한테 이런 것만 받아 어쩐다지?"

군자란이 옷감 때깔을 만져보며 반색을 했다.

용배는 장억쇠 이야기를 했다.

"잘 피해 다니더니 붙잡혔구나, 두고 보자. 오늘 저녁에 마침 목천(木川 현 천안군 소속) 군수하고 윤영기라고 여기 영장이 우리 집에서 술을 마시기로 했다. 그 자리에서 넌지시 이야기를 한번 해보겠다."

"목천 군수요?"

용배가 조금 놀라는 표정으로 물었다.

"왜?"

"아닙니다, 그리고 이 어음 좀!"

용배는 목천 군수란 말에 얼핏 놀랐던 표정을 얼른 바꾸며 어음을 꺼내 군자란 앞으로 밀어놨다.

"김덕호 씨 심부름이오."

"그분을 어디서 뵈었냐?"

"고산서 뵈었습니다. 전라도 쪽에서 오셔서 청주 법소에 가시는 것 같았습니다. 안부 전하라 하십디다."

"그분도 별일 없다더냐?"

"예, 항상 바쁘신 모양입디다."

군자란은 고개를 끄덕였다.

"오늘 소 올린다는 얘기 들으셨지요?"

"알고 있다."

"우리도 거기 구경이나 하고 갈까 하요. 소두가 서장옥 선생이라니 그이 얼굴도 한번 보고 싶고……."

"모처럼 왔으니 점심이나 먹고 가야지?"

"갔다 와서 먹을래요."

"저녁나절 올린다는 것 같다."

"그럼 먹고 가지요. 그런데, 아까, 이 집 청지기 놈 아주 못돼먹었던데요."

"허허, 그놈이 어떤 놈인 줄 알고 함부로 설치냐?"

"그럼, 그놈은 잘난 호랑이고 저는 못난 강아지란 말씀이오? 이모님 앞에서 그 작자 버르장머리를 한번 고쳐 줄라다가 참았소. 이모님은 아직도 저를 어린애로만 보시는데, 제 솜씨를 한번 보시면

18

대번에 호걸로 모실걸요."

"하하, 우리 호걸님 솜씨 한번 구경할거나?"

군자란은 여전히 막내둥이 응석 받듯 했다.

"그 자식 사람을 아주 우습게 보더만요. 저는 그런 자식은 그냥 두고 못 보는 성미요."

"*흰소리 작작해라. 그놈이 예사로 만만한 놈이 아니다. 여기는 *구실아치들은 말할 것도 없고 한다는 부호나 *대고들만 드나드는 곳이다. 그래서 배행 온 나졸붙이나 구종배들이, 유곽이라고 그 상전 *떠세로 거드럼이 만만찮다. 그런 자들 닦달하라고 데려다는 놈인데, 예사 만만한 놈을 앉혀놨겠냐? 감영 나졸로 있던 놈인데, 하인배들은 두말할 것도 없고 어지간한 고을 아전 지치라기들은 한손에 넣고 주무르는 놈이다. 더구나, 그는 우리 도인이다. 여기 데려온 담에 내가 입도를 시켰어."

"그자도 동학교도란 말이오?"

"그렇대두, 이만저만 신실한 도인이 아니다."

"모가지를 비틀어노려 했더니, 동학이 오늘 사람 여럿 살리는구나."

용배가 웃었다.

"그건 또 무슨 소리냐?"

"그럴 일이 있소."

"네 말대로 호걸들이 만났으니 건넌방에 가서 화해술이나 한잔씩 해라."

군자란은 두 사람을 건넌방으로 데리고 가며 그 젊은이를 불러오라 했다. 방이 화려했다. 병풍이며 *보료가 이만저만 호화롭지 않았다. 달주는 새삼스럽게 자기 시커먼 버선이 내려다보였다.

이내 조촐한 술상이 들어오고 그 젊은이가 들어왔다.

"인사들 해라."

세 젊은이가 가볍게 웃으며 맞절을 하고 제 이름들을 댔다. 그 젊은이는 한중식韓中植이라고 했다.

"같은 도우들이니 서로 형제로 지내라. 너는 나이가 몇이냐?"

"열여덟이요."

"친구도 동학도인이냐?"

"예."

"나이도 너하고 비슷하게 뵈는구나. 중식이는 스물 셋이지? 둘이 지금부터 중식이를 형님이라고 불러!"

군자란이 세 젊은이들 잔에 술을 따르며 말했다. 술구더기가 둥둥 뜬 동동주였다.

"뭐, 형님이오? 고향 벗은 5년이고 객지 벗은 10년이라지 않소? 나이 다섯 살 위면 어느 쪽으로나 벗잡인데 무슨 말씀이오? 더구나, 이모님께서 그런다니 그런다 쳐서 아무리 호랑이 새끼라 하더라도 놀던 데가 주미산과 계룡산이면 거지부터가 우아랫물이 하늘과 땅 차이 아니오?"

용배가 시치미를 따고 입심을 부렸다. 중식이는 그냥 웃고만 있었다.

"너 언제부터 입이 그렇게 걸어졌냐? 도우는 형제다. 잔소리 말고 형님이라고 부르는 거야. 자, 내 잔에도 한 잔 따라라."

용배가 군자란 잔에 술을 따랐다.

"자 들어라! 이것은 형제 의를 맺는 잔이다."

군자란이 술잔을 높이 들었다. 하는 수없이 용배도 들었다. 모두 쭉 들이켰다.

"억울하면 내가 형님으로 모실까? 자, 형님 잔 받게."

중식이 용배 앞에 두 손으로 잔을 내밀며 웃었다.

"하하하, 내가 졌소. 형님, 내 잔부터 받으시오."

용배가 시원스럽게 굴복을 하고 나왔다. 모두들 한바탕 유쾌하게 웃었다. 두 사람은 잔을 바꿔 마셨다.

중식이 잔을 비우고 이번에는 달주한테 잔을 건넸다.

"달주라 했지? 달주 아우도 잔 받게."

중식은 *너름새가 여간이 아니었다.

"형님 성씨가 한씨라 했지요?"

"그래."

"자칫했더라면 오늘 이 근동 한씨들 모두 박살이 날 뻔했소."

용배와 달주는 한참 웃었다.

"뭐라구, 이 근동 한씨들?"

용배는 아까 효개 앞에서 있었던 일을 늘어놨다. 모두 배를 쥐고 웃었다.

"그리고 보니 네 가락수가 딴은 큰소리칠 만하구나."

군자란이 치켜주었다.

"그렇게 한참 손바람이 나 있는 판에 이 댁 한씨가 겁 없이 나댔으니 박살나지 않고 배겼겠소? 선산에 가마귀 운 줄 아시오."

용배가 웃었다.

"그래 선산 덕본 것 같다. 허지만, 그 집 주인이 한씨지 그 종들이 한씨겠냐? 그 종들이 못돼먹기는 한 것 같다마는 거기 한씨란 분은 이 근방 사람들이 한도사라고 부를 만큼 대단한 인물이다."

군자란은 낮술이니 많이 마시지 말라고 이른 다음 밖으로 나갔다.

"형님 이름이 중식이라면, 가운데 중中 자 심을 식植 자겠지요?"

"맞다."

"이름 한번 싱겁구려."

"이름이 싱겁다니, 왜 또 남의 이름을 가지고 시비냐?"

"싱겁잖구요? 남자가 여자한테 자식을 심을 때는 물으나마나 가운데다 심지, 어디 옆구리에 생구멍이라도 뚫고 심는 수도 있소? 뻔한 것을 가지고 가운데다 심었노라고 이름에다 패박아 놨으니 싱겁잖소?"

"예끼, 이 후레아들놈!"

중식이 주먹을 얼렀다. 셋은 한참 웃었다.

"이름만 싱거운 것이 아니라 하는 일도 그냥 맹물이니 내가 싱겁다고 시비 안 붙게 됐소? 두루 한심하기만 합니다. 성은 한심할 한 자를 쓰십시오."

"허허, 이번에는 성까지 말아먹겠다는 게냐?"

"들어보슈. 이만한 장부들이, 더구나 이름난 유곽에서 술을 마시면서 술 따는 계집 하나 곁에 앉히지 못하니 이게 뭐요? 술에 색은 범 간 데 바람이라 말부터 주색인데, 그런 물정도 모른단 말이오?"

"허허."

중식이 한참 웃었다.

"말인즉 그럴싸하다마는 떠꺼머리에다 동저고리 주제에 사비정 기생 끼고 술 마시겠다는 게냐? 그런 가마귀가 웃다가 아래턱 떨어질 소리는 저기 저잣거리 선술집에나 가서 해라."

"제길, 기생이면 기생이지 사비정 기생은 *배꼽 밑에 금테 둘렀단 말이오?"

"객적은 소리 작작 해라!"

"형님! 아까 이모님 방에 들어가면서 봤는데, 옆방에서 나온 계집이 삼삼합디다. 그게 혹시 설야월인가 그 계집 아닌가요?"

"네가 어떻게 설야월을 알지?"

"들은 일이 있소. 그 계집 한번 데려오시오."

여기 감영 영장 윤영기가 퐁 빠졌다는 기생이었다.

"그만 웃겨라!"

"패박아 기생이면 다 *노류장화지 사비정 기생은 어느 사대부집 요조숙녀란 말이오?"

"허허, 너는 죽어도 입은 안 썩겠다."

"남의 입걱정까지 할 건 없고 어서 데려오기나 하슈. *행하 돈도 방불하게 지녔소."

"임마, 이 집 기생들이 *핫바지들 술자리에 앉았다는 소문나면 그 날로 이 집에서는 막걸리나 팔아야 한다."

"상놈들한테는 유곽 문턱도 그렇게 높단 말이오?"

"네가 입은 걸어도 그런 물정은 깜깜하구나."

"그럼 상놈 괄시 않을 데를 한 군데 지시하시오."

"떠꺼머리 주제에 그렇게 색을 바쳐 골을 빼면 몇 살까지 살겠다는 거냐?"

"색주가에 앉아 *색을 바치잖으면 어디 계룡산 절간에 가서 부처님 붙잡고 보채란 말이오? 형님 끗발이면 그런 속으로는 이 고을을 울릴 것 같소. 돈 걱정은 마시오."

"때 묻은 괴나리봇짐에 몇 푼씩이나 지녔기에 그렇게 큰소리냐?"

"꼴로 보지 마시오. 헌 주머니에 마패 들었다는 소리 못 들었소? 5백 냥이면 하루 저녁쯤 뒤집어쓰겠지요?"

"뭐 5백 냥?"

"돈 5백 냥에 뭘 그리 놀라시오?"

"*간에 바람 든 소리 작작 해라. 아무리 돈이 천해졌다지만 돈 5백 냥이 *서리 맞은 참나무 밑에 상수리 이파린 줄 아냐?"

"요새 돈 5백 냥이 돈이오?"

재작년에 쌀 한 섬에 120냥 하던 것이 금년에는 350냥으로 3배가 뛰었으니 5백 냥이면 쌀 한 섬 반 값이었다.

"하여간, 그렇게 보채니 한 군데 지시하기는 하마. 여기서 가까운 곳에 수정옥水晶屋이라고 계집 두셋 데리고 조촐하게 장사하는 집이 있다. 내가 말하면 떠꺼머리라고 쫓아내지는 않을 것이다."

"계집이 삼삼해야 합니다. 이 녀석은 이렇게 상투를 싸올리기는 했소마는, 외자로 올린 상투라 실은 면총각을 못한 숙맥입니다. 이 작자 지금 여기까지만 얘기를 듣고도 아랫도리가 당겨논 활줄처럼 뻐근할 거요."

달주는 *골을 붉혔다. 둘은 크게 웃었다.

"수정옥이랬지요? 어디쯤이오?"

"여기서 가깝다. 바로 이 옆 골목 맨 꼭대기 집이다."

"오늘 점심은 이 집에서 먹기로 했소. 조금 다녀올 데가 있으니이따 봅시다. 그 집에는 오늘 저녁에 갈까 하오."

둘은 사비정을 나섰다.

"너 오늘 여기서 자고 갈 생각이냐?"

여태 말이 없던 달주가 입을 열었다.

"기왕 여기까지 왔는데, 소 올린 뒤끝이 어떻게 되는 줄은 알아보고 가야지 않겠어? 모처럼 서장옥 선생 얼굴도 한번 볼 겸, 지난번태고사에서 서장옥 선생이 대둔산 아버님을 만날 때는 하필 내가 어디 갔단 말이야."

"나도 그이를 한번 보고 싶기는 한데."

"강경서 월공 스님을 내일 만나기로 했고, 소를 올린다고 금방 제사가 떨어지지도 않을 것이니 여기서 자고 가는 것이 좋잖겠냐? 원래 도둑은 작은 도둑이나 큰 도둑이나 숨어 살고 쫓겨 사는 팔자라재미라고는 먹고 마시는 재미밖에 없는 법이다. 기왕 *대처에 나온김에 거드럭거리고 한판 마셔보자. 너도 빤한 촌놈 이럴 때 사람 사는 것이 어떤 것인가, 그런 물정도 한번 익혀. 보나마나 제대로 계집한번 못 껴안아 봤을 테니 계집도 삼삼한 년으로 한번 껴안아보고……."

용배는 음충맞게 낄낄거렸다. 제사題辭란 백성의 소나 원서에 대한 관부의 답변을 말한다.

"나는 마음이 한 짐이다."

"네 심정 알겠다마는 어차피 월공을 만나야 할 것이니 서둔다고 뭣이 금방 될 일도 아니잖냐? 마음 차근히 먹어라."

"허지만, 여기서 얼씬거리는 건 좋지 않을 것 같잖어? 소를 올리고 났을 때 감사가 화가 나서 도인들을 몽땅 잡아들이기라도 한다면, 성문 빠져나가기가 아까 들어올 때같이 수월할 것 같지 않다. 더구나, 만약 우리 짐이라도 뒤져 그런 큰돈이 나온다면 그냥 보내지는 않을 것 같아. 여기서 우리한테 무슨 일이 생기면 꼴이 뭣이 되겠냐?"

"듣고 보니 그렇기도 하다. 그럼 두고 생각해 보자. 소 올리는 데 가기 전에 잠깐 다녀올 데가 있다."

"어딘데?"

"우금고개라고 여기서 5*마장 남짓 되는 데다. 실은 금년 봄에 거기서 석성石城 어느 부자 놈이 이쪽 상고한테 보내는 돈을 나하고 갑수가 털어서 거기다 묻어뒀다. 그때 여기를 지날 일이 있어 나하고 갑수가 고개를 넘다가 마침 그런 봉을 만나 뜨내기질을 한탕 했던 것이다. 적잖이 2만 냥이 넘는다."

"뭐, 2만 냥?"

달주는 입이 떡 벌어지고 말았다.

"그 무렵 목천 군수가 여기 감사한테 보낸 봉물을 차령고개에서 털기도 했다. 아까 우리 이모가 목천 군수 이야기를 할 때 내가 깜짝 놀랐던 건 그 때문이었다."

용배는 재미있다는 듯 킬킬거렸다.

"네 일도 있고 하니, 우선 5천 냥만 덜어오자. 우리도 여기저기 돌아다니자면 돈을 좀 지녀야겠고, 아까도 말했지만 도둑놈이란 잡혀

물고가 날 때는 나더라도 흥청망청 돈 조지는 재미로 사는 것이다."

"그렇게 맘대로 꺼내다 써도 괜찮냐?"

"반은 내 것이나 마찬가진데, 괜찮고 말고가 어딨어? 너도 내중에 혹시 여기 지나다가 돈 소용 있거든 마음대로 꺼내다 써라. 이제 셋이 알았으니 세 사람 것이나 마찬가지다."

달주는 2만 냥이라는 소리만 듣고도 숨이 가빠올 지경인데, 용배는 배부른 놈 누룽지 나눠주듯 수월하게 말했다. 도무지 이렇게 세상을 사는 사람들도 있는가, 요 며칠 사이는 어디 꿈속을 헤매는 것만 같았다. 가난에 찌들대로 찌들어 사는 고향 사람들이 새삼 불쌍하게 여겨졌다. 그들은 돈 한 냥이면 *손톱여물을 썰듯 쪼개 쓰는데, 백 냥, 천 냥을 뉘 집 강아지 이름 부르듯 하니 도무지 얼떨떨하기만 했다.

그들은 우금고개에 붙었다.

"여기가 소도둑들이 많아 소를 끌고는 이 고개를 넘지 말래서 우금고개라던데, 이렇게 낮고 읍내가 가까운 고개에서 소도둑이 그렇게 설칠 것 같지도 않지?"

"정말 그렇군."

고갯마루에 올라서자 용배가 오줌을 갈기며 고개 양쪽을 돌아봤다.

"저 숲 속으로 들어가자."

두 사람은 숲 속으로 몸을 숨겼다. 숲을 헤치고 한참 들어가니 큰 바위가 하나 나왔다. 용배가 바위 곁을 가리키며 씽긋 웃었다.

"혹시 나무꾼이라도 올지 모르니, 너는 거기서 망을 봐!"

달주는 조금 떨어져서 망을 봤다. 용배가 손으로 마른 흙을 걸어

내자 *부담롱 뚜껑이 드러났다.

"이리 와봐!"

달주는 눈이 휘둥그레졌다. 이렇게 많은 돈을 본 것은 난생 처음이었다. 꼭 옛날이야기의 도깨비장난에 끼어든 것 같았다. 새삼스럽게 머리가 떵했다.

용배는 동전 꾸러미를 한참 꺼내더니 그 속에서 주머니를 하나 집어 올렸다. 주머니를 벌려 보았다. 하얀 은자였다. 그걸 반쯤 덜어 그 반을 달주한테 넘겼다. 두 사람은 돈을 자기 봇짐에 챙겼다. 다시 부담롱을 묻었다. 달주도 거들었다.

그들은 다시 고갯길을 내려왔다. 성황당 앞을 지나 큰샘거리를 거쳐 봉황산 밑의 감영 앞으로 갔다.

교도들이 여기저기 몰려 있었다. 모두들 감영문 가까이는 가지 않고 쭈뼛쭈뼛 불안하고 조심스런 표정으로 골목이나 골목 어귀에 몰려 있었다. 관속이나 포교들 눈에는 예사 장꾼으로 보이도록 표 안 나게 어정거리거나 몰려 앉아 있었다. 대부분 지게를 지고 있었는데, 거의가 일찌감치 장을 봐버렸는지 빈 지게에는 석유 병, 창호지 혹은 명태 마리나 갈치 꼬리가 대롱거리고 있었다.

삼삼오오 지게 위에 걸터앉거나 더러는 서서 서성거리며 조용조용 귓속말을 주고받고 있었다. 주막 목로에 앉아 막걸리 잔을 앞에 놓고 있는 패들도 있었다.

용배와 달주는 감영문 멀찍이 한참 서 있었다. 쥐구멍에 들어온 벌처럼 덩둘하게 서서 주변을 살폈다.

"저쪽으로 한번 가볼까?"

용배가 제 뒤에 머뭇거리고 있는 달주한테 말했다. 달주는 실없이 가슴이 두근거렸으나 용배를 따라 천연스럽게 감영 관풍루觀風樓 쪽으로 갔다.

"여보게 젊은이들!"

누가 그들을 불렀다.

깜짝 놀라 돌아봤다. 양지쪽 담 아래서 사내 하나가 웃고 있었다.

"아이고, 오셨소?"

어제 황산벌을 같이 왔던 황방호였다. 여기서 만나니 *왼데서 외삼촌 만난 것같이 반가웠다.

"소는 언제 올린다요?"

"좀 늦는다는 소리가 있구만."

"늦는다니요?"

"그냥 뜬소문이라 앞뒤가 없는 소릴세."

"관가에서는 오늘 일을 모르고 있소?"

"모르고 있는 것 같은디, 되레 그것이 더 마음이 쓰이는구만. 아무것도 모르고 있는 관가에 불쑥 소를 들이대면 저자들이 어떻게 나올지 모르겠어."

"소두는 일해 서장옥 선생이라지요?"

"아닐세. 서인주란 이하고 서병학이란 이라네."

"왜 서장옥 선생이 안 나선답니까?"

"글쎄, 우리도 그이 얼굴을 한번 볼까 했더니 틀렸구만."

"서인주란 이는 어떤 분이랍니까?"

"글쎄, 서병학이란 이는 들은 것 같은디, 서인주라는 이는 잘 모르겠구만."

"도소는 어디다 정했지요?"

도소는 소두들이 모여 의논을 하고 제사가 내릴 때까지 기다리는 곳이었다.

"감영 저쪽 큰 여각이라네."

황방호는 저쪽 골목을 가리켰다.

"그리 한번 가보자."

"아직 소두들은 안 왔다는 것 같네."

"그래도 한번 가보겠소."

두 젊은이는 그쪽으로 갔다. 그 근처 골목에는 사람들이 조금 더 많이 몰려 있었다. 여각으로는 별로 드나드는 사람이 없는 것 같았다.

그들은 다시 돌아 나왔다.

"일해 선생 얼굴도 볼 수 없을 것 같고 그냥 가자. 수정옥 아가씨들이 눈앞에 삼삼하다마는, 우선 소 올린 뒤가 켕긴다. 사비정에서 돈 챙겨가지고 곧장 경천점으로 가자. 소 올린 뒷소식은 거기에도 금방 닿을 것이다."

용배가 결단을 내렸다. 소 올린 뒤의 위험도 위험이지만 어머니가 옥에 갇혀 있는 달주한테 계집 껴안고 노닥거리자고 하기도 채신머리없는 짓 같아 마음을 돌린 것 같았다.

그들은 다시 중동으로 가 사비정 골목으로 접어들었다. 사비정에서 웬 나졸 두 사람이 나오고 있었다.

나졸을 보자 달주는 가슴이 철렁했다. 나졸들과 길을 지나쳤다. 웬지 뒤가 저려 달주는 자신도 모르게 뒤를 돌아봤다. 나졸들도 무슨 낌새를 챘는지 이쪽을 돌아보고 있었다. 달주는 제물에 우뚝 발이 멈춰졌다. 용배도 걸음을 멈추며 뒤를 돌아봤다. 두 패는 마치 맹수들이 막다른 골목에서 부딪친 것같이 눈에 긴장이 피어올랐다.

나졸 가운데서 한 놈의 눈이 튀어나올 것같이 커지며 얼핏 칼자루로 손이 갔다.

"너 이놈들, 꼼짝 마라!"

나졸은 칼을 뽑아들며 소리를 질렀다. 곁에 놈도 덩달아 칼을 뽑았다. 나졸들은 칼을 겨누며 이쪽으로 한 발 한 발 다가섰다. 두 젊은이는 뒤를 돌아봤다. 뒤에서도 나졸이 하나 나오다가 이 광경을 보고 칼을 빼들었다. 졸지에 독안에 든 쥐가 되고 말았다.

"너 이놈들, 지난 봄 차령고개 생각나렷다?"

나졸은 웃음을 일그러뜨리며 낮은 소리로 이죽거렸다. 목천 군수 배행 온 나졸들이 틀림없었다.

"곱게 오라는 받겠느냐, 모가지를 날리겠느냐?"

이미 잡아놓은 거나 마찬가지라 작자들은 여유 만만했다.

나졸들은 바짝 죄어왔다.

"오라를 받겠소."

용배가 쉽게 수그러졌다.

"그 자리에 곱게 무릎을 꿇어라!"

나졸들은 칼끝을 두 젊은이 가슴팍에 바짝 들이댔다.

"곱게나 묶으시오."

"허허, 이놈들이 *단사자리는 짓물리고 싶지 않은 게로구나. 오냐, 곱게 묶어주마. 어서 꿇어라."

용배가 한쪽 무릎을 꿇었다. 달주도 꿇었다. 나졸 두 사람은 그대로 칼을 겨누고 있고, 하나는 칼집에 칼을 꽂으며 허리에서 오라를 풀었다.

그때였다. 무릎을 꿇던 용배가 몸뚱이를 휙 일으켰다. 발이 날았다.

"어쿠."

나졸의 손에서 칼이 퉁겼다. 달주도 벌떡 일어났다. 손에서 엽전 뭉치가 쌩 날았다.

"윽!"

나졸은 얼굴을 싸안았다. 용배는 거듭 오라 풀던 나졸 턱을 걸어 찼다.

둘이는 골목을 퉁기듯 뛰어나왔다.

"강도야!"

뒤에서 나졸들이 악을 쓰며 쫓아왔다.

"이쪽으로!"

용배가 골목에 접한 대문을 밀쳤다. 대문이 반쯤 열려 있었다. 두 사람은 대문 뒤로 살풋 몸을 숨겼다. 저쪽에 짚더미가 있었다. 그쪽으로 달려가 그 속으로 파고들었다. 골목에서 쿵쿵 나졸들이 쏟아져 나왔다.

"강도 잡아라!"

나졸들은 악을 쓰면서 큰길로 빠져나갔다.

그 집에는 어린애 둘이 놀고 있다가 고함소리에 밖으로 뛰어나갔다. 울안이 널찍했다.

"저 울타리 곁이 수정옥 올라가는 골목인 것 같다. 저리 가자!"

용배가 속삭였다.

"저 골목으로 올라가 효개 쪽 산으로 붙으면 읍내를 빠져나갈 수 있겠구나."

달주가 속삭였다.

"우리 행색이 표가 나서 낮에는 안 돼. 수정옥에 은신하고 있다가 밤길을 치는 수밖에 없다. 그 집이 막바지집이니 여차직하면 뒷산으로 튀는 거다. 대추골이란 데로 치달으면 봉화대 밑 농치고개란 고개가 나오고 그 고개를 넘으면 우리가 종들을 닦달했던 효개로 빠진다."

그들은 주위를 한번 살핀 다음 울타리를 뛰어넘었다. 천연스럽게 골목을 거슬러 올라갔다.

수정옥으로 들어갔다. 열댓 살짜리 사내아이가 나왔다. 중노미 같았다.

"주인아주머니 계시냐?"

중노미는 두 사람 행색을 살펴보더니 쪼르르 안으로 들어갔다.

이내 중년 부인이 나왔다.

"사비정 중식이 아시지요?"

"아는데……."

반말지거리로 어정쩡하게 대답했다.

이런 데 술 마시러 오는 손님으로는 나이가 너무 어린데다 차림 또한 상놈 차림이라 웬 놈들인가 하는 표정이었다.

"중식이 지시해서 왔소. 꼴로 보지 마시고 상하나 걸쭉하게 차리시오."

용배가 호방하게 나갔다.

"그러셔. 어서 올라오셔."

주인여편네는 표정이 금방 달라졌으나 말은 여전히 어정쩡했다.

방으로 들어서며 용배는 봇짐을 벗어 한쪽 구석으로 내던졌다. 가벼운 쇳소리가 났다. 웬만큼 돈 만진 사람이라면 누구나 가려들을 수 있는 은자 소리였다.

"아까 그 애 심부름 좀 보냅시다. 사비정 중식이한테 보내렵니다."

"장식아."

여인이 문을 열며 중노미를 불렀다. 용배가 나가 중노미를 한쪽으로 끌고 갔다.

"사비정 중식이 알지? 아우들이 여기서 기다린다고 아무한테도 눈치 채지 않게 슬쩍 귀띔을 하고 오너라."

용배는 동전 두 닢을 쥐어주었다.

사비정만큼 화려하지는 않았으나 여기도 웬만한 유곽이라 방이 정갈했다.

"죽 뻗고 좀 쉬셔."

주인여자가 나갔다.

"마음을 착 가라앉히고 천연스러워야 한다."

주인여자가 나간 다음 용배가 달주에게 다짐을 두며 방 뒷문을 열고 뒤안을 살폈다. 그 집 뒤에는 집이 없고 울타리 너머는 그대로 산이었다. 울타리에는 산으로 통하는 삽짝문까지 있어 도망치기에는 안성맞춤이었다.

용배는 전대를 뒤져 엽전꾸러미 하나를 꺼냈다.

"또 손총알 만들어야겠지?"

용배는 웃으며 엽전꾸러미를 달주한테 던졌다. 달주는 지금도 가슴이 벌렁거려 제정신이 아니었으나, 용배는 꼭 무슨 장난이라도 하는 것같이 태연스러웠다. 그런 용배가 한편으로는 미더우면서도 또 한편으로는 불안하기도 했다.

"차령고개에서 복면이 벗겨졌던 게 큰 불찰이었다. 복면이 벗겨졌을 때 그놈들이 내 얼굴을 보았지만 한두 놈이 얼핏 보았길래 설마했더니, 설마가 사람 죽인다는 소리가 이래 두고 난 말이구나. 하여간, 귀신같은 놈들이다."

"아까 여기서 목천 군수가 술을 마신다고 했으니 거기서부터 조심을 했어야잖아?"

"설마하기도 했지만, 목천서 오면 늦게 올 줄만 알았지."

좀 만에 중노미가 숨을 헐떡거리며 달려왔다.

"말했냐?"

"예, 말했어유. 그런디 말이유, 지금 화적 떼가 읍내에 나타났대유. 포졸들이 야단법석이고 읍내가 발칵 뒤집혔네유."

"우리도 아까 들었다. 큰샘거리에 다섯 명이 나타났다던데 이번에는 어디서 나타났다더냐?"

용배는 태연하게 물었다.

"이번에는 사비정 골목에서 나타났대유. 큰샘거리에도 나타났는감유? 읍내에 화적 떼가 득실득실한 모양이네유."

중노미는 안으로 달려갔다.

"아주머니유, 지금 읍내에유 화적 떼가 나타나서유, 읍내가 발칵 뒤집혔네유. 큰샘거리에는 다섯이나 나타나고 사비정 골목에도 나타나고 난리가 아녀유."

그때 중식이 골목으로 들어섰다. 하얗게 질린 얼굴이었다.

"화적 떼가 나타나 읍내가 발칵 뒤집혔다는데 하나나 잡았소?"

저쪽 들으라는 듯 용배가 큰소리로 물었다. 중식은 대답하지 않고 방으로 들어섰다.

"너희들 짓이지?"

중식이 윽박지르듯 물었다.

"경위부터 물어보시오."

용배는 시치미를 뚝 따고 말했다.

"골목으로 들어가는데, 느닷없이 칼을 들이대며 금년 봄 차령고개 생각나느냐고 하잖겠어요? 다짜고짜 오라를 받으라며 칼을 들이대는데 어떡합니까? 그놈들 나오는 서슬이 거기서 잡혀났다가는 죄가 있든 없든 큰 봉변을 당하겠어서 얼떨결에 눕히고 말았소."

용배가 능청을 떨었다.

"정말 아무 죄도 없었는데 그랬단 말이냐?"

"죄야 그놈들한테 무슨 죄가 있겠소? 하지만 그놈들을 그렇게 작살을 내놨으니 죄를 지었지 않습니까? 이제 우리 목숨은 형님 손에 달렸소."

"이거 낭팬걸."

중식은 잠시 침통한 표정을 짓고 있었다.

"만약 이 집을 덮치면 뒷산으로 튀겠소. 여기서 술이나 마시며 날을 저물렸다가 야음을 타고 빠져나갈 생각이오."

"그럼, 주인여자한테 귀뜸을 해놀 테니 우선 마시고 있어라."

"속을 줄 만한 여자요?"

"염려 마."

"알겠소. 형님만 믿소."

중식이 일어섰다.

"잠깐!"

용배가 중식을 돌려세웠다. 용배는 전대에서 은자를 한 움큼 꺼냈다.

"주인여자한테 잘 말해주시오."

중식은 너무 많은 돈에 잠시 당황하는 눈치더니 이내 받았다.

"이따 오실 때는 이모님한테 돈 좀 받아가지고 오시오. 우리가 여기 있다고 말씀하시고, 아까 말한 돈을 달라고 하면 주실 것이오."

"많은 돈이냐?"

"많소."

"이 정신없는 놈아, 쫓기는 놈이 그렇게 많은 돈을 지니겠다는 게냐? 만약 잡혀가지고 어디서 난 것이냐고 조지면 어쩔 터?"

"그럼 어떡하지요?"

"다음에 가져가!"

중식이 밖으로 나갔다. 주인여자를 한쪽으로 데리고 가는 것 같았다.

2. 밤길

한울과 땅이 있고 사람이 있으면 스스로 도덕으로 유지
하여 편하게 살게 되는 줄 압니다. 우리 수운 선생은 미
리부터 서학이 성하여 번질 것을 아시고 장차 대도가 핍
박을 당하여 축날 것을 보심에 문인 제자로 하여금 한울
의 떳떳함을 알게 하시고 성품이 참됨을 지키게 하시더
니 뜻밖에 갑자년 3월 도리어 사학으로 무고를 입었으나,
선생은 구차히 면하시기를 도모치 아니하시고 조용히 의
에 나아가셨습니다. 슬프게도 덧없이 가는 세월이 30년
에 이르도록 원통함을 펴지 못하였으니, 뼈에 사무치고
피가 뛰는 원통함이 어떠하다 이르오리까? 우리는 밭가
는 이와 글 읽는 이가 모두 헌옷과 거친 음식으로 다만
분수에 맞게 수도할 따름이거늘 소인배의 무리가 *합하

에게 고자질하여 이 죄 없는 사람들을 추운 겨울 거리에 떠돌게 하고 불쌍한 부녀자를 과부가 되게 하였으며 남의 아비를 홀로 되게 하였으며 철모르는 어린아이들을 고아가 되게 하였나이다. 백성은 나라의 근본이라 근본이 굳건하여야 나라가 편안할 것입니다. 합하께서는 이를 밝게 살피시고 특별히 어진 헤아림을 베푸시어 이곳 뿐만 아니라 다른 곳에 갇혀 있는 동학 도인들도 한결같이 놓아주시고 임금께 아뢰어 우리 선사의 원통함을 씻게 하여 주소서.

충청 감사 조병식은 영장 윤영기가 들어오자 이글이글 불이 타는 눈으로 윤영기를 노려보고 있었다. 아래턱을 사뭇 떨며 가쁜 숨을 쉬었다.

"이 불칙한 동학당 놈들이 이런 방자한 짓을 하고 있을 때까지 도대체 영장은 무엇을 하고 있었소."

조병식은 손에 잔뜩 구겨 쥐고 있던 소장을 윤영기 코앞에 들이대고 흔들며 악을 썼다.

"죄송합니다."

윤영기는 고개를 주억거렸다.

"이놈들이 지금 얼마나 방자해졌는지 영장도 이걸 한번 읽어보시오."

윤영기는 조병식 손에서 소장을 받아 읽기 시작했다. 윤영기가 소장을 읽고 있는 동안 조병식은 제 성깔을 주체하지 못하여 장죽을 뻑뻑 빨며 앉았다 섰다 부쩝 못했다.

조병식은 원체 무식하고 표독스러운 자였다. 이런 자들이 원래 그러듯 윗사람이나 힘 있는 자에게 알랑거리기는 똥강아지보다 더 비열했다.

그는 지금 민비가 언니라고 부르고 있는 점장이 진령군한테 빌붙어 감사 자리에 오른 자였다. 진령군에게 아첨도 그냥 아첨이 아니라 숫제 누님이라고 불렀다. 이렇게 진령군에게 빌붙어 벼슬을 한 사람이 한둘이 아니었으나 그중 가장 크게 벼슬한 자는 이 조병식과 경상 감사 이경직이었다. 이경직은 문자라고는 하늘 천 왼쪽다리가 어디에 붙었는지도 모르는 자였는데, 이런 자가 빌붙는 데는 천재를 타고 났던지 그도 진령군한테 빌붙어 그런 청맹과니가 감사까지 된 것이다. 이자는 인격이 비열하기가 짐승에나 빗대야 할 인물이었는데, 유독 색을 바쳐 감사가 된 뒤로는 밤마다 한꺼번에 계집을 둘씩 셋씩 끼고 잔다는 소문이었다. 이 이경직도 진령군을 누님이라 부르고 있으니, 조병식과는 형제 꼴인데, 이 두 작자는 인격이나 백성 탐학하는 것이나 못된 짓이라면 서로 우열을 가리기가 어려울 지경이었다. 글자 그대로 난형난제였다.

"일이 여기에 이르도록 살피지 못한 점 송구스럽게 생각하옵니다."

"송구고 뭐고 소두란 놈들부터 당장 잡아 하옥하고 밖에 얼씬거리고 있는 놈들도 모두 잡아다 곤장을 치시오!"

조병식은 모래 씹어뱉듯 영을 내렸다.

"하오나, 이 소장만 가지고는 특별히 책을 잡아 다스릴 곳이 없는 듯하옵니다."

40

"뭣이라구우?"

조병식은 입에서 장죽을 빼며 벼락 맞은 표정으로 마지막 '구' 자를 길게 뺐다.

"아니, 방금 뭣이라고 했소?"

조병식이 착 가라앉은 소리로 다그쳤다.

"자기들 사정을 하소연하며 살려달라고 애소를 한 것뿐이온데, 비록 이단지배라고 하지만, 애소를 어찌 죄로 다스릴 수 있겠습니까?"

"영장, 도대체 지금 그것이 말이라고 하고 있는 게요?"

조병식은 기가 막혀 말이 안 나온다는 표정이었다.

"관의 처사에 항거하는 것이 아니고, 자기들 교조의 신원을 성상께 상주하여 달라고 했으며, 각하의 덕망에 의지하여 금포의 자비를 입고자 애소하고 있을 뿐이옵니다."

"도대체 영장은 무엇을 읽고 하는 소리요? 동학은 이미 좌도로 국법이 엄연히 금하고 있거늘 수심정기가 어떻고 이위칭정以僞稱正했을 뿐만 아니라, 그들 수괴의 처단을 부당하다 하고 있지 않소. 이것이 국기의 근본을 흔드는 일이 아니고 무엇이오. 더구나, 국법에 따라 동학 같은 사도를 다스림은 열읍 수령들의 당연한 소임인데, 그것을 횡포라 하고 있으니, 그러면 그자들을 엄히 다스리라 영을 내린 이 조병식은 그런 횡포를 명한 불한당이란 말이오?"

거품을 물고 악을 쓰던 조병식은 마지막 말을 할 때는 자리에서 벌떡 일어서며 삿대질을 했다.

"고정하십시오. 각하의 말씀이 틀렸다는 것이 아니오라……."

"아니오라 어쩐단 말이오?"

조병식은 윤영기의 말꼬리를 잡아 수염이라도 잡아채듯 힘을 주어 굴렀다.

"그래도 저자들이 직접 조정에 소를 올리지 아니하고 각하로 하여금 성상께 상주하여 주시도록 애소한 것은 각하의 덕망을 우러러 그 그늘에 들자는 것이니, 이것은 각하의 위광이 그만큼 백성에게 널리 떨쳐 깊은 신망을 얻고 있다는 증좌가 아니고 무엇이겠습니까? 백성이란 원래 몽매하여 그 행하는 바가 어리석기 십상인즉 지금 그들이 바라는 것이 사리에 어긋남이 있다면 어버이 같은 자비로써 깨우쳐 주는 것이 각하의 높은 덕망에 비추어 합당한 처사라 생각하옵니다. 그리고 열읍의 수령들이 각하의 영을 봉행함에 있어 그 경중이 더러는 형평을 잃었을 수도 있는 일이요, 또 혹자에게는 그 다스림이 지나쳤을 수도 있었을 터이니, 저들이 소를 올린 것은 바로 이런 점의 시정에 그 본의가 있는 듯합니다. 전후의 사정이 대략 이러하온데, 각하의 슬하에 엎드려 자비를 읍소하는 백성을 죄로써 다스린다면 이것은 각하의 덕망을 크게 손상하는 일이 되겠기에 그 점이 저어되옵니다."

윤영기는 저 사람이 언제부터 저렇게 의젓해졌나 싶게 정중하게 말을 했다.

"허허, 영장은 언제부터 그렇게 공자가 되었소?"

조병식은 윤영기를 빤히 건너다보며 네가 어째서 갑자기 그렇게 물러터진 소리를 하고 있느냐는 표정으로 핀잔이었다. 그러나 각하의 덕망이 어떻게 추어주는 소리는 별로 싫지 않은 듯 조금은 누그러진 표정이었다.

42

"뿐만 아니라 요즈음 향리의 영락한 사류배士類輩들이 동학도의 궤변에 현혹되어 미망에 크게 허덕이고 있다 하옵는데, 요사이 동학에 입도한 그 사류배의 수가 불소한 줄로 아옵니다. 우리가 크게 경계하여야 할 자들이 바로 이 영락한 사류배들인 줄 아옵니다. 언젠가 각하께서도 이런 말씀을 하신 일이 있거니와, 이 잔졸한 자들을 너무 거세게 몰아쳤다가는 궁서설묘窮鼠齧猫 격으로 조정에다 있는 소리 없는 소리 꼬아올릴 것은 불을 보듯 뻔한 일이옵니다. 만약 그런 일이 벌어진다면 매양 각하의 위광을 질시하여, 호시탐탐 각하를 모함할 기회만 노리고 있는 조정의 몇몇 소인배들에게 각하를 훼폄할 좋은 구실을 주지 않을까 걱정이 되옵니다. 이 점 결코 가벼이 여기지 마셔야 하올 줄로 아옵니다."

조병식은 윤영기를 빤히 건너다봤다. 얼굴에 가벼운 동요의 빛이 보였다. 이 말은 며칠 전 군자란이 윤영기를 설득할 때 제일 힘주어 했던 말이었다. 사실 윤영기가 이렇게 누그러지니 것은 거진 군자란 때문이었다. 동학도들이 너무 뜯겨 이제는 전 같지 않을 것이니 조심하라고 여러 가지로 이야기를 했던 것이다. 윤영기도 원체 뒤가 구린 자라 동요를 한 것 같았다.

조병식은 4년 전 함경도 관찰사로 있을 때 흉년이 들자 *방곡령防穀令을 내려 일본으로 곡식의 유출을 막았다가 일본이 조약 위반이라고 항의하는 바람에 조정에서는 일본에 11만 원의 엄청난 배상금을 물어낸 사건이 있었다. 다른 사람 같았으면 영락없이 파직이 될 판이었으나, 세곡선 닻줄보다 든든한 진령군이 뒤에 버티고 있었기 때문에 모가지가 날아가지 않고 기껏 감봉처분을 받고 말았다.

그때 조병식이 방곡령을 내렸던 것은 제가 무슨 대단한 애국심이나 무슨 치세의 경륜이 있어서가 아니고, 방곡령으로 일본 상인들을 눌러놓고 제가 곡물 장사를 하려고 그랬던 것이다. 함경도는 콩이 많이 나는 곳인데, 이게 가격 변동이 심해서 이문이 여간 *쏠쏠하지 않았으나, 일본 상인들 등쌀에 장사가 마음대로 안 되었다. 조병식은 진령군 뒷배를 믿고 그런 결정을 내렸다가 경을 쳤던 것이다. 그러지 않아도 조정 대신들은 진령군 때문에 사직이 기울 지경이라, 맞바로 진령군을 칠 수는 없었기 때문에 얼씨구나 하고 조병식을 물고 늘어졌으나, 민비를 업은 진령군 위세에는 당해낼 수가 없었다. 그러나 조정 대신들은 지금도 조병식을 눈에 가시 보듯 하고 있었다.

그에게는 또 하나의 약점이 있었다. 대원군이 청나라에 끌려가 있을 때 조병식이 진주 부사陳奏副使로 대원군 석방을 주청하러 청나라에 갔던 일이 있는데, 그때 조병식과 대원군 사이에 후일을 기약하는 무슨 밀약이 있었다고 모함을 하는 사람들이 있었다. 그가 진주부사로 가게 된 것은 실은 민비의 첩자로 갔던 셈이었다. 주청사를 비롯한 일행이 대원군과 어떤 관계를 맺는가 그 동정을 샅샅이 살피고, 청나라 조정의 태도 등을 면밀히 염탐하라고 민비가 상주해서 가게 됐던 것인데, 되레 자신이 이러쿵저러쿵 모함을 받았던 것이다. 거기에는 그럴싸한 꼬투리가 없지 않아 그것이 늘 꿀리는 대목이었다.

그리고 여기 충청도 감사로 와서는 영장 윤영기와 배가 맞아 별의별 흉악한 방법으로 백성을 늑탈하고 있던 판이라, 뒤가 그만큼 꿀릴 수밖에 없었다.

"허지만, 취당하여 관문에 강박하여 온 자들을 그냥 두었다가 다음에 또 이런 일이 생기면 어찌 할 작정이오."

"영문 앞에서 서성거리고 있는 자들은 취당이라기보다 스스로 몰려든 자들이옵니다. 이 일이 자기들한테는 중대한 일이니 일이 어떻게 돌아가는가 구경하러 온 사람들일 뿐입니다."

"여태까지 동학배라면 그 정이 희박한 자들도 잡아다 엄징을 했는데, 이렇게 당돌하게 본색을 드러내놓고 나선 놈들을 그대로 돌려보낸다면, 이후로 저자들을 어떻게 다스린단 말이오? 소두라도 잡아넣어야 할 것이오."

"지당한 말씀이오나, 섣불리 손을 대는 것은 그냥 두는 것만 같지 못할 것 같사옵니다."

"나는 오늘 영장이 이렇게 무르게 나오는 까닭을 도무지 알 수가 없소. 다음에 또 이런 일이 없도록 하기 위해서라도 웬만한 조치를 취해야 할 게 아니오?"

조병식은 처음의 태도를 누그러뜨리기는 했으나, 좀처럼 그대로는 돌려보내지 않으려는 눈치였다.

감영 밖에 있는 동학도들은 감영 쪽에 신경을 곤두세우고 초조하게 기다리고 있었다.

그때 포고와 나졸들이 영문을 나서고 있었다.

20여 명이었다. 그들은 여기저기 널려 있는 사람들을 한참 동안 살피더니 장교의 명령에 따라 요소요소에 지켜섰다. 교도들은 제자리에서 숨을 죽이고 그들을 힐끔거리고 있었다. 얼음장 밑의 깊은 물속 같은 무서운 침묵이 흘렀다.

그때 숨을 헐떡이며 달려오는 젊은이가 있었다.

대통교를 건너더니 포교들을 보자 깜짝 놀라 걸음을 멈췄다. 폰개였다. 그는 자기가 벙거지들을 보고 너무 놀랐다는 것을 느꼈던지 잠시 그 자리에 서서 태연한 척 숨을 바르며 한참 서 있었다. 한참 만에 그는 관풍정 쪽으로 천연스럽게 걸으며 여기저기 몰려 있는 사람들을 하나씩 유심히 훑어봤다.

"너 누굴 찾고 있냐?"

"아이고, 아, 아저씨, 우리 집 요, 용배 못 보셨나유?"

"용배? 오입나간 용배가 언제 돌아왔남?"

"예. 어, 어제 왔어유."

"나는 아까부터 여기 앉아 있었는디 못 봤다. 저쪽으로 한번 가봐라."

"호, 혹시 보걸랑 내, 내가 그, 급히 차, 찾더라고 일러주슈."

"알았다."

폰개는 저쪽으로 갔다. 골목에 몰려 있는 사람들을 하나하나 훑어봤다. 주막으로 들어갔다.

"아, 아주머니!"

폰개는 술청 안을 휘둘러보고 나서 주모를 불렀다.

"여, 여기, 말이지유, 하나는 사, 상투를 틀고, 하나는 댕기 땋고, 그런 저, 젊은이들 안 왔었나유?"

"왔지?"

폰개의 서두는 꼴을 보고 있던 주모가 장난스럽게 웃으며 대답했다. 왔다는 소리에 폰개는 튀어나올 것 같은 눈으로 술청 안을 살폈다.

"그럼, 워, 워디로 갔어유?"

"술청 안에 있잖은가?"

폰개는 놀란 눈으로 다시 술청 안을 휘둘러봤다.

"어, 없잖아유?"

"없기는 왜 없어. 술청 안에 상투 안 튼 사람 하나나 있남? 댕기
딴 놈은 골목에 나가면 디글디글할 거구."

술청 안 사람들이 와크르 웃었다.

"에이 참."

폰개는 울상을 지으며 돌아섰다.

"여보게, 젊은이!"

저쪽에서 술손 하나가 폰개를 불렀다. 문을 나가려던 폰개가 돌
아섰다.

"그 젊은이들 불알은 두 쪽씩 안 찼남?"

술청 안 사람들이 웃었다.

"바쁜 사람 붙잡고 놀리지 마슈."

폰개는 눈을 흘겨놓고 밖으로 나갔다. 폰개는 그 옆 주막으로 들
어갔다. 거기서도 같은 소리로 물었다. 그러자 문 가까이 앉아 있던
두 사내의 눈에 긴장이 피어올랐다. 폰개가 나가자 그들은 얼른 잔
을 비우고 술값을 계산한 다음 밖으로 나갔다. 멀찍이서 폰개 동정
을 살피며 뒤를 밟았다.

수정옥에서는 술상이 들어왔다. 상이 그들먹했다.

"밖에다 중노미를 세워놨소. 무슨 일이 있으면 개가 휘파람을 불거요. 신은 뒤 안에다 갖다 놨으니 그때는 알아서 처신하시오. 헌데 술을 자시다가 일이 나면 나는 술값 받으러 어디까지 쫓아가야 하지요?"

여편네가 가볍게 깔깔거렸다.

"술값을 선불하라는 얘기구먼요. 좋소, 얼마쯤 드릴까요?"

용배는 전대를 끄르며 물었다.

"아이고 선선하셔라. 그러고 보니 내가 너무 야박했구만."

"3백 냥쯤이면 색시들 행하까지 너끈하겠죠?"

"이것이면 되기는 되겠소마는, 물장사 10년에 술값 선불받기는 처음일세. 내가 지금 너무 인심 굳힐 일을 하는가 모르겠다."

*비비송수라더니 너스레는 너스레대로 떨면서 돈을 받아 챙겼다.

"어서 술 따를 색시들이나 불러오시오!"

"얘들아, 멋들 하고 있냐?"

주인여자는 밖에다 대고 소리를 질렀다.

"아까 꼴로 보지 말라기에 어디서 이런 행내기들이 큰소릴 치나 했더니, 그러고 보니 우리 집에 오늘 제대로 한량 한패 모셨구만유."

여편네는 연방 깔깔거렸다.

문이 열렸다. 화려하게 성장을 한 색시들이 들어왔다.

"홍도紅桃 문안입니다."

"영산홍映山紅 문안드립니다."

색시들은 너부죽이 절을 했다.

"홍도에 영산홍, 모두 홍자 돌림으로만 방안을 이렇게 새빨갛게 물들여노면 눈이 부셔 어쩌란 소리요?"

48

용배가 변죽 좋게 너스레를 떨었다. 홍도는 용배 곁에 앉고 영산홍은 달주 곁에 앉았다. 잔에 술을 따랐다.

"아주머니도 홍자 돌림이오?"

"나는 이렇게 늙어 색이 허옇게 바래버려 백자 돌림 백도라우."

모두 웃었다.

"홍도에 백도, 복숭아가 색색으로 버티고 있으니, 이 집에 귀신은 또 얼씬도 못하겠구려."

"젊은이가 유식하기도 하셔라."

"인심 좋은 동네 오니 육두문자도 유식 반열에 끼는구만. 두루 기분이오. 한잔 받으시오."

용배가 술을 주욱 들이켜고 백도한테 잔을 넘겼다.

용배는 계속 입심을 부렸으나, 달주는 관청에 잡아다 논 촌닭처럼 어리벙벙한 표정이었다. 우선 이렇게 젊고 예쁜 색시들을 이토록 가까이 대해본 것도 난생 처음이고, 이렇게 격식 갖춘 술자리에 앉아본 것 또한 처음이었다. 이런 자리에서는 도무지 어떻게 처신을 해야 하는지 만만찮기가 사돈네 안방이었다. 술을 주고받을 때도 그럴싸한 격식이 있을 것 같고, 또 용배처럼 그럴 듯한 재담도 한마디씩 해야 하는 것 같은데, 달주는 그런 쪽으로는 애초부터 숙맥이었다. 더구나, 허허해도 빚이 천 냥이더라고 마음은 고부에 얽매여 있는데다, 또 당장 칼을 겨누며 눈에 불을 켜고 쫓는 자들이 있으니, 두루 가시방석에 앉은 기분이었다.

더구나, 이런 거판스런 술상을 받고 있다는 것만으로도 요 며칠 사이 늘 그러했듯 꼭 죄를 짓고 있는 것 같았다. 유곽 요리 한 상이 촌놈 쌀 한 섬 값이라는 소리는 들어봤지만, 정작 3백 냥을 계산하는 것을 보니 도대체 이래도 쓰는가 싶었다. 관속배들이나 부자 놈들이 흥청거리고 사는 풍속을 이제야 제대로 알 것 같았다. 봄이면 *겨죽도 없어 말 그대로 초근목피로 연명하는 동네 사람들 얼굴이 떠올랐다. 만약 그들이 한 상에 3백 냥짜리 술을 마시고 있는 자기 모습을 본다면 단매에 패죽일 것 같았다. 쌀이 한 섬이면 봄철 쑥범벅으로 사는 사람들 대여섯 집 한철 양식이었다.

달주는 남의 잔치에 따라온 놈처럼 앞에 놓인 술잔만 들어 홀짝거리고 있었다. 얼른 안주로도 손이 가지 않았다.

"드세유."

그때 영산홍이 젓가락으로 갈비찜에서 살을 발라 달주 입으로 가져왔다. 달주는 실없이 놀라 윗몸을 뒤로 재꼈다. 달주는 영산홍 얼굴을 힐끔 한번 보고 나서 냉큼 입을 벌렸다. 이것이 색시 앉히고 마시는 유곽 술 풍속인가 하는 생각이 머리를 쳐 촌놈 꼴을 보이고 싶지 않았기 때문이었다. 그러나 놀랐다가 입을 연 것이 영락없이 촌놈으로 보였겠다 싶자 골이 화끈해 왔다. 두루 살 빠지는 일뿐이었다.

백도가 용배한테 잔을 넘겼다. 용배가 잔을 받았다. 백도가 술을 따랐다.

"이것이 홍도하고 나하고 초례청 차린 합환주여. 나 임 도령인디, 이것으로 임 서방이 되는구만. 내가 먼저 반만 마시고 줄게."

용배는 넉살을 피우며 잔을 반만 마시고 홍도한테 잔을 건넸다.

"어제 저녁 꿈자리가 좋더니만, 오랜만에 헌헌장부로 서방 한분 제대로 맞는갑네유. 이제 내 팔자도 훤하게 한번 펴는개뷰."

홍도가 만만찮게 대거리를 하며 잔을 받아 마셨다.

"그 집은 멋하고 기슈?"

백도가 달주를 보며 채근했다.

"우리도 합환주를 마셔야지. 자, 나는 김 서방."

달주가 어색하게 웃으며 처음으로 입을 뗐다. 영산홍은 수줍은 듯 골을 붉히며 얼핏 달주하고 눈이 맞았다. 까만 눈에 깊은 애수가 서린 것 같아 달주는 실없이 가슴이 찌르르했다. 용배처럼 달주도 반만 술을 마시고 영산홍한테 넘겼다. 그는 잔을 받아 한쪽으로 고개를 돌리며 마셨다.

"공방 든 년 옆에 두고 너무들 하는구만."

백도가 *시새운 소리로 입을 삐죽거렸다.

"좀 있으면 중식이 형님이 올 테니 잠깐만 참아요. 청상으로 평생을 수절하는 과부도 있는데, 그새를 못 참아 앙탈이오? 저 나이에도 저 꼴이라면 젊었을 땐 투기가 어쨌을까?"

"투기가 나이 가리나유."

"하긴 그려. 이 세상에서 아무짝에도 쓸데없는 것 두 가지가 뭔 줄 아시오?"

"아무짝에도 쓸데없는 것이라? 서방 없는 여편넬까?"

"서방 없는 여편네야 천하잡놈들한테는 누구한테나 소용이지요."

"그럼 뭐게?"

"먹지 않는 종, 투기 않는 계집, 계집이 투기가 없으면 고추장 없는 상추쌈이지?"

"허허, 총각이 모르는 게 없구만."

"방금 초례를 치뤘는데도 총각이라네."

"꼬리 달린 개구리도 있던가요?"

홍도가 용배한테 잔을 넘기며 끼어들었다.

"뭐 꼬리 달린 개구리?"

"올챙이는 꼬리가 잘려야 개구리지요, 깔깔."

"으음, 지금 이 댕기꼬릴 빗대어 하는 말이렷다. 초례청은 차렸지만 이 꼬리는 사주에 타고난 꼬리라 쉽게 자를 수가 없어. 나는 날 때부터 역마질성에 홀아비 살까지, 살이라고 생긴 살은 고루 박혔다는데, 그중에서도 홀아비 살은 고명에 박혀 *이각이 어렵다는구면. 술서에 이르기를, 이 홀아비 살을 떼려면 비단 깔린 감영에 들어가 복숭아꽃을 봐야 한다는데 그런 일이 어디 쉽겠어."

"뭐라구요, 비단 깔린 감영에 들어가 복숭아꽃을 봐야 한다구요?"

용배가 그럴싸하게 말하는 발마에 홍도가 되새기며 물었다.

"그래, 그런 데라면 신선이나 사는 무릉도원이지 이 세상에서야 어디 그런 데가 있겠어?"

"가만 있자, 비단 깔린 감영이라면 여기가 비단 금자, 금영錦營이니 바로 여기구면."

뻔히 알면서 백도가 놀라는 척 말했다. 전주 감영을 완영完營이라 하듯 공주 감영을 금영이라 했다.

"하, 그러던가. 게다가 자네가 홍도니, 복숭아꽃이 아닌가? 아이고 천정배필을 만났구나. 합환주를 다시 마시세."

용배의 엉너리에 모두 한바탕 또 깔깔거렸다.

그때였다.

— 휘잇.

밖에서 휘파람 소리가 났다. 모두 깜짝 놀랐다.

"울타리 너머 바위 뒤에 숨어요. 너희들은 부엌으로 잠시 상을 내놔!"

백도가 침착하게 이르며 밖으로 나갔다. 용배와 달주는 뒷문을 열고 신을 신었다. 두 사람은 울타리에 달린 삽짝 문을 열고 족제비처럼 날렵하게 빠져나갔다. 소나무 밑의 바위 뒤로 몸을 숨겼다.

"여기 수상한 놈들 안 왔소? 강도들인디, 하나는 상투 틀고 하나는 댕기 딴 젊은이들이오."

"안 왔는데유."

"그놈들이 화적들이오. 그런 놈들 보거든 관가에 당장 알려야 해요. 흉악망칙한 놈들인게 숨겨줬다가는 큰코다치요."

"알았소."

그들은 싱겁게 나갔다. 옆집으로 들어가는 것 같았다. 한 집 한 집 뒤지고 내려가는 모양이었다.

한참만에 뒷문이 열렸다. 백도가 웃으며 내다봤다. 둘이는 산에서 내려와 방으로 들어왔다. 다시 술상이 들어왔다.

"재수가 없을라고 괜한 도둑쫓김으로 경을 치네그랴."

용배가 시치미를 따고 투덜거렸다.

"오해를 받아 쫓긴다며요?"

"그렇소. 어제 저녁 꿈자리가 사납더니 별꼴을 다 당합니다."

다시 술상이 들어왔다.

"술이나 듭시다."

"중식인가, 사비정 중노민가는 뭘 하고 있지? 화적 떼가 나타났으면 나타났지 제가 무슨 감영 포도대장인가?"

용배가 입심을 부렸다.

"자, 처형, 한잔 받으시오. 서천으로 경문 가지러 가는 놈은 가고, 이웃집 처녀한테 장가 드는 놈은 들더라고, 화적 떼 잡는 놈들은 잡으라고 우리는 술이나 마십시다."

용배가 다시 배포 좋게 엉너리를 치며 백도한테 잔을 넘겼다. 모두 따라 웃기는 했지만 웃음소리가 전 같지 않았다. 놀랐던 다음이라 달주부터가 얼굴이 굳어 있었다.

"그 집은 뭣하고 있어, 술잔 놓고 제지내나?"

용배가 달주 쪽을 보며 채근했다.

"자!"

달주가 술을 털어 넣고 영산홍한테 잔을 넘겼다. 영산홍은 수줍게 잔을 받아 마시는 척하고 주전자에 부었다.

*권커니 잣거니 부지런히 술잔이 오갔다. 그러나 홍은 아까처럼 되살아나지 않았다.

그때였다.

"와유!"

밖에서 중노미가 낮은 소리로 말했다. 백도가 깜짝 놀라 문을 열었다. 중식이었다.

"아이고, 어서 오셔!"

중식은 웃어 보였으나 얼굴이 굳어 있었다.

"자, 나도 한잔!"

자리에 끼여 앉으며 아무 잔이나 주워들었다.

"반갑소. 젊은 것들 사이에 생과부로 끼여 앉았으려니 눈꼴이 시려 못 보겠더니 나도 면과부했구만."

백도가 중식한테 잔을 권하며 너스레를 떨었다. 중식이 잔을 주욱 들이켰다.

"우리 얘기가 있으니, 잠깐!"

중식이 백도한테 눈짓을 했다. 세 여자가 퉁기듯 일어섰다.

"일판이 크게 벌어졌다. 너희 집 폰개란 아이가 감영에 잡혀갔어."

"뭐요, 폰개가 잡혀가요?"

두 사람은 눈이 주발만해졌다.

"그 자식이 눈치 없이 너희들 행색을 떠벌리며 감영 앞을 싸대다가 채여갔지 뭐냐?"

"폰개가 뭣 하러 여기 왔지요?"

"바로 그게 큰일이다."

"큰일이라니요?"

용배가 멍청하게 뇌었다.

"방금 사비정에 들렀다 오는 길인데, 폰개가 감영 앞에 가기 전에 사비정에 들러, 너의 이모한테 고부에서 달주를 살범으로 쫓고 있으니 조심하라더라고 전해 달라면서 나갔다는 것이다. 그저껜가도 달주 뒤를 쫓는 포교들이 너의 여각에서 자고 갔는데, 어제는 미처 생각이 안 나 말을 못했다며 조심하라고 하라더라지 않냐?"

두 젊은이는 몽둥이 맞은 표정으로 서로를 건너다봤다.

"폰개가 저렇게 끌려갔으니 일판이 앞으로 어떻게 되겠냐? 일판이 일판이라 예사로 닦달하지 않을 텐데, 그런 매 앞에서 그놈이 견디나겠냐? 우리 집까지 여러 골이 시끄럽게 생겼어."

두 젊은이는 그냥 얼떨떨한 얼굴로 중식만 건너다보고 있었다.

"이제 너희들이 여기서 빠져나가는 것도 어려운 일이지만, 그보다 경천점 너희 집은 당장 무슨 꼴이 되겠어? 방금 너의 이모가 경천점으로 사람을 보냈더라마는 보내나마나 네가 잡힐 때까지 너의 집은 쑥대밭이 될 것이다. 네가 지목을 당한 것이 애매하다고 했지만, 살범하고 한통으로 묶여 다녔으니 뭐라고 발명을 하겠어?"

달주는 천길 높은 벼랑에서 발이 미끌려 한없이 깊은 골짜기로 굴러 떨어지고 있는 기분이었다. 여기 관가에서 자기를 잡으려고 눈에다 불을 켤 것은 두말할 것도 없는 일이지만, 설사 잡히지 않는다 하더라도 화적 떼와 어울려 여기에 나타났다는 이문移文이 고부로 날아갈 것은 뻔한 일이었다. 용배가 살범인 자기와 얼려 다닌 것 때문에 강도 발명을 할 수 없는 것과 똑같이, 자기도 화적과 얼려 다녔다는 것 때문에 살인 발명이 어려울 것 같았다. 달주는 살범뿐만 아니라 강도로도 몰릴 판이었다.

"그럼 어떻게 했으면 좋겠소?"

용배가 착 가라앉은 소리로 물었다.

"일판이 하도 커노니 어떻게 해야 할지 나도 막막하기만 하다."

중식이는 허탈한 표정이었다.

"달주가 살범으로 지목받고 있는 것은 백지 애매한 일입니다. 엊그제야 자기를 그렇게 지목하고 있다는 소식을 듣고, 실은 지금 발명을 하러 고부로 가는 길이오. 그러니까, 달주는 안심이요마는, 실

56

은 나는……."

용배는, 달주 사건을 싹 잡아떼버리고, 자기 일은 지난 봄 차령고개 사건을 제대로 털어놨다.

"으음."

중식의 미간이 더 모아지고 있었다.

"어찌 됐든 우리는 여기를 빠져나가야 하지 않겠소?"

"그래야지. 그런데 그게 쉽겠냐? 감영에서는 벌써 여기저기 파발을 띄우고 길목마다 촘촘히 거미줄을 늘여놨을 것이다. 여기는 몇 군데만 막아버리면 꼼짝을 못한다."

"산으로 튀면 어쩔까요?"

"그것도 안전한 방도가 못 된다. 벌써 나졸들을 풀어 산길도 길목마다 다 막았을 것이다. 길로 가지 않고 산속으로 헤매기도 어렵지만, 그렇게 헤매다 평지에 나서면 가시에 긁힌 자국 때문에 금방 표가 난다. 살범에 강도라면 벌써 포졸들한테 상을 걸었을 것이다. 중상 밑에 날랜 장수 있더라고, 포졸들도 눈에 불을 켤 게 아니냐?"

스스로가 나졸로 있었던 중식이 말이니 의문의 여지가 없었다.

중식이 잠깐 무얼 생각하는 것 같더니 자리에서 일어나 밖으로 나갔다.

"영산홍 좀 봅시다."

중식은 영산홍을 데리고 옆방으로 가는 것 같았다. 중식은 한참만에 돌아왔다.

"아까, 여기 앉았던 영산홍이란 색시 있지? 기막힌 사정으로 이런 데 나온 아인데, 그 외삼촌이 저쪽 산성 너머 장기대 나루터에서 강경 다니는 짐배를 부리고 있다. 짐배랬자 *외대박이 거룻밴데 믿을 만한 사람이다. 웬만하면 청을 들어줄 것이니 그 배를 타고 빠져나가 봐라. 그 색시를 지금 그 외삼촌한테 보내놨다. 기다려보자."

"뱃길로 가면 안심할 수 있을까요?"

"낮에는 나루터마다 기찰을 할 것이다마는 밤이니 어쩔는지 모르겠다. 그애 외삼촌은 담이 크고 너름새가 있는데다 수십 년 동안 그 강을 오르락내리락했으니 나루터 벙거지들하고도 얼굴이 익을 게다. 웬만한 벙거지는 어물쩍 넘길 수도 있을 법하다."

"그러면 성문은 어떻게 빠져나갈까요?"

"한 가지 방도가 없지 않다마는 거기도 돈이다."

"돈으로만 될 수 있다면 돈 걱정은 마십시오."

"알겠다. 배 사정부터 알아보고 작정을 하자."

두 사람은 여기까지만 이야기를 들어도 한시름 놓았다. 중식은 여간 듬직하고 침착하지가 않았다. 예사 놈이 아니라던 군자란 말이 실감났다.

"잔 받으시요."

용배가 중식한테 잔을 넘겼다.

"너희들은 지금 꽤 마신 것 같다. 이제 그만 마셔라. 술 끝에는 실수가 있어. 정신 바짝 차려야 한다. 지금 마신 것도 많은 것 같다."

"나 한 잔만 더 하겠소."

"이것 한 잔만 하고 절대로 더 하지 마라."

중식이는 잔을 비우고 용배한테 넘겼다.

"성문 빠져나갈 계책이나 한번 말해 보시오."

용배가 잔에 술을 받으며 말했다.

"나졸을 하나 구워삶아서 너희들이 나졸로 변복을 해가지고 빠져나가면 어떨까 싶기도 하고, 하여간 눈을 속여야겠는데……."

"나졸로 변복을 한다면 굳이 배를 타고 갈 것도 없지 않겠소?"

"그건 안돼. 아무리 그럴싸하게 꾸미고 나서도 나졸 눈에 나졸 행색은 금방 표가 난다. 예사 사람들 눈에는 누구나 나졸 차림만 하고 나서면 나졸이겠거니 하겠지만, 나졸들 눈에야 제 놈들 차림새고 제 놈들 거동인데 웬만해 가지고 그자들 눈을 속이겠냐? 슬쩍 성문을 지나치는 정도라면 몰라도 변복을 하고 아주 나졸 행세를 하려고 해서는 몇 발자국 못 간다."

두 젊은이는 중식 말에 고개를 끄덕였다.

"그럼, 어서 가서 나졸을 하나 삶아보시오."

"영산홍 오는 것 봐서 하자."

"아까 그 영산홍도 믿을 만한 여자요?"

용배가 물었다.

"믿을 만하다. 그 처녀는 이런 데 나온 지 아직 닷새도 안 됐는데, 걔가 여기 나온 데는 기막힌 사정이 있다."

"기막힌 사정이라뇨?"

"그 집은 얼마 전까지는 한다는 부자로 남부러울 것 없이 살았는데, 여기 감사 놈한테 잘못 걸려 집안이 풍비박산이 되고 말았다. 그 통에 의지가지가 없어져버리자 하는 수 없이 이런 데로 빠진 것이다."

"그런 기막힌 사정이 있었구만요."

"여기 감산가 조병식인가 그자는 무지막지해도 예사로 무지막지한 놈이 아니다. 사람이라고 할 수가 없는 놈이다."

중식은 그 처녀 가족이 당한 이야기를 대충 늘어놨다.

이 사건은 동학도들이 이 해의 이듬해인 1893년 3월 보은에서 대집회를 가졌을 때, 양호선무사로 파견되었던 어윤중魚允中이 동학도가 그렇게 일어나게 된 원인을 임금에게 보고한 장계에서 조병식의 무자비한 탐학의 한 예로 들었던 사건이었다. 그 장계의 내용을 그대로 옮겨본다.

그중 가장 통분할 일은 공주 오덕근 등의 시골 재산을 빼앗으려고 그 사람들이 간음을 했다고 억지로 꾸며 오씨들을 진영의 감옥에 잡아다 가두고, 죽이겠다고 위협하여 그 가산을 전부 몰수한 뒤에, 군대를 동원, 나팔을 불고 그 동네에 쳐들어가 동네 사람들을 모두 눈오는 밤 거리로 몰아내니, 늙은이나 어린애들 가운데 얼어 죽은 사람만도 5,6명이고 촌락은 폐허가 되니 초목도 울었습니다.

여기서는 간음이라 했지만, 실은 상피라고 꾸며 몰아세웠다.

"집안 꼴이 이 꼴이 되어 모두 하루아침에 거지가 된데다가 또 상피까지 한 패륜지배들이 되고 말았으니 집안 꼴은 안팎으로 풍비박산이 되고 말았다. 아까 그 처녀는 결혼 날짜를 며칠 앞두고 그 꼴을 당했는데, 신랑 쪽에서도 그들이 애매하다는 것을 뻔히 알지만, 그

60

러나 막상 누가 그런 집안하고 혼사를 하겠어? 혼사 날을 받아놓는 처녀라면 그것은 이미 결혼을 한 것이나 마찬가지니 이제 제대로 시집을 가기도 틀렸으려니와, 당장 목구멍에 풀칠할 길도 없어져버렸다. 그래 여기 와서 의탁을 한 것이다."

두 젊은이는 벌린 입을 닫지 못하고 있었다.

"그런데, 세상사가 또 얼마나 우습냐?"

무슨 일인지 중식은 용배가 따라놓은 잔을 홀짝 털어 넣고 나서 웃음을 일그러뜨렸다.

"바로 이 주인집 여자가 옛날 그 집에서 종살이를 하다가 속량이 된 사람이다. 이 집 주인은 옛정을 생각해서 그 처녀를 데려온 모양인데, 경위야 어떻든 예날 상전의 딸을 기녀로 밑에 놓고 부리게 됐으니 세상 일 한번 우습지 않냐? 밖에 심부름하는 꼬마 녀석도 그 싸개통에 거지가 된 그 동네 아이다. 이게 불과 보름 전 이야기다."

"보름 전이오? 세상에 그런 무자비한 놈도 있단 말이오? 재산을 빼앗았으면 그만이지 군대까지 몰고 가서 *북새질을 치고 더구나 동네 사람들을 그 추운 겨울에 한데로 내몰아 얼어 죽게까지 한단 말이오?"

용배는 경황 중에도 흥분을 했다.

"누가 아니라냐?"

"때려죽일 놈들!"

용배가 주먹을 쥐었다.

달주는 그 이야기를 듣는 동안 상피란 소리에 자기 아버지 일이 떠올라 몸서리가 쳐졌다.

이 집 주인은 한때 종살이를 했지만 씨종이 아니고, 여남은 살 때 집안이 거덜이 나 종으로 팔렸던 것이라 했다. 그도 집안이 거덜이 나기 전에는 남부럽지 않게 살았다고 했다.

밖에는 벌써 어둠이 깔리고 있었다. 그때 영산홍이 왔다. 쓰개치마를 벗으며 방으로 들어서고 있었다. 쓰개치마에는 싸락눈이 묻어 있었다.

"됐어유."

"고맙구만."

"뱃삯은 백 냥만 달래요."

"예, 떠나기는 자정이 조금 넘어서 떠나재유."

"좀 앉아!"

그는 쓰개치마를 벗어 한쪽에 밀어놓고 달주 곁에 앉았다.

"기찰이 무섭던데 성문을 어떻게 빠져나갈 생각이유?"

영산홍이 물었다.

"포교나 나졸을 하나 구워삶아 가지고 길을 뚫어볼까 하는 데……."

중식이 자신 없는 소리로 말끝을 흐렸다. 두 젊은이는 멍청하게 영산홍만 건너다보고 있었다. 달주는, 영산홍이 보름 전에 겪었다는 그 무자비한 사건이 마치 지금 연장되고 있는 것 같은 엉뚱한 착각에 빠졌다.

"옅은 소견이지만 오다가 생각한 것인데유, 이랬으면 어떨까 싶네유."

"어떻게?"

중식이 다그쳤다.

"이 이하고 저하고 부부인 걸로 하구유, 이 이 아버님 부고를 받고 급히 가는 걸로유. 부고장을 하나 가짜로 만들면 되잖겠어유."

영산홍은 달주를 가리키며 침착하게 말했다.

"으음, 그것 그럴싸한 생각인걸."

중식이 두 젊은이를 돌아봤다.

"그럴싸하긴 한데, 그럼 나는 떼어놓고 간단 말인가?"

용배가 웃으며 물었다.

"죄송스런 말씀이지만유, 저희들은 양반 차림을 하고 거긴 제 비녀 차림을 했으면 어떻겠어유? 얼굴도 여자 같고 하니 말이에유."

영산홍은 골을 붉히며 말했다.

"허허, 그럼 내 꼴이 뭐야? 갑자기 종도 아니고 비녀라니?"

경황 중에도 용배는 어이없다는 표정을 지었다.

"들통이 나면 목숨이 왔다갔다 하는 일인데, 아무 상관도 없는 영산홍이 거기까지 나서 주겠다는 것은 뭐야?"

중식이 물었다. 순간, 영산홍은 얼핏 달주를 쳐다봤다. 달주는 그 눈을 보는 순간 또 가슴이 뭉클했다.

"이런 이야기 하는 자리에서는 영산홍이라고 하지 마셔유, 오연엽吳蓮葉이여유."

"그래, 그건 그렇다 치고, 연엽은 이 일이 얼마나 위험한 일인지 모르고 하는 소리 같아."

"대충 눈치 채고 있어유. 나같이 기박한 팔자에 위험해 봤자 대수겠어유."

연엽이 눈을 깔고 수월하게 말하고 있었다.

"그럼 달주를 끝까지 따라가겠다는 건가?"

중식은 의아한 표정으로 물었다.

"제가 그렇게 경망스럽고 염치없는 여자로 보이서유?"

연엽은 얼굴을 들며 당돌하게 말했다.

"미안하구만. 너무 위험한 일인데, 나서기에……."

중식이 어색하게 웃으며 사과를 했다.

"갱겡이까지 위험한 고비만 넘겨 드리고 오겠어유."

달주는 가슴 속에 얼음덩어리가 하나 휘젓고 다니는 듯 신선한
감동이 물결치고 있었다.

"성문이 닫히기 전에 나가려면 서둘러야겠다. 이 집에는 도포나
갓, 망건은 없을 것이고……."

"갓은 없어도 바지저고리하고 도포는 깨끗한 것이 집에 한 벌 있
는 것 같애유."

연엽이 말했다.

"흐음, 있을 법하군."

중식은 짚이는 것이 있는 듯 혼자 웃었다.

"그러면 갓하고 미투리만 구해 오면 되겠지?"

중식은 이내 밖으로 나갔다. 주인여자를 한쪽으로 불러 한참 이
야기를 한 다음, 다시 들어왔다.

"누가 붓글씨 잘 쓰냐? 그럴싸하게 부고를 한 장 꾸며 써야겠다."

달주가 쓰겠다고 했다.

부고를 써놓고 기다리라며 중식은 밖으로 나갔다.

달주는 그럴싸하게 부고를 꾸며 썼다.

주인여자가 바지저고리와 도포 그리고 용배가 입을 여자 옷을 가지고 왔다.

한참만에 중식이가 갓, 망건과 미투리를 사 들고 들어왔다.

"일이 잘 되느라고 밖에 나갔다가 똑똑한 나졸을 한 놈 만났다. 성문을 나갈 때까지만 그놈보고 배행을 하라고 했다."

"그러면 한결 안심이겠소."

두 젊은이는 옷을 차려입고 나섰다. 달주는 주인여자 기둥서방 것이 분명한 명주 바지저고리에 도포를 낭창하게 차려 입고 양이 멍석만한 갓을 썼다.

도포를 입고 갓을 쓴 달주의 훤칠한 풍신은 그대로 맞춰온 권문세가의 귀공자였다. 그에 비기면 용배는 꼴이 아니었다. 위에는 그래도 쓰개치마를 뒤집어 써노니 그런 대로 좀 가려졌으나, 아랫도리는 통치마 밑 고쟁이가 버선목 위에 훨씬 올라가 껑충한 꼴이 영락없이 허수아비였다.

주인여자와 홍도가 입을 가리고 킬킬거렸다.

연엽은 양반 댁 차림이라 쓰개치마 대신 장옷을 쓰고 나왔다. 장옷을 낭창하게 걸쳐놓으니 아까보다 한층 맵시가 있었다. 연엽이 용배 모습을 보더니 고개를 갸웃거렸다.

"안 되겠네유. 제가 배녀가 되는 게 낫겠구만유. 차림새도 어색하려니와 얼굴을 숨기려면 옷으로 잔뜩 얼굴을 가려야 할 텐데, 비녀가 그럴 수 있나유?"

"그렇구만."

중식이 맞장구를 쳤다.

"맞아. 양반 댁 마님이래야 얼굴을 장옷으로 깊숙이 가려도 예사롭게 보이겠구만."

용배가 쓰개치마를 벗으며 말했다.

달주는 남자 차림이니 처음부터 얼굴을 가릴 수가 없었지만, 망건을 눈썹 위에까지 훨씬 내려쓴 데다 갓양이 넓어 얼굴 윤곽이 달라졌고, 풍신이 원체 딴 사람으로 변해 얼른 가려볼 수가 없을 것 같았다.

용배는 연엽과 차림을 바꿨다. 바꿔놓으니 훨씬 그럴싸했다. 우선 치마가 자락치마라 조금 낮춰 입으니 동이 발등까지 내려온 데다 장옷이 길어 좀 껑충한 대로 크게 흠잡을 데가 없었다. 달주는 연엽의 빈틈없는 *두름성에 다시 한 번 감탄을 했다. 집안이 그 꼴이 된 뒤 비록 여자일망정 그자들한테 복수를 하는 공상도 많이 했을 법하고, 그러다보니, 무슨 일을 저지르고 이렇게 도망치는 공상도 여러 가지로 했을 법했다.

연엽이 초롱을 들고 앞장을 섰다.

"이 아래 주막거리에 나가면 주기가 세워진 두 번째 주막에 벙거지가 하나 술을 마시고 있을 것이다. 그 벙거지한테 내 이름을 대라."

중식이 말했다.

"고맙소. 이 은혜 크게 한번 갚을 날이 있을 것이오."

용배가 중식한테 고개를 주억거리며 말했다. 남은 사람들한테도 대충 눈인사들을 하고 대문을 나섰다.

주막거리에 나서자 벌써 일행을 알아보고 벙거지가 하나 다가

왔다.

"중식이 말한 행차지요?"

"그렇네."

달주가 의젓하게 대답했다.

"화적들은 잡았는가?"

"말도 마슈. 꿩 귀먹은 자리에는 재라도 남는디, 아무리 들쑤시고 댕겨도 발 딛고 간 흔적도 없다느만유."

"귀신같은 놈들이구면."

"그놈들이 도술을 부리는 놈들 같다더만, 그것이 참말인게뷰."

"그놈들이 도술을 부리는 놈들이라고 소문이 났는가?"

"예, 그렇지 않고서야 여기가 어디라고 화적 떼들이 성안에까지 스며들겠으며, 금방 쫓기던 놈들이 이렇게 바람같이 사라졌겠이유?"

"오늘 동학교도들이 모여 소를 올렸다던데 그것은 어찌 됐다던가?"

"그냥 돌려보낸 모양이데유."

"그냥 돌려보내다니?"

"감사 나리 성미로 보면 몽땅 잡았다가 물고를 낼 줄 알았는디유, 어찌 된 일인지 그냥 돌려보낸 모냥이데유."

"그래도 소를 올렸으면 가타부타 뭐라 얘기가 있었을 게 아닌가?"

"그래서 우리도 이상한 일이라고 생각하는디유, 감사 나리께서는, 알았으니 돌아가라고만 한 모양이네유. 동학이라면 이를 갈더니만, 높은 사람들 속은 알다가도 모르겠데유."

성문이 가까와지고 있었다. 달주는 가슴이 떨려왔으나 태연한 걸음걸이로 나졸한테 말을 시키며 걷고 있었다. 용배는 장옷 속에 얼굴을 잔뜩 가리도 달주 뒤를 따라오고, 연엽은 초롱을 일행의 발 앞에 비추며 당돌하게 앞장을 서서 갔다.

성은 읍내 전부를 둘러싸고 있는 것이 아니고, 공산에서 내려온 성벽이 강변을 따라 읍내 일부만 싸안고 있었다.

성문에는 평소 파수 서 있는 파수꾼 외에 장교 하나와 나졸 둘이 버티고 서서 기찰을 하고 있었다. 예상했던 대로 나졸 하나는 낮에 사비정에서 맞닥뜨렸던 자였다.

그때 동행하던 나졸이 앞으로 나서서 기찰포교 앞으로 갔다.

"중동 이참봉 댁 친척이신데유, 갑자기 부고를 받고 밤길을 가시게 되어 제가 여기까지 모셔다 드리고 있는 참입니다유."

달주는 가슴에서 질탕 끓는 소리가 나는 것 같았다. 목천 나졸이 자기를 보는 것 같았으나, 의젓하게 버티고 서서 점잔을 뺐다. 용배는 장옷으로 잔뜩 얼굴을 가리고 달주 뒤에 바짝 붙어 있었다. 이내 싱겁게 통과되었다.

포교를 지나치고 나자 이번에는 뒤통수가 스멀스멀했다. 그자들이 낮에 사비정 앞에서도 내나 지나치고 나서야 뒤를 돌아봤듯이 여기서도 그 모양으로 금방 달려와 뒷덜미를 나꿔챌 것만 같았다. 여기서 들통이 나는 날에는 독 안에 든 쥐였다. 달주는 두 다리가 기둥나무처럼 굳어지는 것 같았다.

성문을 나서자 목구멍에서 더운 김이 헉 내질러오고 다리에 힘이 쭉 빠졌다. 그 자리에 주저앉을 지경이었다.

"이제 안녕히들 가슈."

나졸이 걸음을 멈췄다.

달주는 미리 도포자락에 간수했던 엽전꾸러미 하나를 건넸다.

"뭘 이러슈?"

나졸은 말로는 *비쌔면서도 입이 헤벌어지며 손을 내밀었다.

"안녕히 가십시오."

나졸은 허리를 깊숙이 숙여 인사를 하고 돌아섰다.

"제길, 식은땀 한번 제대로 흘렸네. 내가 상전이었기 망정이지 하마터면 큰일날 뻔했소."

용배가 장옷을 홀렁 재끼며 연엽한테 치사를 했다.

"고맙소."

달주도 겨우 토막말로 연엽한테 인사치레를 했다. 등에 땀이 흥건한 것 같았다.

북문에서 5마장쯤의 거리에 장기대 나루터가 있었다. 길 위쪽에 조그마한 오두막이 세 채 있었다. 주인은 강한주張漢柱라 했다. 구레나룻이 덥수룩한 50대 사내였다. 가슴팍이 우람하고 뼈대가 강단져 보였다. 노를 저어 단련되어서만이 아니라 타고난 장골인 듯했다.

"우리 둘이는 부부고 조카는 비넵니다. 이 사람 부친이 돌아가셔서 출상날이 내일인데, 부고를 늦게 받아 바삐 밤길을 가는 겁니다. 여기 부고장도 지녔소."

용배가 사실인 듯 말했다.

"그쯤 마련이면 어지간하요마는, 기찰을 하기로 하면 더러 까다로운 놈도 있는게 잘 둘러대시오. 곰나루만 지나면 괜찮지 않을까 싶은데 다른 데서도 기찰을 하거든 눈치 봐서 막걸리 값이라도 쥐어주면 부드럴 게요."

장한주는 말을 마치고 옆방을 향해 소리를 질렀다.

"다섯바우야!"

"예!"

다섯바우라는 젊은이가 왔다. 열예닐곱 살쯤 되어보였다.

"저쪽 모퉁이에 볏섬 두 개 있지? 가지고 가서 하나는 뜸 위에 덮씌우고 하나는 뱃바닥에 폭신하게 깔아라. 그리고 이 *선다님 내외를 네 방으로 모시고 너는 옆집 사랑방에 끼여 자거라. 갈 때 깨우마."

"알았어유."

다섯바우는 볼 부은 소리로 대답했다. "

"변복한 것, 저 아이한테도 눈치 안 채이게 하시오."

"알았소."

연엽은 사공 내외가 자는 큰 방에 남고 둘이는 사랑방으로 가서 눈을 붙였다. 달주는 금방 잠에 곯아떨어지고 말았다. 하도 마음을 옥죄었던 다음이라 통잠이 퍼부은 모양이었다.

장한주가 깨웠을 때는 자정이 조금 넘은 것 같았다.

배는 수심이 옅은 강을 스쳐 다니기에 알맞도록 바닥이 납작했다. 배창엔 비바람을 피하는 뜸이 있어 매서운 강바람을 피하기에 안성맞춤이었다. 뜸은 갈대로 얽었는데, 그 위에다 따로 섬을 덮씌우고 바닥에도 섬을 깔아놓으니 한결 아늑했다. 뜸 안은 세 사람이 겨우 비비고 앉을 넓이였다. 달주가 한가운데 앉았다.

배는 외대박이라 했으나 명색은 두대박이였는데, 앞 돛은 넓이가 손바닥만 해서 있으나마나 하게 보였다. 장한주의 우람한 허우대에 비기면 앞 돛 꼴은 꼭 장난감 같아 저런 걸 돛이라고 달고 다니다니 덕대값 못한다 싶게 잔졸해 보였다.

장한주는 키를 잡고 고물 덕판에 앉고, 다섯바우는 앞 돛 *아딧줄을 잡고 뜸 밖 한쪽에 쭈그려 앉았다.

배는 북풍을 옆으로 받고 몸을 삐딱하게 재끼며 미끄러지듯 내달았다.

북문 앞에 이르렀을 때였다.

"무슨 배요?"

북문에서 소리를 질렀다.

"장기대 나루터 장한주요. 아까 부고 받고 거기서 오신 선다님 내외분을 모시고 가는 길이오."

"다른 사람은 안 탔소?"

"그 세 사람하고 배꾼 두 사람뿐이오."

더 묻지 않았다. 배는 금방 곰나루 앞에 이르렀다.

"무슨 배요?"

"누군가? 나 한줄세."

"웬 밤배질이오?"

"덕만이구만. 낼 출상하는 부고 받은 이가 있어서 갱갱이까지 바쁜 배질을 하고 있네."

"잘 다녀오시오!"

제일 염려했던 곳을 싱겁게 지났다.

"예가 워째서 곰나룬 줄 아나유?"

곰나루를 지나 한참 가다가 다섯바우가 심심했던지 밖에서 뜸 안을 들여다보며 입을 열었다. 다섯바우 눈을 속이자니 용배가 입을 짝할 수 없는 판이라 일행은 모두 입을 봉하는 수밖에 없어 여태까지 한마디도 말을 하지 않았다. 그러나 그게 다섯바우한테는 부고 받고 가는 사람들의 슬픔 때문이겠거니 싶을 것이어서 어색하지 않았다.

"재미있는 얘기가 있나부지?"

달주가 대거리를 했다.

"옛날에 워떤 총각이 워찌다가 산속에서 길을 잃었구만유."

다섯바우는 차근하게 이야기를 시작했다.

산을 헤매다 기진맥진했는데, 저쪽에서 불이 하나 빤했다. 허위허위 쫓아가서 문틈으로 안을 들여다보니 처녀가 혼자 앉아 등잔불 밑에서 바느질을 하고 있었다. 얼굴이 천하절색이었다. 하룻밤 묵어가기를 청하여 밥을 얻어먹고 잠을 잤다.

"방이 하나밖에 없어서 체니 총각이 한 방에서 같이 잤네유. 체니 총각이 한 방에서 잤으면 일이 워떻게 됐겠이유, 낄낄."

다섯바우는 음충맞게 낄낄거렸다.

"워째서 체니가 혼자 이런 산중에서 사느냐고 묻잖았것이유. 체니는 다른 것은 다 말해도 그것만은 말을 할 수 없다고 말을 않그만유."

총각은 집에 갈 생각도 않고 거기서 눌러 살게 되었다. 부부가 된 것이다. 그런데 다른 것은 모두가 예사로웠으나, 이 처녀가 이따금 총각 몰래 어디를 다녀오는 것 같았다. 총각은 괴이쩍은 생각이 들어 하루는 어디를 가는가 뒤를 재보기로 했다. *바람만바람만 처녀의 뒤를 밟아갔다. 어느 만큼 따라가다가 총각은 그만 그 자리에서

72

기절을 할 뻔했다. 멀쩡하던 처녀가 한순간에 시커먼 곰으로 변하지 않는가? 그것을 본 총각은 혼비백산, 정신없이 도망치기 시작했다. 어느새 곰이 그것을 알고 뒤를 쫓아왔다. 괴상스런 소리를 지르며 있는 힘을 다해 쫓아오고 있었다. 그런데 곰이 쫓아오면서 내지르는 소리가 여간 애절하지가 않았다. 도망치지 말고 같이 살자고 애원하는 소리 같았다. 그러나 총각은 들은 척도 않고 도망쳤다. 금강이 나왔다. 총각은 강으로 뛰어들었다. 곰도 계속 그 애절한 소리를 지르며 강으로 뛰어들었다.

"허지만, 곰은유, 헤엄을 칠 줄 모르잖겠이유. 그래서 그만 강물에 빠져 죽고 말았구만유. 그 곰이 뛰어든 데가 저 곰나루였대유. 그래서 저기가 곰나루래유."

"이야기가 참 재미있구만."

달주가 의젓하게 치사를 했다. 다섯바우는 입담이 여간이 아니었다.

배는 하늬바람을 받아 미끄러지듯 강을 내달았다.

곰나루 아래로도 나루터가 여럿이었다. 되레울나루, 금산나루, 머거럼나루, 새나루, 놋점나루, 나루개나루, 분창나루, 왕진나루. 부여까지 가는 데만도 나루터가 큰 것만 이렇게 많았다.

부여 부소산 밑의 구두레나루에 이르렀을 때 닭이 두 홰를 쳤다. 그 아래 백강나루를 지날 때 무슨 배냐고 물었으나, 도선목으로 대라고는 하지 않았다. 강경에 이르렀을 때는 아직 날이 새기 전이었다.

3. 방부자

　　진산 방부자집 사건은 불똥이 엉뚱한 데로 퉁겼다. 처음부터 원체 황당무계했던 일이라, 죄는 도깨비가 짓고 벼락은 고목이 맞더라고, 그 불똥 또한 *장기튀김으로 자꾸 엉뚱한 데로 퉁겨가고 있었다.

　　진산읍내 방필만의 작은아들 방학주方學柱는 읍내서 술판을 벌이고 있다가 그 소식을 듣고 천방지축 뛰어왔다. 그는 읍내를 누비는 소문난 건달이었다. 뒤지동에서 뛰어온 동네 사람의 숨넘어가는 소리를 듣고 정신없이 달려온 방학주는, 너무도 어이없는 집안 꼴에 잠시 말뚝처럼 굳어버렸다.

　　"어찌 된 일이오?"

　　머리통을 싸매고 누워 있는 형 방세주方世柱를 붙잡고 흔들었으나, 방세주는 신음소리만 낼 뿐 제대로 말을 못했다. 자기 아버지 꼴은 더 말이 아니었다. 상투가 뎅겅 잘려나간 것 말고도, 수염은 꼭

74

서당 아이 꼴 베어낸 자국처럼 듬성듬성 뜯겨 있었고, 얼굴 또한 말이 아니었다. 상투를 잘리면서 *모탕에다 짓찧어 그랬는지 홀쭉하던 볼이 한참 부어올라 *고자리 먹고 자란 호박 꼴로 뒤틀려 있었다.

방학주는 안채로, 별당으로, 행랑으로, 불난 집 며느리 싸대듯 덤벙거리고 다녔다. 머슴들이나 드난꾼들까지도 말이 아니었다. 갈비뼈를 싸안고 엎디어 있는 놈, 팔목이 부러진 놈, 대가리가 터진 놈, 허리를 못 쓰는 놈, 사내꼴 뒤집어썼다 하는 놈은 한 놈도 성한 놈이 없었다.

"도대체 어느 놈 짓인지 짐작도 안 간단 말이냐?"

방학주는 성깔을 주체하지 못하고 애꿎은 머슴들한테만 버럭버럭 악을 썼다. 머슴들은 끙끙 앓으며 도리질을 할 뿐이었다.

도대체, 어느 놈 짓인지 알아야 뒤를 쫓든지 요절을 내든지 할 것인데, 도깨비가 한 짓인지 사람이 한 짓인지조차 알 수가 없었다.

"조금이라도 짐작 가는 데가 없소?"

형수를 붙잡고 물었다. 여자들은 그래도 다친 사람이 없었다.

"낸들 어찌 알겄이유? 난데없는 놈들이 덴 소 뛰듯 뛰어들어 닥치는대로 북새질을 치는 통에 나는 식구들 다 죽는 줄만 알았이유. 그래놓고 또 바람같이 달아나잖겄이유. 얼굴 하나도 제대로 못 봤구만유. 세상에 무지막지해도 그렇게 무지막지한 놈들도 있는가, 그런 놈들은 보다가 처음 봤구만유."

방세주 아내는 지레 숨넘어가는 소리였다.

"두 놈은 도포에 갓을 썼더라면서요?"

방학주는 형수가 마치 그놈들이기나 한 것같이 욱대겼다.

"그런 것 같데유. 나머지는 모두 화적 떼같이 무지막지하게 생겼는디, 아무리 무지막지해도 그렇게 무지막지한 놈들도 있는지, 들이 당짝 말 한마디 없이 몽둥이를 휘둘러대잖겠이유. *달걀 섬에 절구질도 유분수제, 세상에 그런 놈들이 어딨겠이유."

여편네는 입에 거품을 물었다.

"조금이라도 무슨 짐작 가는 일이 없소?"

"짐작이라니유? 마른하늘에 날벼락은 소리나 냄시로 때리잖유. 이놈들은 무작정 몽둥이만 휘둘러대는디 무슨 짐작을 하겠이유?"

"개새끼도 물 때는 으르렁거리고 무는 법인디, 머라 말 한마디도 없더란 말이오?"

"대문으로 달려듬시롱 방가 놈들 나오너라, 이러고 악을 쓰는 소리밖에는 못 들었네유. 뭣이라고 고함을 지르기는 지릅디다마는 무슨 소린지 챙겨 들을 경황이 없었소."

"그래도 집안에 이렇게 큰일이 일어났으면 이 집안사람으로야 멋이 짚여도 짚이는 구석이 있을 것 아니오?"

방학주가 버럭 악을 썼다.

"그렇게 말씀을 한께 말씀이지만유, 짚이는 것이라기 보담도, 지금 모두가 말은 안 하제마는유 속살로는 이것이 지금."

방세주 아내는 말을 하다 말고 주변을 돌아봤다.

"뭣이오? 어서 말해 보시오!"

"너무나 날벼락 같은 일이 벌어져논께 하는 소리지만유, 이것이 저 별당 색시 까탈이 아닌가 그런 소리들이구만유."

여편네는 어정쩡하게 말을 했으나, 거기서 일어난 불집이 분명하다는 표정이었다. 별당이란 방필만이 젊은 색시들을 거느리고 거처하는 집이었다.

"별당 색시들이오?"

방학주 눈에 빠듯 긴장이 피어올랐다.

"이것이 자칫하다가는 살인날 일이라 함부로 입에 올려 할 소리는 아닌 것 같지만유. 그런 일이 아니고서야 *팔모로 생각해 봐도 이런 일이 일어날 *꼬타리가 없을 것 같구만유."

"별당 색시가 어쨌단 말이오?"

"별당 색시가 어쨌다기보담도 보름 전에 또 청동골에서 색시 하나를 데려왔는디유, 참말로 이런 소리를 해사 쓸란가 모르겠구만유."

방세주 아내는 겁먹은 눈으로 말을 우물거렸다.

"뭣이 무서워 말 못 허요?"

방학주가 눈알을 부라렸다.

"그 색시는 그 동네에 죽자사자하는 총각이 있었다잖은게뷰. 이것이 시방 모두 행랑것들 입에서 나온 소린디유, 그 처녀 총각 사이에 혼담이 무르익어서 금방 혼사를 치를 참이었다지 않은게뷰. 이런 처녀를 데려왔으니 어쩌겠이유? 여기 와서도 눈물 콧물로 밤낮을 지샜다고 그러네유."

"그러니까, 그 색시 까탈로 그 총각이 그랬단 말이오?"

"말을 하잔게, 그런다는 것이제 그것이사 누가 알 것이유?"

방세주 아내는 꽁무니를 뺐다.

"그 색시 데려온 것도 차생원이오?"

방학주 눈초리에 날이 섰다.

"요새, 우리 집에서 차생원 안 끼고 되는 일 있는감유?"

"차생원은 어디 갔소?"

"데리러 보냈은게 하마 올 참 됐네유."

방학주는 별당 쪽을 노려보며 상관이 똥 집어 먹은 곰 상으로 일그러졌다.

"살아 생이별은 생초목에 불이 붙는다는 것인디, 죽자사자하는 처녀 총각을 더구나 혼담까지 무르익은 사람을 생나무 가지 찢듯 억지로 끌어왔으니 탈이 붙을 법도 하잖겄이유. 여자 안 낀 살인 없더라고 이런 험한 일이 그런 일 아니고야 쉽게 있겄이유?"

방세주 아내는 말끝을 그쪽으로 몰아붙이고 있었다.

차생원이라 부르는 차행보車幸甫란 자는, 진산 서쪽 일대의 이 집 마름이자 서사였다. 차생원에 대한 방필만의 신임은 이만저만이 아니어서 소작 관계 일뿐만 아니라 집안의 대소사까지도 큰아들을 제쳐놓고 차생원과 의논을 할 지경이었다. 그래서 방세주 내외는 차생원이라면 벌레보다 싫어했다.

방필만은 스물 안짝의 새파란 첩을 한꺼번에 셋이나 거느리고 있었는데, 그 첩들도 다 이 차생원이 농간을 부려 끌어들인 여자들이었다.

방세주는 자기 동생 방학주와는 달리 매사를 꼼꼼히 따지는 꽁생원이었고, 세상 사람들 앞에 체면도 차릴 만큼은 차리는 사람이었다. 그가 차생원을 싫어하는 것은 그 아버지가 자기보다 차생원을 더 신임한 탓도 있지만, 그보다는 별당 색시들 때문이었다. 방필만은 젊었을 때부터 엽색행각에 이골이 난 사람이었는데, 그 *뚜쟁이

78

노릇은 이 차생원이 도맡아 했고, 그것을 미끼로 차생원은 차생원대로 올깃한 재미를 보고 있었다.

이런 차생원이라 이 집 식구치고 방필만 말고는 차생원을 곱게 보는 사람이 없었다. 방필만 마누라는 두말할 것도 없었다. 여자는 육신은 늙어도 투기는 나이를 타지 않는 듯 방필만 마누라는 남편보다 다섯 살이나 많아 지금은 일흔다섯 쭈그렁 할망구지만, 별당 색시들 이야기만 나오면 허옇게 도끼눈을 하고 말마디마다 시퍼렇게 서릿발이 쳤다.

그러나 차생원은 비위가 좋고 유들유들하기가 타고난 뚜쟁이여서 이 집 식구들 서릿발치는 눈초리쯤 소잔등에 찬바람으로 눈썹 하나 까딱하지 않았다. 차생원은 자기의 뚜쟁이 노릇에 부끄러워하기는커녕 되레 큰소리를 쳤다. 이따금 이 집 하인들을 모아놓고 큰기침을 하며 그럴 듯한 장설까지 풀어놨다.

"내가 젊은 여자들을 이 집에 끌어들인다고 모두들 비웃는 모양인데, 내 본심은 따로 있어. 내가 영감한테 바치는 것은 여자가 아니고 바로 보약이라구, 보약. 복기腹氣란 게 뭔 줄 아나? 의서에서는 이것을 원기상화元氣相和라 하는데, 젊은 여자들 배꼽 밑에는 인삼, 녹용보다 몇 곱절 사람한테 보가 되는 정기가 서려 있다 이 말이야. 이것을 제대로 빨아들이면 보약 치고는 이런 보약이 없어. 정精은 배꼽 아래 세 치 밑에 고여 있고, 기氣는 배꼽 아래 한 치 반 밑에 고여 있는 법인데, 정이 고여 있는 곳을 단전이라 하고 기가 고여 있는 곳을 기해氣海라 하거든. 그러면 이것을 어떻게 빨아들이느냐? 입으로 빨아들이는 것도 아니고 양물陽物로 빨아들이는 것도 아냐. 남녀가 단전이면 단전, 기해면 기해를 서로 대고 문지르는 거야. 이때 오죽 이나 욕정이 끌어오르겠나? 허지만, 욕정이 끌어오른다고 욕정을 쏟아버리면 기를 빨아들이기는커녕 되레 기를 몇 곱절 더 상해버리 는 법이야. 이런 소리를 하면 어디 사랑방 구석에나 굴러다니는 음 담으로 알겠지만, 의서 중에서도 으뜸가는 본초강목本草綱目에 있는 소리라구. '효도 중의 으뜸은 웃방아기'란 속담이 무슨 소린 줄 알 어? 바로 이것을 가리키는 말이라구. 아비 방에다 이런 계집아이를 넣어준다는 소리거든. 이 집에서 효도를 제대로 하는 것은 누군 줄 도 모르고 이 집 식구들은 나만 보면 눈에 쌍심지를 돋우는데 내 본 심은 이렇게 따로 있다 이 말이야, 커엄."

하인들은 차생원의 말에 어리둥절한 표정이었다.

옛날에는 아닌 게 아니라 인기법人氣法이라 하여 어린 소녀들을 데리고 이런 짓을 하는 풍속이 있었고, 본초강목에도 14세 이전의 소녀와 동침을 하면 그 뜨거운 훈기로 몸에 크게 유익하다는 말이 있다. 그래서 옛날 종들은 딸을 낳아 *파과기破瓜期에 이르면 으레 주인더러 복기를 하라고 그 방에 들여보냈다. 이것은 거의 일반적인 풍속이었던 모양으로, 당연한 일을 한다는 뜻으로 '종년 딸 윗방에 들이듯'이라는 속담이 생겨날 정도였다. 이런 어린 소녀들을 데리고 실제로 욕정을 누르고 복기라는 짓을 하는 사람이 있는지 어쩐지는 모르지만, 이것은 그럴 듯한 핑계고 종의 딸 첫정을 빼앗으려고 만 들어낸 무자비한 풍속일 것이다.

차생원도 자기의 뚜쟁이 노릇을 이 복기를 들어 그럴싸하게 꾸며 대고 있었으나 그건 처음부터 말이 안 되는 소리였다. 그가 끌어들인 여자들이 모두가 스무 살 가까운 성숙한 처녀들이었기 때문이다.

차생원이 달려들었다.

"도대체 이것이 뭔 일이오?"

방학주는 헐레벌떡 뛰어 들어오는 차생원을 잡아먹을 듯이 노려 봤다.

"내가 묻고 싶은 말이오."

"차생원은 이 일에 짐작 가는 것이 없소?"

차생원은 *무춤했다.

"짐작이라니요?"

"그놈들이 섭바위 쪽에서 왔다가 다시 그쪽으로 갔다는데 그래도 짐작 가는 것이 없냐 말이오?"

"글쎄요."

차생원은 몽둥이 맞은 놈처럼 눈만 말똥거리고 있었다. 방학주는 말없이 차생원을 한참 동안 노려보고 있었다.

"이 근래 청동골에서 별당에 색시 하나 또 데려왔다면서요?"

"그러기는 했습니다만."

차생원은 무슨 소린지 더욱 모르겠다는 표정이었다.

다른 가족들과 달리 차생원과 방학주는 서로 무관한 사이였다. 특히, 돈 문제로 방학주가 자기 아버지를 꼬드길 일이 있을 때는, 차생원 곁에 앉아 그럴싸하게 능갈을 치던 것인데 차생원이 그럴싸하게 발라대면 방필만의 꼿꼿하던 눈살이 금방 풀렸다. 이런 사인데도, 방학주가 안면을 싹 바꾸고 나오니 차생원은 더 당황할밖에 없었다.

"그 동네에 그 처자와 죽자사자하는 총각이 있었다는데 알고 있소?"

"거기까지는 모르는 일이었습니다마는, 그러니까, 그 총각 소행이란 말인가요?"

"그놈의 소행인지 아닌지는 모르지만, 그런 일이 아니고서야 이런 험한 일이 벌어질 수 있겠냐 말이오?"

"그렇다면, 그쯤 밝혀내기 어려운 일이 아니지요. 당장 쫓아가서 그 놈을 잡아 조지면 사단이 밝혀질 게 아닙니까? 그까짓 촌놈 하나 다루기야 뭐가 어렵겠소?"

"달리 짐작 가는 일은 없소?"

"도무지 없습니다."

"그러면 그 청동골을 한번 가봅시다."

"장정들을 몇 데리고 가야겠지요?"

"읍내 가면 많아요."

자기가 거느리고 있는 왈패들을 데리고 가겠다는 말인 것 같았다.

해가 뉘엿뉘엿 들어갈 구멍을 찾고 있었다. 두 사람은 급히 집을 나섰다. 어느 놈이든지 잡아 조지지 않고는 분이 풀리지 않겠다는 서슬이었다.

먼발치에서 그들의 말을 듣고 있던 여인 하나가 겁먹은 눈으로 별당 쪽을 향해 달려갔다. 약사발을 들고 방으로 들어가려던 색시가 발을 멈췄다. 청동골서 온 길례吉禮라는 색시였다.

"큰일났네. 읍내 작은 서방님하고 차생원이 청동골로 몰려갔그만……."

여인은 주변을 살피며 낮은 소리로 말했다.

"청동골은 왜유?"

길례가 놀라 물었다.

"길례하고 죽자사자하는 총각이 있었다며?"

"뭐라구유?"

"아까 행패를 부린 것이 그 총각 짓이라는 것 같구만."

"어머!"

길례는 손에 들고 있던 약사발을 떨어뜨리고 말았다. 약사발은 쨍그랑 약을 쏟으며 깨졌다. 방에서 다른 색시들이 쏟아져 나왔다. 길례와 한두 살 위아래로 보이는 나이 어린 색시들이었다.

이 여인은 월촌댁月村宅이라는 이 집 드난꾼으로 길례와 마찬가지로 동학교도였다. 얼마 전 길례가 밖에 나와 동학 주문 외는 것을 듣고 자기도 동학교도라고 넌지시 실토를 했다. 이 집 머슴 칠성과 종 삼월도 같은 교도라며 서로 돕고 살자고 했다.

"그럴 리가 없어유. 아까 잠깐 그 사람들 얼굴을 봤지만 내가 아는 사람은 하나도 없었어유."

길례가 단호하게 말했다.

"그러제마는 저러고 쫓아가고 있는디, 이 일을 어째사 쓰까? 하기사 죄 없으면 그만이겠제마는."

"언제 갔어유?"

"금방 나갔어."

길례는 대번에 매무새를 가다듬으며 중마당으로 나섰다.

"가서 애매하다고 말할 테유."

길례는 그대로 집을 뛰쳐나갔다. 대문을 나서자 길례는 바람같이 내달았다. 방학주와 차생원은 벌써 산모퉁이를 돌아가 버렸다. 길례는 뛰기 시작했다. 산모퉁이를 돌아서자 저만치 방학주 일행이 바쁜 걸음을 치고 있었다.

"여보시유, 나 좀 봅시다유."

일행은 뒤를 돌아봤다. 길례가 숨을 헐떡이며 다가갔다. 길례는 방학주와는 초면이었다. 그들은 얼빠진 사람들처럼 길례를 건너다보고 있었다.

"청동골 가신다지유? 잘못 아셨어유."

길례는 방학주를 똑바로 보며 야무지게 말했다. 부끄럼이나 체면 같은 것은 이미 *파탈해버린 당돌한 태도였다.

"그게 무슨 소리요?"

방학주가 눈쌀을 찌푸리며 뒤졌다.

"저하고 혼담이 오갔던 총각이 있기는 했지만유, 아까 그 사람들 가운데는 그 총각도 없었고유, 달리 아는 사람도 없었어유."

"그것만 가지고 그놈 짓이 아니라고 어떻게 안단 말이오?"

방학주가 침착하게 말했다. 열여덟 새파란 나이지만, 아버지 첩실이니 계제를 좇아 따지기로 하면 어머니뻘이라 함부로 못하는 눈치였다.

"그 총각이 그 자리에 없었으면 그만이지 뭣을 더 의심한단 말이에유?"

"대낮에 남의 집을 그 꼴로 만들 때 본인이 얼굴 내놓겠소?"

방학주가 소리를 높였다.

84

"아니, 그럼?"

"남을 시켜서 했을지 모른다 이 말이오. 나설 자리가 아니오. 돌아서시오."

방학주가 단호하게 말했다. 길례는 말이 막히고 말았다. 뻥한 눈으로 방학주를 건너다봤다.

"그 총각은 남의 손을 빌어 그런 일을 할 만한 사람이 아네유."

길례는 야무지게 말했다. 그의 말에는 시퍼렇게 날이 서 있었다.

"가보면 흑백이 가려질 것이오."

방학주는 냉랭한 표정으로 말을 뱉으며 돌아서려 했다.

"차생원님!"

길례는 돌아서려는 차생원을 불러세웠다.

"애먼 사람 다치면 나도 가만 있잖을 테유."

길례는 앙칼지게 내쏘았다.

"허허, 죄 없으면 그만인데 어째서 지레 이렇게 방색일까?"

차생원은 피글 웃으며 핀잔이었다. 네까짓 게 가만 있잖으면 어쩌겠다는 거냐, 너 같은 계집아이 앙탈쯤 강아지 새끼 짖고 나서는 것만큼도 귀에 안 엉긴다는 태도였다. 더구나, 미리 설치고 나서는 게 뒤가 구린 것 같다는 가시까지 돋쳐 있었다.

"생가슴에 두 번 못을 박으면 방씨 댁 대들보에 목을 매고 말 테유."

"생가슴? 그것은 또 무슨 어거지가 그런 어거지가 있어? 내가 억지 짓 했단 말인가?"

차생원은 허허 웃으며 돌아섰다. 그들은 길례를 뒤에 두고 걸음을 재촉했다. 길례는 멍청하게 서서 그들의 뒷모습을 한참 동안 보고 있었다. 이내 입술을 잘근 씹으며 돌아섰다.

별당 색시들은 모두 돈 때문에 넘어온 여자들이었다. 그러나 길레 친정은 처음부터 가난한 집은 아니었다.

작년까지만 해도 길레 친정은 귀 바른 기와집에다 논이 20여 *두락이나 되는 *포실한 살림이었다. 그래서 길레는 고생이란 걸 모르고 자랐다. 그런데 뭣도락에 빠진 아버지가 *산송山訟으로 어이없이 살림을 날린 바람에 집안이 몽땅 거덜이 나버리고 길레까지 이 꼴이 되고 말았다.

이도吏道가 해이한 세상일수록 송사訟事란 노름보다 험한 돈 싸움이었다. 달라지 않아도 제 손으로 돈을 싸다 바치는 것이 송사라 거덜이 나도 원망할 데도 없었다. 그중에서도 산송은 갓도 끝도 없는 돈 싸움이었다.

몇 년 동안 명당을 찾아 풍수들을 앞세우고 산을 싸대던 길레 아버지가 하루는 명당자리를 잡았다고 기고만장이었다.

명당도 이만저만 명당이 아니라는 것이다. 어지간한 묏자리는 풍수에 따라 말이 다른 법인데, 이 묏자리는 웬만한 자리였던지 열이면 열, 어느 풍수도 그것이 그럴싸한 자리라는 데 이견이 없었다. 이 소문은 널리 퍼졌다.

길레 할아버지 묘를 그리 옮겨 쓰려 할 때였다. 진산읍내 부자 한 사람이 그 묏자리가 있는 산이 자기 산이라고 터무니없는 생청을 부리고 나왔다. 길레 아버지는 그런 억지에 미리 대비해서 그만한 채비를 해가며 산을 샀던 것인데, 너무도 터무니없는 소리를 하고 나선 것이다. 산 경계를 가지고 억지를 부리고 나온 것이다. 큰 산등성이 하나를 넘어서 다음 등성이까지가 자기 산이라고 숫제 산등성이 하나를 들어먹자고 나온 것이다. 그러니까, 길례 아버지는 산을 사도 남의 산을 속아 산 어처구니없는 꼴이 되고 말았다.

그 작자는 그 묏자리가 탐이 나서 처음부터 송사를 붙여 돈으로 우겨대자는 배포로 억지를 부린 것이다.

이 근방 사람들을 모두 증인으로 데려다 세웠으나, 돈 앞에는 장사가 없었다. 현감은 부자 편으로 기울고 만 것이다. 길례 아버지도 객기가 만만찮은 사람이어서 논밭 문서를 잡히고 돈을 끌어다가 현감한테 바치기 시작했다.

여기에 차생원의 농간이 끼어든 것이다. 길례 아버지는 차생원이 얼마나 무자비한 흉물인지를 잘 알고 있었다. 그러나 여우한테 홀려가는 놈이 홀려가는 줄 뻔히 알면서도 홀려간다고 하듯, 길례 아버지는 거덜이 나고 있다는 것을 뻔히 알면서도 끝내 객기를 숙이지 못하고 막바지까지 치닫고 말았던 것이다. 제대로 정신을 차렸을 때는 논밭전지가 다 날아가고도 되레 논 열 마지기 푼수나 빚을 지고 말았다.

빚 독촉이 시작됐다. 꿩도 매도 다 놓치고 빚까지 졸리게 된 것이다. 갚을 길이 없었다. 차생원 입에서 길례라는 말이 나왔다. 처음 그 소리를 들었을 때 길례 아버지는 목침 울림을 하며 격분을 했다. 차생원은 그럼 법 알림을 하는 수밖에 없다고 껄껄 웃으며 집을 나갔다. 대충 사정을 알고 있던 길례는, 능청스럽게 웃으며 집을 나서는 차생원 웃음소리에 가슴이 섬뜩했다. 일은 이미 막바지에 다다랐다고 생각했다. 아니나 다를까 다음날 나졸들이 몰려왔다. 아버지가 끌려가고 말았다.

빚대봉으로 자기를 원한다는 소리를 들었을 때 길례는 마치 남의 이야기를 들은 것 같았다. 그러나 일판이 너무 험하다 보니 마음도 쉽게 누그러지고 말았다. 아버지 눈을 뜨이기 위해 인당수에 뛰어든 심청이도 있지 않느냐고 생각했다. 다만, 혼담이 오가고 있던 박성삼朴成三 생각에 가슴이 찢어질 뿐이었다. 가슴을 쥐어뜯던 어머니도, 길례가 의젓하게 파탈을 하고 나서자 정신을 차렸다.

"부모 잘못 만나 네 신세가 이 꼴이 되었다마는, 너무 서럽게 생각 마라. 그 노인 나이가 칠십객이라니 제대로 사내구실을 못할 것이다. 잠시 시중들러 간다고 생각해라. 그 영감이 죽은 뒤에는 그 집에 더 눌러있겠다 해도 마다할 것이다. 사람의 팔자란 모르는 법이다. 다시 볕바르게 혼례를 치를 수 있을지 누가 알겠냐?"

청동골에 갔던 두 사람은 박성삼이 아니고 엉뚱하게 그 아버지 박치호朴致浩를 끌고 왔다. 두 사람 뒤에는 험상스럽게 생긴 놈들이 셋이나 따르고 있었다. 방학주가 거느리고 있는 읍내 왈패들이 분명했다.

"이놈, 끝내 네 아들 행방을 대지 못하겠다는 게냐?"

박치호를 결박 지어 광 속에 가둬놓고 방학주가 닦달을 했다. 왈패 세 놈이 곁에 몽둥이를 꼬나들고 지켜 서 있었다.

"댈 수 없다. 허지만, 너의 집일하고는 상관이 없는 일로 나갔으니 더 따지지 마라."

"우리 집 일하고 상관이 없다면 어째서 행방을 못 대겠다는 게냐?"

"우리 부자는 동학도다. 그 아이는 동학 일로 요사이 여기저기 돌아다니고 있다. 사사로운 여염집 일에도 남한테 발설할 수 없는 일이 수두룩한 법인데, 어찌 그런 일에 비밀이 없겠느냐?"

"떳떳한 일이라면 왜 말을 못한단 말이냐?"

"떳떳하고 말고 그런 것과는 상관없이 말할 수 없는 일이다."

청동골에서 올 때부터 감정이 딩딩해서 서로 호놈을 하고 있었다.

"그럼, 그저께 너희 집에 다녀간 사람이 있다는데 그건 누구냐?"

"동학도다."

"어디 사는 놈들이냐?"

"그것은 말 못 하겠다."

"무슨 일로 왔느냐?"

"그것도 말할 수 없다. 동학 일로 왔다는 것만 말해 둔다."

"이 때려죽일 놈, 네놈 아들이 그들과 모사를 해서 우리 집에 보복을 했어. 지금 뉘 앞에서 *의뭉을 떨고 있냐?"

"처음부터 다시 말을 발라 합시다."

박치호가 말소리를 가다듬어 존대를 하고 나왔다.

"당신들의 이런 무작스런 짓에는 이가 갈리요마는 크게 오해가 있는 듯하여 오해를 풀자고 하는 말이니 애먼 사람한테 이러지 마시오. 우리 집놈은 혼담이 오갔던 처자가 이 집에 와 있다는 것조차 까맣게 모르고 있소. 나도 그저께야 소문을 듣고 알았소."

박치호는 차근한 목소리로 말했다.

"뭐라구! 오해를 풀자면서 기어코 능청을 떨겠다는 수작이오. 혼담이 있던 처자가 동네서 없어졌는데, 보름이 지나도록 그것을 몰랐다니 그것이 말이 돼요? 의뭉을 떨어도 방불하게 떠시오."

방학주도 말투를 고쳤으나 살기를 누그린 것은 아니었다.

"남의 집 규수가 집에 있는지 없는지 어떻게 안단 말이오? 더구나, 그 집에서는 그런 소문이 퍼지면 집안 망신이니 숨기는 데까지 숨길 것은 정한 이치 아니오?"

"당신 아들하고 그저께 당신 집에 왔던 사람들이 제 발로 여기 오기 전에는 당신 말을 믿을 수가 없어. 당신은 지금 동학을 핑계로 어리석은 수작을 벌이고 있는데, 그 따위 수작에 넘어갈 내가 아녀. 저 몽둥이는 장난으로 들고 있는 줄 알아?"

방학주는 다시 이를 갈며 다그쳤다.

"그래, 장난이 아니면 생사람을 어쩌겠다는 거요?"

박치호도 만만찮게 나왔다.

"당신 입에서 당신 아들 행방이 기어나오든지, 창자가 기어나오든지 양단간에 하나가 기어나오게 하겠다, 이거여."

방학주는 허옇게 웃으며 주먹을 쥐었다.

"죄 없는 사람을 그렇게 패도 무사할 것 같아?"

박치호도 이를 악물었다.

"무사할 것 같으냐고? 이놈아, 나라에서 금하고 있는 동학을 믿는 것부터가 너는 국법을 범하고 있다. 더구나, 이런 일에 의심을 받고 있으면서도 그 내막을 말할 수 없는 일을 하고 있다면 그것이 역적 도몬지 강도 모산지 누가 알겠냐? 그런 흉모를 알아내기 위해서라도 몽둥이찜질을 하겠다. 관에 내놔도 나는 얼마든지 할 말이 있어. 어서 대라. 매만 공것이다."

"한마디만 명심해라. 공매를 맞고 가만있을 내가 아니다. 그것 하나만은 똑똑히 명심해 둬!"

박치호 눈에서는 시퍼렇게 빛이 나고 있었다.

"흐음, 네놈 말하는 것을 보니 그만한 모사를 꾸미고도 남을 놈이다. 어디 한번 맞아봐라."

방학주는 유들유들 웃으며 놀리는 가락으로 나왔다.

"이놈, 두고 보자!"

"야, 저놈 아가리에 재갈부터 물려!"

방학주는 곁에 몽둥이를 꼬나들고 서 있는 왈패들한테 소리를 질렀다. 왈패 한 놈이 밖으로 나갔다. 새끼토막을 들고 들어왔다. 박치호 상투를 잡아 재끼고 입에 새끼를 감았다.

"이놈들!"

박치호는 몸을 뒤틀었으나 장정들의 힘에는 당할 수 없었다. 하릴없이 입에 재갈이 물리고 말았다.

"뒈져도 상관없다. 사정 두지 말고 쳐라!"

몽둥이 든 놈들이 잠깐 머뭇거렸다.

"이 병신들이 뭘 꾸물거리고 있어."

방학주가 고함을 질렀다. 박치호 눈에서는 시퍼렇게 독기가 뿜어져 나오고 있었다. 그 독기에 왈패들도 잠시 기가 질린 모양이었다.

"쳐!"

방학주가 다시 악을 썼다. 그제야 한 놈이 몽둥이를 들이댔다.

"으음."

재갈이 물린 박치호는 코로 신음소리를 내뱉고 있었다. 왈패들은 몽둥이로 사정없이 등짝을 갈겼다. 그때마다 박치호는 짐승 소리 같은 신음 소리를 내뱉었다. 아파서 뱉는 비명이 아니고 독기를 끓이는 소리였다.

"대겠느냐, 못 대겠느냐?"

방학주가 물었다.

"으음!"

박치호가 튀어나올 것 같은 눈으로 방학주를 노려보며 신음소리를 뱉을 뿐이었다.

"아직도 덜 맞았구나. 더 쳐!"

왈패들은 다시 몽둥이질을 했다. 박치호 몸뚱이가 이내 무너져 내렸다. 땅바닥에 뒹굴었다. 방학주는 더 치라고 악을 썼다. 이내 까무러치고 말았다. 물을 떠다 끼얹었다.

며칠 뒤였다.

박성삼이 방필만의 집에 뛰어들었다. 공주 감영에 소 올리는 날이었다. 성삼은 그간 아무것도 모르고 있다가 공주 가서야 이쪽 사람들한테 소식을 듣고 뛰어왔다. 방필만 집에서 벌어지고 있는 일들은 그 집 머슴 칠성을 통해서 이 근방 동학도들한테 낱낱이 전해지고 있었고, 그게 공주 감영 앞에서 박성삼한테까지 전해졌던 것이다.

박성삼에게는 길례가 빚 때문에 방필만 집에 첩으로 끌려갔다는 소리도 청천벽력이었지만, 자기 아버지가 엉뚱한 일로 끌려가 매를 맞고 갇혀 있다는 소리에는 피가 거꾸로 곤두박질치는 것 같았다. 박성삼은 발이 땅에 붙는지 공중에 뜨는지조차 모르고 뛰어왔다.

그 사이 방세주는 기력을 회복해 기동을 할 수 있었고, 방필만도 겨우 미음을 넘기고 있었다.

"이놈이 결국 제 발로 기어들어왔구나."

박성삼이 왔다는 말에 방학주 형제는 새삼스럽게 이를 악물었다. 박성삼을 사랑방으로 불러들였다.

"네놈이 청동골 박성삼이냐?"

머리통을 싸맨 방세주가 다그쳤다.

"여보시오, 당신이나 나나 똑같은 상놈인데 어째서 호놈이오?"

박성삼은 착 가라앉은 소리로 따졌다.

"어라, 이 귓불에 피도 안 마른 새끼가 뭐라구?"

방세주가 이를 악물었다.

"당신은 귓불에 피 마른 지 몇 년이나 되었는지 모르지만, 내 나이 스물이오."

박성삼이 어깨판을 벌리며 대들었다. 자기 아버지를 닮아 우람한 체구였다.

"스물? 스물이면 너보다 이십 년 연상이다. 네 아비 뻘이여."

"당신하고 나는 구정물 한 방울 뛰어간 연이 없는데, 이십 년이건 사십 년이건 무슨 상관이오?"

방학주는 박성삼의 거동만 노려보고 있었다. 방 안에는 이 세 사람뿐이었다.

"이런 싹수대가리 없는 새끼를 그냥!"

방세주 손이 박성삼한테 올려붙으려는 순간이었다.

"가만 계십시오."

방학주가 점잖게 말리고 나섰다.

"지금 어디 있다 오는 길인가?"

"나부터 물읍시다. 우리 아버님은 왜 데려왔소?"

박성삼이 만만찮게 반격을 했다.

"그만한 일이 있어서 데려왔네. 내 말에 대답을 하면 저절로 알게 되네. 지금 어디 갔다 오는 길인가?"

"공주 갔다 오요."

박성삼이 씹어뱉듯 말했다.

"뭣 하러 갔던가?"

"오늘 동학교도들이 공주 감영에 모여 신원 금포의 소를 올렸소."

"신원 금포!"

"우리 교조 최제우 선생에 대한 신원과 우리 교도들에 대한 관의 금포요."

"그건 내가 상관할 일이 아니고, 자네가 닷새 전에 집을 나갔는데 그 사이 무슨 일을 하고 다녔는가?"

"고산하고 은진 교도들한테 소 올린다는 통문을 전하고 다녔소."

"왜, 그 일을 자네가 해?"

"그건 당신들이 알 바 아니오."

"그건 그렇다 치고, 그 얼마 전에 자네 집에 손님 세 사람이 온 적이 있지?"

"그렇소. 모두 동학교도요."

"뭣하러 왔었는가?"

"공주 가자는 의논하러 왔소."

"어디 사는 사람들인가?"

"금산 사람들이오."

"흐음, 자네 말을 들으니 시원스럽구만. 그런데 자네 부친은 이런 간단한 이야기를 한사코 숨겼어. 이것이 이상하구만."

방학주가 빙긋이 웃었다.

"소를 올릴 때까지는 그 일은 교도 말고 다른 사람들한테는 절대로 비밀이니까 그렇지요."

"왜?"

"관에서 미리 알면 방해를 할 거 아니오?"

"그렇지만 자네 행방까지 숨길 것은 뭔가?"

"내가 여기 잡혀오면 그동안 내가 하고 다닌 일이 모두 들통날 게 아니오?"

"허허, 척척 잘도 둘러대는군."

"뭐라구요? 둘러대기는 누가 뭘 둘러댄단 말이오?"

"으흠, 그동안 패거리하고 다 말을 맞춰놨으니 뒤가 든든하다 이거렷다."

"여보시오, 지금 당신 누구한테 언걸이오. 대둔산 밑 평촌平村 사람한테 들으니, 바로 그날 아침에, 몽둥이를 든 장정 다섯 사람이 고산 쪽에서 서릿발 치는 서슬로 이쪽으로 가더랍디다. 똑똑히 알아보고 생사람을 잡아도 잡으시오."

박성삼은 버럭 고함을 질렀다. 그 눈에는 살기가 시퍼랬다.

"으흠, 이제야 꼬투리가 조금씩 나오기 시작하는구만. 아까 자네 말대로 하자면, 자네는 바로 그날 고산이나 은진 어디에 있었겠구만. 기왕 말을 하려면 고산 어느 동네 아무개 아무개를 꼬드겨 우리 집을 작살냈다고 털어놓지 그래?"

"여보시오, 생사람 잡지 마시오."

박성삼이 버럭 악을 썼다.

"생사람? 자네 길례라는 처자 알지?"

"그 처자가 어쨌다는 거요?"

박성삼의 눈에 불이 켜졌다.

"그 처자와 죽자사자하는 사이라며? 혼담도 있었고?"

"그래, 그게 어쨌다는 거요?"

박성삼은 착 가라앉은 소리로 다그쳤다. 그 눈에서는 시퍼렇게 살기가 내지르고 있었다.

"그 처자가 이 집에 와 있다는 것을 모른다고는 말하지 않겠지?"

"으음."

박성삼이 신음소리를 냈다.

"알고 있었구먼. 자네 아버지는 자네가 그걸 까맣게 모르고 있다 했어. 말이 여기서도 위각이 나는구먼."

"오늘 공주 가서야 알았어. 당신 지금 젊은 놈 가슴에 어디까지 불을 지르자는 거여?"

박성삼이 이를 갈며 말을 놓았다.

"말본새 바르자고는 자네가 먼저 말하지 않았던가? 흑백을 가리자는 것이니, 감정은 뒤로 물리고 내 말 더 듣게."

방학주는 이만저만 유들유들하지 않았다. 박성삼은 울화를 삼키느라 안간힘을 썼다.

"우리 집 식구들은 어디다 무슨 적선을 하고 살아온 적도 없네마는 그렇다고 이런 무지막지한 보복을 당할 만큼 적악을 한 일도 없네. 우리한테 앙심을 품을 사람은 이 근자에는 자네밖에는 없어. 헌데, 알고 보니 자네는 요 며칠 사이 자네가 말한 대로 고산으로 은진으로, 공주집회에 사람을 모으러 다녔구만. 자네는 다른 고을 동학도들을 움직일 만큼 동학도들 사이에서 얼굴이 넓고 신망이 있는 사람이라더구만. 동학도들은 서로 형제보다 의리가 굳어서 교도들 일이라면 네 일 내 일 가리지 않고 해준다지? 자네가 아무리 애매하다고 해봤자, 더구나 그날 그놈들이 고산 쪽에서 왔다니 자네가 그들을 움직여 우리 집에 보복을 했다고밖에 볼 수가 없네."

방학주가 깐에는 조리 있게 따졌다.

"내가 그랬다는 증거를 대시오."

"대낮에 남의 집을 쑥대밭 만든 사람들이 증거를 남기겠는가?"

"그럼, 증거도 없이 생사람을 잡는단 말이오?"

"그래서 지금 증거를 잡고 있는 중일세. 순순히 불지 않으면 몽둥이로 자네 입에서 증거를 뽑아낼 수밖에 없네."

"뭣이라고, 몽둥이로?"

"문 밖에는 진산읍내 건달들이 여러 명 있네. 드센 척 말고 순순히 불게. 내가 누군 줄 아는가? 진산읍내 방학줄세. 진산 사람이라면 방학주를 모를 리가 없겠지."

"그래 방학주면 방학주지 생사람을 패겠다는 거요. 나를 패고 무사할 것 같소? 당신이 말했듯이 동학도들은 그렇게 만만한 사람들이 아니오. 오늘 공주 읍내 모인 동학교도들이 얼만 줄 아시오?"

박성삼은 이를 갈며 방학주를 노려봤다.

"동학도들이 또 우리 집에 몰려온다는 말이렷다? 남의 집 쑥대
밭 만든 본색을 다시 드러내겠다는 말이구면. 어디 또 한번 몰려와
보게."

"나는 애매해요. 우리 아버님 어딨소?"

"순순히 불 텐가, 병신이 되고 나서 불 텐가?"

"불긴 뭘 불어?"

박성삼은 주먹을 쥐며 악을 썼다.

"하는 수 없구면."

방학주가 문을 열었다.

"그쪽 방에 다 있느냐? 모두 이리 건너오너라."

저쪽 방문이 열리며 왈패 세 놈이 몰려나왔다.

"들어와서 이 자식을 묶어!"

왈패들이 새끼토막을 찾아가지고 들어왔다.

"알아서 해라. 내가 이대로 맞고 말 놈이 아니다."

박성삼 눈에서는 불똥이 튀기는 것 같았다. 방 안에서 드잡이판
이 벌어졌다.

저쪽 처마 밑에서 이쪽 동정을 살피고 있던 월촌댁이 별당 쪽으
로 쪼르르 달려갔다. 그 사이 월촌댁은 두 번이나 별당을 드나들었
다. 월촌댁이 좀 만에 다시 이쪽으로 달려왔다. 이번에는 숨어 오는
걸음걸이가 아니었다.

박성삼에게 결박이 지어지고 입에는 재갈이 물려졌다.

월촌댁이 방문 앞으로 왔다.

"뭔가?"

방학주가 아니꼬운 눈으로 노려봤다.

"별당 어르신께서 두 분 다 곧 좀 다녀가시라는 분부시오."

"뭐, 아버님이?"

"예, 급히 여쭐 말씀이 있으신가 봅니다."

"제길!"

방세주는 혀를 찼다.

"너나 다녀오너라!"

방세주는 잔뜩 비위 상한다는 표정으로 핑글 돌아앉아 버렸다.

"잠깐 기다려!"

방학주는 왈패들을 향해 말해놓고 별당 쪽으로 갔다. 그가 방 안으로 들어서자 방필만 곁에 몰려 앉아 팔다리를 주무르고 있던 색시들이 윗방으로 몰려갔다.

"그 아이가 제 발로 왔다며?"

방필만은 보료에서 윗몸을 반쯤 일으키며 물었다. 잘려나간 상투는 수건으로 싸매고 있었다. 퀭한 눈이 고양이 눈처럼 반짝이는 게 어지간히 기력을 회복한 모양이었다.

"예, 왔습니다. 지금 닦달하고 있는 중입니다."

"뭐라더냐?"

"잡아떼지 뭐라겠습니까?"

"그 아이한테도 매질을 했느냐?"

"아직 안 했습니다."

"멀쩡한 사람 건드리면 불집만 하나 더 만든다. 확실한 꼬투리가 없거든 돌려보내."

"우리가 닦달하다 안 되면 현아로 넘길 참이오."

"뭐, 현아?"

방필만은 눈을 칩떴다.

"꼬투리가 없으면 그만이지, 현아는 또 거기가 뭐 말라빠진 데라고 현아냐?"

방필만은 턱없이 큰소리로 악을 썼다.

"저자들은 국법이 금하는 동학을 믿고 있습니다. 그것만으로도 현아로 넘길 구실이 되지요."

"동학도고 천주학장이고 우리하고 상관없으면 그만이지, 관청 상관해서 덕본 게 뭐가 있길래 현아는 현아냐 말이다. 생사람 팼다면 오냐 잘했다 하고 상이라도 내릴 것 같아? 그러지 않아도 돈 울궈낼 무슨 꼬투리가 없는가, 얌얌하고 있는 놈들한테 제 손으로 언턱거리를 만들어 바치겠다는 게냐? 못난 것들, 섶을 지고 불로 들어가도 유분수지, 대가리에 멋이 들었길래 궁리를 비벼내도 죽을 궁리만 비벼낸단 말이냐?'

방필만은 대통으로 놋쇠 재떨이를 땅땅 치며 고함을 질렀다.

"저희들한테도 다 그만한 생각이 있으니 맡겨주십시오."

"뭣이라고? 생각이라니? 늙은 아비 *우세를 현아에까지 가서 시키겠다는 것이 그 알량한 생각이냐? 잔소리 말고 돈냥이나 안겨서 돌려보내!"

방필만이 꽥 악을 썼다. 방학주는 잔뜩 우거지상이 되어 눈을 떨어뜨렸다. 아버지의 시퍼런 서슬 앞에 주눅이 든 것 같았다. 방학주는 고개를 떨어뜨리고 사랑방으로 내려왔다. 방세주한테 자초지종을 말했다.

"길렌가 그 년 수작이구나."

"아버님 서슬이 이만저만이 아닙니다."

방학주가 시르죽은 소리로 말했다.

"나는 저놈들을 그냥 돌려보낼 수 없어. 따로 범인이 나설 때까지
는 저놈들한테 의심을 풀 수도 없으려니와, 설사 따로 범인이 있다
하더라도 저놈들은 감옥에서 몇 년 푹 썩혀야 한다. 그놈들 악발 안
봤냐? 그런 놈들이 돈 몇 푼 안긴다고 누그러질 것 같아? 감옥에 푹
썩혀 기를 꺾어놓지 않고서는 발을 뻗고 못 잔다. 그 아비가 얻어맞
은 원한도 원한이지만, 그 젊은 놈 눈초리 못 봤냐? 자고로 아비 죽
인 원수는 잊어도 여편네 뺏긴 원수는 못 잊는다고 했다."

"감옥에 처넣으면 원한만 더 키우는 꼴이 될 것 같습니다. 더구나,
아버님이 저러고 나오시니 쉽게 감옥에 넘길 수도 없을 것 같고 또
이것을 빌미로 아전들이 무슨 농간을 부려올지 그것도 걱정입니다."

"아전들 농간이란 건 돈을 울궈내자는 것밖에 더 있겠냐? 이만
일에 내 살 안 뜯기고 무슨 일이 될 것 같아? 아버님은 이런 일이 별
당 색시들 까탈로 일어났다는 소문이 무서워서 그것만 덮어버리자
는 속셈이 아니고 뭐냐?"

"그렇더라도, 저자들을 현아에 가둬노면 아버님 염려대로 별당
색시들 소문만 세상에 더 낭자할 게 아니오? 그게 어디 아버님 혼자
우세요?"

"일이 기왕 여기까지 와버린 다음에야 어차피 헛갓 쓰고 똥 누기
다. 이번 일이 별당 색시들 까탈이건 아니건, 차제에 아버님도 *정

을 좀 다셔야 한다. 저 연세가 됐으면 자식들 체면도 생각해얄 것
아니냐?"

"이것 참 난처합니다."

"뒷일은 모두 내가 감당하겠다. 염려 말고 현아로 넘겨!"

방세주는 단호했다.

"그럼 이렇게 하지요. 우리 손으로 넘길 것이 아니라 우리 집에서
는 그대로 풀어주고 나서 현아에다 동학교도라고 발고를 하지요. 물
론 이방한테 단단히 *잡도리를 하라고 미리 뒷손을 써놓고 말입니다.

"맞다, 그게 좋겠다."

형제는 이내 의논이 맞았다.

4. 강경

강경江景은, 군산에서 내륙으로 백여 리나 금강을 타고 올라와 발달한 상업 도시다. 호남과 호서를 가르는 금강의 강폭이 강경에서부터 넓어지고 물길도 바다와 수평을 이뤄, 바닷물이 여기를 지나 공주 *어름까지 밀려올라가는 터라 강가는 그대로 바다의 개펄이어서 강 양편에는 바다갈대가 수북하게 우거지기도 했다.

백제가 망할 때 황해를 건너온 당나라 군선 수천 척이 부여까지 올라갔으리만큼 수심 또한 한강 하구 못지않아 지금도 몇 백 석을 실은 세곡선들이 물때를 가리지 않고 유유히 드나들었다. 육지에서 짐을 가장 많이 실을 수 있는 달구지가, 많이 실어야 기껏 20섬 안짝인데, 배는 한꺼번에 수백 석을 싣다 보니 금강의 하구 깊숙이 배가 들어올 수 있는 이 강경은 전부터 내륙 교통의 중심지였다. 육지에서는 세곡 등 곡물을 비롯한 여러 가지 물화가 모여들고, 바다에서는 해산물을 싣고 와 그 교역과 운송으로 강경은 여간 붐비지가 않았다.

더구나 이 근래 일본과의 교역이 터지면서부터 강경은 날로 번창해가고 있었다. 일본 공산품이 이 강경을 통해서 육지로 쏟아져 들어오고 그 공산품의 값만큼 곡물이 실려 나갔다. 강경의 이런 번창은 장돌뱅이들의 타령소리에도 올라, 일 원산元山, 이 강경, 삼 포주(抱州 의주義州)로 그 순서를 매겨 청승을 떨었는데, 어떤 사람은 일 강경, 이 원산으로 순서를 바꾸기도 했다. 동해안 제일의 상업도시인 원산과 이렇게 선두 다툼을 할 만큼 강경의 번창은 눈부셨다.

용암사는 포구에서 한참 떨어져 있었다. 두 젊은이는 그 절에서 월공을 기다렸다.

월공은 아침참이 조금 지나자 나타났다. 뜻밖이었다. 저녁나절에나 올 줄 알고 그때까지 지루해서 어떻게 기다릴까 하고 있는데, 마치 이들이 여기 온 것을 알고 달려오기라도 한 것같이 홀연히 나타난 것이다.

월공은 예상했던 것보다 젊었고 키가 훤칠했으며, 얼굴이 준수하기가 어느 사대부집 귀공자 못지않았다. 스물대여섯 되어 보이는 나이였는데, 그 풍채와 기품에 두 젊은이는 대번에 압도되어 버리고 말았다.

이런 월공을 보고 두 젊은이가 똑같이 느낀 생각은 이만한 풍신의 귀골이 어째서 중이 되었을까 하는 의문이었다. 중이라면 세파에 밀리고 쏠려 심산유곡에 은거, 곰팡이 슨 불경이나 뒤적이고 있는 인생의 패배자로 느껴졌으며, 그들이 어쩌다가 산에서 나와 어디를 다니는 것도, 사람 사는 세상과 공동묘지 사이를 어정거리고 있는 반송장의 덧없는 방황으로 여겨졌을 뿐이었다. 머리털을 깎아버린 그 민틋한 머리와 회색 가사 때문에 유독 그렇게 느껴졌던 것인데, 월공도 다른 중들과 똑같이 머리를 깎고 가사를 걸쳤는데도 그에게서는 전혀 그런 인상이 느껴지지 않았다. 금방 배코를 친 듯 하얗다 못해 파랗기까지 한 그 머리는 차돌같이 단단하고 여물어 보였으며, 상투라는 겉치레를 벗어버린 그 단단한 머리통은 속세 인간들의 거짓과 교활, 허식과 치레를 말짱 털어버린 진솔의 덩어리로 느껴질 지경이었다.

이런 인상과 함께 월공이라는 법호가 새삼 어마어마하게 느껴졌다. 월공의 공이란, 색불이공色不異空 공불이색空不異色의 공이겠으니, 그가 그 단계를 성취하지 못했던 그 자체로서도 범상한 소리가 아니었으나, 반야경般若經을 모르는 이 두 젊은이는, 월공이란 손오공같이 공중을 훨훨 날아다니는 비상한 재주를 지녔다는 소리가 아닌가, 그들 나름대로 어마어마하게 느끼고 있었다.

"공주 얘기는 들었다. 나 얼른 아침을 먹을 테니 곧 떠나자."

두 젊은이를 만났을 때 김덕호가 보낸 편지를 읽고 난 첫마디가 이것이었다.

"공주 이야기라니요?"

용배가 멍청한 표정으로 물었다.

"소 올린 일 말이다."

"아, 그것 말씀이신가요?"

용배는 자기들이 저지른 일을 들었다는 것으로 알고, 잠시 가슴이 덜컥했다가 안심이 되었다.

두 젊은이는 새벽에 강경 포구에서 장한주 및 연엽과 작별하고 강경 읍내를 지나, 김덕호가 지시했던 용암사로 왔다. 여기 주지 일각一覺 스님은 김덕호와도 잘 아는 사이인 듯 월공을 만나러 왔다고 하자 김덕호의 안부부터 물으면서 따뜻하게 맞아주었다. 조용한 절에 드니 마음이 한결 가라앉기도 하여 월공이 올 때까지 한참 자고 있는데 월공이 왔던 것이다.

"제사題辭가 얌전하더구나."

"소두도 안 잡아들였는가요?"

"모르고 있었구나. 이게 감영에서 내린 제사다."

월공은 바랑에서 종이 한 장을 꺼냈다. 용배가 받아들었다.

너희 동학은 어디서 나왔는지도 모르겠으나, 이것은 정학이 아니고 이단이며, 양묵楊墨도 아닌 것 같으니 필경 사학의 여파라. 너희는 정학을 버리고 사특한 것에 물들어 어진 백성을 속였으므로 조정에서 금한 것이다. 지금 감영에서 동학도들을 잡아들이고 *정배 보내는 것은 조정이 금하는 명령을 따르지 않았기 때문이요, 우리가 마음대로 한 것이 아니다. 너희는 사특한 것에 물든 자들로서 동학을 금하지 말 것을 요구하니 이것은 그만큼 기강이 해이했다는 것을 보여주는 일이다. 이 어찌 통탄할 일이 아니랴. 금하고 금치 않는 것은 오로지 조정에서 결정할 일이고, 감영에서는 조정의 영을 거행할 뿐이니 영에

와서 소청할 일이 아니다. 너희의 무엄한 행동은 응당 엄
하게 다스릴 일이로되, 호소하는 일이매 특별히 용서하
니, 그 뜻을 깊이 알고 돌아가서 각자 안업에 종사하라.
너희가 미혹을 깨치고 양민이 되는 것은 너희에게도 다
행한 일일 뿐 아니라, 조정의 입장에서도 다행한 일이다.
만약 물러가지 않고 다시 와서 호소한다면 어찌 법으로
다스리지 않겠는가? 더 이상 글과 말을 아니하노라.

"동학이라면 그렇게 무섭게 서릿발이 치더니 왜 감영의 태도가
갑자기 이렇게 누그러졌을까요."
용배가 물었다.
"글쎄, 그 까닭을 확실히는 모르겠다마는, 백성이 하도 이를 갈고
있으니까, 잘못했다가는 들고일어나지 않을까, 그 낌새를 채고 누그
러진 것이 아닌가 싶다. 관에서 이렇게 누그러졌다는 것은 이만저만
중요한 일이 아니다. 이제 전라도 사람들이 가만있겠냐?"
"그게 무슨 말씀입니까?"
용배가 눈이 둥그레졌다.
"관의 이런 태도를 보았으니 그쪽에서는 더 크게 일어날 것이다.
내가 하는 일은 직접 소 올리는 데 앞장서는 일은 아니다마는, 그에
못지않게 중요한 일이다. 나를 잘 도와라."
월공이 숭늉을 마시며 말했다.
"무슨 일이든지 이 못된 세상을 뜯어고치는 일이라면 신명을 바
치겠습니다. 그런데 지금 저희들은 아주 난처한 입장에 처해 있습니

다. 처음 뵙는 자리에서 이런 말씀 드리기가 죄송합니다마는, 사정이 사정이라."

용배가 정중하게 말했다.

"무슨 일인데 그러냐?"

"사실대로 모두 털어놓겠습니다."

용배는 공주에서 있었던 일을 모두 털어놨고, 달주도 고부에서 나졸들 죽인 이야기부터 진산재에서 벙거지들에게 계책을 쓴 일까지 숨김없이 다 말했다.

월공은 어이가 없다는 표정이었다.

"허허, 내 일을 거들어 주러 온 것이 아니라 되레 이렇게 큰 짐들을 짊어지고 왔단 말이냐?"

월공은 허탈하게 웃었다.

"너희들을 싣고 온 그 배는 바로 여길 떠났느냐?"

"여기 온 김에 공주로 실어갈 물화가 있는가 알아본다고 했으니 아직 안 떠났는지도 모르겠습니다."

"유곽에 있다는 그 처자 말이다. 그만한 담력에 또 그런 두름성이면 우리 일을 크게 한몫 거들 것 같은데, 어떻냐, 이런 데 끼어들라면 끼어들 것 같더냐?"

"나설 것 같기도 합니다만……."

용배가 말꼬리를 오므렸다.

"왜?"

용배는 연엽의 가족이 당했다는 이야기를 대충 늘어놓은 다음 말을 이었다.

"그런 곳에 빠지게 된 까닭이 이렇게 딱하길래 거기서 빠져나오라고 이르며 돈을 좀 주었습니다. 그런데 새삼스럽게……."

"그런 곳에 빠진 까닭이 뭐가 됐든 그런 데 한번 빠진 여자가 마음을 잡기란 너희들이 생각한 것같이 쉬운 일이 아니다. 자기를 이미 허방에 내던졌는데, 그런 데서 빠져나와 처녀 때같이 자기를 추스르기가 그렇게 쉬울 것 같더냐? 되레 이런 일에 끌어들이는 것이 그런 데서 제대로 건져내는 길이 될 것이다. 사내들 품에 안겨 노랫가락으로 시름을 달래게 하느니보다 이런 데 끼어들어 그 가슴에 응어리진 포한을 터뜨려야 하지 않겠느냐?"

두 젊은이는 월공의 말에 고개를 끄덕였다.

"내가 가서 데려올 테니 여기 기다려라. 그리고 경천점에는 사람을 보내 그쪽 형편을 좀 알아보자."

월공은 자리에서 훌쩍 일어났다. 둘이는 어리둥절했다. 월공은 용암사 주지 방으로 들어가 한참 이야기를 했다.

"용수야!"

일각 스님이었다.

"예."

부엌에서 행자가 나왔다. 열대여섯 살짜리였다.

"너 감사 좀 다녀오너라."

"지금이유?"

"그래."

한참만에 월공이 주지 방에서 나와 용수를 데리고 절문을 나섰다.

아침 새참 때 못미처 월공이 연엽을 앞세우고 왔다.

다시 연엽을 보는 순간, 달주 가슴에서는 실없는 쿵 소리가 났다. 그와 작별하기가 아쉬웠던 만큼 다시 그를 만나는 기쁨은 형언할 수가 없었다. 그러나 기쁜 마음과 함께, 사내들의 무슨 음모에 그를 고사고기로 쓰려는 것 같아 미안하기도 했다.

"우리하고 같이 가도 괜찮겠소?"

달주가 앞으로 나서며 연엽에게 물었다.

"큰일을 도모하시는 것 같은데, 그런 일에 저 같은 여자가 소용이 된다면 무슨 일이든지 해드릴 작정이에유."

연엽은 까만 눈을 들어 달주를 똑바로 쳐다보며 또록또록한 목소리로 대답했다. 밤중에 수십 명의 군사들한테 내몰려 대여섯 명이 얼어 죽었다는, 그 참혹한 장면이 떠오르며 달주는 저도 모르게 한숨이 새어나왔다.

"어제는 용배가 사대부집 마나님이 되었던 모양인데, 오늘은 아가씨가 마나님이 되어야겠지? 달주하고 아가씨가 부부가 되고 용배는 그 종이 되는 것이다. 그러니까, 나는 종자를 거느린 사대부집 젊은 부부를 모시고 선운사로 불공을 드리러 가는 것이다."

월공이 웃었다.

"경천점 소식은요?"

"갑사에 있는 스님 한 분이 너의 집에 다녀서 소식을 알아가지고 김제로 올 것이다. 김제서 그 스님을 만나 그쪽 사정을 들어본 다음에 무슨 계책을 세워야겠으면 세우도록 하자. 여기는 공주가 가까우니 우선 위험하다."

"저의 아버님을 잘 아시오?"

"잘 안다."

연엽은 아까 용배가 벗어주었던 옷을 싼 보퉁이를 들고 있었다.

"우리 인물 파기가 벌써 여기저기 돌았을지 모르는데 괜찮겠소?"

달주가 물었다.

"안심해라. 사람이란 누구나 신불 앞에는 고개를 숙이는 법이다. 집안에 액이 있어 부처님을 찾아가는 길이라면 아무리 까다로운 기찰포교들도 한손 접어준다. 중놈들이 괄시를 받고 산다마는, 천지사방 발길 하나는 활발한 까닭이 바로 그 때문이다. 전에 천주학을 금할 때 서양 신부들이 어떻게 변장을 하고 다녔는 줄 아느냐? 상제로 변장을 하고 큼직한 방갓을 쓰고 다녔다. 신불이나 귀신은 너나없이 사위스런 법이다."

월공의 말을 듣고 보니 달주는 적이 안심이 되었다.

부부 차림을 한 달주와 연엽이 앞을 서고 월공과 용배가 뒤를 따랐다. 영락없는 사대부집 젊은 내외가 종을 거느리고 스님을 따라 산사를 찾아가는 모습이었다.

여기저기 허수아비가 을씨년스런 들판에는 까마귀 떼가 시커멓게 날고 있었고, 기러기 떼도 끼룩끼룩 논바닥을 후비고 있었다.

큰길에는 나들이 행색들이 가지각색이었다. 근친 가는 듯한 젊은 내외, 도포에 말을 타고 견마를 잡힌 양반 행차, 부고라도 들고 가는 듯 바쁜 걸음을 치고 있는 동저고리 바람의 떠꺼머리, 패랭이에 솔방울을 단 보부상, 세곡섬인 듯 여남은씩 줄을 지어가는 짐바리 등, 푸근한 날씨라 나들이들이 많았다.

"어떻겠습니까? 고부 일은?"

달주가 어머니란 말을 빼고 어정쩡하게 물었다. 아까부터 입술을 들추고 여러 번 나오려던 물음이었다.

"원체 꼬여 놔서, 그 사이 그쪽 정황이 어떻게 되었는지 들어봐야 알겠다마는, 공주에서 이문이 갔을까 그게 걱정이다. 어떠냐, 폰갠가 그 아이 눈치가 웬만하냐?"

월공이 용배를 돌아봤다.

"좀 어리숙하기는 합니다마는 그래도 객주집에서 *닳아먹은 놈이라 눈치는 어지간합니다."

"달주 얘기만 안 했으면 좋겠는데……."

"그랬으면 천만다행이겠소마는 놈들이 관아로 끌고 가자마자 무섭게 닦달을 했을 텐데 그 경황에 앞뒤를 제대로 가렸을 것인지 안심이 안 돼요. 이놈이 눈치는 어지간해도 원체 겁이 많은 놈이라……."

용배가 말꼬리를 흐렸다.

함열咸悅을 이십 리쯤 앞에 두었을 때였다. 앞서 가던 달주가 우뚝 걸음을 멈췄다. 앞에서 오고 있는 젊은이 하나를 빤히 건너다보고 있었다. 후줄근한 동저고리 바람의 젊은이가 한쪽 다리를 조금 절며 다가오고 있었다.

"아니, 너 만득이 아니냐?"

젊은이가 걸음을 멈췄다. 달주를 건너다보던 젊은이의 눈이 대번에 주발만 해졌다. 하학동 이감역 댁 종 만득이었다.

"아이고, 달주 도련님 아니오?"

만득이는 튀어나올 것 같은 눈으로 달주와 일행을 번갈아 봤다.

"어디 가는 길이냐?"

"한양 가요."

"한양, 한양은 뭣하러?"

"호방 나리 심부름 가는 길이오."

"호방?"

달주는 멍청하게 거듭 되묻고만 있었다.

"고부에 난리난 지 모르시오? 도련님이 집을 나간 바로 그날이오. 누가 나졸을 두 놈이나 때려죽여부러서 고부가 쏘가 됐소. 도련님 자당께서도 잡혀갔다 나오시고 도련님도 잡을라고……."

만득이는 달주를 잡으려 한다는 말을 하다가 깜짝 놀라 일행을 보며 말을 끊었다.

"우리 어머님께서 나오셨다고?"

달주가 다급하게 물었다.

"예, 나오셨소. 우리 동네서는 나하고 강쇠하고 도련님 자당님하고 셋이 잡혀갔는디, 감역 나리께서 손을 쓰셔서 모두 무사히 나오기는 나왔소."

달주가 뒤를 돌아봤다. 월공이 고개를 끄덕이며 조그맣게 웃었다.

"너는 지금 무슨 심부름을 가냐?"

"호방 나리 서찰을 갖고 한양 가요."

"왜 니가 호방 서찰을 가지고 간단 말이냐?"

"지가 그 댁으로 팔렸소."

"니가 그 댁으로 팔려? 감역이 너를 그 집에 팔았단 말이냐?"

"호방 나리께서 나를 문초함시롱 본께 내가 심지가 곧은 것에 욕심이 난다고 감역 나리께 여러 번 사정을 해서 샀다고 합디다.”

“그런다고 감역이 너를 팔아?”

달주가 고개를 갸웃거렸다.

“다리는 또 왜 그렇게 저냐?”

“쪼깨 다쳤소.”

만득이는 달주 눈치를 힐끔 살피며 대답했다.

“그럼 고부는 이제 아무 일 없냐?”

“아니라우. 살범이 잡히기는 잡혔는디, 살범하고 통모한 놈을 잡는다고 지금도 날마다 여기저기서 수십 명씩 묶어가고 있소.”

“살범이 잡혀? 누군데?”

“은선리 박목수라고 알지라우?”

“은선리 박목수?”

“예, 그 박목수가 지복을 했다고 하는디, 그 사람이 그럴 사람이 아니라고 고개를 갸웃거리는 사람들이 많소. 하여간, 어떤 놈이 그런 무지한 짓거리를 했는가, 그통에 지금 고부 사람들 다 죽게 생겼소.”

달주는 손발에 힘이 쭉 빠지는 것 같았다.

“길가에서 이럴 것이 아니라 저쪽 주막으로 가세. 좀 이르지만 고부 소식도 소상히 들을 겸 점심을 먹지.”

월공이 저만치 동네 어귀에 있는 주막을 가리켰다. 일행은 그쪽으로 갔다.

마침 *봉노가 비어 있었다. 되작만한 봉노였다. 월공이 수대로 점심을 시켰다.

“스님이 계셔서 쪼깨 뭣하기는 하요마는, 으짜께라우, 으짜다가 돼아지괴기가 쪼깐 들어온 것이 있는디 그것 쪼깨 드실라요, 으짤 라요?"

주모가 방실거리며 안을 들여다보고 물었다.

"안주로 한 접시 내오시고 탁배기 한 *방구리 주시오."

월공이 선선하게 시켰다.

"박목수가 어떻게 돼서 자복을 했다더냐?"

달주가 물었다.

"그 속이사 누가 알겠소. 한쪽에서는 그럴 사람이 아닌디 매에 못 이겨 자복을 했을 것이라고 하기도 하고, 한쪽에서는 불낸 놈이 불 이여 한다고 제 손으로 죽여놓고 넉살 좋게 관가에 쫓아가서 저기 사람이 죽어 있다고 알랑수를 쓴 것이라고 욕을 하기도 하요."

달주는 새삼스럽게 가슴에서 쿵쿵 쥐덫이 내려앉았다. 어머니가 갇 혀 있다는 소리를 들었을 때와는 전혀 다른 무게로 가슴을 눌러왔다.

"니 아내도 너하고 같이 호방 댁에 팔렸냐?"

달주는 박목수 이야기가 너무 끔찍스러워서 말머리를 돌렸다.

"그란 것 같소."

"그란 것 같다니?"

"나는 호방 나리한테서 지가 호방 나리 댁으로 팔렸다는 소리만 들 었제, 아직 그 집에는 못 가봤소. 옥에서 나오는 길로 급한 일이라고 서찰을 안김시롱 어서 가라고 쫓는 바람에 시방 이렇게 가고 있소."

"몸이 그 모양인데, 하필 너를 보낸 까닭이 뭐냐?"

"가란께 가제 그 속까지사 알겠소. 호방 나리께서 하도 급하다고 숨넘어가는 소리를 하는 바람에 정신없이 떠났소. 내가 너무 걸음을 못 걷고 비실비실한께, 따라오던 나졸이 보기가 안됐던가 몸을 조리한 담에 가사 쓰겠다고 해서, 시방 징게 어느 주막에서 이틀 동안이나 누웠다 오는 길이오."

"나졸이 따라왔어? 그럼 그 나졸은 어디 갔냐?"

"징게서 내가 떠나는 것 보고 돌아갔소."

"김제까지 따라온 나졸이 니 *병구완을 하고 있다가 니가 떠나는 것을 보고 돌아가?"

"예."

"너 지금 나한테 뭘 숨기는 것이 있지?"

달주는 만득이를 빤히 건너다보며 물었다.

"숨기기는 뭣을 숨겨라우?"

만득이는 좀 당황하는 표정이었다.

"숨기는 것이 있어!"

"잘못한 일이 있기는 있소마는……."

만득이는 처참한 표정으로 말꼬리를 숙이며 고개를 떨궜다.

"어디 말을 해봐라."

만득이는 주변 사람들 눈치를 살폈다.

"모두 나하고 형제나 진배없는 사람들인께 조금도 꺼릴 것 없다."

"괜찮네, 아무 염려 말고 말하게."

월공이 거들었다.

"실은 강쇠하고 지가 도련님한테 죽을죄를 졌소."

"뭔데?"

"강쇠 그 못된 놈이 문초 받음시롱 경옥 아씨하고 도련님 이야기를 죄다 털어놨던 모양입니다."

"뭐, 경옥이?"

"예, 그 미련한 새끼가 멀라고 그런 쓰잘데없는 아가리를 놀린 것이오."

달주는 놀라는 눈으로 경황 중에도 얼핏 연엽을 돌아봤다.

"그래 경옥이 어쨌단 말이냐?"

"지금 이 다리도 그때 맞아서 이렇게 됐소. 몽둥이로 사정없이 팸시롱 꼬치꼬치 캐는 바람에 참말로 죽겠습다. 나는 통 모르는 일이라고 한께 몽둥이로 어뜨크롬 무자비하게 패는지 두 번이나 *자물쳤다가 깨났구만이라우."

"호방이 손수 그렇게 문초를 했단 말이냐?"

"예."

"캐기는 뭘 캤단 말이냐?"

"경옥 아씨하고 달주 도련님이 밤에 만나는 것을 봤을 것이라고 그 만난 자리를 대라고 팹디다. 못 봤다고 한께는 강쇠는 봤다는디 왜 거짓말을 하냐고 패잖겄소."

달주는 멍청하게 만득이만 건너다보고 있었다.

"내중에는 경옥 아씨가 도련님 애기를 뱄다는디, 아느냐고 해서 모른다고 한께 또 팹디다. 그때 이 다리가 상했소."

"뭐, 경옥이가 애를 뱄다고?"

"그래도 나는 끝까지 그것만은 모른다고 버텼그만이라우."

달주는 벼락 맞은 꼴로 멍청하게 만득이를 건너다보고 있었다.

"경옥이 누군데?"

월공이 끼어들었다.

"우리 동네 감역 댁이라고 부잣집 딸입니다. 요사이 다른 데로 혼담이 있는 처잔데……."

달주는 만득이를 향해 다시 입을 열었다.

"도대체, 내가 경옥하고 무슨 일이 있건 말건, 그것이 살변하고 무슨 상관이 있다고 그런다더냐?"

"그 속이야 우리 같은 놈이 어뜨코 알겠소?"

"아까 한양으로 서찰을 가지고 간다고 했었지? 그게 무슨 서찰이라던가?"

월공이 끼어들었다.

"모르겠소."

"누구한테 갖다 주라고 하던가?"

"경주인京主人이오."

경주인이란 한양에 머물러 있으면서 지방 관청의 여러 가지 사무를 대행하는 향리다.

"아무래도 뭐가 예사롭지 않은 것 같네. 그 서찰을 좀 보세."

"여보시오, 관에서 보낸 서찰을 보자니 그것이 무슨 말씀이오?"

만득이는 눈이 똥그래지며, 그게 무슨 정신 빠진 소리냐는 표정으로 월공을 건너다봤다.

"아무래도 뭔가 뒤가 있는 것 같네. 한양 가서 경주인한테 오다가 화적 떼를 만나 편지가 발각돼서 봉투를 뜯겼다고 둘러대면 될 걸세."

월공이 달래듯 말했다.

"안 돼라우, 어뜨코 그런 멀쩡한 거짓말을 한다요?"

118

만득이가 퉁명스럽게 내쏘았다.

"괜찮아, 이리 내봐 봐!"

달주가 말했다.

"안 돼요. 다른 일이라면 몰라도 이것은 안 돼라우."

만득이는 손사래까지 활활 치며 어림없는 소리 말라는 표정이었다.

"너 지금 하는 태도를 본게 따로 크게 숨기는 것이 있다."

달주가 무섭게 노려보며 말했다.

"내가 숨기기는 멋을 숨겨라우."

"숨긴 것이 없으면 왜 그 서찰을 못 보여주겠다고 하냐?"

"그것이사 관청 서찰인게 그러지라우."

"자네를 감역한테서 샀다는 사람이 자네를 자기 집에도 안 들이고, 나졸까지 달려보낸 것을 보면 자네가 감역이나 그 딸을 말로 팔아먹었던지 다른 못된 짓을 한 것이 틀림없어."

월공이 눈을 부라렸다.

"내가 감역 나리나 그 딸을 말로 폴아묵어라우? 먼 소리를 그런 천벌 맞을 소리를 하시오?"

만득이는 펄쩍 뛰었다.

"그 서찰을 보기 전에는 못 믿어?"

"허허, 참말로 사람 환장하겠네잉."

만득이는 미치겠다는 표정이었다.

"아무리 숭을 써도 속이 환히 보이네. 주인을 팔아먹은 게 틀림없어."

"워매 내가 주인을 폴아묵다니, 내가 그렇게 못된 놈으로 봬요?"

만득이는 눈을 까뒤집고 대들었다.

"아무리 큰소리를 쳐도 그런 소리까지가 모두 숭쓰는 소리로밖에는 안 들린다. 서찰을 내놔라. 한양 경주인한테 가서는 아까 저 스님 말대로 화적 떼를 만났다고 둘러대면 그만 아니냐?"

달주가 가라앉은 소리로 말했다.

"허허, 이것 참말로……."

"화적 떼를 만났다면 경주인이 배를 딸 거여?"

"내가 시방 이것을 뵈어 드려도 괜찮을란가 모르겠네."

만득이는 혼자 *고추 먹은 소리로 한참 입맛을 다셨다.

"서찰이 무슨 떡쪼가리간대 누가 떼어 먹을 것 같아서 그래?"

달주가 다시 핀잔을 주었다.

"그러면 얼른 보고 주씨요잉."

만득이는 엉뚱하게 왼쪽 팔소매를 걷어 올렸다. 팔꿈 위가 널찍하게 베로 싸여 있었다. 마치 큰 상처라도 처매 논 꼴이었다. 달주가 끌렀다. 봉투가 나왔다. 달주가 겉봉을 북 찢었다.

"아이고 그로코 마구잡이로 찢으면 어쩔 것이오?"

만득이가 와락 달려들었다.

"화적들이 찢으면 이렇게 찢지, 이 도령 서찰 받은 춘향이같이 곱게 열겠냐?"

달주가 핀잔을 주었다. 세 사람이 함께 고개를 모으고 편지를 읽었다. 편지를 읽고 난 세 사람은 넋 나간 표정으로 서로를 건너다봤다. 이내 세 사람 눈이 만득이를 향했다. 만득이는 멍청하게 그들을 맞바로 봤다.

120

"바른 대로 말하게. 이 서찰에는 니가 큰일을 저질렀다고 쓰여 있다. 무슨 일을 저질렀냐?"

달주가 가라앉은 소리로 달래듯 말했다.

"내가 큰일을 저지르기는 먼 일을 큰일을 저질러라우?"

만득이는 벼락 맞은 표정으로 세 사람을 번갈아 보며 떠듬떠듬 말했다.

"정 그렇다면 편지를 그대로 읽어주마."

달주는 만득이 앞에 편지를 폈다.

"*근계, 기간 기체후 평안하시오. 원념지 덕분에 소생도 무탈합니다."

달주는 손가락으로 글씨 하나하나를 짚으며 또박또박 읽어갔다.

"지난번 세곡선 행수 김떡쇠 편에 보낸 물화는 추심하느라 수고가 많았겠소. 보내신 어음은 받았소. 이를 말씀은 다름이 아니고, 이 서찰을 지참한 놈은, 지참이란 말은 가지고 간다는 소리여, 내가 부리던 가노인데, 가노는 종인 줄 알지? 여기에 두지 못할 일이 있기로 선처를 부탁하니, 선처란 말은 잘 처리하란 말이여, 이 아이한테 그 연유를 구태여 캐묻지 마시고, 멀리 변방으로 보내되, 변방은 여기서 이천 리도 더 되는 저기 만주 근방 함경도여, 변방으로 보내되, 도타를, 도타는 도망치는 것이여, 도타를 철저히 단속하도록 하시오. 이놈 처분에 몸값은 괘념 마시고, 마음에 두지 마시고, 관노로 보내든지, 관노가 뭔 줄 알지? 하여간, 만에 하나 이자가 도타하여 이리 오는 날에는 일이 심히 난처하겠으니, 번거로운 일이 생기지 않도록 각별히 유념하시기 바랍니다. 총총, *여불비례."

세 사람은 이래도 거짓말을 하겠냐는 표정으로 만득이를 건너다 봤다.

"먼 소리가 그런 소리가 쓰여 있다요?"

만득이는 몽둥이 맞은 표정으로 세 사람을 빤히 건너다봤다.

"여기 쓰여 있는 소리를 듣고도 꼭 그렇게 의뭉을 떨 테냐?"

달주가 다그쳤다.

"나는 시방 이것이 먼 일인지 통 모르겠소."

"그러면 아무 일도 그럴 만한 일이 없었단 말인가?"

월공이 물었다.

"아무것도 잘못한 일이 없어라우."

만득이는 도무지 영문을 모르겠다는 듯 어리둥절한 표정이었다.

"이 사람아, 생각해 보게. 감역한테서 샀다는 자네를, 멀리 변방으로 보내서 여기 못 오게만 해달라고 했는데, 그 까닭을 자네가 모른다면 말이 되는가?"

"나는 아무것도 잘못한 일이 없는디, 뭔 일이까라우?"

만득이는 되레 이쪽에다 물었다. 만득이의 우직한 표정은 조금도 거짓이 없어 보였다. 세 사람은 서로 얼굴을 봤다.

"여기에는 아무래도 큰일이 뒤에 숨어 있는 것 같다. 한양 가지 말고 우선 동네로 가서 무슨 일인지 알아보고 가더라도 가거라."

달주가 말했다.

"그래도 가라는 심부름을 어뜨코 안 갈 것이오?"

만득이는 볼 부은 소리를 했다.

"이 사람아, 이 서찰을 가지고 한양을 가기만 가면 그대로 당장 함경도나 평안도 같은 변방으로 보내 꼼짝달싹을 못하게 할 것인데, 그럼 그런 데 가서 꽉 매어 살겠단 말인가?"

월공이 답답한 듯 소리를 높였다.

"그러제마는, 아무 죄도 없는 사람을 설마 그러기사 할랍디여?"

"이 서찰에 그렇게 쓰여 있는데 그것이 먼 소리여?"

"먼 일이께라우?"

"우리보고 그걸 물으면 우리가 어떻게 알겠냐? 그런께 동네 가서 알아보고 가란 말이다."

달주가 소리를 높였다.

"그래도 가라는 심부름을 안 가고 돌아가면 호방 나리께서 가만 두겠소?"

만득이는 겁먹은 표정이었다.

"자네가 나라에 충신 나서 그런 변방으로 *수자리를 살러간다면 굳이 말리지 않겠네마는 두멍 쓰고 밤길 걷기도 유분수지 쫓겨가도 이렇게 험하게 쫓겨갈 수가 있단 말인가?"

월공이 차근히 말했다.

"허 참, 이거."

"아이구, *미련한 놈 똥구멍에는 불송곳도 안 들어간다더니 미련 둥이도 가지가지구먼. 몽둥이 짊어지고 가서 매를 맞아도 유분수지, 뻔히 걸릴 줄 알면서 올가미에다 모가지를 처넣는다?"

여태 말이 없던 용배가 핀잔을 주며 밖으로 나갔다.

"거기 한번 가면 절대로 여기는 다시 못 올 텐데 그러면 니 마누라는 그대로 버릴 셈이냐?"

"여편네를 어뜨코 버린다요?"

"그러면 안 가야 쓸 것 아닌가?"

"이 일을 어째사 쓰꼬?"

만득이는 상판이 씨아귀에 불알이라도 물린 꼴로 으등그러졌다.

"아무래도 자네한테 심상찮은 일이 있는 것 같네. 동네 가서 그 까닭을 알아본 다음에 꼭 가야 쓸 일이면 가고, 그렇지 않으면 내가 아무도 모르게 숨어 살 데를 마련해 주겠네. 염려 말고 돌아가세."

월공이 달랬다.

"숨어 살다가 잡히면 어쩌게라우?"

그때 변소에 갔다 오던 용배가 들어오려다 말고 웬일인지 방 안을 들여다보고 서 있었다.

"어디, 그 서찰 다시 한 번 봅시다."

"뭣하게라우?"

"아까 안 보이는 글씨가 있었어."

용배가 무릎걸음으로 기어가 서찰을 나꿨다.

"머할라고 가지고 가요, 이리 주씨오."

만득이가 문쪽으로 고개를 내밀었다. 용배는 불이 활활 타고 있는 아궁이 속으로 편지를 푹 디밀었다.

"워매, 시방 멋하고 있소?"

만득이가 질겁을 했다.

"자아."

용배는 불길이 활활 타고 있는 편지를 만득이한테 푹 디밀었다.

"오매 내 서찰!"

만득이는 타고 있는 편지를 두 손으로 확 싸안았다. 불이 꺼지며 만득이 손에서 연기가 한 무더기 뭉텅 피어올랐다. 손바닥을 폈다. 종이는 손바닥 넓이밖에 남지 않았고 시커먼 재뿐이었다.

"야, 이 때려죽일 놈아!"

만득이 눈에 확 불이 켜졌다. 몸뚱이가 용배를 향해 퉁겼다. 용배 멱살을 움켜잡았다. 순간, 달주가 만득이 다리를 붙잡았다.

"아야야!"

만득이가 째지는 비명을 질렀다. 만득이는 거머쥐었던 멱살을 놓고 오만상을 찌푸리며 몸뚱이를 방바닥에 발딱 뒤집었다. 매에 맞아 다친 다리였던 모양이다. 만득이는 닭 끌어안은 구렁이처럼 다리를 싸안고 딩굴었다. 모두 속수무책, 그대로 보고만 있었다. 한참만에 통증이 좀 가시는 듯 만득이는 잔뜩 상을 찌푸리며 일어났다. 만득이는 이를 앙다물며 용배를 노려봤다.

"이 때려죽일 놈, 내 서찰 물어내라!"

백지장같이 하얀 만득이 얼굴에 땀방울이 솟고 있었다. 마치 죽어가는 맹수의 마지막 표정처럼 처참했다. 배짱이 어지간한 용배도 겁먹은 표정이었다.

만득이를 달래느라 달주가 진땀을 뺐다. 그러나 만득이는 쉽게 누그러지지 않았다. 그냥 코만 씩씩 불고 있었다.

"자네를 위해 그런 것인께 진정하게. *사불여의하면 내가 내외쯤 편히 살 수 있는 데를 지시할 것이니 안심하게."

월공이 달랬다.

"나는 그런 데 안 가요."

만득이가 볼 부은 소리로 툭 쏘았다.

"그럼 어쩔 참인가?"

"호방 나리한테 가서 말씀드리제 어쩌기는 어째라우."

"뭐라구? 다시 호랑이굴로 들어간단 말인가?"

"호방 나리한테 가서 나를 그런데 보내지 마시라고 사정을 할라요."

만득이 말에 세 사람은 넋 나간 표정으로 서로를 건너다봤다.

"그럼 서찰은 누가 까봤다고 할 참이냐?"

달주가 물었다.

"그것은 화적 떼를 만나 그랬다고 할라요."

"하는 수 없구만."

월공이 말했다.

일행은 주막을 나왔다. 주막에서 너무 충그려 해가 중천에서 한참 기울어 있었다. 만득이는 일행 꽁무니에 붙어 따라오고 있었다. 양반 행차를 흉내 내야 하자니 종자 격인 용배는 만득이와 함께 일행의 맨꽁무니에 따라와야 했다. 용배는 넉살좋게 만득이한테 몇 마디 수작을 걸어봤으나 만득이는 딩딩한 상판으로 용배를 노려볼 뿐 대꾸도 하지 않았다.

"나 때문에 애먼 사람이 옥에 갇혀 생명이 경각에 달린 것 같은데, 어쨌으면 좋겠소?"

달주가 월공한테 물었다.

"아무리 험한 세상이라 하더라도 살범에 돈은 쉽게 듣지 않을 것 같고 한 가지 방도가 없는 것은 아니다만……."

"무슨 방도요? 방도만 있다면 제 목숨을 걸고 박목수는 빼내야겠습니다. 하다 못하면 군아에 불을 지르고 파옥이라도 하겠소."

달주가 만만찮은 결의를 보였다.

"목숨 소리를 그렇게 쉽게 하는 것이 아니다. 살고 죽는 것이 그렇게 쉬운 일인 줄 아느냐? 제물 같은 것은 얼마든지 가볍게 여겨도 상관없지만, 생명만은 내 생명이든 남의 생명이든 귀하게 여겨야 한다. 지난번에 나졸을 해친 것도 욱하는 객기에 그랬는데 어떻더냐, 그 뒤 마음이 편하더냐? 아무리 대의를 위하는 일이라 하더라도 목숨을 건드리는 것은 마지막으로 할 일이다."

월공의 말은 위엄이 있었다.

"잘 알겠습니다."

"박목수 그 사람은 아는 사람이냐?"

"예, 어렸을 때 저의 집을 지은 분이라 잘 압니다. 그이 댁에도 한 번 가본 적이 있습니다."

"그 사람 언문은 깨쳤더냐?"

"예, 문자도 천자문 정도는 뗀 것 같습니다."

"주변머리는?"

"농을 곧잘 하고 눈치도 어지간한 사람이오."

"그 마누라는 어떻더냐? 지금 내가 생각하고 있는 계책을 쓰자면 그 마누라가 먼저 눈치껏 옥에다 서찰을 하나 전해야 한다."

"그만한 주변머리는 있어 보입디다."

"그 가족은 몇이더냐?"

"단출합니다. 열댓살 위아래로 남매뿐인 것 같습니다."

"너는 지금 만득이를 데리고 곧장 너의 집으로 가거라. 지금 경천점으로 사람을 보내놨지만, 공주 감영에서 고부로 이문을 보냈는지 어쨌는지 그것까지는 알 수가 없을 것 같다. 네가 여기서 화적과 얼려 다닌다는 이문이 고부 군아로 가면 거기 군아에서는 당장 너의 집을 덮쳐 너의 어머니나 다른 가까운 친척들을 몽당 거린 잡을 것이다. 너의 가까운 친척은 몇 집이나 되느냐?"

"작은집 한 집뿐입니다."

달주는 거린이란 소리를 듣는 순간 다시 손발에 힘이 쭉 빠졌다.

"그럼, 가서 그이들을 피하게 한 다음, 군아에서 어떻게 나오는가 기다려보는 수밖에 없다. 포교들이 너의 집을 덮치면 그것은 공주에서 고부로 이문이 왔다는 소리고, 며칠 기다려 보아도 그런 일이 없으면, 공주에서 그냥 넘겨버렸다고 볼 수 있을 것이다."

"그럴 것 같습니다."

"경천점에 갔던 스님이 오면 용배네 집 사정을 알 것이니, 다행히 무사하면 용배하고 곧장 고부로 가겠다. 고부에서 나하고 만날 안전한 장소가 있겠느냐?"

"거기 말목장터 지산약방에 오셔서 약방 주인 지산 영감한테 물으십시오."

"전봉준 접주님이 주접하시는 곳 아니냐?"

"스님도 전접주님을 아십니까?"

"아다마다. 그렇잖아도 한번 뵐라고 했더니 마침 잘 됐다. 다행히 양쪽 집이 다 무사하거든 박목수를 구할 계책을 써보자."

"감사합니다."

"빨리 가거라."

128

달주는 만득이와 함께, 월공 일행과 헤어졌다. 두 사람의 발걸음이 빨라졌다.

월공 일행은 김제 여각에 방 두 개를 얻어 한 방에서는 연엽이 자고 다른 방에서는 월공과 용배가 잤다. 다음날 낮에는 용배를 연엽방으로 보내고 월공은 그 방으로 그곳 사람들을 대여섯 명 불러들여 귓속말을 했다. 월공이 불러들인 사람들은 늙은 시골 노인, 동저고리 바람의 머슴 같은 사람, 또는 스님 등 가지가지였다. 여러 가지로 도모하는 일이 많은 것 같았다.

연엽은 용배와 한 방에 단둘이 있게 되자 여간 어색해하지 않았다. 그러나 용배가 마음대로 거리를 나다닐 수 없는 처지라 꼼짝없이 두 사람이 한 방에서 시간을 보낼 수밖에 없었다.

"조병식한테 험하게 당했다는 이야기는 사비정 중식이한테 들었소. 얼마 전까지만 하더라도 남부럽지 않게 살았다는데……."

"그 말씀을 들으셨나유?"

연엽은 좀 놀라는 표정이었다.

"그 때려죽일 놈들이 해도 너무 많습니다. 억울해 마시오. 언젠가, 그 놈들을 징치하고 이 험한 세상 때려 고칠 때가 있을 것이오."

용배가 연엽을 새삼스럽게 위로했다.

"그럴 때가 정말 올런지 모르겠네유. 벼락도 그런 벼락이 없었지유. 우리 아버님이 조금 고지식하기는 했지만유."

"고지식하다니요?"

"우리 집 살림을 일군 것은 우리 할아버님이였대유. 그이는 한동네서 머슴을 사시면서 낮에는 주인네 집 일을 하구유, 밤에는 우리 집 일을 했는디유, 그렇게 밤으로 여섯 마지기 농사를 지었다지 않아유. 언제 잠을 주무시는지 모를 지경이었대유. 달이라도 밝은 날이면 밤에 혼자 모도 심고 논도 가시고 등짐도 하시고 일에 미친 사람 같앴다는구만유. 그렇게 일군 살림이라 우리 아버님께서는 그 살림을 지키느라 또 얼마나 절약을 하시든지, 어쩌다가 절구통 가에 보리알 하나만 떨어져 있어도 벼락이 떨어졌구만유. 그때마다 할아버지를 생각하시고 그런 것 같아 우리는 쥐구멍을 찾았구유. 관에서 우리 집 재산을 넘보고 여러 번 우리 아버님을 잡아갔지만, 곤장을 치면 맞고 주리를 틀면 틀리고, 그 모진 형문에도 돈 한 푼 갖다 바치는 일이 없이 모두 몸으로 때웠구만유. 한번은 곤장에 터진 볼기에 덧이 나서 상처에 구데기가 득실거리자 *옥사쟁이 보고 소금을 좀 달래서 그 소금으로 상처를 쓱쓱 문지르고 참아내더래유. 그 소리를 들은 사또는 세상에 무지막지한 놈 하나 보겠다고 내놨다지 않유. 그 소문은 우리 아버님 성품을 말할 때마다 그 근방 사람들이 두고 쓰는 말이구만유. 엊그제 그 유곽에서도 어떤 술손한테서 그 이야기를 들었네유. 지가 그이 딸인지 모르고 우리 집 이얘기가 나오자 그런 소리를 하대유."

연엽은 말을 하며 옷고름으로 연방 눈자위를 찍어댔다.

"그렇게 단단하신 분이셨지만, 그래도 동네서 인심은 안 잃었지유. 굶는 사람 있으면 도와 주실 줄도 알고, 식구들이 거지를 매몰스럽게 내치는 것도 못 보았어유. 그런디 조병식이 감사로 오자마자 *존문편지存問便紙다 뭐다 또 찝적이는 것 같대유. 전에 다른 감사들도 올 때마다 그런 것을 보내고 찝적였지만, 왼눈도 안 떠보셨는디,

그랬어도 무사히 넘어갔거든유. 워낙 지독한 양반이라 관가 사람들 한테 호가 나서 그런 속으로는 이미 내논 사람이라고들 웃더만유. 그 래서 이번에도 무사히 넘어가나 했는디, 그 날벼락을 때린 거에유."

직접 당한 당사자한테 들으니 중식이한테 들었을 때보다 더 처절했다. 이 동네 년놈들은 모두 상피 붙은 것들이라고 남녀노소 가리지 않고 옷을 홀랑 벗겨 동네 앞 논바닥에다 내몰았다는 것이다.

"아까, 그 술손이 하는 말을 들었더니유, 그렇게 무지막지하게 닦달한 데는 그만한 까닭이 있을 거라데유. 그렇게 호가 난 사람을 하나 그 꼴로 무지막지하게 잡도리를 해노면 다른 사람들은 지레 벌벌길 게 아니에유. 그런 속셈일 거래유."

"때려죽일 놈들."

다음날 밤늦게야 기다리던 지눌知訥이란 스님이 왔다. 스물서넛 되어 보이는 깡마른 인상의 지눌은 월공과는 아주 가까운 사이인 듯했다. 지눌은 월공과 단둘이 한참 이야기를 했다.

좀 만에 용배를 불렀다.

"다행히 너의 집은 괜찮다고 한다. 너의 아버지가 감영에 잡혀가기는 했었는데, 사비정 주인이 주선해서 곧장 나온 모양이다."

"아이고, 감사합니다."

용배는 그 소리를 듣는 순간, 어디 바위 밑에 눌렸다가 풀려난 기분이었다.

"그런데 그 폰개란 아이가 문초를 받으면서 달주 이야기는 하지 않았던 것 같다. 너의 아버지가 문초를 받을 때 살범 소리가 그 사람들 입에서 한마디도 나오지 않더란다."

"다행입니다. 폰개 입에서 그 말이 나왔다면 틀림없이 우리 아버님한테 그걸 다그쳤을 텐데, 그런 소리가 없었다면 폰개가 말하지 않은 것이 분명합니다."

"두루 다행이다."

폰개를 닦달하던 윤영기는 폰개 입에서 사비정 말이 나오자 득달같이 사비정으로 사람을 보내 군자란한테 어찌 된 일이냐고 물었다는 것이다. 군자란은 스스로 감영에 나가 자기와 경천점 용배 집의 관계를 말한 다음, 용배는 그 집에서 주워다 기른 아인데, 2년 전에 오입을 나가버려 그 집에서도 까맣게 잊고 있다고 용배 집 발명부터 한 다음, 용배가 자기 집에 온 것은 자기 집에 한두 번 심부름을 온 적이 있었는데, 여기 지나다가 인사하러 왔다고 찾아왔기에 고마워서 점심을 먹여 보내려 했던 참이라고 둘러댔다는 것이다. 그 말이 용배 양부 박성호의 말과 일치했기 때문에 무사했다는 것이다. 예사 사람 같았으면 어림없는 일이지만, 군자란의 끗발 때문에 용배 집까지 무사한 것 같았다.

다음날, 아침 일찍 월공은 지눌을 갑사로 다시 돌려보내고 일행은 득달같이 고부 말목장터를 향했다.

말목에 당도하자 달주가 거기서 기다리고 있었다. 달주는 자기 어머니와 누이동생은 잠시 외갓집으로 보냈고, 작은아버지는 동네에 맞춤한 집이 있어 그 집에 은신하고 있다고 했다. 달주는 폰개가 자기 이야기를 분 것 같지 않다고 하자 살았다는 듯이 한숨을 푹 내쉬었다.

"정말 죄짓고는 못 살겠소."

달주는 잔뜩 옥죄었던 마음이 놓이자 몸뚱이가 꺼질 것 같은지 고개를 절레절레 저으며 등을 벽에 기댔다.

"동학도들이 이번에는 전주 삼례에 모여 소를 올리기로 했다는데, 그 소문 들었소?"

달주가 갑자기 생각난 듯 벽에 기댔던 윗몸을 일으키며 월공에게 물었다.

"뭣이? 삼례서?"

월공이 깜짝 놀랐다.

"예, 중앙 법소에서 드디어 결정을 내린 것 같습니다. 돌아오는 동짓달 초하룻날 삼례로 모이라는 통문이 오늘 여기 당도했답니다."

"으음, 일은 제대로 굴러가는구나."

월공은 주먹을 쥐고 잠시 생각에 잠겼다. 그는 무슨 생각을 하는지 한참 말이 없었다.

"전접주님은 어디 계시냐?"

"그러지 않아도 스님을 기다리고 계십니다. 지금 저쪽 집에서 여러 동네 집강들하고 삼례집회 이야기를 하고 계시오. 가서 말씀드리겠소."

달주가 바삐 나갔다.

좀 만에 전봉준이 달주를 앞세우고 왔다.

"아이고, 제가 가서 뵈어야 하는데."

월공이 벌떡 일어났다.

"절 받으십시오. 그동안 안녕하셨습니까?"

월공이 전봉준 앞에 큰절을 했다.

"반갑네. 그간 별일 없었는가? 달주한테서 여기 올 거란 이야기 듣고 기다렸네."

"바쁘신 것 같은데, 이거 죄송합니다."

"아닐세."

"여기도 인사 받으십시오. 제가 말했던……."

용배하고 연엽은 나란히 서서 얌전하게 절을 했다.

"규수가 험한 일 당했다는 이야기 들었소. 위로드릴 말이 없소."

전봉준이 침통한 표정으로 연엽한테 말했다.

"고맙습니다."

연엽은 다시 깊숙이 고개를 숙였다.

"네 이야기는 달주한테서 들었다. 임 처사께서도 안녕하시냐?"

전봉준은 용배를 보며 가볍게 웃었다. 임 처사란 대둔산 임문한을 말하는 것 같았다.

"예, 접주님을 봬서 영광입니다."

용배는 어린애같이 딱딱한 자세로 허리를 주억거리며 말했다. 용배는 전봉준을 만난 것을 정말 영광으로 생각하는 것 같았다. 용배의 어린애 같은 태도에 달주는 웃음이 나올 뻔했다. 용배가 저렇게 다소곳한 태도를 취한 걸 달주는 처음 보았다.

"삼례 취회 통문 보셨는가?"

"못 봤습니다."

"이걸세."

전봉준은 손에 들고 왔던 종이를 월공 앞에 펴놨다. 월공의 눈이 빛났다.

땅에 발을 딛고 하늘을 우러러 선사의 음덕을 받아 도우가 된 사람이면 누가 신원할 마음이 없으리요. 그러나 지금까지 삼십여 년에 지목이 너무 심하여 감히 움직이지 못한 것도 하늘의 뜻이요, 이제 금영錦營에 우리 원한을 호소하고 완부에 일제히 호소하는 것도 또한 하늘의 뜻이라. 각 두령들은 포내도우를 관섭하여 일제히 삼례역에 모이라. 이 글을 보고도 모이지 않으면 스승의 은혜를 저버리고 사문師門을 떠나는 것이요, 그 의는 신천神天에 어긋나는 것이니, 사사로운 생각으로 의를 해한다는 것을 깊이 깨달아 세인(細人 첩자)의 거짓소리를 듣지 말라.

"첫 구절이 재미있습니다."

통문을 읽고 난 월공은 아까와는 달리 별로 감동하는 기색도 없이 엉뚱한 소리를 하며 전봉준을 보고 웃었다. 좀처럼 웃는 법이 없는 전봉준도 보일락말락하게 웃었다.

달주와 용배는 통문을 다시 봤다. 연엽도 문자를 깨쳤는 듯 멀리서 통문을 건너다봤다. 세 사람은 무엇이 재미있다는 것인지 덤덤한 표정들이었다. 용배는 고개를 갸웃거리기까지 했다.

"*문면은 결의가 대단한 듯합니다만……."

"밀려서 나온 소리라 두고 봐야겠어."

"저도 그런 생각을 어렴풋이 했습니다."

"김덕호 씨는 일해 선생이 공주서 결행하신다는 말씀 듣고 곧장 법소로 가셨다지?"

"예, 대둔산 임 처사님한테 동행을 청해 바삐 가신 것 같습니다."

"이번 이 결정에 그이들 공이 반은 되겠구만."

"그런 것 같습니다. 저는 김덕호 씨가 그리 가시면서 저한테 급히 지시한 일이 있어 줄포로 해서 법성포까지 가는 길입니다. 제 일이 집회 안에 끝나면 다시 들리겠습니다."

"그러게. 나는 이야기를 하다가 와서 가봐야겠네."

전봉준이 일어섰다. 모두 따라 일어섰다. 전봉준은 나가다 말고 돌아서서 연엽에게 향했다.

"규수 몸으로 고생이 많소."

"고맙습니다."

연엽은 깊이 허리를 숙였다.

"규수 몸이니 무슨 일을 시키기보다도 거처나 한군데 편안한 곳으로 마련해 주는 것이 어떻겠는가?"

전봉준은 사뭇 안됐다는 표정으로 월공에게 말했다.

"잘 알겠습니다."

모두 마당에까지 따라나가 배웅을 했다.

"믿음직스런 분이시지?"

월공이 방으로 들어오며 말했다.

"나는 호랑이 같은 분인 줄 알았더니 인자한 어머니 같네요."

용배가 고개를 절레절레 저었다.

"아까 통문 첫 구절이 재미있다는 건 무슨 소리요?"

달주가 월공에게 물었다.

"도우 가운데서 누가 신원할 마음이 없으리요, 했지 않냐? 그건 일해 선생이 공주에서 먼저 결행을 해버리니까, 그걸 두고 한 말이다. 소를 올리면 큰일이 날 줄 알았다가 무사한데다가, 전라도에서 또 독자적으로 들고일어나면 법소 꼴이 뭐가 되겠냐? 그래서 뒷북을 치면서 이런 옹색한 소리를 한 것이다."

두 젊은이는 고개를 끄덕였다. 월공은 말을 이었다.

"그것을 만회하여 법소의 체통을 세우자니 문면이 이렇게 강경해진 것 같다. 아까 전접주님께서 밀려서 나온 소리라 두고 봐야 알겠다는 것도 그 말씀이다. 취회 장소를 삼례로 정하고 대대적인 집회를 하려고 한 것은 중앙 법소에 등을 돌려가고 있는 전라도 교도들을 다시 끌어 잡아 보자는 속셈일 게다."

두 사람은 연방 고개를 끄덕였다.

"그런데 어째서 공주에서는 일해 선생이 직접 앞장을 서신다고 하셨다가 안 나섰지요?"

용배가 물었다.

"나섰다."

"서인주, 서병학 두 사람이 소두라 하던데요."

"서인주가 바로 서장옥 선생이다. 그게 이따금 쓰시는 그이 변명이야."

"아, 그렇습니까? 항상 잠행을 하시는 분이라 여기서도 그런 것인가요?"

"글쎄, 원체 생각이 깊은 분이라 잘은 모르겠다만, 그분은 이번에 잡혀가기로 단단히 작심을 하셨던 건 분명하다. 그래서 기어코 잡혀가실려고 그랬는지도 모르겠다."

"그게 무슨 말씀이오?"

용배가 모르겠다는 표정으로 물었다.

"서장옥이라면 너무 거물이라 안 잡아넣을지 모르니까, 그렇게 예사 사람으로 꾸며 잡혀들어간 다음 제대로 소문이 나게 하려고 그랬을지 몰라."

"그랬다면 정말 대단한 분이네요."

"그분은 이번에 일생일대의 결단을 하신 것이 분명하다. 그분이 잡혀 들어가면 유독 남접의 동학도들이 가만 보고 있겠냐? 당신 한 몸을 희생하여 전 동학도들의 가슴에 불을 지르려 하신 것이다."

모두 고개를 끄덕였다.

"그것은 그렇고 이제부터 일이 바빠지겠다. 박목수 일은 계책이 하나 있다마는 삼례집회 끝나고 하는 것이 어떻겠냐?"

"그러다가 전주로 이송이라도 시켜버리면 더 어렵지 않겠소?"

달주가 조심스럽게 말했다.

"그도 그렇겠구나. 그러면 너희들은 여기서 그 일을 해라."

월공은 박목수를 탈옥시킬 계책을 소상히 일러준 다음 일이 끝나거든 선운사로 오라는 말을 남기고 혼자 총총히 길을 떠났다. 연엽은 잠시 달주 집에 있는 것이 좋겠다고 했다.

5. 탈옥

"아저씨, 옥에 있는 사람을 하나 만나보려 하는데 사쟁이 중에서
배짱도 있고 끗발도 좀 있는 그런 사람 하나 지시해 주십시오. 정장
쇠라던가, 그 사람이 우두머리라던데 그이는 사람이 웬만합니까?"

목로에 술잔을 놓고 있던 용배가 중아비한테 넌지시 수작을 걸
었다.

"죄수 하나 만나는 데야 사쟁이를 고르고 말 것 있는가? 그 길로
먹고 사는 놈들인데, 돈 몇푼 쥐어주면, 보리 주는데 왜 안 주겠어?"

"그래도 중죄인이라 뒤도 부탁하자면 듬직한 사람이래야 되겠습
니다."

"정장쇠라면 제 떨거지들을 쥐락펴락한께 괜찮겠구만."

"배짱도 어지간한가요?"

"뚝심이 있지."

"그러면 그 사람 좀 소개하십시오. *신발차는 섭섭잖게 드리겠습니다."

"그만 일에 신발차는 무슨 신발차?"

중아비는 입으로는 비쩨면서도 싫지 않은 눈치였다.

"안골목 장쇠 오늘 번이던가?"

중아비가 안방을 향해 소리를 질렀다. 안방 문이 열리며 여편네가 고개를 내밀었다.

"그저께 나들이 갔다 왔은께 오늘도 *난번인 것 같소."

"그러면, 가서 내가 쪼깨 보잔다고 불러와!"

중아비 마누라가 밖으로 나갔다.

"그 사람 술 하는가요?"

"고래여."

좀 만에 정장쇠가 주막으로 들어왔다. 서른 대여섯 되어 보이는 나이에 허우대도 웬만하고 이마가 툭 불거진 것이, 사쟁이치고는 주견이 있어 보였다. 잠을 자다 나왔는지 얼굴이 부석부석했다.

중아비가 용배를 소개했다. 둘이 봉노로 들어갔다.

"진안 사는 박무성이라고 합니다. 사쟁이님한테 긴한 부탁이 있어 뵙자고 했습니다."

용배가 다소곳이 인사를 했다. 정장쇠는 하품을 하며 건성으로 제 이름을 댔다. 좀 귀찮다는 표정으로 거드름을 피웠다.

"술 한잔 드십시오. 안주는 모치가 있다는데 어떻습니까?"

"좋지."

"술은 맑은술로 드시지요?"

"아무렇게나."

용배는 술을 시켰다.

"저는 여기가 타관이라 아는 이가 없어, 듬직한 분으로 사쟁이님을 한 분 소개해달라고 했더니 저분이 어르신을 말씀하시는군요."

술상이 들어왔다. 상에는 큼직큼직하게 썬 모치 안주에 조그마한 사기 두루미병이 얌전하게 올라 있었다.

"드십시다."

그의 잔에 술을 따랐다.

정장쇠는 모치를 대가리부터 초장에다 듬뿍 찍어 와삭와삭 씹었다. 한참 씹다가 안주를 한쪽 볼로 몰아넣고 술을 들이켰다.

"카아!"

요란스럽게 카아 소리를 지르고 나서 볼에 몰아넣었던 안주를 다시 씹었다. 용배한테 잔을 넘겼다.

"저는 술을 못합니다. 그대로 받으십시오."

이런 일을 할 때 술은 대둔산 산채의 절대 금령이었다.

용배는 이쪽으로 내민 정장쇠의 잔에 그대로 술을 따랐다. 정장쇠는 술을 받아 잔을 상에 놓고 또 모치를 집어 우겨넣었다. 두 잔째 술을 털어넣었다.

용배는 그가 걸퍽지게 마시는 꼴을 보고만 있었다. 모치를 또 집어 우겼다. 마치 배고픈 놈 입에 밥숟가락 들어가듯 모치가 거듭 입으로 들어갔다. 술잔을 들었다. 이번에는 반 잔만 마시고 내려놨다.

"들어!"

한참 혼자 우겨넣다가 그제야 생각난 듯 용배를 건너다보며 젓가락으로 모치를 가리켰다.

"드십시오. 저는 날것은 별로 좋아하지 않습니다."

"술안주로야 모치를 덮을 게 없어."

정장쇠는 또 모치 대가리를 우겨넣고 와삭와삭 씹었다. 용배는 절로 입에 침이 괴었다.

술을 다섯 잔째 받고 났을 때였다.

"진안서 왔다고?"

"예."

입을 쩍 벌려 손가락으로 어금니에 낀 모치 살점을 뽑아내며 물었다. 모치 다섯 마리가 두어 점밖에 남지 않았다.

"아저씨, 여기 모치 한 접시 더 주십시오."

용배가 문을 열고 중아비한테 소리를 질렀다.

"큰놈으로 썰어!"

정장쇠가 소리를 질렀다.

"모두 한배 새긴디, 얼마나 크고 작고가 있간디?"

중아비가 핀잔을 주었다.

"은선리 박목수 말입니다."

용배가 운을 뗐다.

"뭐, 살범, 박목수?"

정장쇠는 또 모치를 입으로 막 넣으려다 입 앞에서 멈추며 눈을 둥그렇게 떴다.

"그분이 외가로 아저씨뻘 됩니다. 얼굴이나 한 번 보고 가려고 왔습니다만……."

입 앞에 멈췄던 모치가 이내 입으로 들어갔다.

"곁에 사람들 눈도 여럿이라 쉽잖을 줄 압니다. 저도 그만한 물정은 알고 있습니다. 시초값이나 하시라고 50냥을 마련했습니다."

용배는 창호지에 싼 돈뭉치를 슬그머니 정장쇠 무릎 밑으로 밀어넣었다.

"살범 면대가 쉬운 일이 아녀. 중아비 저 작자가 괜스리 멀쩡한 사람을 곤경에 빠뜨리는구만."

정장쇠는 50냥이란 소리에 이런 봉이 어디서 날아왔나 싶은 모양이었으나 겉으로는 숭을 쓰는 것 같았다.

정장쇠는 새로 들어온 모치 접시도 벌써 반이나 비웠다.

"이거 한 점 들어봐. 달착지근하고 꼬소한 것이 생으로는 이만한 생선이 없다구."

"예, 사쟁이님이나 많이 드십시오."

반 되가 너끈하던 술도 거의 비웠다.

"그분 몸은 어떠신가요? 운신은 제대로 하시는가요?"

"운신이라니? 썽썽해."

정장쇠는 어지간히 먹고 나서 곰방대에 담배를 우겨넣었다.

"되겠습니까?"

"어려운 일이제마는 젊은이가 인사깔도 웬만하고 한께 한번 심을 써 보제."

"고맙습니다."

"닭이나 한 마리 삶고, 술도 기왕이면 맑은술로 한 병 챙겨갖고, 이따 아문으로 오게. 아문을 들어설 때는 파수한테도 인정을 좀 쓰라구. 요새는 문금門禁이 심해서 이런 일이 쉽잖아."

정장쇠는 말을 마치며 끄르르 게트림을 했다.

"마저 드십시오."

용배는 병을 흔들어 보이며 정장쇠 앞으로 주둥이를 디밀었다. 사양하지 않고 또 잔을 내밀었다.

정장쇠는 병이 바닥이 나자 마지막 남은 모치 두 점을 거푸 집어넣어 아귀아귀 우졌다. 무릎 밑의 돈뭉치를 챙기며 일어섰다.

"죄수들 먹을 것으로는 뭐가 좋을까요?"

"떡이 제일이여. 군아 문 앞에 가면 떡장수들이 즐비해. 형편이 웬만하면 넉넉히 사와!"

정장쇠는 군아 쪽으로 사라졌다.

용배는 중아비에게 닭을 한 마리 삶으라 해서 닭 꾸러미와 술병을 챙겨 들고 아문으로 갔다. 그 앞에는 정장쇠가 말한 대로 먹을거리 장수들이 즐비했다.

"이것 한 *켜만 주십시오."

시루떡을 가리켰다.

"많은 입이라 두 켜는 사셔얄 것이오."

"호박떡도 두어 켜 싸고 인절미도 몇 개 얹으시오."

"아이고, *푼푼하게도 사시네. 그래도 이만치는 사야 많은 입에 한 쪼가리씩이라도 들어가제."

용배는 뭉청한 떡보자기를 들고 아문 가까이 갔다.

"진안서 오신 이요?"

아문 가까이 가자 파수꾼이 미리 알은체를 했다. 그렇다고 하자,

저쪽으로 들어가라고 동헌 뒤를 가리켰다.

"출출할 테니 이따 막걸리나 한잔 드시오."

용배는 엽전 다섯 닢을 건넸다.

동헌 앞의 아사衙舍를 지나가다 용배는 실없이 찔끔 걸음을 멈췄다. 그 안에서 갑자기 째지는 비명소리가 터져 나왔기 때문이다. 죄수를 문초하고 있는 듯했다.

옥은 동헌 저만치 뒤편에 있었는데, 옥사 주변으로는 따로 담이 쳐져 있었다. 문을 두드리자 정장쇠가 맞았다.

안으로 들어서는 순간, 용배는 저절로 발이 멈춰지고 말았다. 그러려니 했으나, 옥에는 너무 많은 죄수가 갇혀 있었기 때문이었다. 얼추 40명은 되어보였다. 칼을 쓰고 고개를 떨어뜨리고 있는 사람, 모아 쥔 무릎에 얼굴을 처박고 있는 사람, 누워 있는 사람, 가지가지 모양을 하고 있었다.

옥은 뒤와 옆은 담이고 앞은 발목 굵기의 *동바리가 위에서 아래로 죽죽 내리질러 있었다.

옥문에는 큼직한 자물쇠가 채워져 있었다. 자물쇠는 크기가 거진 김칫독 지름돌만 했다. 용배는 그 열쇠를 유심히 봤다.

사쟁이들이 거처하는 집은 옥사를 옆으로 보게 지어져 있었다.

번을 선 나졸은 둘이었다. 정장쇠는 용배 손에서 닭 꾸러미와 떡 보자기를 받아 그들에게 넘겼다.

옥사는 세 칸으로 나뉘어 있었다. 맨 저쪽 칸에는, 목에 칼을 쓰고 발에 차꼬를 찬 죄수가 혼자 들어 있고, 가운데 칸에는 칼을 쓴 죄수와 칼을 쓰지 않는 죄수가 반반이었으며, 맨 이쪽 칸에는 칼을 쓰지 않았으나, 몰골은 모두 말이 아니었다. 누워 있는 사람도 있고 누워 있는 사람을 주무르는 사람도 있었다. 금방 맞고 들어온 사람들인 듯했다.

"저쪽일세."

짐작했던 대로 박목수는 맨 저쪽 칸에 차꼬를 차고 칼을 쓴 채 혼자 앉아 있었다. 박목수가 쓴 칼은 다른 사람들이 쓴 칼보다 더 컸다. 두 뼘 넓이에 한 길이나 되었다. 박목수는 칼 구멍에 목을 내놓고 칼에다 턱을 괸 채 얼굴을 떨어뜨리고 있었다. 차꼬는 좀 두꺼운 도마 크기였는데, 그 양쪽에 뚫린 구멍에 발목이 끼어 있었다. 칼에 얼굴을 늘어뜨린 박목수는 차꼬 찬 양쪽 다리를 두 손으로 싸안고 앉아 있었다. 차꼬에다 칼을 써놓으면 아무리 나대보았자 저 자세 외에는 다른 자세는 취할 수 없을 것 같았다.

"태섭이!"

정장쇠가 큰소리로 불렀다. 박목수는 칼 위에 떨어뜨리고 있던 얼굴을 천천히 쳐들며 정장쇠를 향해 게슴츠레한 눈을 쏨벅였다. 동곳도 없이 아무렇게나 말아놓은 주먹상투에서 어지럽게 흘러내린 머리카락이 얼굴을 덮고 있었다. 얼굴을 쳐들고 쳐다보는 박목수의 모습은, 지옥에서 무슨 원귀가 고개를 쳐드는 것 같았다. 순간 용배는 섬뜩한 귀기를 느꼈다.

"진안서 조카가 찾아왔어."

박목수 눈에 대번에 생기가 돌았다. 용배를 보는 눈에 잔뜩 긴장이 피어오르고 있었다. 그의 아내를 통해 전한 편지를 제대로 읽은 모양이었다.

"아저씨 접니다."

"아니, 너 무성이 아니냐?"

"예, 어쩌다가 이 꼴이 되셨소?"

용배가 동바리를 붙잡고 앉았다. 박목수는 머리카락을 걷어 올렸다. 처음에 잠이라도 자고 있다가 깨어난 꼴이었으나, 용배를 쳐다보는 박목수의 지금 모습은 금방 딴 사람이 되어버린 듯했다. 박목수의 반응을 본 용배는 조마조마했던 마음이 적이 가라앉았다. 정성들여 만든 기계의 사개가 제대로 맞물려 돌아가는 것을 보는 것 같은 희열이 느껴졌다.

용배를 보는 박목수의 표정에는 죽음에서 벗어나려는 동물적 갈구가 번득이고 있었다.

"몸은 어떠십니까?"

"괜찮다."

정장쇠가 저쪽으로 갔다. 용배가 가지고 온 닭고기를 나누기 시작했다.

"어제 아주머니한테서 편지 받으셨지요?"

용배가 낮은 소리로 물었다.

"어이 받았네. 고맙네."

"그대로만 하면 틀림없을 테니 정신 바짝 차리시고 모든 일을 침착하게 하십시오."

"알겠네. 그런디, 밤중에 이 방 쇠통 끄르는 방도가 문제라고 말했는디, 그것은 쉽네. 이 쇠통이 크기만 크제 사쟁이들이 못으로도 쉽게 끄르네."

"그럼 더 안심이오."

그때 사쟁이 하나가 채반 두 개에다 용배가 가져온 떡을 나눠 들고 저쪽 칸으로 갔다.

"이것은 박목수 친척이 사온 것이오. 여보시오, 저그 저 양반 나리 당신은 다른 사람들보담 집안 형편이 웬만한께 당신들 *푸네기들도 떡을 사올라면 이렇게 푸짐하게 쪼깨 사오라고 하시오. 그래사 나누는 우리도 인심이 날 것 아니오."

쥐알봉수같이 쥐상으로 생긴 사쟁이가 그 방에 있는 늙은이 하나를 향해 핀잔을 주며 채반을 디밀었다.

"이놈 말조심해. 푸네기가 뭣이여, 푸네기가?"

그 늙은이가 꽥 소리를 질렀다.

사쟁이는 내밀던 채반을 도로 가져오며 늙은이를 빤히 건너다봤다.

"제길 양반 못된 것 장에 가서 호령한다등마는 호령 한번 의젓하네. 그 유세면 옥에는 왜 들어와."

사쟁이는 핀잔을 주며 그 채반을 넣어주지 않고 그대로 가지고 가운데 칸으로 와버렸다.

"옜다, 당신들이나 다 먹으시오."

사쟁이는 가운데 칸에다 저쪽 몫의 채반까지 디밀어버렸다.

"그쪽 칸에서는 그 양반인가 채반인가 그 사람 큰기침소리로 배 채워!"

그쪽 칸에서 죄수들이 저놈의 늙은이 어쩌고 두런거렸다.

정장쇠도 채반과 술병을 들고 입에 잔뜩 닭고기를 우물거리며 용배 곁으로 왔다. 채반에는 닭 한쪽과 호박떡이 그들먹했다. 나무 모탕

148

두 개를 가져와 동바리 간살을 사이에 두고 셋이 마주보고 앉았다.

"들어앉어!"

정장쇠가 박목수에게 말했다.

박목수는 두 팔을 땅에 짚고 엉덩이걸음으로 칼 쓴 몸뚱이를 옆으로 틀어 동바리 옆으로 바짝 붙어 앉았다. 정장쇠는 담배쌈지에서 열쇠를 꺼내더니 박목수 발에 채워진 차꼬를 끌렀다. 차꼬가 입을 벌려 발목을 내놨다.

박목수는 무릎을 주무르며 다리를 세웠다 뉘었다 했다.

정장쇠는 박목수한테 술잔을 넘기고 닭고기를 찢기 시작했다. 용배가 박목수 잔에 술을 따랐다. 정장쇠는 닭고기를 찢으면서 자기부터 아귀아귀 우겨대기 시작했다. 아까부터 정말 무자비한 식성이었다.

"그래, 어머님은 잘 계시냐?"

박목수가 물었다.

"며칠 전에 돌아가셨소."

"뭣이라고? 어머님이 돌아가셔?"

박목수는 닭고기를 입으로 가져가다가 말고 깜짝 놀라 물었다.

"급체로 손써볼 겨를도 없이 돌아가시고 말았소. 아저씨한테 부고를 보냈더니, 부고 가지고 갔던 사람이, 이쪽에서 부고보다 더 무서운 소식을 가지고 오지 않았겠소? 금방 달려온다는 것이 장례 뒷이 어수선해서 이제 왔소."

"허허, 그 누님이 돌아가시다니, 인생이 이렇게 허망할 수 있단 말이냐?"

박목수는 장탄식이 땅이 꺼졌다.

"이놈들 어떤 놈이냐?"

느닷없이 맨 저쪽 칸에서 고함소리가 터졌다.

아까 푸네기라는 말 때문에 사쟁이하고 시비가 붙었던 늙은이였다.

"뭐여?"

아까 그 사쟁이가 그쪽으로 갔다.

"당신 당나귀 새끼를 생으로 회쳐 묵고 왔소. 역병 난 동네북을 삶아 묵고 왔소. 어째서 모주 먹은 돼아지 껄대청으로 꽥꽥 곽이요, 곽이?"

사쟁이가 늙은이한테 핀잔을 퍼부었다.

역병 난 동네북이란, 호열자 같은 무서운 돌림병이 돌 때, 크고 듣기 싫은 소리를 내면, 그 집에는 병이 범접을 못한다고 하여, 마룻바닥에다 북을 문질러 째지는 소리를 내는 풍속이 있었는데, 그 북을 이르는 말이다.

"이놈들 양반을 능멸하고도 살기를 바랄까?"

늙은이는 수염을 부들부들 떨며 악을 썼다.

"어떤 무엄한 사람이 양반님을 능멸했단 말이오?"

사쟁이가 빙글거리며 능청스럽게 물었다.

"이 돌멩이를 봐! 이것이 지금 다섯 개째여."

늙은이는 멍석 위에 구르고 있는 돌멩이와 흙덩이를 주섬주섬 주워 사쟁이 앞으로 내밀었다.

그 늙은이 때문에 얻어먹을 것을 못 얻어먹게 되자 곁에 있는 작자들이 심통을 부린 것 같았다.

"그것을 누가 던졌단 말이오?"

"이놈들이지 누구여?"

늙은이는 방 안 사람들을 가리키며 악을 썼다.

"여보시오, 양반 나리."

그때 젊은이 하나가 *감때사납게 나섰다.

"던진 놈이 있으며 그놈을 잡아내서 닦달을 하든지 말든지 할 일 이제 어째서 싸잡아서 호롬이오? 제길, 하는 행실을 본께, 양반인지 좃반인지, 돈 팔아 두 냥반인지, 고리백정 채반인지, 궁글어가다 똥 통에 빠진 쟁반인지, 삶은 개다리 한쪽 반인지, 아무리 생각해도 본 색을 모르겠구만, 양반 유세는 되게 떠네."

작자는 한참 주워섬겼다. 모두 배를 쥐고 웃었다.

"이놈 두고 보자."

늙은이는 분을 못 이겨 이를 부득부득 갈았다.

"두고 보건 안 보건, 양반이라고 큰기침할라먼 양반 체신부터 챙 기시오."

사쟁이가 핀잔이었다.

"왜, 그 동네가 그렇게 시끄러."

그동안 닭고기를 우겨대느라 정신이 없던 정장쇠가 닭고기가 떨 어지자 배를 쓸며 그쪽으로 갔다.

"나를 살려주겠다는 자네들은 도대체 누군가?"

정장쇠가 저쪽으로 간 사이, 박목수가 눈을 밝히며 낮은 소리로 물었다.

"여기서 나가시면 제절로 알게 될 거라 하지 않았소? 그것은 괘념 마시고, 그 편지에 써진 대로만 잘하시오. 그대로만 하면 틀림없이 나갈 수 있소. 가족들은 이미 안심할 만한 데로 피신을 시켜놨소."

"우리 가족들을? 어디로?"

"아주 안전한 데로 보냈소. 나가시면 숨어살 곳도 맞춤한 데를 마련해 놨소. 아 참, 그 편지에 한 가지 빠진 것이 있소. 이 일을 아주머니한테 말하지 않고 저 사람한테 시키는 까닭을 그럴듯하게 둘러대야 합니다."

"알겠네."

그때 저쪽 대문이 열렸다. 나졸이 축 늘어진 사람을 하나 끼고 들어왔다. 맨 저쪽 방에다 넣고 새로 다른 사람 둘을 불러내갔다.

정장쇠가 이쪽으로 왔다.

"얘기를 어지간히 했으면 이제 나갈까?"

용배가 일어섰다. 못내 섭섭한 표정을 지으며 박목수한테 인사를 하고 돌아섰다.

용배가 나간 뒤 술이 거나해진 정장쇠는 사쟁이들과 너털웃음을 웃으며 떠들어댔다. 한참 만에 박목수가 정장쇠를 불렀다.

"저하고 조용히 이야기를 좀 할 게 있소."

"먼 이야기요?"

"저한테 담배 한대 주시고 거기 좀 앉으시오."

정장쇠가 쌈지를 꺼내 곰방대에 담배를 우거넣었다. 불을 댕겨 한참 뻑뻑 빨다 박목수한테 넘겼다.

"사쟁이님, 오늘 저녁에 제 심부름을 하나 해주십시오."

박목수가 소리를 낮춰 은근하게 말했다.

"심부름이라니?"

"여기서 천치재를 넘어 상학동을 지나 하학동으로 가자면 하학동 못미처 큰 묏벌이 하나 있소."

"그래, 있어. 헌디 그것이 어쩐다는 거요?"

"그 묏벌에 아름드리 도래솔이 스무남은 주 빙 둘러서 있소. 맨 위쪽으로 보면 그중에 까치집이 지어져 있는 솔나무가 하나 있을 것이오."

"까치집?"

"예, 그 소나무로 올라가 보면, 그 까치집이 남쪽으로 문이 나 있소. 그런디, 그 문이 대꼬챙이로 막혀 있을 것이오. 꼬챙이를 뜯어내고 그 안에 손을 넣어보면 보자기가 하나 있을 것이오. 그것을 좀 가지고 오시오."

"뭣이? 까치집 속에 보자기? 그것이 멋인디?"

정장쇠는 지금 대낮에 웬 잠꼬대를 하고 있느냐는 표정으로 거푸 물었다. 박목수는 잔뜩 경계하는 눈으로 저쪽을 한번 살핀 다음, 한 껏 낮은 소리로 입을 뗐다.

"돈이오."

"도온?"

"은자로 3천 냥이오."

"머, 3천 냥?"

정장쇠는 눈이 주발만 해지며 주변부터 살폈다.

"자세한 내력은 내중에 이얘기하겠소. 아까 그 젊은이하고 상관이 있는 돈이오. 그 어머니하고 나밖에 모르는 것인게 그런 줄만 아시오."

정장쇠는 주발만 해진 눈으로 박목수를 빤히 건너다보고 있었다.
몽둥이라도 한 대 맞은 꼴이었다.

"헌데, 나는 나무를 못 타는걸."

"나무를 못 타요?"

"못 타. 그럼 나무 잘 타는 놈을 하나 데리고 갈까?"

정장쇠는 3천 냥이란 소리에 금방 바짝 달았다.

"다른 사람이 알아서는 안 돼요."

"그럼 어떡한다?"

"수가 없진 않소."

"수라니?"

"톱을 가지고 밤에 가서 그 나무를 잘라부시오."

"잘라부라고?"

"쓰러질 때 소리가 날 것이요마는, 까치집에서 돈만 챙겨가지고
내빼불면 어느 놈 짓인지 누가 알겠소?"

"으음, 그렇겠구만."

정장쇠는 눈에 빛이 났다.

"해지기 전에 가서 그 근처에 숨어 있다가 날이 저물거든 자르
시오."

"알겄어."

정장쇠가 일어섰다.

"사쟁이님!"

박목수가 다시 불러 세웠다.

"아까 그 조카 놈이 이 일을 어렴풋이 눈치 채고, 실은 그것을 떠볼라고 온 것 같소. 그놈이 가지 않고 틀림없이 나를 한 번 더 면대를 시켜달라고 할 것 같소. 그러면 이번에는 절대로 안 된다고 싹 잡아 떼버리시오. 돈은 사쟁이님하고 나하고 천오백 냥씩 반분이오."

"바, 반분?"

"예, 실수 없이만 하시오."

정장쇠는 반분이란 소리에 제정신이 아닌 것 같았다. 옥문을 나가는 정장쇠의 발걸음이 휘청거리는 것 같았다.

정장쇠가 중아비 집 앞을 지날 때였다.

"사쟁이님!"

용배였다.

"자넨가?"

정장쇠는 당황하는 표정이었다.

"아무래도 이대로 가기는 너무 섭섭해서 내일 한 번 더 뵙고 가려고 이러고 있소. 한번만 더 주선해 주십시오."

"한번 봤으면 그만 돌아가게. 다른 죄수도 그렇지만 살범은 유독 문금이 심해서 자칫하다가는 내 모가지가 날아가네. 더구나, 박목수는 얼마나 흉악한 살범인가? 아까는 자네 정성이 기특해서 내가 특별히 마음을 쓴 것이여?"

정장쇠는 단호하게 말했다.

"한 가지 알아볼 것도 있고 하니, 제 청을 한번만 더 들어주십시오. 인정은 두둑이 쓰겠소."

"모가지가 걸린 일에 인정이 문젠가?"

"백 냥을 쓰겠소."

"이 사람이 사람을 어떻게 보고 하는 소리여. 내가 인정에 이러고
저러고 하는 사람인 중 아는가?"

정장쇠는 눈을 부라렸다.

"너무 하십니다."

"너무하건 말건 안 되는 것은 안 되는 것이네. 그리 알고 다시는
그런 소리 하지 말게."

정장쇠는 싹 자르고 돌아섰다. 용배는 가볍게 웃으며 주막으로
들어섰다.

"아까 저쪽 주막에서 들으니, 여기 호방이 *시앗 까탈로 집구석에
야단이 났다고 하던데 그것은 무슨 소리랍니까?"

용배가 목로에 앉으며 중아비한테 수작을 걸었다.

"그 소문이 벌써 그렇게 퍼졌구만."

중아비는 용배가 따라주는 잔을 들며 허허 웃었다.

"호방이 이 너머 하학동이란 동네서 예쁜 종년을 하나 사왔다는
구만. 그 종년한테는 남편이 있었는디, 그 남편도 같이 사서 어디 먼
데로 팔아버린 모양이야. 그런디 그 팔려갔던 종이 여편네를 못잊어
도망을 쳐 왔다는 걸세. 이 미련한 종놈이 자기 여편네하고 같이 살
게만 해달라고 *비대발괄을 했구먼. 호방이 가만 두겠나? 나졸한테
달아 도로 쫓아보냈는디, 이번에는 남편이 그렇게 쫓겨가는 것을 보
고 그 여종이 목을 매달았네그랴. 죽기 전에 발각이 나서 살려내기
는 살려냈는디, 여기서 호방 내외간에 난리가 났어. 그 종을 둘이 다
도로 옛집으로 보내라, 못 보내겠다, 이렇게 내외간에 드잡이판이

156

벌어져 화로가 날아가고 농짝이 박살이 나고 전쟁도 그런 전쟁이 없었던 모양일세."

중아비는 껄껄 웃었다.

"그러니까 호방은 처음부터 첩을 삼으려고 그 여종을 사온 것이구먼요."

"풍색 사납게 패박아 첩이랄 게 있나? 종년은 소 타긴께 집에 놔두고 생각 있을 때마다 눈치 봐감시로 불러들여 올라타자는 것이제. 그 집에는 이번에 새로 온 그년 말고도, 그런 젊은 종년이 둘이나 있어."

"그 사내종은 어떻게 됐습니까?"

"모르겠어. 팔았던 집으로 다시 보냈다는 소리도 있고……."

밤이 이슥했을 때였다. 정장쇠는 삶은 닭을 싼 짚 꾸러미와 술병을 들고 옥으로 들어갔다.

"이 밤중에 웬 일이시오?"

졸고 있던 사쟁이들이 깜짝 놀라 물었다.

"아까 그 박목수 조카가 보낸 걸세."

정장쇠는 엉뚱하게 둘러대며 닭 꾸러미와 술병을 사쟁이들한테 안기고 박목수 쪽으로 갔다.

정장쇠는 뒤를 한번 돌아본 다음 낮은 소리로 말했다.

"말한 대로 있습디다. 집에 갖다 놨소."

"잘 했소."

"금방 저것을 조카가 보내더란 소리는, 저자들한테 둘러댄 말이고 내가 집에서 삶아가지고 왔소. 아까 말한 대로 낮에 여그서 나간 게 영락없이 조카놈이 목을 지키고 있다가 한번만 더 면대를 시켜달라고 합디다. 그래서 안면을 싹 몰수해부렀소."

"고맙소."

낮에 그 사쟁이가 닭고기와 술을 나눠서 채반에 담아왔다. 박목
수와 정장쇠는 동바리 간살을 사이에 두고 아까처럼 마주앉았다.

박목수 차꼬는 풀려 있었다. 그러기로 되어 있는 것은 아니지만
사쟁이들은 밤이면 이렇게 차꼬를 풀어줬다.

사쟁이들은 어느 옥에서나 사형수들한테는 어지간하면 이런 호
의를 베풀었다. 이런 일 말고도 사형수들한테는 다른 죄수들한테처
럼 *알겨먹으려고도 하지 않았을 뿐 아니라, 되레 다른 죄수들한테
알겨온 것을 같이 나눠 먹었다. 얼마 안 있으면 죽을 사람들이래서
베푸는 호의이기도 했지만, 잘못하다가 사형수들이 사쟁이들한테
심통을 부리고 나오는 날에는 이만저만 골칫거리가 아니었으므로
미리 이렇게 달래는 것이기도 했다. 사형수들은 기왕 죽기로 되어
있는 놈들이니 너 죽고 나 죽자고 발악을 하는 날에는 못할 짓이 없
었다. 더구나, 이들은 옥에 오래 갇혀 있기 때문에 사쟁이들의 약점
을 속속들이 알고 있기도 했다. 그래서 사쟁이들은 먹을 것이 들어
오면 사형수 몫도 사쟁이 몫과 똑같이 몫을 지어 나눈 다음, 그 나머
지를 다른 죄수들에게 나눴다. 그래서 사형수들은 죽을 때까지는 무
거운 형구를 차고 있는 것 말고는, 먹는 것이며 뭐며 특별한 대우를
받았고, 사쟁이들하고는 마치 친구처럼 지냈다.

"나는 여태까지 남한테 크게 적악한 일도 없고 남의 것을 탐내본
일도 없소. 그저 남 좋자는 대로 허허하고 살아왔는디, 사람이 살다
가 운수가 막혀 이 꼴이 되고 본게 온 세상 사람들이 나한테 싹 등을

돌려버린 것만 같아 서글픈 생각뿐이오."

박목수는 닭고기에 술을 두어 잔 걸치고 나서, 정장쇠가 건네준 곰방대를 빨며 신세타령을 늘어놓기 시작했다.

하늘에는 구름발 사이로 별빛이 차갑게 반짝이고 이따금 끼룩끼룩 기러기 떼 날아가는 소리가 구슬펐다.

"세상인심이란 것이 다 그렇지라우."

정장쇠가 맞장구를 쳤다.

"아까 그 조카아이를 빼돌렸다고 나보고 야박한 놈이라 욕하지 마시오. 이제 나도 뒤에 남은 새끼들 생각해서 내 실속 챙겨야겠소."

"그러다마다."

"나는 오늘 사쟁이님을 달리 보게 되었소. 지금 내 눈에는, 세상 사람들이 모두 제 뱃속만 챙기는 도둑놈들만 같은디, 오늘 사쟁이님 하는 것을 본게 죽는 마당에 마지막으로 믿을 만한 사람을 하나 만난 것 같소."

"새삼스럽게 무슨 그런 말씀을 하시오."

정장쇠는 비쌔면서도 입이 헤벌어졌다.

"사실, 아까 그 돈 있는 데를 가르쳐 드린 것은, 사쟁이님이 믿을 만한 사람인가 아닌가 떠보자는 속셈도 있었소."

"뭐라구, 나를 떠봐요? 허허."

정장쇠는 갑자기 어리둥절한 표정이었다.

"보시다시피 나는 지금 발에다 차꼬를 차고 목에는 칼을 쓰고 이렇게 옥에 갇혀 있잖소? 사쟁이님이 불량한 마음만 먹었다면 돈을 찾아와 놓고도, 가보니 없더라고 얼마든지 시치미를 뗄 수가 있었을 것이오."

"예끼, 여보슈."

"일테면 그렇다는 것이오. 그랬다면, 설사 내가 사또 나리한테 발고를 한다 한들 까치집에 돈을 숨겨두었다는 소리가 어떻게 씨가 먹혀들겠소. 저 작자가 죽을 때가 가까워 온께 제정신이 아닌 모양이라고 웃어버리면 그만일 것이오. 그렇게 되면 나는 돈은 돈대로 날리고 병신까지 사고 죽잖겠소?"

"허허, 그렇기도 하겠소."

정장쇠는 허허 웃었으나 눈빛이 조금 달라지는 것 같았다.

"내가 그렇게 세상 사람들을 못 믿는 데는 그만한 속사정이 있소. 세상에서 제일 믿고 사는 사람이 누구요? 살 비비고 사는 여편네 아니오? 그런디 나는 죽음시롱도 여편네를 못 믿고 죽을 판이오. 불쌍한 놈이지라우?"

"왜 그렇게 못 믿는단 말이오?"

"이판에 멋을 숨기겠소. 그년이 전부터 다른 사내놈을 마음에 두고 있소."

"저런."

정장쇠는 눈이 둥그레졌다.

"그년은 내가 죽으면 새끼들 내던져 놓고 당장 그리 시집을 갈 것이오. 그러지만 않는다면 이런 일은 응당 여편네한테 귀띔을 했을 것 아니오?"

박목수는 후유 한숨을 쉬었다.

"허허, 그러고본께 박목수 형편이 참 딱하구만이라우."

"불쌍한 놈이지라우."

"너무 상심 마시오."

"고맙소. 이리 더 가까이 오시오. 진짜로 할 이얘기가 있소."

박목수가 무겁게 주변을 살피며 낮은 소리로 속삭였다.

"무슨 얘기요?"

정장쇠 역시 주변을 살피며 귀를 박목수 앞으로 가까이 댔다.

"저 사람들이 눈치 챌지 모른게 내 말에 놀라지 말고 들으시오. 실은, 아까 그보다 더 큰 덩어리가 있소."

"더 큰 덩어리?"

정장쇠 눈이 휘둥그래졌다.

"그렇게 놀라면 눈치 채겠소. 아까 그보다 몇십 배 되는 돈이오."

"뭐, 뭣이라구? 그 돈의 몇십 배?"

"그렇소. 우선 그 돈의 내력부터 들어보시오. 아까 여기 왔던 놈이 내 사촌누님 아들이오. 그이는 남편이 일찍 죽고 자식이라고는 그놈 하나밖에 없어서 금이야 옥이야 길러왔는디, 오냐 자식 호로자식이더라고 이놈이 커날수록 싹수하고는 담을 쌌다그려. 그놈이 얼핏 보기에는 제법 다소곳한 것 같습니다만, 사실은 이만저만 모로 터진 놈이 아니오. 벌써 저 나이에 노름으로 몇백 석이나 되는 살림을 거진 조졌소. 반나마 조지자, 보다 못한 그 어머니가 논 일백여남은 두락을 처분해서 나한테 가지고 왔습디다. 자식이 아무리 못돼먹어도 부모 정이란 것은 또 그것이 아니잖소? 나보고 그 돈을 어디다 잘 숨겨놨다가 저놈이 쪽박을 차게 되거든 굶어죽지 않을 만큼씩만 주라고 합디다. 그분은 친정이 고단해서 가까운 친척이라고는 나뿐

5. 탈옥 161

이라, 나한테 자기 죽은 뒤 자식 목구멍을 맡긴 셈이오. 그래서 그 돈을 그 누님하고 세 군데다 감췄소. 그중 하나는 작년에 쓸 데가 있다고 가져가고 두 군데 남았는디, 하나는 오늘 가져온 그것이고, 이제 마지막 하나 남은 것이 진짜 큰 덩어리요."

"그런게, 그것도 이 근처 어디에 숨겨났단 말이오?"

입을 떡 벌리고 있던 정장쇠가 숨을 씨근거리며 물었다.

"그렇소. 그런디 그 녀석이 어떻게 그것을 눈치 챘는지 아까 면대함시로 그걸 넌지시 묻지 않겠소. 전혀 모르는 일이라고 시치미를 떼부렀소. 아까도 말했제마는 저놈한테 줘봤자 몇 조금 못가서 허방에 꼴아박아 불 것인께 나 죽은 뒤에 내 새끼들한테나 물려줄 생각이오."

"잘 생각했소. 그놈 하는 행티로 보먼 그러고도 남겠소. 얼핏 봐도 *보추대가리는 서푼어치도 없게 생겼습디다."

"천치재 넘어가는디, 양지뜸 있잖소?"

"예, 양지뜸."

"그 동네서 한참 뒷산으로 올라가면 기둥가심으로 아름드리 솔나무가 여남은 주 모닥모닥 서 있소. 그중에서 제일 큰 솔나무를 찾으시오. 그 밑동에서 남쪽으로 서너 자 가량 되는 데를 파보시오. 조금만 파면 맷돌짝 크기만한 납작한 돌이 나올 것이오. 돌을 들춰보면 바로 그 밑에 있소. 깊이 팔 것도 없이 한 뼘 가량만 파면 나오요."

박목수 말을 듣고 있는 정장쇠의 눈알은 금방 튀어나올 것 같았다. 정장쇠는 저쪽 사쟁이들을 한번 돌아본 다음 윗몸을 잔뜩 박목수한테로 가져갔다.

"양지뜸 뒤에 기둥가심으로 솔나무가 여남은 주 서 있는디, 그중에서 제일 큰 솔나무?"

"맞소."

"알았소."

정장쇠는 자리에서 일어서려 했다.

"잠깐!"

정장쇠는 다시 엉덩이를 모탕 위에 내려놨다.

"아까 그 돈을 반분하기로 했소마는, 이 돈은 그렇게 할 수 없소. 3분지 1, 그렇게 30두락 값만 사쟁이님을 드리겠소. 그리고 그 나머지는 누구한테 맡길 것인가 그것은 차차 말씀드리겠소."

"아, 알겠소."

정장쇠는 말소리가 떨렸다.

다음날 새벽이었다. 정장쇠는 괭이를 치켜들고 집을 나섰다. 읍내서 양지 뜸은 담배 한 대 거리도 안됐다. 아직 날이 새지 않았다. 정장쇠는 밭둑에 앉아 담배를 태워 물고 날이 새기를 기다렸다.

한참 만에 날이 밝기 시작했다. 정장쇠는 산으로 올라가며 소나무를 살폈다. 정말 기둥나무 크기의 소나무가 여남은 주 몰려 서 있었다. 다른 소나무들은 모두 서까랫감으로 모두 그만그만했으나, 거기 한 군데만 그렇게 여남은 주가 몰려 서 있었다. 제일 크다 싶은 소나무를 하나 골라잡았다. 남쪽으로 서너 자쯤 되는 데를 어림잡았다. 떨리는 손으로 괭이를 내리찍었다. 나무뿌리들이 얽혀 있는 생땅이었다. 여기저기 파보았으나 역시 뿌리들이 뒤얽혀 있었다. 무엇이 묻혀 있을 것 같지 않았다. 곁에 소나무로 갔다. 역시 괭이질을 했다. 마찬가지였다. 세 번째 소나무 밑을 팠다.

그때였다.

"나오요?"

느닷없는 소리에 정장쇠는 소스라치게 놀랐다. 뒤를 돌아본 정장
쇠는 그 자리에 딱 굳어버렸다. 손에 들었던 괭이를 땅에 떨어뜨리
고 말았다. 용배가 웃으며 다가오고 있었다.

"뭘 그렇게 놀라시오. 어제 하학동 까치집 털어온 것도 알고 있
소. 어서 파기나 하시오."

"아니, 어떻게 자네가?"

정장쇠는 벼락 맞은 표정으로 겨우 이렇게 말했다.

"사쟁이님 눈치가 이상해서 어제 저녁부터 뒤를 쟀소."

용배는 히죽히죽 웃으며 말했다.

"헌데, 사쟁이님이 그 돈을 독식할 배짱으로, 여기서 나를 해칠 생
각을 하실지 모르겠는데, 행여 그런 생각일랑 마시오. 내가 이래봬도
진안 고을 하나는 휩쓰는 건달이오. 내 가락수를 한번 보려우?"

순간, 용배의 발이 휙 날아 정장쇠 코앞을 스쳤다.

"어이구, 이 사람아!"

정장쇠는 윗몸을 흠칫하며 소리를 질렀다.

"어서 파시오!"

용배는 정장쇠가 파던 자리를 가리켰다. 정장쇠는 잔뜩 주눅이
들어 용배를 한번 힐끔 쳐다보고 나서 괭이를 집어들었다. 그는 다
시 파기 시작했다. 그러나 뿌리가 얽힌 생땅만 뒤집어질 뿐이었다.

"여기도 아닌걸."

"어떻게 가르쳐 주던가요?"

정장쇠는 박목수가 말한 대로 이야기를 했다.

"그렇게 큰 소나무는 몇 개 안 되요. 다 파버립시다."

다른 소나무 밑을 파려는 참이었다. 저 아래서 지게를 진 사람이 하나 올라오고 있었다.

"사람이 옵니다."

둘이는 수풀 속으로 몸을 숨겼다.

농부는 저쪽 섶나무 벼늘에서 섶나무를 지게에 지우기 시작했다. 나뭇단을 맵시 있게 지우는 것이 읍내로 팔러갈 모양이었다.

"어제 까치집에서는 얼마 내왔소?"

"한 오, 오백 냥쯤 된 것 같아."

정장쇠는 용배를 힐끔거리며 떠듬떠듬 대답했다.

"거짓말 마시오."

용배가 웃으며 가볍게 퉁겼다.

"내가 멀라고 거짓말을 해?"

정장쇠가 눈을 크게 뜨고 시치미를 뗐다.

"한 오백 냥쯤이라니? 그럼 그 돈을 촘촘히 세보지도 않았단 말이오?"

정장쇠는 말이 막히고 말았다.

"당신 그 따위로 놀먼 대번에 사또 나리한테 발고를 하고 말겠소. 바른 대로 말하시오. 얼마요?"

용배가 얼러멨다.

"3천 냥."

"정말이오?"

"이것은 참말이여."

"여기 묻어논 것은 얼마라던가요?"

정장쇠는 머뭇거렸다.

"금방 파보면 알 것인데 뭘 꾸물거리고 있소?"

용배가 비꼬는 표정으로 핀잔을 주었다.

"논 백 두락 값 가까이 된다는구만."

"파오면 당신한테는 얼마 주겠다던가요?"

"논 30두락 값."

정장쇠는 잔뜩 주눅이 들어 곧이곧대로 대답했다.

"하루아침 잠깐 수고로 논이 30두락이라니. 허허, 벌이치고는 기막힌 벌이요그랴."

용배는 웃었으나 정장쇠는 웃지 않았다. 나무꾼은 나무를 지고 내려갔다.

"혹시 저 아래서 또 사람이 올라올지 모르겠소. 내가 저리 가서 망을 보겠소. 당신은 어서 파시오."

용배는 아래쪽이 잘 보이는 곳으로 갔다. 정장쇠는 나머지 소나무 밑을 여기저기 살펴보며 부지런히 괭이질을 했다. 그러나 판 데마다 생땅이었다. 여남은 주 밑을 다 팠다.

"안 나오요?"

"안 나와!"

"모두 다시 한 번 파보시오."

정장쇠는 땀을 뻘뻘 흘리며 팠던 자리들을 다시 파기 시작했다.

팔 만큼은 다 팠으나 나무뿌리만 얽힌 생땅뿐이었다.

"안 나오요?"

"맷돌짝만한 돌이 나온다고 했는디, 안 나와."

용배가 정장쇠 곁으로 다가갔다. 정장쇠는 괭이를 내던지고 담배 쌈지를 꺼냈다.

"박목수가 한 말을 잘못 들은 것 아니오?"

"틀림없어."

"그럼, 왜 안 나온단 말이오?"

"글쎄 말이여."

"여보시오. 지금 당신 나한테 잔꾀 부리고 있지라우?"

용배가 정장쇠를 노려봤다. 정장쇠는 부시 치려던 손을 멈추고 용배를 쳐다봤다.

"잔꾀라니?"

"당신 지금도 나를 잘못 보고 있는 것 같은데, 내가 그렇게 만만 한 놈 같소?"

용배가 주먹을 사려 쥐었다.

"내가 저기서 망보고 있는 사이에 돈을 파서 어디다 슬쩍 숨겨놓 고 능청을 떨고 있지요?"

용배는, 당신 속을 빤히 들여다보고 있다는 표정으로 싸늘하게 웃으며 다그쳤다.

"뭣이, 내가 돈을 파서 어쨌다고?"

"기어코 능청을 떨겠소?"

"세상에 그런 생사람 잡을 소리가 어딨어?"

"정말이오?"

"세상에 내가 천벌을 맞아도 몇 벌로 맞을라고 그런 짓을 하겠는가?"

"그럼 누가 파간 흔적도 없던가요?"

"없어. 모두 나무뿌리에 얽힌 생땅이여."

"그러면, 다시 가서 박목수한테 똑똑히 물어보고 오시오. 그 사람 머리가 지금 크게 헷갈리고 있는 것 같소. 일이백 냥도 아니고 논 백 두락 값을 그렇게 소홀히 했을 까닭이 없소. 너무 엄청난 돈이라 그 돈을 묻을 때 도깨비한테 홀린 것처럼 제정신이 아니었을 것이오. 큰돈을 안 만지던 사람은 큰돈을 보기만 해도 손발이 달달 떨리고 제정신이 아니지요. 목수질이나 하던 주제에 논 백 두락 값을 쥐었으니 어쨌겠소? 여기다 감출까 했다가 못 미더워서 다른 데를 생각하고 거기도 못 미더워 또 다른 데를 생각하고, 이렇게 감출 데를 수십 군데 생각했을 것이오. 그래서 지금 엉뚱한 데다 감춰놓고 여기다 감췄다고 헷갈리고 있는 것 같소."

"아무리 그런다고 그렇게 헷갈릴 수가 있을까?"

"어쩌던가요? 어젯밤 3천 냥을 쥐었을 때 사쟁이님 기분 한번 생각해 보십시오. 재를 올라오면서도 다리가 아픈지 숨이 가쁜지도 몰랐지요? 어쨌소? 발도 땅에 붙은지 공중에 붙은지도 몰랐지요?"

"하기사, 제정신이 아니었네."

"거 보십시오. 3천 냥 가지고도 그랬는데 이것은 그 몇십 배요? 그 사람을 옥에서 꺼내다가 그 자리에 세워노면 그제야 아하 하면서 진짜로 묻어논 데를 생각해낼 것이오."

용배가 자신 있게 말했다.

"하여간, 가서 알아보고 올라네."

정장쇠는 괭이를 수풀 속에 숨기고 앞장을 섰다.

"만약, 가서 제대로 알아가지고 오지 못하면 나는 그대로 다른 방도를 취하겠소."

"다른 방도라니?"

"당신한테 주겠다던 그 30두락 값을 군수한테 주기로 하고, 우리 아저씨를 옥에서 데리고 나오게 해서 묻어논 자리를 찾으면 금방 찾아낼 것 아니오?"

"이 사람아, 그것이 먼 소리여?"

"먼 소리라니요? 그것보다 더 확실한 방도가 뭣이 있겠소?"

"허지만, 조병갑 그놈이 어떤 놈이라고?"

"어떤 놈이라니요?"

"30두락이 뭣이여? 전부 혼자 독식을 하고 말 거여."

"나도 다 그만한 뒤가 있는 놈이오. 허지만, 일을 소문 안 나게 하고 싶은께, 하여간 똑똑히 알아가지고 오시오."

"알겠네."

"박목수가 약속한 30두락 값은 당신한테 나도 줄 것인께 그것은 안심하시오. 박목수한테는 내가 이렇게 알았다는 말을 해서는 안 돼요. 내가 알았다먼 제대로 가르쳐 줄 리가 없소."

"그렇겠구만."

"이 일은 오늘 안으로 알아내야지 오늘 안으로 못 알아내먼 일은 그만이오."

"왜?"

"내일은 그 아저씨가 전주 감영으로 이송갑니다."

"뭐, 전주 감영으로? 누구한테 들었는가?"

"어제 당신이 안면을 몰수하길래 높은 데로 줄을 댔소."

"누군데?"

"그것은 알 것 없소."

읍내에 이르자 아침참이 기울어 있었다. 정장쇠는 허둥지둥 자기 집 골목으로 뛰어갔다. 용배는 중아비 주막에서 기다리겠다고 했다.

정장쇠는 집에 가서 옷을 갈아입고 군아로 뛰어갔다. 좀 만에 정 장쇠가 다시 중아비 주막으로 왔다.

"거기가 틀림없다는 거여."

"그럼 왜 없을까요?"

"글쎄, 말이여."

"그러면 논 백 두락이 터도 없이 사라져버렸단 말이오?"

"몇 번이나 되물었는디, 틀림없이 거기다 묻었다는 거여."

"그럼 사또 나리한테 알려 그이를 데리고 가는 수밖에 없을 것 같소."

"그렇게 파도 없는디, 그 사람이 간다고 어디서 나올까?"

"그렇지 않습니다."

"그런디 조병갑 그놈이 알아노면 자네 손에는 돌아오는 것이 없을 것이네. 그놈이 보통 놈인 줄 아는가?"

"그건 당신이 염려 안 해도 나한테 그만한 작정이 있소. 그럼 당 신하고는 일이 끝났은게 어제 저녁 그 돈부터 추심을 해야겠소. 얼른 가서 가져오시오. 어제 저녁 수고한 품값은 드리리다."

"머 품값?"

정장쇠는 얼빠진 표정이었다.

"그럼 하룻저녁 품값이면 됐지 더 달란 말이오."

"나는 그 돈을 줘도 자네한테 줄 수가 없네. 박목수가 시킨 것인
께 줘도 박목수한테 주겠어."

정장쇠는 눈알을 부라렸다.

"허허, 이제 배짱으로 나오시는구먼요."

용배는 피글 웃었다.

"그 돈은 어차피 저한테 올 것이니 누구한테 주든 상관없습니다.
그런데, 이것은 사쟁이님 형편을 생각해서 드리는 말씀인데, 뒷일이
나 미리 잘 생각해 두십시오."

"뒷일이라니?"

"제가 사또 나리한테 사정을 말씀드리면 사또 나리는 당장 우리
아저씨를 데리고 그리 가잖겠습니까? 가서 보니 거기를 누가 판 흔
적이 있고 돈은 없그만이라우. 그러면 응당 누구한테 말한 일 없냐
고 우리 아저씨를 닦달하잖겠소? 그러면 어떻게 되겠소?"

"이 사람아, 지금 자네가 생사람을 잡자는 것인가?"

정장쇠는 대번에 눈이 주발만 해졌다.

"내 돈을 찾자니까 나야 하는 수 없이 군수한테 말하는 것이지,
생사람을 잡기는 누가 생사람을 잡는단 말이오."

"그래도 이 사람아, 그럴 수가 있는가? 내가 잡혀 들어가는 날에
는 우리 식구들 다 굶어 죽네."

"나도 실은 그것이 마음에 걸려서 드리는 말씀이오."

"엊저녁 그 돈은 가져올 텐게 제발 살려주게."

정장쇠는 용배 손을 덥석 잡았다.

"그럼, 지금 나보고 논 백 두락 값을 그냥 날리란 말이오?"

"허 참, 이것 큰일 났네. 어쨌으면 쓰겠는가?"

정장쇠는 울상을 지었다.

"글쎄요, 참, 이거 나도 입장이 딱하요."

용배는 한참 동안 입술을 빨고 있었다.

"사쟁이님이 안 다칠라면 수가 딱 한 가지 있기는 있소."

용배가 여유 있게 말했다.

"수? 수라니? 무슨 수?"

정장쇠는 용배를 껴안을 듯 한걸음 다가앉았다.

"사쟁이님이 우리 아저씨를 옥에서 데리고 나와갖고 그리 데리고 가서 같이 찾아보는 것이오."

"나보고 박목수를 데리고 나오라고?"

"낮이면 몰라도 밤에는 쉬울 것 같소."

"어떻게?"

"얼른 생각해 봐도 방도는 있을 것 같소. 일테면 들어갈 때 사쟁이님이 입던 나졸복 여벌을 한 벌 가지고 들어가서, 그것을 옥문 밖에다 놔두고 옥으로 들어간 다음에 번을 서고 있는 사쟁이들한테는 형방이나 누가 박목수한테 문초할 것이 있다고 데려오라 한다며 천연스럽게 우리 아저씨를 옥문 밖으로 데리고 나오는 겁니다. 옥문을 나와서는 아까 밖에 놔뒀던 나졸복을 입혀가지고 그이를 등에 업고

뜁니다. 아문을 나설 때 파수한테는 같이 번서던 사쟁이가 *곽란이 나서 그런다고 정신없이 뛰는 겁니다."

용배가 소상하게 계책을 설명했다.

"가만 있자. 그런께 나졸복 여벌을 갖고 가서 옥안에 번서는 놈들한테는 아전 중에서 형방이나 누가 박목수한테 문초할 일이 있어서 데리고 나오라 한다고 옥문 밖으로 데리고 나와서 나졸복으로 옷을 갈아 입혀갖고, 아문을 나설 때는 곽란이 나서 그런다고 막 뛰라?"

"맞소. 그러면 영락없을 것이오."

"그것이 쉽게 되까?"

"그것이야 사쟁이님 배짱에 달린 것 같소."

"배짱보담도 밤중에 수직 장교가 옥 안을 한 번씩 돌아보는디, 그때 걸리면 으짤 것이여?"

"어느 때쯤 돌아보요?"

"*드리없는디 보통 자시 무렵이여."

"그러면 그때 지나서 하면 돼잖겠소?"

"그런디, 옥에 채워논 쇠통도 문제란 말이여. 차꼬나 칼 열쇠는 우리가 가지고 있제마는 옥에 채우는 열쇠는 밤이면 수직 장교가 간수하거든."

"그까짓 거야 지금 들어가서 쇠를 끌러서 채운 것같이 시늉만 해노시오그랴. 어제 본께 그렇게 눈가림하기는 별로 어렵잖겠습디다."

"눈가림을 하는 것보담도 실은, 못 한나만 가지면 내가 그냥 열어도 여는디, 번서는 놈들 눈이 있은께, 그걸 속이기가 멋하겠구만."

"그까짓 거야, '아이고 내가 열쇠 주란 말을 안했구나, 에라 그냥 끌러불자' 그러면서 그냥 못으로 끌러도 되잖겠소."

"그것도 그러겠구만."

"그이를 데리고 나왔을 때는 그이가 혹시 도망칠 생각을 할지 모르니 그것만 조심하면 될 것이오. 그이를 놓치는 날에는 논 백 두락이 날아가는 것은 둘째고 우리 두 사람 모가지가 그이 대신 날아갈 것이 아니오."

"징역살이에 비실비실한 사람이 도망을 치면 몇 발짝이나 도망을 치겠어?"

"그래도 조심해야지요. 그것 말고는 다른 것은 별로 염려할 것이 없을 것 같소."

"그런디 일이 그렇게 말같이 쉽게 되까?"

"내 생각에는 틀림없을 것 같은데, 문제는 당신이 그만한 배짱이 있냐 없냐, 이것뿐이오."

"배짱이라기보담도 이것이 너무 위험한 일이 되아논께."

"논 백 두락이면 그것이 얼마요? 이런 횡재수가 아무한테나 그냥 찾아오는 줄 아시오? 하늘이 내려다봤으니, 이런 엄청난 횡재수가 닥친 것이오. 이런 수를 놓치면 세상을 열번 죽었다 깨나도 다시는 안 찾아오요."

"그러제마는, 그러다가 일이 짜드락이 나는 날에는……."

"논 30두락이 뉘집 강아지 이름인 줄 아시오? 그런 횡재 덩어리가 굴러들어오는데 사립문도 안 열고 그냥 굴러들어오기를 기다리겠다는 거요? 감나무 밑에 누워도 삿갓 미사리를 두르라 했소."

"이것 참."

"알아서 하시오. 그만한 배짱도 없다면 당신하고는 손을 떼는 수밖에 없소. 그래도 내가 당신하고 일을 하려고 하는 것은 그러잖으면 당신이 당장 큰일이 나게 생겨나서 그 정상이 딱하고, 또 당신하고 일을 소리 안 나게 하는 것이 사또한테 알리는 것보다 내 몫이 많을 것 같아서 그러요. 일만 되면 어제 저녁 3천 냥도 당신하고 반분을 하고 이것도 논 30두락 값을 그대로 드리겠소."

"잣것, 이판사판이다."

정장쇠는 이내 이를 *사리물었다.

"오늘 밤 자시가 막 넘거든 일을 시작하시오. 나는 그때 길목에서 기다리고 있다가 우리 아저씨 모르게 사쟁이님 뒤를 따르겠소."

"알았네."

정장쇠는 앞에 놓인 막걸리 잔을 들어 선 채로 벌컥벌컥 들이켰다. 손으로 입을 쓸며 밖으로 나갔다.

날이 어두워졌다. 용배는 읍내를 빠져나가 양지뜸 쪽으로 갔다.

저쪽에서 다가오는 그림자가 있었다.

"누구요?"

"나야."

달주였다. 두 사람은 논 언덕 밑 어둠속으로 사라졌다.

자시가 가까워오는가 하는 시간이었다. 저만치 시커먼 그림자가 나타났다. 용배는 혼자 길가에 바짝 붙어 기다리고 있었다. 정장쇠가 박목수를 데리고 오고 있었다. 그들이 지나가기를 기다렸다가, 멀찍이 뒤를 따랐다.

저쪽에서 사람이 하나 오고 있는 것 같았다. 달주였다.

"누구여?"

저쪽에서 오던 달주가 물었다.

"군아에 있는 사람들이오. 당신은 누구요?"

"군아에 있는 새끼? 이 새끼들 잘 만났다."

달주는 몽둥이로 사정없이 정장쇠를 후려갈겼다.

"윽!"

정장쇠는 그만 땅바닥에 나동그라지고 말았다.

"이놈의 새끼들, 나는 군아 놈들이라면 아전이고 포교고 이가 갈
리는 놈이다. 너 이놈도 이리 와!"

박목수를 향해 소리를 지르자 박목수가 후닥닥 튀었다. 박목수는
저쪽 어둠속으로 사라져버렸다.

"당신은 도대체 누군디 이렇게 사람을 치요?"

정장쇠가 소리를 질렀다.

"누구면 멋해. 이 새꺄!"

달주가 뇌까렸다.

"웬 사람들이오?"

그때 용배가 다가갔다.

"넌 뭐냐?"

달주가 튀겼다.

"행인이오."

"뒈지고 싶잖으면 어서 꺼져!"

"여보시오, 말조심하시오."

176

"허허, 어떤 놈인가 배짱 한번 두둑하네."

"그래 어쩔래? 이런 쌍!"

용배가 달주 엉덩짝을 냅다 걸어찼다.

"어쿠!"

달주는 후닥닥 도망쳤다.

용배가 정장쇠 곁으로 갔다.

"아이고, 아이고."

정장쇠는 몸을 움직이며 비명을 질렀다.

"박목수는 어디 갔소?"

용배가 낮은 소리로 물었다.

"이 근처 어디 숨었을 것이네. 아이고, 다리야. 하, 하!"

정장쇠는 길바닥에 퍼질러 앉아서 겨우 대답을 하며 아파 미치겠다는 듯, 하 하, 연방 고추 먹은 소리를 했다.

"금방 그놈은 어떤 놈이오?"

"그냥 행인인 것 같은디 내가 군아에 있당께는 무작정 패잖은가? 박목수는 그놈들이 팰라고 한께 피했네. 아이고, 흐, 흐!"

"그럼, 어서 오라고 부르시오."

"박목수 어딨소?"

정장쇠는 겨우 일어서며 어둠 속을 향해 낮게 소리를 질렀다. 대답이 없었다. 정장쇠는 절룩거리는 다리를 한 걸음씩 옮기며 계속 소리를 질렀다. 대답이 없었다.

"여보시오, 태섭 씨! 그놈은 가부렀소. 어서 나오시오."

정장쇠가 어둠 속을 향해 좀 크게 소리를 질렀다. 어둠 속에서는 여전히 대답이 없었다.

정장쇠는 절뚝거리는 다리를 그쪽으로 계속 옮겨놓으며 큰소리로 불렀으나 끝내 대답이 없었다.

"태섭 씨!"

정장쇠가 크게 불렀다. 두 사람은 한참씩 귀를 쫑그렸으나, 어둠 속에서는 멀리서 개 짖는 소리만 한가할 뿐이었다.

"도망친 모양인데요."

"참말로 도망쳤으까?"

정장쇠는 그제야 화닥닥 정신이 드는 것 같았다.

"그런 것 같소."

"아이고, 나는 죽었네."

정장쇠는 땅바닥에 털썩 주저앉았다.

"이런 낭패가 있나?"

용배가 투덜거렸다.

"이 일을 어쩌면 좋은가?"

정장쇠가 용배 손을 잡으며 징징 울었다.

"이 일을 어쩐다?"

"아이고, 내 신세는 그만이네."

"정신 차리시오. 이런 땔수록 침착해야 합니다. 하늘이 무너져도 솟아날 구멍이 있다 했소."

"솟아날 구멍이 멋이란 말인가?"

절망적인 목소리였다.

"사쟁이님도 고향을 버리고 멀리 도망치는 수밖에 없소."

"도망?"

정장쇠는 꿈속에서 깨어난 것같이 되새겼다.

"그러면 가만히 앉아서 죽겠단 말이오?"

"그래도 도망을 치면 어디로 도망을 친단 말인가?"

"집에 가져다 논 돈, 그것이면 어디 가든 얼마 동안은 살 것이오. 나는 그 돈 없어도 살아갈 수 있는 형편이오. 그 돈은 몽땅 사쟁이님이 챙겨가지고, 오늘밤으로 *솔가해서 여기를 떠나시오."

"온 식구가 하룻밤 사이에 어떻게 떠난단 말인가?"

"허지만, 길은 지금 그 길밖에 없소. 나도 지금 이 길로 내빼야겠소. 그 술집 술아비가 나를 알고 있소. 인사할 때 진안서 온 아무개라고 내 이름까지 대놔서 알 것 다 알고 있소. 어물어물하고 있다가는 나도 위험하요. 피차에 길이 바쁘요. 어서 서둡시다."

"그래도 이 사람아!"

정장쇠는 용배 손을 잡았다.

"충그리면 충그린만큼 위험하요. 여기서 작별합시다. 그 돈 가지면 어디 가든 살 것이오. 연이 있으면 또 만나겠지요. 안녕히 가십시오."

용배는 정장쇠 손을 뿌리치고 어둠 속으로 총총히 사라졌다.

6. 당마루

대둔산 밑 당마루 김오봉의 주막에는 삼례집회 이틀 전부터 길손이 꾀어들기 시작했다.

충청도 영동, 옥천, 보은 지방과 전라도 맨 위쪽 두 고을인 금산과 진산의 동학교도들이었다. 맨상투에 동저고리 바람의 허술한 차림도 있었고, 패랭이에 배자를 껴입은 사람, 갓을 쓰고 도포에 *행전을 친 양반 차림 등 행색이 가지각색이었다. 거개가 괴나리봇짐을 졌고 봇짐에는 짚신이나 미투리가 두어 켤레씩 대롱거렸다.

김오봉 주막은 봉노가 셋이었고 마방까지 갖춰 어지간한 여각 못지않았다. 점심참이 되자 세 봉노에 한두 패씩 길손이 들었다. 중노미와 김오봉 마누라가 봉노와 술청을 부지런히 싸댔다.

김오봉 마누라는 기방 퇴물이라 자색이 요염했다. 길손들은 이런 산골 주막에 저런 미녀가 박혀 있다니 믿어지지 않는다는 눈초리로

180

그를 쳐다봤다. 건달들은 이따금 엉큼한 수작을 걸어보기도 했으나, 그가 유녀가 아니고 이 집 안주인이라는 것을 알고 나면, 더구나 김오봉의 험상스런 상판을 보고 나면, 앗 뜨거라 대번에 주눅이 들어 총총히 술값을 계산하고 꽁무니를 뺐다.

길손 중에는 목로에서 막걸리 한두 잔으로 목을 축이고 가는 사람이 대부분이었으나, 술을 마시지 않는 사람들은 숭늉을 청해서 봇짐에 싸온 미숫가루로 얼요기를 하고 떠나기도 했다.

진산 거먹바위 황방호가 걸찍하게 웃으며 서너 명의 일행과 함께 주막으로 들어섰다. 지난번 달주 일행과 황산벌을 지나 노성까지 동행했던 사람이었다. 황방호는 두툼한 배자를 껴입고 *감발에 행전을 친 게 눈발에 뒹굴어도 춥지 않을 차림이었다. 중노미가 봉노로 안내했다. 먼저 들었던 사람들이 화로를 밀어줬다. 화로에는 금방 담아온 숯불이 벌겋게 이글거리고 있었다.

"술 드릴까요? 멧돼지고기도 있소."

중노미가 고개를 디밀고 물었다.

"멧돼지고기는 돌아올 적에 먹을 텐께 뜨끈한 술국이나 푸짐하게 뜨고 막걸리 한 방구리만 내오게."

황방호였다.

"형장들도 삼례 가시는 길들이오?"

봉노에 먼저 들었던 저쪽 술패 중에서 수작을 걸어왔다.

"그렇소. 형장들은 어디서 오시오?"

"금산서 오요."

"우리는 진산서 오요."

술상이 들어왔다. 술이 한 순배씩 돌았다. 돼지고기 삶은 국물에 시래기를 푸짐하게 넣은 술국이 먹음직스러웠다.

"아따, 그 술국 한번 얼큰하다."

"아까, 그놈은 한양 가서 그 짓만 하고 말았소?"

턱에 염소수염 같은 노랑수염이 한 움큼 붙은 사내가 황방호를 보며 웃었다. 하고 오던 이야기의 뒤끝인 듯 모두 따라 웃었다.

"그놈이 그 존 영장을 그냥 놀리고 있었겠어. 이번에는 자셔도 걸걸하게 정승 마누라를 자셨구만."

"뭐, 정승? 영의정 좌의정 하는 그 정승 말이여?"

"정승이 아니고 정승 마누라란 말이여."

모두 와 웃었다.

"정승 마누라를 어떻게 자셨어요?"

"자셔도 정승 댁 안방에서 의젓하게 자셨는디, 저렇게 점잖으신 분들도 계시는 자리에서, 어디 그런 음담을 늘어놓겠소?"

황방호가 금산 패거리들을 돌아보며 짐짓 비쌔는 가락으로 점잔을 뺐다.

"어떤 촌놈이 정승 마누라를 어쨌다는 것 같은디, 얼핏 들어도 듣던 중 희한한 소리 같소. 같이 좀 들읍시다."

금산 패거리 중에서 거들고 나섰다.

"옛날에 연장 좋기가 진산 뒤지동 방필만과 한 짝으로 연장 치레를 잘한 작자가 있었던 모양입디다."

황방호가 웃으며 운을 뗐다.

"방필만이라면 엊그제 계집 까탈로 상투하고 연장을 잘렸다는 그

182

부자 놈 말이오?"

"허허, 서울 소문은 시골 가서 듣는다등마는, 방필만이 연장까지 잘렸다는 이야기는 듣던 중 처음이오? 연장 잘렸다는 소문은 어디서 들었소?"

"등잔 밑이 어둡다등마는 우리가 그 꼴일세."

"그 얘기는 놔두고 그 연장 존 놈이 어쨌어?"

곁에서 다그쳤다.

"*궐자가 연장만 존 게 아니고 꾀가 또 봉이 김선달 뺨치는 작자였구만. 처음부터 그런 길속으로만 노는 작자라, 동냥치가 발은 땅에 있어도 마음은 신선이더라고, 이 작자가 연장을 놀려도 한다는 구실아치나 사대부집 여편네만 골라, 얼큰하고 걸걸하게 상음上陰으로만 놀았구만."

"상음이라니요?"

황방호와 일행이던 거적눈이 물었다. 눈이 위로 달아맨 듯 한참 치켜 올라간 젊은이였다.

"젊은 놈이 방정맞기는? 자기보다 지체가 높은 여자하고 상관하는 것이 상음이제 멋이여?"

염소수염의 핀잔에 모두 또 와 웃었다.

"남의 여편네하고 상관하면 어차피 사통私通인게, 뺨을 맞아도 은가락지 낀 손에 맞으랬다고 기왕에 놀 바에는 윗길로 놀아야 *결곤에 볼기가 어긋나도 여한이 없겠지라우."

"꿈보다 해몽이더라고, 곁에서 그렇게 한 다리를 거들어 준께 이야기가 한결 수월하오. 한양 어느 정승이 자식이 없었더랍니다. 정승이라면 일인지하一人之下 만인지상萬人之上이니, 영화야 더 바랄 것이 없을 것이고, 그만한 권세라면 범 가는데 바람 가더라고 금은 보화는 날마다 *바리로 기어들 것인즉 그에 더 그럴 게 뭐가 있겠소? 헌데, 딱 하나 후사가 없어 한이구려. 팔도에 이름 있다는 명의는 다 찾아 약을 지어다 장복을 하고, 명산대찰도 두루 찾아 치성도 드릴 만큼 드리며 아들 하나 소원이 천년대한 비 바라듯 했습니다마는, 끝내 아들 소식은 감감 무소식이요그랴. 아까 그자가 한양서 건들거 리고 댕기다가 정승 댁 이런 사정을 알게 되았구만요."

"옳거니."

"다음날부터 궐자가 그 정승 댁 대문 앞을 지나댕김시로 외쳐대 기를 울짱 비벼 아들 나시오. 울짱 비벼 아들 나시오. 이러고 댕기잖 겠소."

"울짱 비벼 아들 나으라니, 그게 무슨 소리요?"

"들어보시오."

황방호는 말머리를 멈춰놓고 자기 앞의 잔을 들어 벌컥벌컥 들이 켰다. 술국을 뚝배기째 들고 훌훌 마셨다. 손등으로 입을 싹 쓸고 나 서 담뱃대를 챙겨들었다. 담배를 우겨 화로에 디밀어 뻑뻑 빨았다. 자줏빛 연기가 구수하게 피어올랐다.

"그래서요?"

염소수염이 채근했다.

"아침저녁으로 그러고 댕겼지라우. 처음에는 예사 장사치들 외치 는 소리로 알았다가 얼핏 아들 나으란 소리에 귀가 번쩍했구만. 벼 슬이 아무리 높고 재물더미가 목멱산만 하더라도, 후사가 없으면 조상 앞에 이게 어찌 자손의 도리겠소? 자식만 하나 얻을 수 있다면 사모를 쓰고 물구나무를 서서 *솟대쟁이 흉내를 내라 해도 녈 판에 아들 나으라는 소리를 들었으니 이 작자 제정신이 아니었겠지요. 하인을 시켜 당장 불러들였습니다. 너 금방 뭐라 외쳤느냐? 울짱 비벼 아들 나라 했소. 울짱을 비비다니 그게 무슨 소리냐? 그저 비벼만 보십시오. 그럼, 울짱인가 뭣인가 그것을 비비기만 하면 틀림없이 아들을 낳는단 말이냐? 틀림없이 낳습니다. 거짓이 아니렷다? 어느 존전이라고 허언을 농하겠습니까? 그럼 어디 한번 비벼 봐라. 마나님 어디 계십니까? 마나님은 뭣 하러 찾느냐? 애를 여자가 낳지 남자가 낳소? 그건 또 그렇구나. 정승은 신발을 제대로 신을 겨를도 없이 뒤축을 끌고 안방으로 달려갔잖았겠소?"

황방호의 입담은 이만저만 구수하지가 않았다. 모두 입을 헤벌리고 듣고 있었다.

"여보, 여보, 여차여차하면 아들을 낳는다니 한번 비벼보구려. 이 작자가 이미 제정신이 아닙니다. 아들 낳는다는 소리에 이 여편네는 정승보다 더 정신이 나가 버렸습니다. 무자無子는 칠거지악七去之惡 가운데서 으뜸이니 언제 쫓겨날지 몰라 전전긍긍하고 있는 판에 그런 소리를 들었으니 제정신이 아닐밖에요. 정승은 궐자를 안방으로 불러들여 그 울짱을 한번 비벼보라고 했잖겠소? 잘 비벼드릴 테니 나리께서는 밖에 나가 계십시오. 내가 있으면 안 되느냐? 남자가 있으면 부정을 탑니다. 다 비빌 때까지 사랑방에 가 계십시오. 그러냐. 그럼 가 있을 테니 잘 비벼라. 이러고 정승이 나갔습니다. 마침 그때 정승 친구가 놀러왔구만요. 자기는 울짱을 비벼서 아들을 낳게 되었는데, 지금 한창 울짱을 비비고 있는 중이라고 지레 자랑이 시퍼랬습니다. 그러자 그 친구도 울짱 비비는 것이 뭣이냐고 묻지 않겠소? 그것은 나도 모르니 그럼 가서 보고 오겠다고 또 쪼르르 달려가서 창구멍으로 방 안을 들여다봤습니다. 그런데 이게 뭡니까요? 그놈이 자기 마누라를 홀랑 벗겨서 눕혀놓고 배때기 위에서 땀을 뻘뻘 흘리고 있잖겠소?"

"히히."

그때 거적눈이 음충맞게 웃었다.

"예끼 놈, 방정맞기는."

염소수염이 핀잔을 주었다. 히죽거리고 있던 사람들이 와 웃었다.

"그걸 본 정승놈도 바로 이놈같이 키들거리며 사랑방으로 쪼르르 달려옵니다. 여보게, 여보게, 울짱 비비는 것이 뭣인가 했더니, 상놈 울짱 비비는 건 양반 방사房事하는 것하고 똑같구만."

모두 와 웃었다.

"양반이 그것 하는 것 보고는 방사라 하는구만, 히히."

거적눈이었다.

"예끼 놈!"

염소수염이었다.

모두 배를 쥐고 웃었다. 술시중을 들고 있던 중노미도 이야기를 듣고 있었던지 큰소리로 낄낄거렸다.

"이놈, 웬 놈의 웃음소리가 그렇게 음충맞냐?"

염소수염이 중노미한테 핀잔을 주었다.

"나도 산골 중노미질 집어치우고 한양 가서 울짱이나 비비고 다닐까 봅니다."

"쬐만한 놈이 되바라지긴? 세상에는 공것이 없느니라, 이야기 들었으면 그 값으로 술국이나 한 뚝배기 *안다미로 퍼오너라."

"술국이야 갖다 드리겠소마는, 어깨 너머로 들은 이야기에 공것을 따지다니, *감창소리 들은 놈한테 해우채 내란 격입니다그려."

"예끼, 고얀 놈!"

중노미는 낄낄거리며 도망쳤다.

저쪽으로 도망쳤던 중노미가 술손 한패를 달고 왔다. 황방호 일행이 들어 있는 옆방으로 안내했다. 방학주와 그 수하 왈패들이었다. 방학주 일행은 네 명이었다. 그쪽 방과 이쪽 방 사이에는 *지게문이 하나 있었다.

"그놈 가락수가 방필만 뺨치겠구만."

염소수염이었다.

"방필만이야 연장 하나가 밑천이었지, 제깐 놈이 가락수가 있기는 *중뿔난 가락수가 있었을라구?"

방필만 아들 방학주 일행이 옆방에 든 줄은 꿈에도 생각 못하고 그들은 들떼놓고 방필만 방필만, 칠십객 늙은이 이름을 이웃집 강아지 이름 부르듯 했다.

"거 모르는 소리 말라구. 지금 데리고 사는 여편네를 후릴 때 연장 하나로 후린 줄 아나? 봉이 김선달 둘을 묶어도 못 따라갈 통수를 굴렸어."

황방호였다.

"아, 또 그랬던가?"

"그 얘길 여태 모르나?"

"어디 그 얘기 한번 해보라구."

"이러다가는 여기서 밤새울라."

"그 얘기만 듣고 떠납시다."

금산 패거리 중에서 *코맹녕이가 말했다. 코맹녕이는 원래 이야기를 좋아하는 듯 아까부터 이야기에 퐁당 빠져 재미있는 대목마다 웃느라 정신이 없었다. 그때 중노미가 술국을 한 뚝배기 떠왔다.

"옛수다. 이야기 값으로 *덧두리 내기는 중노미 삼년에 처음이오."

"허, 그놈 쏠쏠하기는 장가가면 만상주부터 쑥 뽑겠다."

염소수염이었다.

"재수 없이 만상주라니요?"

"이놈아, 아까 이야기 속에 정승인가 대감인가 그 작자도 상주가 없어 그 안달 아니더냐?"

염소수염 핀잔에 중노미는 웃으며 사라졌다.

"천주학쟁이들 있잖소? 궐자들이 노상 하는 소리란 게 예수 믿고 천당 가라는 소리 아니오."

황방호가 또 차근히 이야기를 시작했다.

"방필만은 젊었을 때 지금 제 여편네 집에서 머슴을 살았어요. 머슴을 살다가 그 주인집 딸에다 살림까지 몽땅 차지해서 오늘 저 방필만이 된 것이오. 거기에는 기막힌 이야기가 있소. 방필만 여편네가 처녀 때 이야깁니다. 한번은 그 처녀가 머슴이던 방필만한테 묻기를, 천주학쟁이들은 입만 벌리면 예수 믿고 천당 가라고 하는데, 천당이 어떤 곳이냐고 했습니다. 방필만은 시치미를 뚝 따고 천당은

기가 막히게 좋은 곳인데, 가보지 않고는 어떤 덴지를 모른다면서 한번 가보고 싶지 않느냐고 넌지시 묻지 않았겠소? 그러자 그 처자가 어디 한번 보내달라고 찰싹 달라붙었습니다. 그럼 옷을 벗고 거기 누우라고 했겠지요."

모두 와 웃었다. 방학주는 옆방에서 방필만 어쩌고 하는 소리에 아까부터 귀를 쫑그리고 있었다. 설마 자기 아버지 이야기랴 했다가 자꾸 되뇌는 이름이 자기 아버지 이름이 틀림없어 방학주는 제 패거리하고 이야기를 하면서도 귀는 이쪽에 두고 있었다.

"일을 끝내고 나서 천당 맛이 어떠냐고 묻지 않았겠소. 그러자 그 처자 하는 말이 처음에는 질색을 하겠더니, 뻑적지근하던 몸뚱이가 시원하게 풀리는 것 같다고 생글거립니다."

또 와 웃었다.

"처음 것은 지옥 맛이고 내중 것은 천당 맛인데, 이다음에는 천당 맛만 보여주겠으니 몸뚱이가 또 뻑적지근하거든 언제든지 자기한테 오라고 했습니다. 며칠 뒤 이 처녀가 몸뚱이가 뻑적지근했던지 방가를 찾아와 다시 천당 맛을 한번 보여 달라고 하지 않겠소?"

모두 또 웃었다.

"그러라고 하면서 지난번에는 남자가 위로 올라갔지만, 여자가 위로 올라가면 지옥 맛은 없어지고 천당 맛만 난다고 능갈을 쳤습니다. 그런께 이번에는 일을 *감투거리로 치른 것이지요. 일을 끝내고 나서 천당 맛이 어떠냐고 했더니, 이제야 천당이 뭔 줄 알겠다고 생글거리더랍니다."

모두 배를 쥐고 웃었다.

"이렇게 둘이는 자꾸 천당을 갔는데, 그때마다 매양 천당을 감투 거리로만 갔습니다그려. 그러다가 이 처자가 시집을 가게 됐구만요. 처자는 눈물을 찔금거렸지만, 방가는 올깃한 속셈이 있던 터라 *차 첩 맡은 벙어리처럼 말이 없었어요. 혼례를 치른 첫날밤이었습니다. 이불 속에 들어가자마자 이 처자가 신랑이 미처 어쩌기도 전에 옷을 활활 벗더니 신랑 배때기를 타고 올라앉지 않았겠습니까?"

모두 상에다 잔을 놓고 배를 쥐었다.

"*삼패 막창 논다니도 아니고 여염집에서 자랐단 규수가 첫날밤 에 신랑을 사타구니 밑에 깔고 앉아버렸으니 꼴이 뭐가 됐겠소? 천 지가 뒤집혀도 유분수지 이런 날벼락이 어디 있겠어요? 신랑은 *벼 락에 떨어진 *잠충이처럼 신부 밑에 깔려서 기가 막혀 있는 참인데, *매화타령까지 하느라고 천당이 어떻고 지옥이 어떻고 *희학질소리 까지 또 낭자합니다그려."

모두 허리를 꺾으며 웃음을 주체하지 못했다. 이쪽 방에서 하도 요란스럽게 웃는 바람에 방학주 일행도 이쪽에다 귀를 기울이고 있 었다.

"그래서 어쨌습니까?"

"어쩌긴? 벗은 채로 신부를 끌고 가서 문지방에다 세워놓고 엉덩 이를 걷어차 버렸지요. 그 뒤 그게 뉘 차지가 됐는가는 뒤지동 가서 방필만한테 물어보시오."

모두 또 와 웃었다.

"그 딸이 무남독녀, 외동딸이라 그 집 데릴사위가 되어 삼천여 석 전답에다 고래 등 같은 기와집까지 호박이 덩굴째로 굴러들어왔지요. 궐자는 지금도 둥글개첩에, 노리개첩에 첩년만 여남은 명이니, 집구석이 온통 *아방궁 아니오? 칠십 당년까지 천당에서만 살고 있지 뭡니까?"

"헌데, 이번에는 양물이 잘렸다니, 그놈 천당도 끝장이구먼."

금산 코맹녕이였다.

"연장까지 잘렸다는 말은 정말일까?"

염소수염이 황방호를 봤다.

"보나마나 뿌리 까탈로 벌어진 일이라는데, 윗뿌리 자른 놈들이 아랫뿌리는 그냥 뒀겠소."

"그걸 잘리고도 사람이 살 수 있을까요?"

"그것 하나 잘린다고 목숨까지 결딴나겠소? 몸뚱이에서 손가락 하나 잘려나간 이치겠지요?"

"그럼 그게 박성삼인가, 지금 현아에 갇혔다는 젊은이 소행이 적실한가요?"

금산 패거리 중에서 물었다.

"박성삼은 그날 고산에 있었다는데, 그가 날개라도 달았단 말이오?"

황방호가 핀잔을 주었다.

"그 젊은이가 축지법을 쓴다는 소문도 있던걸요?"

"축지법을 써요?"

"공주에서 소 올린 날만 하더라도 그날 박성삼을 공주에서 똑똑히 봤다는 사람이 있습니다. 그날 공주에서 소 올리고 끝난 것이 저녁 새참 때가 훨씬 넘었는데, 그가 그날 해거름에 뒤지동 방가 집에 나타났다니, 축지법을 쓰지 않고서야 그럴 수가 있겠소?"

"저녁 새참 때 출발해서 해거름까지 백릿길을 후렸으니 축지법을 쓰잖고는 어림없다는 소리구먼요."

황방호가 웃으며 되새겼다.

"날개가 달리지 않은 다음에야 될 법이야 한 소리요?"

"그것은 모르겠소만, 누군가가 방가 집에 북새질을 칠 때 박성삼은 고산엔가 은진엔가 있었고, 그 자리에 없었다는 건 분명하답디다."

"수제비 잘하는 솜씨가 국수를 못하겠소? 축지법을 쓴다면 둔갑술쯤 예사겠지요?"

"박성삼이 축지법에 둔갑술까지 쓴다? 그러면 박성삼이 축지법에 둔갑술까지 써서 방필만 집에 북새질을 쳤단 말이오?"

지게문 저쪽 방에서 방학주는 이쪽 이야기에 제대로 귀를 쫑그리고 있었다.

"주먹에 맹물이나 들었다면 모를까, 피가 제대로 든 놈이라면 정혼해논 계집을 빼앗기고 가만 있겠소?"

"그런게, 금산 저쪽에서는 박성삼이 정말로 방필만 집구석을 요절냈다고 소문이 났소?"

"여기까지 오는 사이 길거리나 주막에서 만나는 사람마다 그 얘기고, 한결같이 그 박성삼이 범상찮은 인물이라고 입을 모읍디다."

"박성삼이 범상찮은 인물인가는 모르겠소마는, 그 일에는 무관할 겁니다. 박성삼은 방가 집이 그렇게 당하는 날까지도 그 처자가 방가 집에 가 있었는지 어쨌는지조차 깜깜했답디다. 그가 해거름에 거기 당도한 것도 그가 그날 아침 공주에서 그 소리를 듣자마자 뛰어왔기 때문일 거요."

황방호였다.

"그럼 죄는 도깨비가 짓고 벼락은 박성삼이 맞았다는 얘긴가요?"

"그렇소. 그 방가 놈들이 만만한 게 동학도라 지금 박성삼 부자가 동학도라고 관가 놈들을 꼬드겨 잡아다 가뒀소. 이 작자들을 가만두어서는 안 될 것 같소. 이번 삼례집회 끝나고는 웬만하면 이런 놈들부터 우리가 닦달하자는 공론이오. 그놈 집구석에 우리 동학도들이 몰려가서 한바탕 혼쭐을 내자는 기세들이오. 그때는 금산 교도들도 한몫 거드시오."

"거들다마다. 지금 금산옥에도 동학도들이 여남은 명 갇혀 있소. 바로 여기 이 사람도 갇혀 있다가 돈을 오백 냥이나 뜯기고 나왔지 뭡니까?"

금산 코맹녕이가 일행 하나를 가리켰다.

"이제부터 돈을 구워박고는 빠져나오지 말자고 했는디……."

염소수염이 끼어들었다.

"한가한 소리 마시오. 그런 소리는 *기왓장꿇림에 주리맛이 어떤가 모르는 사람들이 하는 소리요. 그런 말을 할라면 이걸 한번 보고나서 말을 하시오."

사내는 입침을 튀기며 훌쩍 일어나 허리끈을 끌렀다. 바지를 훌렁 내렸다. 벗은 엉덩이를 이쪽으로 돌렸다. 볼기와 허벅지 그리고 종아리에까지 흉터가 *더뎅이져 있었다.

"두 달이 지났는데요, 지금까지 행보가 만만찮아요. *봉충다리 울력걸음으로 지금 여러 사람 운김에 싸여 이렇게 가기는 합니다마는 삼례까지 제대로 가질런지 모르겠소."

"죽일 놈들!"

기왓장꿇림이란 압슬壓膝이라고도 하는 고문으로, 기둥나무 밑에 잘게 쪼갠 기왓장이나 사금파리를 깔아놓고 옷을 벗겨 그 위에 앉힌 뒤에 기둥에다 뒷결박을 지어 묶은 다음 무릎 위에 다듬잇돌이나 맷돌짝 같은 무거운 돌을 얹어놓는 고문방법이었다.

조선왕조 초기부터 시행됐던 이 고문은 너무 잔인하다 해서 영조 때 금한다는 영을 내려 공식적으로는 폐지가 된 셈이었으나, 실제로는 지금도 그대로 행해지고 있었다. 특히 요즘 와서 돈을 울궈내려고 억지 죄명을 씌워 잡아들인 사람들한테는 이 고문을 했다. 체면을 중시하는 지체 있는 사람들한테는 사통이나 상피 등 파렴치한 죄명을 덮씌워 정신적인 고통을 주었고, 지체가 낮은 상민들한테는 이런 고문으로 고통을 주었다.

"하여간 박성삼 사건은 동학도들이 한번 제대로 들고일어나서 그런 놈들한테 본때를 보여야 하오. 부전자전으로 그 아들놈들이 더 설치는 모양입디다. 몰려가서 그놈들도 양물을 잘라버리든지 불알을 바르든지, 하여간 가만둬서는 안 돼요."

그때였다. 옆방으로 통하는 지게문이 드르륵 열렸다. 방학주가 고개를 숙여 문으로 들어섰다. 문을 들어서는 방학주 몸뚱이는 문도리 사방이 가득했다.

"내가 방가 아들이다. 어디 양물을 한번 잘라봐라."

같이 있던 왈패들도 방학주를 뒤따라 이쪽 방으로 들어섰다. 이쪽 사람들은 너무도 느닷없는 방학주의 출현에 놀란 토끼 벼락바위

처다보듯 방학주만 건너다보고 있었다.

"양물을 자르겠다던 놈이 어느 놈이냐?"

사람들은 모두 놀란 눈만 껌벅이며 방학주를 쳐다보고 있었다. 누가 힐끔 황방호를 봤다.

"너로구나."

방학주가 황방호 상투를 나꿨다. 상투와 바지춤을 잡아 *해깝게 치켜들었다. *꼭두잡이로 불끈 들어 올려 방바닥에다 냅다 패대기를 쳐버렸다.

"아이고."

황방호가 비명을 지르며 버르적거렸다.

"이 때려죽일 놈들."

방학주는 닥치는 대로 방안에 있는 사람들을 갈기기 시작했다. 왈패들도 덩달아 치고받았다. 술상이 박살이 나고 악다구니가 쏟아졌다. 삽시간에 방안은 난장판이 되고 말았다. 이내 화로가 뒤집혔다. 벌건 숯불이 방 안에 가득 튀겨졌다.

"불이야!"

째지는 아우성과 함께 몸뚱이들이 문 밖으로 쏟아져 나왔다. 사람 몸뚱이가 불 땐 오소리 굴에서 연기 쐰 오소리 퉁겨나오듯 했다. 몸뚱이들이 보릿자루 내던져지듯 토방 위에 포개지고 있었다.

옆방에 들었던 술손들이 튀어나오고 주인 김오봉도 쫓아왔다.

중노미가 잽싸게 물동이를 들고 와 방 안에 쏟아버렸다. 방학주도 뛰쳐나오다 물동이 위에 나동그라졌다. 방학주는 벌떡 일어나 저쪽 마당가로 갔다. 장작개비를 하나 꼬나들었다.

"왜 이러시오!"

김오봉이 방학주 팔을 잡았다.

"이거 놓지 못해!"

방학주가 김오봉을 노려보며 내리칠 기세로 장작개비를 얼러멨다.

"어라!"

김오봉의 고리눈에 확 불이 켜졌다. 두 사람의 눈길이 잠시 칼끝처럼 부딪쳤다. 불꽃이 튀기는 것 같았다.

"이것 노란 말이여!"

방학주가 다시 악을 썼다.

"뭣이?"

김오봉은 다시 방학주를 노려봤다. 순간 방학주의 눈길이 김오봉의 가슴팍으로 숙여들었다. 방학주 수하들도 장작개비를 들고 몰려나왔다. 그러나 김오봉한테 대들지는 못했다.

나동그라졌던 동학교도들이 일어나 우르르 장작더미로 몰려갔다. 모두 장작개비를 하나씩 꼬나들었다. 방학주를 향해 달려들었다.

"그만두지 못할까?"

김오봉은 방학주를 막아서며 동학도들을 향해 고함을 질렀다. 어느새 김오봉의 손에도 장작개비가 들려 있었다. 동학도들과 방학주 패거리가 김오봉을 가운데 두고 양쪽으로 대치했다.

"나는 이 집 주인이오. 누구든지 더 설치기만 하면 가만두지 않겠소."

김오봉은 가슴팍을 쩍 벌리고 서서 호령을 했다. 우람하게 버티고 선 김오봉의 모습은 어디서 장승이 하나 나타난 것 같았다.

196

"저놈은 죄 없는 동학교도를 옥에 가둔 뒤지동 방필만 아들놈이오. 당신이 왜 편역을 드요?"

염소수염이 김오봉에게 따지고 나섰다. 생긴 깐으로는 만만찮은 객기였다.

"편역이 아니라 말리는 것이오."

김오봉이 소리를 질렀다. 동학도들은 모두 결이 올라 숨을 씩씩거렸으나 김오봉 기세에 눌려 더 나서지 못했다.

"야, 이 늙은 것아, *열명길이 그렇게 바쁘거든 이리 기어 나오너라. 대갈통을 뽀개주마."

방학주가 염소수염을 노려보며 악을 썼다.

"저 쳐죽일 놈, 지난번에는 무고한 동학도 박성삼 부자를 옥에 가두더니, 이번에는 뭐가 부족해서 우리한테 패악질이냐? 동학이 네 아비를 잡아먹었냐?"

염소수염이 악을 썼다.

"동학? 동학 믿는다는 놈들 음담하는 걸 보니 동학이 뭔지 알 만하더라."

"허허, 네놈이 우리보다 음담을 탓했겠다? 내 똥 구린 줄은 모르고 남의 방귀 탓하는 격이로구나. 남의 음담을 탓하려면 네 아비부터 상풍죄로 잡아다 감옥에 처넣고 와서 탓을 해도 해라!"

염소수염이 만만찮게 내질렀다.

"저 쳐죽일 놈!"

방학주가 욱 쫓아왔다. 동학도들이 장작개비를 치켜들었다.

"가만있어요."

김오봉이 또 방학주 어깨를 붙잡았다. 방학주는 못이긴 척 멈춰 섰다.

"이놈, 너, 절로 째진 아가리라고 벌어진 대로 놀린다마는 두고 보자."

방학주가 한풀 수그러졌다.

"오냐, 두고 보자. 네가 오늘 이 집 주인장 덕분에 천한 목숨 건졌다마는, 동학도들 기세가 어떤가, 제대로 알 날이 있을 것이다. 박성삼 부자를 내놓지 않았다가는 염라대왕이 네놈 외조부래도 목숨 부지를 못할 것이다. 명심해 둬라."

"오냐, 많이 씨부려라. 난장 밑에 뼈가 부러질 때는 내가 네놈 할애비로 보일 것이다."

"그만들 하시오. 당신부터 나가요."

김오봉은 방학주를 향해 악을 썼다. 방학주는 염소수염을 길게 한번 흘기며 돌아섰다. 그 패거리도 따라 나갔다. 처음 나왔던 기세와는 달리 방학주는 쉽게 물러났다.

다행히 크게 다친 사람은 없었다. 얼굴이나 손을 불에 덴 사람이 몇 있었고 주먹에 맞아 볼이 부어오른 사람이 두엇 있을 뿐이었다. 황방호는 쳐들릴 때 천정이 낮아 당한 깐으로는 아무렇지도 않았다.

불에 덴 사람들은 상처에 장을 지졌다.

"저놈들이 지금 어디 가는 줄 아시오."

황방호가 동학도들을 향해 말했다.

"어델 가다니요?"

금산 패거리가 물었다.

"삼례집회에 갈 거요."

"삼례집회?"

"자기 집에 북새질친 것을 박성삼이 시켜 동학도들이 그랬다고 생각하기 때문에 삼례에 스며들어 그날 자기 집에 왔던 놈들을 잡자는 속셈이 분명요."

"으음."

모두 서로의 얼굴을 건너다봤다.

"나는 저놈이 사는 뒤지동 이웃 동네 거먹바위란 데서 사는 사람이오. 벌써 두 패는 먼저 떠났다는 소문이오. 한 패는 저자 형놈이 데리고 갔고, 또 한 패는 차행보라고 그 집 서사 놈이 데리고 갔소. 저자는 오늘 저녁에 떠난다는 얘기더니, 벌써 왔구먼요."

"당신은 어떻게 그 집 내막을 그토록 소상히 알고 있소?"

금산 패거리 중에서 물었다.

"그것까지는 말씀드릴 수 없소 마는 내 말이 틀림없소. 삼례 가시거든 모두 이 소문을 쫙 퍼뜨리시오. 정말, 그날 방가 집에 가서 북새질친 사람들이 우리 교도들이라면 저자들이 저렇게 나선 줄을 알아야 피하든지 맞닥뜨려도 제대로 맞닥뜨릴 수 있지 않겠소?"

"그렇겠구만."

"그자들은 지금 삼례로 가지 않고 건너편 주막에 들어 있소."

방금 밖에 나갔다 들어온 사내가 말했다.

"그 작자들이 지금 건너편 주막에 있단 말이오?"

황방호가 물었다.

"예, 내가 지금 그 주막에 갔다 왔소. 그들은 삼례 가는 것 같지 않습디다."

"그게 무슨 말이오?"

"복골서 누가 오는 모양인디, 그 사람이 오면 다시 진산으로 갈 눈칩디다. 복골이라면 저 산 너머 동네 아니오?"

"복골서 누가 온다고요?"

저만치서 듣고 있던 김오봉이 나섰다.

"누가 오는지는 모르겠소마는, 거기서 오는 사람을 기다리는 것 같았소."

김오봉의 눈에 긴장이 피어올랐다. 모두 김오봉을 건너다보고 있었다.

"형장께서도 무슨 이야기 들은 일 있소? 복골 처녀 말이오?"

황방호가 물었다.

"얼핏 들었소. 형장께서는 그 일을 어찌 아시오?"

김오봉이 시치미를 떼고 황방호한테 되물었다.

"그 집 서사 차행보가 또 빚대에 복골서 처자 하나를 끌어오려고 했던 모양입디다. 그런데 그 처자 아비 되는 사람이 돈을 마련해서 가져오니까 기어코 처녀만 내노라고 한답디다. 여자 까탈로 그 꼴을 당해놓고 설마 또 그런 짓을 하랴 했더니, 알고 본께 이번에는 그 처녀를 진산 현감한테 바친다는 소문이오."

"뭣이라구?"

김오봉의 눈초리가 빠듯 치켜 올라갔다.

김오봉은 지난번에 임군한에게 약속했던 대로 혼담을 넣어 허혼을 받은 다음, 방필만 집에 갚을 돈을 건네주었다. 그런데 그 처녀

아버지가 돈을 가지고 갔더니 차생원은 이제 돈은 필요 없다고, 기어코 처녀를 내놓으라는 것이었다. 그래서 김오봉은 그 처녀 아버지한테 그대로 버티고만 있으라고 했다. 임군한이 와서 혼례를 올려버리면 그만이라고 생각했기 때문이었다.

"현감한테 바친다는 소리는 어디서 들었소?"

김오봉이 황방호에게 물었다.

"그건 말씀드릴 수 없습니다마는, 틀림없는 소립니다."

황방호가 자신 있게 말했다.

"돈을 갚았으면 그만이제 어거지로 처자를 데려갈 배짱이구면요. 멀쩡한 처자 하나가 또 그렇게 험하게 당하는데 그냥 둬도 쓸까요?"

김오봉은 은근히 동학도들을 꼬드겼다.

"그러면, 지금 누가 그 처자를 저 주막으로 끌고 오는 거요?"

염소수염이었다.

"그럴지도 모르지요."

김오봉이 맞장구를 쳤다.

"그러면 우리가 길이 좀 바쁘더라도 여기 있다가 한번 따집시다. 세상에 이런 억울한 일을 두고 남의 일이라고 모른 척할 수가 있소? 그것은 사람의 도리가 아니오."

황방호였다.

"좋소. 여기 있다 따집시다. 어차피 지금 가더라도 장선리에서 자야 할 것이오. 여기서 자나 장선리에서 자나 몇 발 차이 아닙니다."

염소수염이 나섰다.

"그럽시다."

모두 동의했다.

주막에는 동학도들이 계속 몰려들어 벌써 스무남은 명이나 됐다.

"그럼 들어가서 다시 한잔씩 합시다. 돈이야 뉘 돈이 됐든 한잔씩 드시오. 이럴 때 말 한마디 거든 것이 어디라고 일이 잘만 되면 그 처자 아빈들 그냥 있겠소?"

김오봉이었다. 그는 어디까지나 남의 일인 것처럼 숭을 썼다.

동학도들은 웅성거리며 방안으로 다시 들어갔다.

"술상 드려라. 멧돼지고기도 서너 접시 썰고 주란대로 술을 드려!"

김오봉이 중노미한테 호기를 부렸다.

술판이 다시 무르익었다. 여차하면 그대로 쫓아가 방학주한테 몰매라도 안길 기세들이었다.

아까 맞닥뜨리려다 말았던 여세라 만만찮았다.

김오봉도 같이 얼려 마셨다.

그때였다. 중노미가 달려왔다.

"복골서 누가 오요."

"처자를 데리고 오냐?"

김오봉이 벌떡 일어섰다.

"아니오. 그 처자 아버지만 데리고 오요."

"모두 이대로 잠깐 계십시오."

김오봉이 밖으로 나갔다. 그 처녀 아버지 김연삼金連三은 이미 앞 주막으로 들어갔는지 아무도 보이지 않았다.

"누가 데리고 오더냐?"

202

"누군지는 모르것는디, 그 처자 아부지하고 두 사람이 옵디다."

김오봉은 다시 봉노로 들어갔다.

"어쩔까요? 저 주막에서 닦달을 할 모양인데, 그리 몰려가시렵니까? 나는 나서기가 좀 뭣합니다만."

김오봉이 말했다.

"그럼 우리만 가겠소. 형장께서는 뒤에서 구경이나 하시오."

황방호였다.

"가만있어. 무작정 몰려갈 것이 아니라 말을 맞추는 데까지도 맞춰가지고 가얄 것 같애. 처자를 끌고 가는 것도 아닌 다음에는 남의 일에 무작정 나서기가 그것이 좀……."

염소수염이었다.

"그도 그렇겠소. 그럼 이렇게 하지요. 방필만 아들이 건달들을 몰고 온 것을 보면 틀림없이 그 처자 아비를 욱대기자는 배짱이오. 여기서 기다리고 있다가 큰소리가 나면 몰려갑시다. 나는 그 복골 사람하고 얼굴을 아는 사인게, 내가 웬 일이냐고 하면 자초지종을 얘기할 것이오. 그때 우리가 중구난방으로 그런 법이 있느냐고 따집시다."

황방호가 그럴싸한 방안을 내놨다.

"그게 좋겠소. 밖에 나가 동정을 살피고 있다가 소리를 하시오."

"그럼 천천히들 들고 계십시오."

황방호가 밖으로 나갔다. 그때 김연삼이 그 주막에서 나왔다.

"어찌 됐는가?"

황방호가 나서며 물었다.

"어찌 되다니?"

김연삼이 놀라 물었다.

"다 알고 있네. 여차하면 동학도들이 몰려가려고 기다리고 있는 참이야."

김연삼은 어리둥절한 표정이었다.

"이 일이 그렇게 널리 소문이 났단 말인가? 하여간, 일이 잘 풀릴 것 같네. 나 잠깐 만날 사람이 있네. 이따 이야기하세."

김연삼이 김오봉 주막으로 들어왔다. 김오봉을 데리고 한쪽으로 갔다.

"아무래도 저놈들 서슬에 여기서 버티기는 어려울 것 같소. 지난 번에 말씀하셨던 대로 내가 솔가를 해서 여기를 떠나는 길밖에 방도가 없겠소. 전주 근처에 내 친척이 하나 있소. 그리 갈 참이오. 저 작자들한테는 누그린 척 해놨소. 기왕 삼례 가시는 김에 오늘 밤에 같이 좀 갑시다."

"잘 생각했소. 마침 동행이 많소. 서둘러서 오시오. 살림 같은 것은 뒤돌아보지 말고 몸을 가볍게 하고 오시오."

김연삼은 알았다며 돌아섰다.

7. 사람과 하늘

"이번 삼례집회는 팔도 동학도들이 다 모인다며?"

박문장 아버지 해봉海峰이 장죽을 빨며 김한준한테 물었다.

"말이 그렇게 어디 팔도에서야 다 모여지겠습니까? 전라도하고 충청도 남쪽 사람들이 모일 것이라고 하는데, 기세는 대단할 것 같습니다."

"동학도들만 모이지 않는다는 것 같던데."

"동학교조 신원이라는 것이 그냥 신원이 아니라 실상은 동학도들 늑탈하는 구실을 없애자는 것입니다. 그러니까, 신원을 앞에 내세우고 있기는 합니다마는, 본지는 관의 금포입니다. 그래서 동학도가 아니더라도 일 없는 사람들은 다 같이 나가서 기세를 올리자고들 합니다."

김한준은 요사이 바짝 해봉과 가까워졌다. 해봉은 이 근방에서 가장 유식한 노인이라 이 동네서는 제대로 이야기할 만한 사람이 없었다. 김한준이 그런 대로 식자가 든 편이어서 이따금 두 사람이 만나 시국담을 하는 정도였다. 그런데, 달주 사건 때문에 김한준이 며칠간 박문장 집에 피해 해봉과 한 방에서 지내는 사이 그렇게 가까워진 것이다.

오늘은, 읍내로 시집간 딸이 지난번 해봉 생신 때 못 왔다고 술을 한 병 가지고 다니러 왔다며 같이 한잔 하자고 부른 것이다.

"그러면 자칫하다 민란으로 번지지 않을까?"

"지금 백성이 품고 있는 원한으로 보면 그렇게 번질 수도 있을 것입니다. 그런데, 동학도들은 접주들을 정점으로 상의하달이 일사분란하다고 합니다. 동학도들 가운데서 그런 생각을 한 사람이 있다 하더라도 위에서 말리면 꼼짝 못할 것입니다."

"얼마나 모일 것으로 보는가?"

"만 명은 쉬울 것이라고들 합디다."

"만 명? 그렇게 많이 모여서 그것이 만약 민란으로 번지는 날에는 전주 감영 하나쯤 덮치기는 어렵지 않을 것 같은데, 그렇게 모이라고 관에서 가만있을까?"

"벌써 그 집회 소문이 나돈 지가 여러 날 되었은게 관에서 모를 까닭이 없는데, 관에서는 쥐죽은 듯 아무 소리가 없는 것 같습니다. 꼭 그래서 그런지는 모르겠습니다마는, 여그 군아에서는 이번 집회 소문이 난 뒤부터 되레 움츠러든 것 같다고 합니다. 그제부터는 사람을 잡아들이지 않는답니다."

"백성이 한바탕 움직일 기세를 보인게, 겁을 먹었다는 소린가?"

"그래서 지금 모두 고개를 갸웃거리고 있습니다. 공주 감영에서 무르게 나온 것을 보면 그런지도 모르겠다고들 쑥덕이고 있습니다. 충청 감사 조병식이란 놈은 흉악무도하기가 이루 말할 수 없는 놈이라, 지난번에 거기 소를 올린 소두들은 그자한테 죽을 각오를 하고 나섰던 모양입니다. 그런데, 잡아 죽이기는커녕 소두 하나도 잡아들이지 않았답니다. 여태 관의 눈치만 보고 있던 동학 법소에서 이번에 이렇게 크게 일을 꾸민 것도 공주에서 그렇게 나오자 한발 더 내딛어보자는 속셈 같다고 합니다."

"우리 동네서도 많이 가는 모양이제?"

"손이 놀 때라 따로 일이 없는 사람들은 거진 갈 것 같습니다."

"자네도 갈 참인가?"

"생각 중입니다."

"달주는 군아에 가서 제대로 발명을 하고 왔다지?"

"예, 삼례집회 소식 때문인지 그 일에도 서슬이 알아보게 누그러진 것 같더랍니다."

달주는 경천점 용배 양부 박성호가 공주 감영에서 문초를 받을 때 자기 이름이 나오지 않았다는 말을 말목에 온 월공한테서 듣고 다음날 바로 고부 군아로 갔다. 그때까지도 그 포교는 돌아오지 않고 있었는데, 달주가 진산 고개에서 있었던 일을 모두 말하자, 군아에서는 한껏 놀랄 뿐 달주를 의심하는 것 같지는 않았다. 포교가 온 다음에 더 알아볼 것이 있으면 부르겠다며 돌아가라고 했다. 달주는 다시 부를지 모르겠다는 꼬리가 달린 것이 꺼림칙하기는 했으나, 군아 이속들은 무엇에 쫓기는 사람들처럼 서둘러 달주를 내보냈다.

그때 박문장이 들어왔다.

"우리 동네 가구 수 줄었소."

"가구 수가 줄다니?"

김한준이 물었다.

"세곤이 집하고 칠성이 집이 밤사이에 비어부렀어."

박문장이 멀겋게 웃으며 말했다.

진황지 일궜던 이세곤 하고 김칠성이 어제 저녁 동네서 사라져버린 것이다.

"그럼 어디로 갔단 말이냐?"

해봉이 물었다.

"세곤은 전에 살던 지리산으로 들어갔을 것 같소. 칠성이도 그 사람하고 같이 없어진 것을 보면 그리 따라가지 않았는가 모르겠그만이라우. 세곤이 마누라가 요새 건듯하면 눈물 바람이라등마는 그런 속이었던 것 같소."

박문장이 씁쓸한 표정으로 말했다.

"송장 친 놈한테 살인 닦달도 유분수제, 그런 엉뚱한 세미를 물라고 했으니 견딜 재간이 있겠어?"

김한준이었다. 해봉은 장죽만 빨 뿐 말이 없었다.

"그 사람들은 도망쳐부렀은께 그것으로 그만이네마는, 인자 동네 일이 큰일이구만. 비 맞은 *갈포래 짐도 아니고 거리부정난 송장도 아니고 그 적잖은 세미가 동네 사람들한테 풀릴 판인디, 이 일을 어짜제?"

박문장이 맥살없이 웃었다.

"그것이 먼 소리냐?"

해봉이 입에서 장죽을 빼며 물었다.

"몰라서 물으시오? 그 사람들한테 나왔던 그 세미가 어디로 가겠소? 그놈들 지난번에 와서 땅땅 다구친 것 본께 처음부터 그것이 동네 사람들한테 동징을 물리자는 수작입디다."

"동징? 그것이 먼 소리여? 3년간 세미 안 물린다던 논에 세미를 물린 것도 억지가 그런 억지가 없는디, 그런 터도 없는 세미를 동네 사람들한테 *안다미를 씌운단 말이냐?"

"두고 봅시다마는, 제 말씸이 틀림없을 것이오."

"이번에 살범 까탈로 갈퀴질한다는 소리 들어본께 조병갑 저자가 이만저만 흉물이 아닌 것 같소."

김한준이었다.

"요새 수령놈치고 흉물 아닌 놈 있던가?"

"그중에서도 조병갑 저 작자는 유독 험한 놈 같소."

"큰일일세."

"이 골에는 표 박힌 아전 삼흉에다 사또란 놈이 또 맞춰 온 상전으로, 이놈들이 지금 배가 맞아 돌아가도 너무 험하게 돌아가는 것 같소. 조병갑 저자가 일 년만 더 눌러 있으면 고부 사람치고 살림 제대로 보전할 사람 몇 안 될 것 같소. 농사가 아무리 풍년이 들더라도, 저놈이 저렇게 도사리고 있는 도막에는, 이놈들 인재人災가 임인년 한재旱災보다 더 무서울 판이오. 이놈이 조대비 일가라 뒷줄이 세곡선 닻줄보다 더 든든해논께 얼른 체임도 안 될 것 같고……."

"체임이 되어 다른 작자가 온다고 해서 멋이 얼마나 달라질 중 아는가? 지금 관의 민막民瘼은 법도처럼 뿌리를 내려놔서 어느 수령 하나, 아전 하나가 갈린다고 작자들 늑탈하는 솜씨가 바뀔 리가 없네. 태조 이래 속대입조자束帶入朝者가 경종 때까지만도 만 명이 가까웠는데, 그중 청백리로 뽑힌 자가 겨우 110명이었네. 경종 이후에는 그나마 청백리를 뽑는 일마저 중단을 하고 말았어. 청백리를 뽑을 놈들 스스로가 오리汚吏들의 우두머린데, 고양이도 낯짝이 있더라고 그런 놈들이 청백리를 뽑을 염치가 있겠는가? 염치도 염치제마는, 자기들 스스로가 목줄을 대고 있는 제 수하 것들을 거꾸로 나무라는 꼴이 되니 난처하기도 했겠지. 더구나 그 청백리를 뽑는 일마저 뇌물이 오갔으니 이때 청백리란 게 뭔가?"

해봉은 맥살없이 웃었다.

"후손들에게 청백리였네 하고 비석에 올리자는 *비명거리 것지라우."

김한준의 말에 모두 맥살없이 웃었다.

"*상말에 열녀전 끼고 서방질한다등마는 그 작자들은 서방질해서 열녀전 마련하는 꼴이었구만."

"너도 상소리가 입에 붙었구나."

해봉은 아들을 향해 가볍게 눈을 흘겼다. 박문장은 무안한 듯 어설프게 헤실거리고 있었다.

"지금 물가가 천정부지로 뛰고 있는데, 쌀값 한 가지만 가지고 보더라도 삼 년 사이에 세 배가 뛰었으니, 매관매직에 오가는 자릿값도, 덩달아 그만큼 뛰지 않았겠는가?"

"물가가 오른 만큼이 아니라, 요사이 세상 썩어가는 꼴로 보면 그런 자릿값은 훨씬 더 뛰었을 것이오."

"맞네."

김한준 말에 해봉은 고개를 끄덕이며 말을 이었다.

"재작년 이야기네 마는, 그때 현감 자릿값 하나가 얼마였는 줄 아는가? 광양 같은 작은 고을 수령자리 하나가 만 냥이었네. 그렇게 사서 간 수령의 재임 기간은, 길어야 반 년, 짧으면 석 달, 그런께, 현감 자리에 석 달이나 여섯 달 앉아 있는 값이 만 냥인 셈일세. 그 짧은 기간 동안 본전을 뽑고 또 이문을 챙겨야 할 판이니, 그동안 얼마나 부지런히 백성을 울궈내야겠는가? 아전들은 또 어떤가? 수령이 체개되어 올 때마다 공공연하게 바치도록 되어 있는 임뢰任賂라는 것이 광양 같은 작은 고을 이방이 천 냥이고 큰 고을은 이천 냥, 좌수나 서원도 오백 냥에서 천 냥이었네. 이것을 수령이 바뀔 때마다 내야 하니 일 년이면 삼사 차렐세. 그때마다 또 백성은 어떤가? 부쇄가 夫刷價, *고마전雇馬錢, *지장전支裝錢 등 수령 하나 체개에 잡세 명색이 이 모양일세. 수령 한 번 바뀌는 데만 위아래로 이 꼴이구만."

"나라가 이렇게 썩어가데, 팔도 선비들은 모두 가만히 손 개얹고 앉아서 구경만 하고 있을 참이랍니까?"

"백성의 우두머리인 선비가 백성의 본이 되어 성현의 가르침을 좇아 제대로 목민을 해야 나라가 바로 서는 법인데, 목민할 진사進士의 길이 오직 납속수직納粟受職으로 가로막혀 버렸으니 보고 있잖으면 어찌 하겠는가?"

"그런다고 모두 손 개얹고 한숨이나 쉬고 있다면 이 땅에 명현홍유名賢鴻儒가 몇만 명인들 무슨 소용이 있겠습니까? 서원에서 치세의 경륜을 논하고 향교에 모여 성현 앞에 제를 지내는 까닭이 무엇입니까?"

"진이겸선進而兼善이요, 퇴이자수退而自守가 선비가 처신할 바 두 가지 길인데, 나아갈 길에도 정도가 없고 물러나 앉아 있어도 자네가 지금 다그친 것같이 죄가 되니, 지금 선비들은 머리 둘 곳이 없네. 나아가는 길이 떳떳하지 못하니 물러나 앉아 있는 것도 차선이 못 된다는 얘길세. 나 같은 궁유窮儒야 그저 한숨이나 쉬고 있을 뿐이네만."

"선비들이 일어나지 않으면 백성이 일어날 것입니다. 당장 낼 모레 삼례집회만 하더라도 말이 동학교조 신원이지 신원을 앞세우고 벌써 일어나고 있는 셈입니다. 동학도가 아닌 사람들까지 나서는 기세만 봐도 뻔하잖습니까? 이것이 삼례집회로만 끝나지 않을 것입니다."

"그러면?"

"아무래도 일이 심상치 않게 벌어질 것 같습니다. 아까 동학은 상의하달이 웬만해서 접주들의 말이 밑으로 잘 먹혀든다고 했습니다마는, 사실은 이번 일만 하더라도, 동학 두령들이 밑바닥 교도들한테 밀려가고 있는 셈입니다. 어느 때쯤 가면 아래 동학도들의 기세에 두령들의 고삐가 끊어질지도 모릅니다."

"민란이라도 일어난다는 말인가?"

"인심은 천심이라고 벌써부터 그런 조짐이 여러 가지로 보이고 있습니다. 요사이 세간에 떠도는 참언만 봐도 그렇습니다. 지난 초가을 무장 선운사 미륵비결 이야기는 놔두고라도 요사이 떠도는 참언을 들어보면 그 기세가 심상치 않습니다. 천리연송 일조진백이란 소리는 진직부터 떠돌던 소립니다 마는, 부안에서 다리가 여섯 개 달린 송아지가 태어났다고 야단들이고, 정읍에서는 내장산에 있는 바위가 제절로 쪼개져, 그 속에서 말이 나와 울고 갔다고 눈들이 주발눈이 되어 있습니다. 이런 참언들이 한두 가지가 아니라 수십 가집니다. 일일이 챙겨 들으려면 머리가 어지러울 지경입니다."

김한준도 웃지 않고 말했고, 해봉도 웃지 않고 들었다.

"그런 일이 실제로 있었는지 없었는지는 모르겠습니다마는, 그런 허황한 소리를 그대로 믿으려고 하는 것이 백성의 심사인 것 같습니다. 그래서 이런 소리는 무서운 기세로 퍼져나가고 있습니다. 부안에서 낳았다는 다리 여섯 개 달린 송아지를 두고 지금 세간에서는 어떤 참언이 떠돌고 있는 줄 아십니까?"

김한준은 웃으며 지난번 읍내 중아비 주막에서 들은 파자풀이를 해주었다.

"내장산 바위에서 말이 나왔다는 소리는, 장수 나면 용마 나고, 문장 나면 명필 난다는 속담에다 맞춰 만들어진 소리 같은데, 백성이 그런 허황된 소리를 곧이곧대로 믿고 있습니다. 믿고 있다기보다 그렇게 믿으려고 합니다. 이런 심사는 난리가 나기를 그만큼 바라고 있다는 얘기겠지요. 바로 이게 난리의 조짐이라 보입니다."

"잘 본 것이네. 백성은 지금 난리가 나서 이 못된 세상이 한번 뒤집혀져 버리기를 그만큼 간절하게 바라고 있는 걸세. 재변이 나려면 개미나 쥐 같은 미물들이 먼저 그 깸새를 채고 도망을 치는 법인데, 백성은 그들 스스로가 난리를 그렇게 바라고 있기도 하지만, 자신들의 마음속에서 스스로 난리 낌새를 채는 것 같기도 하네. 그래서 백성은 지금 모두 도망칠 궁리를 하는 걸세."

"도망칠 궁리요?"

김한준은 무슨 그런 엉뚱한 소리를 하느냐는 표정이었다.

"동쪽 8백 리니, 해변 30리니, 또는 닭소리 개소리 안 들리는 산속이니, 모두 도망칠 궁리들아닌가? 십승지十勝地를 아는가?"

"이 근처에서는 지리산이 그 속에 들던가요?"

김한준은 좀 어리둥절한 표정이었으나 해봉의 말에 그대로 대꾸를 하고 있었다.

"맞네. 공주의 유구와 마곡, 무주의 무풍동, 보은 속리산, 부안의 변산, 성주 만수동, 안동 춘양면, 예천 금당동, 운봉의 지리산, 가만있자, 여덟 가지는 셌는데, 나머지 둘은 얼른 생각이 안 나는구면."

나머지 두 군데는 영동의 정동 상류, 풍기의 금계촌이었다.

"부안의 변산도 십승지에 들어간단 말인가요? 그럼 무주까지 합쳐 전라도에만도 승지가 세 군데나 되는구면요."

김한준은 껄껄 웃었다. 해봉도 따라 웃었다.

"그럼 아까 동쪽 8백 리란 십승지로 따져 경상도 안동이나 성주쯤 되는 곳일까요?"

이야기는 좀 엉뚱한 데서 맴돌고 있었다.

"지금 내가 말하려는 것은 다른 것이 아니고 승지라는 명칭일세."

"승지라는 명칭이오?"

"승지란 말은 승경勝景이란 말에서처럼 이때 승은 경치가 좋다는 그런 뜻은 물론 아니고, 사람 살기가 다른 곳보다 좋은 곳이라는 뜻이

214

아니겠는가? 무엇을 두고 사람 살기에 좋다고 했느냐 하면, 한재나 병화를 두고 다른 곳보다 나은 곳이라 말한 것일세. 실상은, 한재보다 병화 쪽을 더 크게 생각한 것 같네. 그래서 예로부터 승지가 피난처란 뜻일세. 그러면, 어째서 곧이곧대로 피난처라 하지 않고 승지라 했을까, 바로 이걸 한번 곰곰이 생각해 보게. 피난처를 승지라 한다면 피난이, 아니 도망치는 것이 제일이다 이런 소리도 되는데, 그때는 승자가 나을 승 자가 아니고, 이길 승 자로 불쑥 고개를 쳐드네."

"이길 승 자?"

"그렇지, 도망치는 것이 사는 길 즉 이기는 길이다. 우리 조상들은 숱한 난리를 겪으며 살아오는 사이 스스로 이런 지혜를 터득한 걸세."

"지혜? 선생님께서도 방금 말씀하셨듯이, 피난은 도망치는 것인데 그것이 지혜일까요?"

김한준이 고개를 갸웃거렸다.

"제 목숨 하나만 살 마련으로 치는 세속의 지혜라는 소릴세. 방금 자네가 말한 참언도 난리가 난다는 소리하고 내빼라는 소리 아닌가? 속담만 하더라도 삼십육계에 주走 자가 제일이라거니 하는 것도 결국은 내빼고 피하라는 소릴세. 백성은 모두가 이렇게 내뺄 궁리만 하고 있는데, 동학도들이 일어난들 몇 조금이나 가겠는가?"

"그렇지 않습니다. 난리가 나면 도망칠 궁리를 하고 십승지를 찾는 것은 따지고 보면 밑바닥 백성이 아닙니다. 그것은 돈 있고 권세 있는 자들 이야기고 일반 백성하고는 아무 상관도 없는 소립니다. 십승지는 오로지 그 있는 자들 이야기가 아니겠습니까? 외적들이 쳐들어오면 있는 자들은 돈을 싸가지고 승지를 찾아 도망을 쳤지만, 밑바닥 백성은 도망치자도 도망가서 살아갈 마련이 없었습니다. 그 래서 그들은 모두 제자리에서 당했지요. 사실은 백성이 가만히 앉아 서 그냥 당하기만 한 것이 아니라 있는 자들이 다 도망친 뒤에 남아 서 제 사는 터전을 지켜 외적과 싸웠습니다. 여말 몽고군들이 쳐들 어왔을 때 그랬고, 임진왜란 때나 병자호란 때도 다 그랬습니다. 있 는 자들은 내몰라라 제 살 길만 찾아 제 살던 터전을 헌신짝 버리듯 버리고 승지를 찾아 도망치기에 정신이 없었지만, 그 있는 자들이 도망간 곳에서 거기 남은 백성은 목숨을 걸고 제 땅, 제 삶의 터전을 지켰습니다. 백성한테는 그 땅, 그들이 일구어 농사지어 먹고 사는 그 터전이 그대로 승질 수밖에 없었지요. 그들한테 어떻게 승지가 따로 있겠습니까?"

김한준의 말에 해봉은 어리둥절한 표정으로 듣고 있었다. 김한준 은 계속했다.

"그런데, 이번에는 있는 자들한테도 승지가 없을 것입니다. 이번 난리는 외적이 쳐들어오는 그런 난리가 아니고, 바로 권세 있는 자 들, 돈 있는 자들, 그들 밑에서 짓밟히고 천대받던 백성이 일으키는 난립니다. 그런 백성이 들고일어나면 누구한테 대들겠습니까? 제일 먼저 백성을 폭압하고 늑탈하던 관에 대들 것이고, 그 다음으로는 돈 있는 자들과 백성을 능멸하던 양반들한테 대들 것입니다. 그자들 은 외적이 쳐들어왔을 때처럼 이번에도 어디로 도망을 쳐서 목숨을 도모하려 할 것입니다마는, 이번에는 그들에게도 그런 승지가 없을 것입니다. 방방곡곡 안 일어난 데가 없을 것이니, 이번에는 도망을 치자도 도망칠 곳이 없지 않겠습니까?"

김한준의 목소리는 어느새 커지고 있었다.

"지금 백성이 도망칠 궁리를 하는 것이 아니라 들고일어나 이 썩은 세상을 바로잡으려고 누가 앞장서는 사람이 없는가, 누구든지 앞장만 서 주기를 칠년대한 비 바라듯 바라고 있습니다. 그런데, 지금 동학이 슬슬 움직이고 있는 것 같습니다."

"아닐세."

해봉은 절레절레 고개를 저었다.

"조그마한 민란이라면 몰라도 백성이 그렇게 일어나는 것은 법도에 어긋나는 일이라 일어나 봤자 사람만 상할 걸세."

"법도라니요? 나라의 법도가 엉망이 되어버렸으니, 백성이 일어나서 법도를 바로잡자는 것 아닌가요?"

"더 큰 법도 말일세. 노루나 꿩은 처음부터 호랑이나 독수리한테 잡혀 먹히도록 태어났네. 그와 마찬가지로 이 세상에는 다스리는 자와 다스림을 받는 자가 있고 그 사이에는 엄연한 구별이 있네. 다스리는 자는 백성을 잘 기르고 다스려야 하고, 백성은 그 다스림을 받아야 하며, 그들은 다스리는 자를 먹여 살리도록 되어 있네. 이것은 천하의 통의通義일세. 그러기 백성을 다스리는 자를 목민관이라 하지 않는가? 지금 관의 탐학은 분명히 도를 지나친 것이 사실일세. 노루나 꿩이 호랑이나 독수리한테 대들어봤자 어쩔 수 없듯이 백성도 치자에게는 어쩔 수가 없어."

"그러면 백성은 뜯어 가면 뜯기고 잡아먹으면 잡아먹히고, 호랑이한테 노루나 멧돼지처럼 그렇게 당하고만 있어야 한다는 말씀인가요?"

"백성의 힘으로는 어찌할 수가 없네. 사람의 힘으로 밤중을 새벽으로 당길 수가 없고, 겨울이 춥다고 봄을 당길 수가 없어. 다만 밤이 깊으면 새벽이 가까워 온 줄을 알고, 겨울이 깊으면 봄이 가까운 줄을 알 뿐일세."

"그 말씀은 옳습니다. 새벽이나 봄이 오는 것은 천지의 운행이나 그것은 사람의 힘으로 당길 수가 없습니다. 허지만, 사람이 만들어 논 법도는 사람의 힘으로 고칠 수가 있을 것입니다."

"사람이 만든 법도는 고칠 수가 있겠지. 허지만, 이렇게 고루고루 썩어버린 세상이 법도 한두 가지 고친다고 발라질 성부른가?"

"더 큰 법도를 고치는 것입니다."

"더 큰 법도라니?"

"동학에서는 그런 법도를 내세우고 있습니다."

"동학?"

해봉은 고개를 절레절레 저었다.

"아닙니다. 동학은 사람을 호랑이나 노루로 갈라놓고 보지 않고 사람은 모두 똑같은 사람으로 봅니다. 치자나 피치자, 양반이나 상놈으로 갈라서 보지 않고 그냥 모두들 사람으로 볼 뿐입니다. 호랑이나 노루는 날 때부터 종자가 달리 갈려서 났기 때문에, 그들은 처음부터 강약이 부동이라, 잡아먹고 잡아먹히게 되어 있지만, 사람은 그렇지가 않다는 것입니다. 왕후장상이 호랑이나 독수리처럼 따로 씨가 없는데, 양반·상놈으로 갈라놓은 것은 사람이 잘못 만들어논 법도라 이것입니다. 인내천人乃天, 동학에서는 사람은 그 하나하나가 다 하늘이라 가르치고 있습니다. 임금도 하늘이고 백성도 하늘이고, 양반도 하늘이고 상민도 하늘이며, 남자도 하늘이고 여자도 하늘이요, 종도 하늘이고 그 주인도 하늘이라는 것입니다. 그렇게 모두 하늘이니 사람이면 모두가 서로 한 치의 차이도 없이 똑같이 평등하게 하늘이라는 것이지요."

해봉은 입을 다물고 있었다.

"요사이 버썩 사람들 입에 오르내리고 있는 손화중은 젊은 사람이지만, 동학교단에서는 전라도의 우두머리 격인 사람으로, 인품 또한 웬만한 사람입니다. 그가 어떻게 해서 동학교도가 된 줄 아십니까? 그는 동학에 입도할 때 지리산 청학동에 가서 입도를 했습니다. 그가 청학동을 찾아갔던 것은 처음부터 동학에 입도하자고 간 것이 아니고, 아까 말씀하신 십승지를 찾아갔던 것입니다. 그는 거기서 엉뚱하게 동학의 교리에 접하고 바로 입도를 했습니다. 그러니까, 승지를 땅에서 찾은 것이 아니고 동학에서 찾은 것이지요."

"동학에서 말하는 인내천이란 소리는 당치 않은 역설일세. 사람은 하늘이 낸 것인데, 사람이 바로 하늘이라니 그것은 하늘을 모독하는 소리여. 하늘이 사람을 내되 먼저 중자衆子를 내놓고 따로 다음에 천자天子를 냈네. 이 천자는 하늘이 명하여 세상의 중자들을 다스리게 한 사람일세. 그런데 어찌 사람이 그 하늘일 수 있으며, 더구나 임금과 백성이 똑같을 수 있단 말인가? 또 남녀가 유별한 것은 천하의 섭리인데, 남녀가 다 하늘이라니 말이 되는가?"

해봉은 무슨 모욕이라도 당한 듯이 목소리를 높였다. 그는 말을 이었다.

"더구나, 사람 하나하나가 모두 하늘이어서 다 똑같다면 이 세상을 다스릴 사람은 누구란 말인가? 사람을 다스릴 사람은 하늘이 낸 사람이라야 다스릴 수 있어."

해봉은 단호하게 말했다.

"시골에 두레 같은 걸 보십시오. 두레꾼들이 영좌를 뽑아 그 영좌를 받들면 영좌가 두레꾼들을 다스립니다. 영좌는 그가 두레꾼들을 다스린다고 해서 두레꾼들 위에서 큰소리만 치고 있는 것이 아니고, 평소에는 두레꾼들하고 똑같이 모 심고 논매고 또 똑같이 한 자리에서 밥을 먹습니다. 그러면서도 두레꾼들한테 영을 내리고 일을 시키면 두레꾼들은 그 영에 따라 일을 합니다. 나라라는 것도 크고 작기가 다를 뿐이지, 이런 두레 같은 것하고 멋이 다르겠습니까?"

"이 사람아, 만백성을 거느리는 임금을 그래 두레의 영좌 같은 것하고 같이 본단 말인가?"

해봉은 눈을 크게 떴다.

"그럼 아까 천자는 하늘이 냈다고 하셨는데, 그렇게 하늘이 낸 사람이면 하늘의 뜻을 따라 백성을 다스려야 할 텐데 중국의 *뭇 천자들이나 조선의 임금들이 그랬다고 보십니까?"

"그야 밑에서 받드는 신하들이 잘못하니까 눈이 가려 그렇지."

"저도 바로 그 때문에 임금은 하늘이 낸 사람이 아니라고 생각합니다. 하늘이 냈으면 신하들이 가리고 있는 것쯤 꿰뚫어보고 하늘의 뜻을 받들어야 할 것입니다. 두레의 영좌를 보십시오. 그의 영이 두레꾼들한테 아무 불만 없이 먹혀드는 것은 그 영좌야말로 하늘의 뜻을 받들고 있기 때문입니다."

"뭣이, 두레의 영좌가 어째?"

"그 영좌가 하늘의 뜻을 제대로 받들고 있다 했습니다. 민심은 천심이라지 않습니까? 영좌는 두레꾼들의 말을 듣고 또 마음을 헤아려 그들의 사정이나 처지에 합당한 영을 내리지 무리한 영을 내리는 법은 없습니다. 혹시 그런 무리한 영을 내렸다 하더라도 두레꾼들이 그렇지 않다고 하면 그 영을 거두어들입니다. 관아에 앉은 놈들은 그 권세를 빌어 별의별 무리를 다 하지만, 영좌는 처음부터 그런 권세가 없기 때문에 오로지 두레꾼들의 마음에 따를 수밖에 없지요. 정말로 민심이 천심이라면, 두레 영좌야말로 천심을 따르고 있는 것입니다. 지금 조선 팔도에는 산간벽지까지 어느 동네나 두레 없는 동네는 없습니다. 나라의 제일 밑바닥인 마을에서는 마을마다 이렇게 백성 스스로가 하늘의 뜻에 따라 살아가고 있습니다. 그런데, 나라가 이 꼴이 된 까닭은 무엇입니까? 나라가 백성의 뜻을 헤아려 그 뜻에 따르지 않기 때문입니다. 달리 말하면 하늘의 뜻을 따르지 않기 때문이지요."

"그럼 임금도 두레같이 백성의 손으로 뽑아야겠네그랴."

해봉은 웃었다.

"그렇습니다. 서양에서는 이미 백성이 임금 격인 대통령을 뽑는다고도 합디다. 우리는 거기까지는 못하더라도 이 세상의 법도는 백성 뜻에 따라 바닥에서부터 뒤집어야 합니다. 지금 그 기운이 뭉쳐지고 있습니다. 지금 동학교문에 몰려들고 있는 백성의 기세는 무섭습니다. 그것은 바로 이 못된 세상을 뜯어고치자는 기세입니다. 지난번 선운사 미륵에서 비결을 꺼냈다는 소문이 난 뒤로 손화중 접으로만 몰려든 교도가 얼만 줄 아십니까? 서너 달 사이에 수만 명이라 합니다. 수천이 아니고 수만입니다. 아까 천하의 운세를 말씀하셨습니다마는, 지금 백성이 동학의 교문으로 몰려들고 있는 기세, 이것이 바로 하늘의 운세라 생각합니다. 지금 동학은 하늘의 운세를 탄 것입니다. 도랑이 모여 내를 이루고 내가 모여 강을 이루어 엄청난 물결로 도도히 흐르고 있습니다. 이제 이 동학의 기세는 누구도 막을 수가 없을 것입니다."

"그런 기세는 나도 듣고 있네. 그렇지만, 지금 동학교문에 백성이 몰려드는 것은 바람에 구름이 몰려가듯 한때의 시류일 수는 있으나 천하의 운세일 수는 없네. 시류란 한때 하늘을 덮는 구름과 같은 걸세. 구름은 잠시 해를 가릴 뿐 해를 대신하지는 못하는 법일세. 인내천이란 소리가 지금 눌리고 뜯기고 사는 백성의 구미에는 달콤한 것 같고, 또 양이들의 서학에 우매한 백성이 미망하고 있는 판이라, 그에 맞서는 동학이라니 얼핏 그럴 듯하게 들릴 것이네 마는, 동학은 원체 뿌리가 없고 생각이 얕아 천하는 고사하고 한 나라를 싸안을 그릇도 못 된다는 말일세. 과연 동학이 한 시대 한 나라를 안을 만한 뼈대를 지녔고, 그만한 그릇이 된다고 생각하는가? 불교는 고려를 안았고, 주자학은 이조를 안았네. 아니, 더 넓은 천하를 안았어. 불교는 팔만대장경으로도 다 이룰 수 없는 깊이가 있고, 주자학은 또 어떤가? 공자, 안자, 증자, 맹자, 그리고 주자, 정자로 그 학통이 이어졌고, 우리나라에 들어와서만 보더라도 정암, 퇴계, 율곡, 우암 등등 면면하게 그 전통을 이어왔네. 수운은 비범한 인물인 듯하나 그 주문이나 부적 같은 것이 너무 맹랑해. 그래서 호풍환우 따위 허황한 술수나 황당한 참언에 기탁하고 있지 않는가? 한때는 달콤할지 몰라도 그것이 그렇게 오래 가지는 못하네. 동학이 서학에 맞선다고 하지만 서학에 맞서는 것은 유학이지 동학이라 할 수가 없네. 지금 나라가 어지러운 것은 치세의 근본이 틀려서가 아니라 그것을 운용하는 치자들의 정신이 흐트러져서 그럴 뿐일세."

해봉은 차근하게 말했다.

"하지만, 공맹의 도는 백성을 다스리는 사대부의 도이고, 석가의 도는 그 본지가 치세에 있지 않았습니다. 동학은 사대부를 포함한 만백성의 도입니다. 너도 사람, 나도 사람이니 피차에 사람을 하늘로 여겨 위하자. 이쯤이면 그 폭이 얼마나 큽니까? 양반이나 사대부는 사람이 아니라는 것이 아니고, 또 죽이자는 것도 아닙니다. 그들도 똑같은 사람이니 그들도 하늘같이 위한다는 것입니다. 공맹지도는 치자들 위주로 세상을 보았고, 그 치자들 위주로 모든 법도를 만들었지만, 동학은 사람 모두를 똑같이 하늘같이 귀하게 보고 그 생각을 근본으로 새 세상을 열자는 것이지요. 인내천, 사람이 곧 하늘이다. 현묘한 이치보다 이런 예사 말 속에 세상을 건질 진리가 숨어 있다고 생각합니다."

"이얘기가 어느덧 치세의 근본에서 맞섰네그려. 세상이 이렇게 썩어버렸으니 성현의 가르침도 이 한촌궁유寒村窮儒의 몰골처럼 힘이 없구만."

해봉은 맥살없이 웃었다. 김한준도 따라 웃었다.

"자네도 동학에 입도했는가?"

"아직 안 했습니다마는 이번에 할까 생각 중입니다."

"허허, 자네가 입도를 하면 우리 동네 사람들이 거진 따라나설 판이니, 우리 동네부터 후천개벽이 되겠네그랴."

해봉은 비로소 크게 웃었다. 김한준도 따라 웃었다.

"아까 들어보니, 교도들의 기세가 그렇다면 신원 금포에서만 끝나지 않을지도 모르겠구만."

"두령들이 거기까지는 생각하고 있는 것 같지 않습니다마는, 아까도 말씀드렸듯이 교도들의 기세가 만만찮아 두령들이 교도들의 성화에 밀리고 있는 형편입니다. 동학 두령들은 교도들뿐만 아니라 사실은 온 백성의 성화에도 밀리고 있는 셈입니다. 동학의 기세가 커지자 세상을 바로잡을 소임을 백성이 동학에 맡겨 몰아붙이고 있는 격이지요. 따지고 보면 동학도가 따로 있고 일반 백성이 따로 있는 것이 아니고, 동학도가 모두 그냥 백성이고 백성이 모두 동학도나 마찬가집니다."

김한준은 진지하게 말했다.

"내가 보기에는 이번 동학도들 움직이는 것이 암만해도 멋이 심상찮은 것 같어."

여태 말이 없던 박문장이 입을 열었다.

"심상찮다니?"

김한준이 다그쳤다.

"어제 태인 가서 들은 얘긴디, 지난 8월에 선운사 미륵에서 꺼냈다는 비결 있잖어? 이번에 그 조화가 나타날 것 같다는 얘기여. 그때 그 비결을 가지고 손화중이 지리산으로 들어가 지금 백일기도를 드리고 있다는 얘기는 이미 소문이 난 이얘긴디, 그 백 일이 되는 날이

오는 섣달 초하룻날이라는구만. 그런게 백 일이 될라먼 한 달 남짓 남았잖어. 그런디, 시방 낼 모레 동지달 초하룻날 팔도 동학도들을 삼례에 모이라고 하거든. 바로 여기에 깊은 이면이 있다는 거여."

"이면이라니?"

김한준이었다.

"겉으로는 소를 올린다고 내세우제마는 속살로는 팔도 동학도들을 손화중이 하고 있는 기도에 마지막 한 달간을 참예시키자는 것이 본뜻이라는구만. 손화중은 지금 운봉 여원재라는 큰 재에서 기도를 올리고 있다는디, 이 기도에 팔도 동학도들을 그렇게 참예시킨다먼 이 사람들이 시방 일을 그만치 크게 도모하고 있는 것이 아니냐 이 거여. 그 여원재라는 재에는 전부터 조정에서 지리산 산신한테 산신제를 지내는 제단이 있는디, 전에 태조 이성계도 거그서 지리산 산신한테 제를 지내고 산신한테서 임금이 되라는 허급을 받은 제단이라는구만. 그 제단은 옛날 신라 때부터 임금들이 제를 지냈던 제단이랴."

"그럼 이태조처럼 손화중도 임금이 된다는 소린가?"

김한준이 웃으며 뇌었다.

"너는 어디서 그런 실답잖은 소리나 듣고 댕기냐?"

해봉이 아들에게 핀잔을 주었다.

"아니라우. 그 사람이 임금까지 꿈꾸고 있는지 어쩐지는 모르제마는 기도를 드려도 하필 여원재 그 제단에서 기도를 드리는 것이 심상찮은 일이 아닌 것 같다고 합디다. 선운사 미륵에서 나온 비결이 그것이 그냥 보통 비결이 아니고 그것이 세상에 나오는 날에는 한양이 망한다는 소리가 수백 년간 전해 오던 비결이 아니오? 옛날 이서구가 그걸 꺼낼라고 할 때는 천신이 벼락을 쳐서 못 꺼내게 했는디, 손화중이 꺼낼 때는 벼락을 안 친 이치가 뭣이겠소? 그것은 손화중보고 천하를 도모하라는 얘길 것이고, 그렇다먼 그 속에 천하를 도모할 갖가지 계책이 소상히 적혀 있겠지라우. 그래서 지금 마지막으로 지리산 산신한테 기도를 드리고 있을 것이라는 이얘기들이지라우?"

박문장은 진지하게 말했다.

"허허, 한 나라 흥망이 그렇게 쉬운 줄 아느냐?"

해봉은 어이없다는 듯 웃었다.

"당장 보십시오. 소만 올릴라먼 장두 몇 사람만 가서 올려도 될 것인디, 그런 일이 아니고서야 이 추운 겨울에 팔도 동학도들 다 모이라고 하겠소?"

박문장은 진지한 표정이었다.

"가당찮은 소리 작작 해라."

해봉은 같잖다는 듯 고개를 돌려버렸다.

"삼례로 모이라고 한다던데, 그럼 그 많은 수가 거기 모여갖고 운봉으로 다시 갈 참인가?"

"그건 모르겠어."

"그런께 시방 태인서 하는 소리는 전라도에서 임금이 하나 나온다는 소리구만. 그럼 도읍은 전주로 정할 것인가?"

김한준은 웃으며 혼잣소리로 뇌었다.

8. 삼례대집회

임진년(1892) 음력 11월 1일, 전라도 삼례參禮역에는 아침부터 동학도들이 술렁거리기 시작했다. 집회는 미시未時라 했으나, 거리에는 아침부터 외지에서 온 동학도들이 실없이 길을 누비고 다녔다. 마치 출전을 앞둔 군사들처럼 어제 여기 당도한 교도들은 아침밥을 먹자마자 거리로 나와 서성거렸고, 중도에서 밤을 샌 사람들이나 인근 교도들은 행여 늦을세라 더운 김을 사뭇 내뿜으며 몰려들었다.

삼례는 가인, 곰올, 새터 세 동네로 이루어진 역말인데, 역참驛站은 서쪽 가인에 있었다. 역참 앞 한길 위편으로는 1백여 간의 마방馬房이 주욱 연이어 있었으며, 그 건너편 길가로는 여각과 주막이 즐비하게 들어차 있었다. 곰올과 새터는 가인 동쪽에 있는 동네들로 여기도 주막이 드문드문 있었고, 나머지 집들은 역졸들이 사는 여염집이었다.

그래서 이 근처 논밭도 거의 역둔토驛屯土였다.

이 삼례역은 전라 좌우도에서 올라오던 길이 서로 만나 한양으로 가는 삼거리라 전라도에서는 가장 큰 역이었다. 그 뒤 철도가 놓여 호남선과 전라선이 만나는 이리역은, 말하자면 삼례역을 조금 위로 옮겨놓은 셈이었다.

삼례는 이런 교통의 요지라 평소에도 구실아치나 양반들의 행차 며 보부상과 예사 길손으로 꽤나 붐볐다. 1백여 간의 마방만 보더라 도 역의 규모를 알 수 있었는데, 교통의 요지인 만큼 장도 꽤나 크게 섰다.

진산 황방호 일행도 일찍 거리로 나왔다. 어제 저녁 늦게 당도한 데다 여기 처음 와본 사람들이라 거리를 구경도 하고 싶었지만, 집 회가 사시라는 말도 있고 미시라는 말도 있어 갈피를 잡을 수 없었 기 때문이다. 그리고 교주 해월이 온다는 말도 있고 안 온다는 말도 있어 두루 궁금한 것이 많기도 했다. 마방거리에는 한길 쪽으로 고 개를 두른 말들이 거칠게 투레질을 하며 여물을 먹고 있었다.

"아니, 저놈이?"

앞서 가던 염소수염이 깜짝 놀라 발을 멈췄다. 일행들도 놀라 길 을 멈췄다.

"저놈이 여기에도 나타났네."

저만치 앞쪽에서 젊은이 하나가 주막을 기웃거리며 다가오고 있 었다. 폰개였다. 애호박만한 괴나리봇짐을 짊어지고 지난번 공주에 서처럼 주막 안을 기웃거리며 이쪽으로 오고 있었다.

"여기서도 누구를 찾는 모양이구만."

공주에서처럼 바쁜 걸음은 아니었으나, 눈은 역시 놀란 토끼눈이 었다. 얼굴은 지난번보다 더 핼쑥했고, 매무새도 꾀죄죄했다.

황방호 일행은 쫀개의 거동을 멍청하게 건너다보며 그대로 서 있 었다. 쫀개는 점점 가까이 오고 있었으나, 주막을 살피느라 이들은 보지 못하고 있었다.

"젊은이!"

그들을 지나치려 하자, 황방호가 불렀다. 쫀개는 옆구리라도 찔 린 놈처럼 깜짝 놀랐다.

"지난번 공주에서 누구를 찾고 다니던 젊은이 아닌가?"

일부러 용배 이름을 대지 않았다.

"어트코 날 아셔유?"

쫀개는 눈이 둥그레지며 한발 뒤로 물러섰다.

"그때 자네가 누구를 찾고 다니다가 포교들한테 잡혀가는 것을 봤네. 헌데 그때는 무사히 풀려났던가?"

쫀개는 연신 눈을 씀벅이며 황방호를 건너다보고 있었다. 여차하 면 금방이라도 내뺄 자세였다.

"그때 자네가 찾고 다니던 젊은이들은 어찌 됐는가?"

황방호는 안심을 시키려는 듯 한껏 차근한 목소리로 물었다.

쫀개는 얼핏 뒤를 한번 돌아봤다.

"지금도 깊은 사정이 있는가 본데 그러면 괘념 말고 가보게나."

"지, 지금도 말이예유. 그 저, 젊은이를 잡으려고, 고, 공주 가, 감 영 포교들하고, 모, 목천 구, 군아 포, 포교들이 여기까지 온 것 같애 유. 변, 변복을 하고 말이예유. 그 저, 젊은이들 보걸랑 벼, 벼락같이 튀, 튀라더라고 좀 일러주슈."

폰개는 튀어나올 것 같은 눈을 사뭇 디룩거리며 토막말을 바삐 뱉어냈다. 말을 바삐 하다보니 더 더듬거렸다.

"알겠네. 헌데, 그 포교들이 자네 뒤를 재고 다닐지도 모르는데, 이러고 댕기면 쓰겠는가?"

황방호는 제물에 뒤를 한번 돌아보며 말을 했다.

"그, 그럴 것도 같아, 누, 눈치껏 댕기구만유."

폰개는 눈치란 말에 힘을 주었다.

"알겠네. 어서 가보게."

황방호는 던지듯 말을 뱉어놓고 급히 폰개 곁을 지나쳤다. 염소 수염도 금새 썰렁한 얼굴이 되며 조심스럽게 뒤를 한번 돌아봤다. 폰개와 잠깐 수작을 붙인 것이 빌미가 되어 엉뚱한 불똥이 자기들한 테 장기튀김을 할지도 몰라 겁이 난 모양이었다.

"아, 아저씨!"

내나 저만치 가던 놈이 다시 불렀다.

"뭔가?"

일행이 돌아봤다.

"오늘 워, 워디로 모인데유?"

"점심 먹고 저 앞 들판으로 모인다는 것 같네. 사시라는 말도 있 고, 미시라는 말도 있는디, 미시가 맞는 모양이구만."

"아, 알았어유."

폰개가 돌아섰다.

"그런게, 저놈이 시방, 지난번에 공주집회 때 공주에 나타나서 부자 집 지붕을 징검다리 건너듯 뛰어다녔다는 그 뭣이냐, 화적 떼를 찾고 다니다가……."

거적눈이 물었다.

"그려!"

황방호가 말을 채뜨리며 눈을 찔끔했다.

"헌디, 저놈이 또 멋할라고 저렇게 *술덤벙물덤벙 휘지르고 댕겨? 나졸들이 지금 변복을 하고 청개구리 뒤에 실뱀 따라댕기대끼 뒤를 따라댕기고 있을지 모르는디."

염소수염이 제법 통수 있는 소리를 했다.

"제 놈도 그만한 눈치는 채고 있는 것 같소. 굼벵이도 궁글 때는 다 그만한 속이 있는 것인디, 지난번에도 저러고 댕기다가 잡혀들어 간 놈이 또 잡혀들어갈 짓이야 하겠소?"

황방호가 안심을 시켰다.

그들은 비석거리로 내려왔다. 역말답게 찰방察訪들의 공덕비가 즐비하게 서 있었다. 찰방은 역의 우두머리로 종6품의 문관인데, 어디든지 역말에 가면 찰방들의 공덕비를 세워둔 비석거리가 있었다. 공덕비랬자 한결같이 같잖은 소리만 요란스럽게 적어놓은 것들이었다.

일행은 처음부터 어디까지 가자고 작정하고 나왔던 것이 아니라 발길 닿는 대로 내처 비석거리를 지나 만경강의 쥐업쟁이나루터까지 발길을 옮겼다.

"허허, 사람들이 엄청나게 몰려오고 있네."

나루터에서는 두 척의 거룻배가 사람을 가득가득 실어 나르고 있었다. 사공들은 정신없이 삿대질을 하고 있었으나, 사람들이 원체 많이 몰려드는 바람에 저쪽 도선목에는 차례를 기다리는 사람들이 허옇게 결진을 하고 있었다.

"이렇게 몰려들기로 하면 이 사람들이 어디로 다 비비고 설 것 이여?"

염소수염이 거듭 감탄을 했다.

"저쪽 나루에는 더 많이 몰려 있구만."

염소수염이 전주 쪽 나루를 가리켰다. 그쪽 도선목에는 이쪽보다 더 많은 사람들이 몰려 있었다.

"잣것, 일은 한번 제대로 벌어지는가 부다."

"하여간, 이번에는 한바탕 야물딱지게 밀어붙여야 할 것이오. 전주 가 깨지든지 삼례가 무너지든지 사생결단을 내야 하요."

거적눈이 얼렀다.

"아이구, 댁들도 사람 구경 나오셨구만이라우."

모두 뒤를 돌아봤다. 어제 동행했던 금산 패거리들이었다. 그들 은 어제 저녁 같이 오다가 삼례 5리 못미처 별산이라는 동네에 일행 중 친척이 있다며 그리 찾아갔고, 김오봉은 황방호 일행을 곰보할미 주막에서 묵게 한 다음 아침에 그 주막으로 오겠다며, 복골 김연삼 가족과 두 졸개를 거느리고 다른 데로 갔다.

복골 김연삼은 그날 밤 방학주 눈을 피해 딸과 아내를 데리고 김 오봉 집에 당도했고, 그들이 당도하자마자 금산 패거리를 포함한 20 여 명이 일행이 되어 밤중털이한 도둑놈들처럼 당마루 주막을 빠져 나왔던 것이다.

김오봉이 거느린 졸개는 진산 가는 새터재에서 고부군아 포교들 말을 빼앗을 때 같이 갔던 왕삼과 막동이었다.

"엄청나게도 몰려드요. 이렇게 사람들이 구름같이 몰려드는데, 이 많은 사람이 여기서 자기로 하면 엔간해 가지고는 구들장에 등 대고 자기는 틀린 것 같소."

금산 코맹녕이였다.

"까짓것 이런 일에 잠자리가 대수요. 일판만 제대로 벌어진다면 야 얼음장에 댓잎을 깔곤들 못 자겠소?"

당마루 김오봉 주막에서 아랫도리를 벗어 보이던 사내였다.

"나 좀 봅시다."

금산 코맹녕이가 황방호를 한쪽으로 끌었다.

"방학주가 벌써 여기 왔는데 알고 있소?"

"그놈들 지금 어디 있소?"

"아침에 오다가 저기 들머리 주막에서 봤소. 당마루에서 거느렸 던 패거리들을 그대로 거느리고 있는 것 같습디다. 그 주막 안채를 빌려든 것 같소. 내가 그 집 뒷간에 갔다가 맞닥뜨렸소. 그놈들은 내 얼굴을 모른게 예사 행인인 줄 알고 태연합디다."

"들머리 어디쯤이오?"

"제일 첫 주막이오."

황방호는, 자기 패거리들한테 이따 곰보할미 주막에서 만나자는 말을 남겨놓고 바삐 자리를 떴다. 그는 휑하니 왔던 길을 되짚었다.

"김오봉 씨 아직 안 왔소?"

황방호는 곰보할미 술청으로 들어서며 곰보할미에게 물었다.

"뭣이냐, 남의 집 삼 년 살고 주인 성 묻는다등마는, 내가 꼭 그 짝이오. 아자씨가 진산 사는 황씨 어른이오?"

주모가 새삼스럽게 물었다.

"그렇소. 황방호요."

"깔깔. 뭣이 으째서 그런 것이 아니고 이런 심부름을 할 적에는 똑똑히 해사 쓰겠글래 물었소. 김오봉 씨 만날라면 이 옆집으로 가 보씨요. 거그서 기다리고 있겠다고 합디다."

곰보할미는 봉노로 술국을 가져가면서 턱으로 이웃집을 가리켰다.

김오봉이는 그 집 사랑방에 혼자 앉아 있었다.

"내가 있는 데를 여러 사람이 알아서는 안 될 것 같아 어제 저녁에는 일부러 여기를 말하지 않았소."

김오봉은 황방호한테 자리를 권하며 사과 비슷하게 말했다.

"방학주가 저쪽 주막에 들었다는데 알고 계시오?"

"저쪽 주막이라고요?"

"저쪽 들머리 제일 첫 주막이라는 것 같소. 다른 두 패는 다른 데서 목을 지키고 있는 것 같소."

황방호는 길을 떠나기 전에 방필만 집 머슴 칠성한테 들어 이들이 세 패로 삼례에 간다는 것을 알고 있었고, 그것을 어제저녁 김오봉 집에서 말했다.

"형장은 방필만의 이웃 동네 사신다고 했지요?"

"그렇소."

"그럼 형장하고 내통을 하고 있다는 칠성인가 하는 머슴 놈도 같이 왔을까요?"

"같이 왔을 겝니다."

"으음."

황방호 얼굴을 한참 동안 건너다보고 있던 김오봉이 이내 입을 열었다.

"겪어보니 형장이 여간 미덥지가 않아 말씀이요마는, 방가들 집에 북새질친 것은 동학도들이 아니오."

"동학도가 아니라고요? 그럼 누구라요?"

"고산 밤실에 김진사라는 못된 양반이 있는데, 방가 집에 북새질친 것은 바로 그 진사 아들놈하고 그놈 떨거지들이오."

황방호는 대번에 눈알이 퉁방울만해졌다.

"형장께서 그것을 어떻게 아시오?"

"나는 주막을 내고 있는 사람 아니오. 주막이란 데는 술꾼만 모이는 데가 아니고 소문도 산지사방에서 다 몰려드요."

김오봉은 웃으며 말했다.

"틀림없소?"

"틀림없소."

"그럼 방필만 떨거지들을 당장 요절을 내야겠소. 죄인은 그렇게 따로 두고 멀쩡한 사람을 잡아다 그 꼴을 만들어 옥에까지 처넣었소. 이놈들은 절대로 용서할 수가 없소."

황방호는 눈초리가 치켜 올라가며 주먹을 쥐었다.

"성급하게 일을 저지를 것이 아니라 천천히 짬을 보시오. 큰일을 앞에 두고 엉뚱한 불상사가 일어나면 큰일에 *혜살이 될 것 같소. 천천히 짬을 봅시다. 그 김 진사 떨거지들도 지금 삼례에 와 있다는 것 같소."

"뭐요? 방필만 집에 북새질친 아까 말한 그 김 진사 떨거지들도 여기 삼례에 왔단 말이오? 그럼 그들도 동학교도?"

김오봉은 김진사가 수염 뽑힌 이야기를 늘어놨다. 물론, 수염을 뽑은 장본인이 임군한이라는 말은 하지 않았다.

"그래서 김진사 아들놈도 방가 아들놈들같이 제 아비 수염 뽑은 놈은 동학도가 틀림없다고 그놈들을 잡으려고 여기 스며든 것 같소."

김진사 아들 김중한이 여기 스며들었다는 것은 오늘 아침 밤실 강재팔이 전해 준 소식이었다.

"허허, 그럼 이 일은 우리가 손을 쓰지 않아도 저절로 터지겠소. 방필만 아들놈이 세 패나 들어왔는데, 이 좁은 바닥에서 김진사 아들놈이 그들 눈에 안 띄겠소?"

"두고 봅시다."

"이러다가는 묘하게 상소판이 사람 잡는 드잡이판이 되겠소. 공주 감영하고 목천 군아에서도 화적을 잡는다고 포교들이 변복을 하고 여기 스며들었다는 것 같소."

"화적이오?"

"예."

황방호는 공주에서 있었던 일을 간단히 설명했다.

"그럼, 그 화적들도 동학도들이란 말이오?"

"동학 상소판에 나타났으니 그러려니 생각하는 것 같소."

"송어 강변에는 원래 곰들이 몰려드는 법이오."

김오봉이 가볍게 웃었다. 김오봉은 아직 달주와 용배 사건을 모르고 있었다.

그때 젊은이 두 사람이 들어섰다. 어제 김오봉이 거느리고 왔던 대둔산 졸개 왕삼과 막동이었다. 김연삼 가족을 그 친척집에 데려다 주고 돌아오는 길이었다.

"잘 다녀왔느냐?"

"예, 동네는 사람 살기 좋아보입디다만."

황방호는 그 집을 나왔다. 가인 앞 들판에는 어느새 사람들이 허옇게 몰려 이리저리 서성거리고 있었다.

한쪽에는 벌써 술막 *차일이 두 개나 쳐져 있었다. 사람 모이는 속은 호두엿 장수가 먼저 알더라고, 벌써 여기저기 먹을거리 장수들이 즐비하게 늘어앉기 시작했다. 차일 밑에서는 국물이 푸짐하게 끓고 있었다. 그 곁 *짚북더기 위에는 막걸리 상을 받은 사람들이 여러 패 몰려 있었다.

말뚝을 박고 대를 얽어 이엉 가닥을 두른 막치 울바자 술막도 여럿이었다. 시루째 떼다 놓은 시루떡에서는 김이 뭉게뭉게 피어오르고, 켜켜이 쌓아놓은 호박떡, 무떡은 보기만 해도 절로 침이 넘어갔다. 함지박에는 인절미가 그득그득했고, 그 곁에서 부치고 있는 밀전병도 먹음직스러웠다. 들병장수, 엿장수, 들판은 먹을거리 장수들로 장이 서고 있었다.

저쪽에서는 엿단쇠 소리가 흐드러졌다.

엿이야 방엿이야 허랑방탕 막 판다
훨훨같이 넓은 엿 백설같이 녹는다

어디 가면 별다른가 내 말 듣고 이리 오소
한 보재기에 닷 돈이요 한주먹에 두 돈이라
한 품어치만 사노면 앉은뱅이가 못 일어선다
한두 품에 막 판다 지경 대경에 막 판다
조조군사 말 타듯이 *섣달 큰애기 개밥 주듯
실없는 가시내 엉댕이 풀듯 허랑지게 막 판다
울긋불긋 호박엿 군산 부안에 찹쌀엿
호첩가루 동삼가루 더덕가루 다 들어갔다
엿이야 방엿이야 허랑방탕 막 판다

점심참이 가까워오자 들판이 사람으로 가득찬 것 같았다. 나루터
에는 지금도 사람들이 수없이 건너오고 있었고, 고산이나 왕궁면 쪽
에서도 구름같이 몰려들고 있었다.

"점심을 어떻게 할까요?"

염소수염이 황방호에게 물었다.

"막걸리집에서 물 한 바가지 얻어다가 미싯가루로 때우지 뭐."

황방호가 대답했다.

"여기서야 물인들 어디서 제대로 얻어오겠소. 저쪽 곰보할미 집
으로 갑시다."

"미싯가루 한 그릇 타 마실라고 곰보할미 집에까지 가?"

그때 왕삼과 막동이 왔다.

"여기 계셨구먼요."

"점심들은 어떻게 했는가?"

"아직 안 먹었소."

"여기서 미싯가루 한 모금씩 나눠 마셔."

황방호 곁에 서 있던 거적눈이 술막으로 갔다.

"물 쪼깨 먹읍시다."

"당신도 미싯가루 타먹을라고 그러지라우?"

술막 여편네가 눈을 오꼼하게 뜨고 쏘았다.

"미싯가루를 타 묵었으면 쪽박을 씻어갖고 오든지 말든지 해사제, 저렇게 미싯가루를 *뒤발을 해다가 땡개노면 바쁜 손에 누가 그 것을 다 씻겄소?"

여편네가 *살세게 쏘았다.

"씻어다 줄 것인게 쪼깨 주씨요. 바가치 한나 갖고 그래쌌소."

"당신들은 한나제마는 우리는 몇 사람이요? 물도 질러다 놓기가 바쁘구만."

"바쁘나마나 물 한 바가치 갖고 인심 사납게 뭘 그라요."

거적눈은 넉살 좋게 웃으며 바가지를 집어들었다. 바가지에는 정 말 미숫가루가 뒤발해 있었다. 물을 조금 떠서 대강 헹궜다.

"얼른 쓰고 가져오씨요. 참말로 *징상시롭네."

"아무리 역말이라도 물 한 바가지 갖고 인심 한번 드럽네."

거적눈은 바가지 헹군 물을 저쪽으로 홱 뿌리며 중얼거렸다. 물 에다 성깔을 내북쳐버린 바람에 물이 풍겨가다가 바람에 날려 차일 밑으로 쏠려들었다. 짚북더기에 앉아 술상을 받고 있던 사람이 물벼 락을 맞고 말았다.

"이놈아!"

술상을 받고 있던 사내가 악을 썼다. 사내 곁에는 방갓이 놓여 있었다. 허연 도포자락에 미숫가루 자국이 누렇게 드러났다.

"죄송합니다."

거적눈이 고개를 주억거렸다.

"야, 이 씨팔놈아, 얻다 물을 뿌리냐?"

도포 입은 사람 곁에 앉았던 놈이 발딱 일어서며 악을 썼다.

"이 새꺄, 얻다 물을 뿌려? 네놈 눈구먹은 당달봉사가 짚고 댕기다 뚫어논 지팽이 구멍이냐?"

쥐알봉수같이 좀상스럽게 생긴 작자가 이만저만 가시 세게 덤비지 않았다.

"여보시오, 잘못했은께 내가 미안하다고 안 하요. 같은 도인들끼리 너무 하네."

"도인이고 좆이고 우리 나리님 옷이 저것이 뭐냐?"

그러고 보니, 이 작자가 방갓쟁이 구종배인 듯했다. 이런 데 온 행색으로는 방갓장이 행색이 좀 동뜨다 했더니 구종배를 거느린 양반인 모양이었다. 아무런들 구종배까지 거느린 양반이 이런 데를 다왔을까 의아스럽기도 하고, 또 놈이 하는 행티가 괘씸하기도 하여거적눈은 어리둥절한 표정으로 작자의 얼굴을 빤히 건너다보고 있었다.

"이 씨팔놈아, 보기는 뭘 보고 있어."

"아무리 종놈이라도 입 한번 드럽네."

거적눈은 눈두덩이 한껏 위로 올라간 눈을 잔뜩 치껴 뜨며 작자위아래를 훑어봤다.

240

"너, 죽고 싶냐?"

작자가 팔뚝을 걷어붙이며 대들었다. 그때 황방호가 다가와 말렸다. 쥐알봉수가 뭐라 앙알거리고 있었으나, 거적눈은 눈만 길게 흘기며 황방호한테 어깨를 끌려 못이긴 척 물러서고 말았다.

"저것들도 송어 강변에 곰이 아닌가 모르겠구만."

황방호가 봇짐 속에서 미숫가루를 꺼내면서 혼잣소리로 이죽거렸다.

"무슨 곰?"

염소수염이 물었다.

"송어란 놈은 알을 까려고 강을 거슬러 올라가는데, 곰이란 놈들은 송어를 잡아먹으려고 강변에 지키고 있거던. 목천 군아 포교들이나 진산 방필만 떨거지들도 그 곰 한 짝 아닌가?"

"그럼, 저놈들도 그런 속으로 온 놈들이란 말인가?"

"볼상이 우리하고 속살이 다른 것이 분명한 것 같어."

바가지에다 미숫가루를 타서 돌려가며 몇 모금씩 마셨다.

"저 사람들은 뭣 할라고 흙을 쌓는고?"

저쪽에서 사람들이 흙을 삽으로 떠다 단을 쌓고 있었다. 단을 쌓고 있는 곁으로 아까 그 방갓장이가 가고 있었다. 이 사람 저 사람 힐끔힐끔 보고 다니는 것이 사람을 찾고 있는 것이 분명했다. 아까 그 쥐알봉수 말고 또 하나 배자를 껴입은 사람도 그를 따르고 있었다.

"저것들이 곰이 틀림없구만."

"저놈의 새끼들을 잡아다 한번 조져버리까라우?"

왕삼은 그 작자들을 노려보며 말했다.

“멀라고 괜한 불집을 버르집어?”

황방호였다.

“송어 강변에 어정거리는 곰이란 놈은 필경 송어 잡아먹자는 속셈이고 남의 소판에 와서 어정거리는 저놈들 속셈은 우리 교도 중에서 누구를 잡자는 것이 아니면 무엇이겠소?”

“큰일을 앞두고 *재장바르게 일집을 벌리지 말고 좀 더 두고 보세.”

“저놈의 새끼들은 언제 봐도 우리가 봐버리고 말겠소.”

왕삼이가 방갓장이 일행을 한참 노려보고 있다가 저쪽으로 사라졌다.

“허허, 지금도 갓도 끝도 없이 밀려드는구만. 이 수를 촘촘히 세어보면 몇만 명이나 되까?”

“여남은 마리 병아리도 셀라면 헷갈리는디, 이 많은 수를 무슨 재주로 셀 것이오?”

“그래도 대충 짐작은 할 수 있잖을까요?”

곁에서 끼어들었다. 모두가 동학도들이라 서로 스스럼없었다.

“만 명은 훨씬 넘을 것 같어.”

“만 명이라는 수가 얼만디, 만 명이여? 한 이천 명 될란가 모르겠구만.”

“이천 명이오? 이 수가 이천 명밖에 안된단 말이오? 만 명은 못되도 이천 명은 넘을 것 같소.”

“하여간 무지하게는 몰려드는구만.”

“헌데, 교주님께서는 오셨다요 안 오셨다요?”

곁에서 다른 사람이 끼어들었다.

242

"안 오신 것 같다고 합디다."

"그래도 교주님께서 오셔야제, 이렇게 사람들이 많이 몰려들고 있는디, 교주님께서 안 오시면 모두 얼마나 맥이 빠지겠소?"

"*그물이 삼천 코라도 *벼리가 으뜸이더라고, 교주님이 오셔야 무슨 일판이 제대로 될 성부른디, 안 오셨다면 일이 제대로 되까라우?"

"우리 동네서는 교주님 얼굴 한번 보기가 소원이어서 교주님 얼굴 볼라고 온 사람도 있소."

"교주님께서는 안 오셨지만 법소에서는 높은 분네들이 많이 오셨다는 것 같습디다."

교도들은 교주가 안 왔다는 소문에 실망이 큰 것 같았다. 더구나 여기 모이라는 통문이 엄하다 보니 그 실망이 더 큰 것 같았다.

밑바닥 교도들이 아무리 비대방질을 해도, 여태 때가 이르지 않았다고 꿈쩍도 않던 법소에서 되레 교도들을 몰아붙이고 나오자, 이제야말로 사생결단을 낼 줄 알았었는데, 바로 그 통문을 보낸 교주가 안 왔다니 뭐가 사정이 좀 달라진 것이 아닌가, 어리둥절한 표정들이었다.

점심참이 조금 기울었을 때였다.

"온다!"

군중의 눈이 한쪽으로 쏠렸다. 가인 쪽에서 도포를 입은 사람들이 한 떼 이쪽으로 오고 있었다. 동학 두령들이었다. 군중은 길을 내주었다.

"젤 앞에 오시는 분이 청의 대접주 손천민 선생이구만."

"그럼 해월 신사가 안 오신 것은 분명하단 소린가?"

군중은 저마다 자기 고을 접주 이름을 대며 웅성거렸다. 두령들은 흙으로 쌓아놓은 단 양옆으로 죽 늘어섰다.

두령의 수는 30여 명쯤 되었다. 한 사람이 단으로 올라갔다. 군중은 금방 물을 뿌린 듯 조용해졌다.

"고르지 못한 날씨에 먼 길을 걸어 이렇게들 많이 모여주시니 감사하기 짝이 없습니다. 이 삶은 전주 접주 남계천南啓天이올시다. 오늘 우리 도인들이 불원천리하고 여기 모인 뜻은 오로지 우리 선사의 신원과 관의 금포에 있습니다. 더러는 수삼 일의 먼 길을 걸어오신 분들도 계시고, 저 멀리 해남이나 강진에서 오신 분도 계십니다. 우리 도우들이 이렇게 많이 모인 것을 보니 30년간 우리가 품어온 통분이 얼마나 컸던가 새삼스럽게 가슴이 메어집니다. 우리는 지금까지 너무도 험하게 탐학을 당해 왔고, 너무도 험하게 늑탈을 당해 왔습니다. 우리는 그동안 가슴에 쌓여온 통분을 참다못하여 이렇게 모였습니다. 이번에 기어이 신원을 하여 30년간 가슴에 쌓여온 한을 풀어야겠습니다. 오늘 교주 해월 신사께서 꼭 왕림하시려 했으나, 돌연 환후가 계셔 이 자리에 오시지 못하여 섭섭하기 이를 데 없습니다. 이 점 크게 유감스러운 일이나, 대신 청의 대접주 손천민 선생께서 오셨습니다. 교주님을 대신하여 오신 손천민 대접주님께서 인사말씀에 이어 오늘 감영에 올릴 소장을 읽어 드리겠습니다. 그에 앞서 여기 오신 여러 두령님들을 소개해 올리겠습니다. 맨 이쪽에서 계시는 분이 손천민 선생님이십니다."

손천민은 군중을 향해 허리를 굽혔다.

"모두 박수를 쳐서 답례를 해주십시오."

군중은 요란하게 박수를 쳤다.

박수를 치면서 허리를 숙여 절을 하는 사람도 있었다.

"그 다음 분은 옥의 대접주 박석규朴錫圭 선생!"

또 박수가 쏟아졌다. 남계천은 한 사람씩 소개해 나갔다.

금구 대접주 김덕명金德明, 정읍 대접주 손화중孫華中, 부안 대접주 김낙철金洛喆, 태인 대접주 김개범金介範, 시산 대접주 김낙삼金洛三, 부풍 대접주 김석윤金錫允, 봉성 대접주 김방서金邦瑞, 옥구 대접주 장경화張景化, 완산 대접주 서영도徐永道, 상공 대접주 이관영李觀永, 공주 대접주 김지택金知澤, 고산 대접주 박치경朴致京.

대접주에 이어서 고을 대표급 접주들을 소개했다. 전봉준은 중간쯤 소개를 받았다.

"그럼 손천민 선생님께서 인사 말씀에 이어 소장을 읽어 드리겠습니다."

남계천이 내려오고 손천민이 올라갔다.

"손천민이올시다. 오늘 우리는 선사의 신원을 위하여 여기에 이렇게 모였습니다. 방금 말씀하신 바와 같이 오늘 이 자리에는 교주 해월 선생께서 나오셔야 할 것이나, 급작스런 환후로 못 나오게 되어 불초 이 사람이 교주를 대신하게 되었습니다. 우리 교조 수운 선사께서는 창생을 광제코자 하시다가 불행하게도 혹세무민, 좌도난정의 무명을 쓰시고 참형을 당하셨습니다. 그것이 어언 30년이 되었습니다. 호남좌우도 편의장便義長이신 남계천 대접주께서 방금 말씀하신 대로 우리는 포한의 30년을 오로지 인고로 보냈으되 좌도임을 빙자한 관의 늑탈과 향곡 호민을 부지하고 살아갈 길이 없기에 오늘 여기 모여 신원 금포의 소를 올리기로 한 것이올시다. 우리는 지금 추위를 마다 않고 지극한 성심으로 이 자리에 모였습니다. 지성은 반드시 통천할 것이니, 고생스러우시더라도 지금까지 참고 살아온 그 성심으로 모두가 한마음 한 몸이 되어 소를 올리고 제사題辭가 내릴 때까지 여기서 기다려야겠습니다. 여기까지 오신 여러 도우들의 정성에 다시 한번 감사의 말씀을 드리면서 오늘 올릴 소를 읽어 드리겠습니다.”

손천민은 손에 들고 있던 두루마리를 펴들었다.

완영完營은 공감하소서. 여기 말씀드리는 우리는 동학도들입니다. 동학이 비롯되어 널리 퍼지기는 지난 경신년부터인데, 그때 경주 최제우 선생은 상제의 명을 받아 유·불·선儒佛仙의 삼도를 합하여 하나로 하고, 지성으로 하늘을 섬겨 유儒로써 오륜五倫을 지키고, 불佛로써 심성을 다스리고, 선仙으로써 병을 없앤 것입니다. 서양의 학이 날로 번성하여 혹세무민惑世誣民하는 고로 선생은 이를 개탄하시고……

‘각도 동학 유생 호송단자各道東學儒生護送單子’라는 긴 명칭의 소장은 꽤나 길었다.

동학이 비록 성학聖學이 못 된다 치더라도 인륜이 없고 분별이 없는 서도西道와는 같이 말할 것이 못되는데, 동

246

학을 서학의 다른 파로 지목하여 열읍 수령들의 탐학이 이루 말할 수 없고 지방 호민豪民들도 덩달아 집을 헐고 재산을 뺏는 등 횡포가 이루 말할 수가 없으나 우리가 성심으로 수도하여 밤낮으로 비는 것은 광제창생과 보국안민의 대원뿐이다.

손천민은 힘찬 목소리로 대충 이런 뜻의 소장을 읽어 내려가다가 마지막 부분에서 숨을 크게 들이쉰 다음 힘을 주어 읽었다.

순상(巡相 관찰사) 합하께서는 특히 자애를 가하시어 이 뜻을 천폐(天陛 왕)에 장계로 올리어 우리 선사의 원통함을 풀어주시고 각 읍에 영을 내리사 빈사지경에 빠져 있는 백성을 건져 국가의 은혜를 넓게 펴줄 것을 천만 간절히 비나이다.

군중은 함성을 지르며 우레 같은 박수를 쳤다. 손천민이 내려오고 남계천이 다시 올라갔다.

"우리 접주 중에서 여남은 사람은 손천민 선생을 배행하여 감영에 가겠습니다. 그러나 제사가 언제 내릴지는 예단키 어렵습니다. 설사 제사가 금방 내려진다 하더라도 신원 금포의 확실한 답변이 없으면 다시 소를 올리기로 했습니다. 그러니, 모두 마음을 차근히 가지고 며칠이 됐던 제대로 제사가 내려질 때까지 여기서 기다릴 생각을 하셔야겠습니다. 오늘 중으로 이 들판에다 장막을 치고 솥을 걸기로 했습니다. 모두 손을 모아 내 일같이 거들기 바랍니다. 여기에는 태인 대접주 김개범 선생께서 남으셔서 일을 설두하실 것입니다. 각 고을 대소 접주들은 김접주의 영에 따라 일을 잘 거들어주시기 바랍니다. 끝으로 한 가지 부탁 말씀을 드리고 싶은 것은, 우리가 여기에서 며칠 동안이나 나게 될지는 모르겠으나, 우리 도인들은 도인들답게 피차 처신에 각별히 유념하여 서로 간에 누가 되는 일이 없도록 하고, 특히 이 고을 사람들에게 폐가 가는 일이 없도록 유념해야겠습니다. 숙식의 불편이 자심할 것이오나, 이 일이 선사의 신원뿐만 아니라 우리 스스로가 앞으로 죽느냐 사느냐 하는 일인 만큼 잠시의 고통을 괴롭게 생각 마시고 참아주시기 바랍니다. 그럼 우리가 떠난 뒤에 김개범 접주께서 오늘 하실 일을 말씀드릴 것입니다."

남계천이 내려가자 앞에 늘어섰던 접주들은 둥그렇게 원을 지어 한참 뭐라 이야기를 했다. 한참 만에 김개범을 포함한 네 사람만 남고 나머지 사람들이 길을 떠나고 있었다.

김개범이 단으로 올라섰다.

"떠나시는 접주들께서 일을 성사시키고 돌아오기를 비는 마음으로 힘차게 박수를 쳐주시기 바랍니다."

군중은 함성을 지르며 박수를 쳤다. 손천민 이하 두령들은 손을 흔들어 답례를 하며 군중 사이로 집회장을 빠져나갔다. 군중은 두령들이 한참 멀어질 때까지 박수를 치고 있었다.

박수가 그치기를 기다려 김개범이 입을 열었다. 김개범은 허우대가 헌칠한 장골이었다. 목소리도 수천 명 군중을 압도했다. 김개범은 나중에 김개남金開南으로 이름을 갈지만 지금은 예대로 김개범이

248

었다.

"멀리서들 오시느라 수고가 많으셨습니다. 아까 어떤 분을 만났더니 그분은 완도에서 오셨다고 해서 깜짝 놀랐습니다. 그렇게 먼 데서까지 오신 것을 보니 한편 감격스럽기도 하고, 한편으로는 이런 열성이면 이번 일은 틀림없이 성사가 되리라는 생각도 들었습니다. 그런데, 우리는 오늘 저녁 당장 잠잘 자리가 없습니다. 식량을 마련해 오기는 했습니다마는, 그것을 끓여먹을 마련도 없습니다. 우리 손으로 잠자리를 만들고, 우리 손으로 밥해 먹을 솥을 걸어야겠습니다. 다행이 이곳 우리 도우들이 크게 마음을 써서 짚을 내놓겠다 하고, 장막 칠 동바리도 마련이 된 것 같습니다. 이미 각 고을 접주들께 할 일을 일러놨으니, 고을별로 모여 접주님들이 지명하신 이의 말씀에 따르기 바랍니다. 그리고 여기 한 분 소개할 사람이 있습니다."

그때 키가 작달막하고 얼굴이 가무잡잡한 삼십대의 사내가 단으로 올라가 김개범의 옆에 섰다.

"앞으로 자잘한 일은 이분이 앞에 나서서 지시를 하겠습니다. 장막 치는 일이나 솥 거는 일 등 그런 일을 이이가 앞장서서 해나갈 것이니, 이 분을 중심으로 모두 손을 합해서 일을 해주시기 바랍니다. 이분은 남원 사시는 변왈봉이란 사람입니다. 이름이 왈봉이니 진짜 봉이란 소리 같고, 남원 사람으로 변씨라니 변 사또하고 관계가 있는 것 같은데, 깊은 내막은 나도 잘 모르겠소. 그걸 꼭 알아보고 싶은 분이 계시면, 내중에 따로 차분하게 만나서 알아보십시오."

김개범의 익살에 모두 와 웃었다.

"그럼 각 접으로 모여 우선 의논들을 하십시오. 제일 저쪽에는 이

곳 삼례접 사람들이 모이십시오. 그리고 다음에는 금구접……."

군중은 웅성거리며 모두들 자기 접을 찾아갔다. 그런데, 엉뚱하게 미치적미치적 뒤로 물러서는 사람들이 있었다. 아까 방갓쟁이도 쥐알봉수와 함께 뒤로 물러섰고, 방필만의 떨거지들도 뒤로 물러섰다. 그런 사람들이 여러 패였다.

"흐음, 저것들이 개밥에 도토리 불거지듯 제 본색이 드러나는구나."

황방호가 웃었다. 저쪽에서는 왕삼과 막동이 폰개와 함께 뭐라 속닥이고 있었다.

방학주는 덩둘하게 섰다가 차 생원과 저 뒤쪽 울바자 주막 있는 데로 자리를 옮겼다.

왕삼과 막동은 방갓장이를 보더니 그 뒤를 따르고 있었다. 방갓장이는 삼례접 사람들이 모여 있는 곁의 술막으로 들어섰다. 왕삼과 막동이 그들을 힐끔거리고 있었다.

"우리 삼례접에서는 한 집에서 짚을 오십 뭇씩 내기로 했습니다. 그러면 다른 고을 사람들이 가져다가 마람(이엉)을 엮어 장막을 쳤다가 일이 끝난 다음에는 모두 거둬다 줄 것입니다. 그런께 우리 삼례 사람들은 짚단만 세어서 마당에다 내놓면 내중에 그것이 마람으로 엮어져서 집으로 돌아올 것인께 우리는 동학 덕분에 손 안 대고 코 풀게 생겼소."

모두 와르르 웃었다.

"그럼 *울목은 어디서 구할 것이오?"

군중 속에서 누가 물었다.

"그것도 일이 잘 될라고 새터하고 별산에 새 집을 지을 나무를 장만해논 사람이 두 집 있소. 그 *서끌감을 잠시 빌려다 쓰고 뽑아다 주기로 했소. 그런께, 울목 걱정은 마시고 다른 고을 사람들을 데리고 모두 자기 집으로가서 짚만 세어 내노면 되요. 그런디, 쪼까 미안스런 것은 바닥에 깔 짚은 그대로 손해를 볼 것인께 그것은 마람 엮어 준 품삯이다 치고 양해를 해주시오."

"이만한 일에 그까짓 것이 미안스럽고 멋하고 하겠소."

늙은이 한 사람이 퉁명스럽게 내쏘았다.

9. 용천검

 저쪽 울바자 술막에 있던 쥐알봉수가 이쪽으로 왔다. 울바자 뒤
로 돌아가 고의춤을 까고 오줌을 갈겼다. 그가 오줌을 싸고 나서 막
돌아서려는 참이었다.
 "야, 너 이리 와!"
 왕삼이 불러세웠다.
 "왜 그러슈?"
 "물어볼 게 있어."
 "뭔데유?"
 "오라면 와, 이 새꺄!"
 쥐알봉수는 눈을 똥그랗게 뜨고 다가왔다.
 "너도 동학도냐?"
 "그래유."

"그럼 왜 접이 없어?"

"먼 데서 와서 그래유."

"어디서 왔어?"

"충청도 음성이유."

"동학도가 틀림없으렷다?"

"동학도 아닌 놈이, 일 없으면 여물방에서 낮잠이나 잘 일이제, 무슨 *염냥이 빠졌다고 여기까지 와서 어정거린대유?"

"말솜씨 한번 제법이네. 그럼, 어디 동학주문 한번 외어봐!"

궐자는 금방 당황하는 표정이었다.

"이 새꺄, 동학주문도 못 외는 놈이 동학도란 말이냐?"

왕삼의 주먹이 대번에 궐자 배로 들어갔다. 궐자는 배를 싸안고 허리를 굽혔다.

"여기 뭣하러 왔냐? 바른 대로 대잖으면 뼈다귀를 발라놓고 말겠다."

"왜 이러시유?"

"이 새끼가 열명길이 따로 있는 줄 아냐? 뒈지기 전에 어서 대!"

"실은……."

"실은 뭐야!"

"저쪽에 있는 사람이 우리 나리님이신데유, 나하고 같이 그 집에서 머슴 살던 놈이 주인마님을 차고 도망을 쳤지 뭐예유. 그래 그놈을 잡으려고 주인을 따라 지금 방방곡곡을 석 달째 찾고 댕기구만유. 그놈을 잡기만 잡으면 잡은 자리에서 모가지를 잘라버릴 작정인디, 그놈이 동학도라 혹시 여기 오지 않았나 한번 와본 거유."

"아까 그 방갓 쓴 놈이 여편네 뺏긴 놈이냐?"

"그래유. 충청도에서는 한다는 양반인디, 그 꼴을 당했으니 집안 꼴이 뭐가 됐겠이유. 울화가 머리끝까지 사무쳤지유."

"허허, 남 소 올리는 데, 산신 제물에 메뚜기 뛰어들듯 별것들이 다 뛰어들어 설치고 댕기는구만."

왕삼이 웃었다.

"야, 이 쓸개 빠진 새끼야, 같이 머슴 살던 친구가 양반 마누라를 가로챘으면 그만큼 신명나는 일도 없는디, 잘했다고 치사는 못할망정 주인놈을 따라 친구 목을 베러 댕긴단 말이냐?"

"거 무슨 말씀이유? 그런 배은망덕한 놈을 가만두란 말이유?"

쥐알봉수는 쥐눈같이 툭 불거진 눈을 디룩거리며 볼 부은 소리를 했다.

"예끼, 이 똥개 *무녀리만치도 못한 새끼, 배은망덕? 뼈 빠지게 농사지어 주고 사경 몇 푼 받는 것이, 그래 그게 은혜라고 배은망덕이란 말이냐?"

막동이 주먹을 쥐어 금방 볼따구니를 쥐알릴 것 같은 기세로 얼렀다.

"일행이 몇이냐?"

왕삼이 물었다.

"주인까지 셋이유."

"그 도망쳤다는 놈 이름이 뭣이냐?"

"천둥이란 놈이유. 키가 장승만 하고 힘이 장사지유."

"뭐, 천둥이?"

왕삼은 막동에게 눈을 찡긋하며, 쥐알봉수한테는 한껏 놀라는 시늉을 했다.

"그놈이 도망친 것이 지난 여름이렷다?"

"워뜨케 그걸 아슈? 그놈을 아신단 말인가유?"

"가서 네 쥔 놈한테 이렇게 전해라. 그놈은 이미 호랑이굴로 들어가부렀은께, 그놈을 잡겠다고 분수없이 설치다가는 되레 지놈 모가지가 날아갈 거라더라구."

"그런께, 그놈 있는 데를 알고 기신단 말인가유?"

"알고 있다마는 가르쳐주고 싶지도 않지만, 가르쳐 줘도 네까짓 것들은 그 곁에 얼씬도 못해. 너 같은 *쥐포수나, 니 주인 같은 책상물림은 열 놈이 덤벼봤자, 천둥이 왼쪽 어깨 하나도 당하지 못할 텐디, 무슨 외골뼈가 모로 튕겼다고 분수없이 설치고 댕긴단 말이냐? 더구나, 그놈은 호랑이굴이 깊숙이 처박혀부렀은께 너 같은 놈들은 백 놈이 가봐야 어림없다."

"여기 잠깐 기십시유."

궐자는 쪼르르 자기 주인 있는 데로 달려갔다.

"어쩔라고 그런 소리를 했어?"

막동은 눈이 둥그레 가지고 왕삼을 봤다.

"좋은 수가 있다. 천둥인가 그놈이 무주 적상산 화적 속에 끼었다고 속여 적상산 패거리하고 박치기를 한번 시키자. 지난번 김덕호 씨가 밤실 김진사 패거리를 방필만 집하고 박치기시킨 것맨키로."

왕삼이 장난스럽게 웃으며 말했다.

"쉽게 먹혀들까?"

"밑져야 본전이지 뭐."

"너는 양반이라면 무슨 원수를 그렇게 졌냐? 하여간, 저 작자 걸려도 재수 없이 걸려들었다."

쥐알봉수가 주인을 앞세우고 왔다.

"첨 뵙겠네. 나는 충청도 음성 사는 김가 성 쓰는 사람일세."

방갓을 뒤로 조금 젖혀 얼굴을 내놓으며 왕삼한테 수인사를 청했다.

"그런가, 나는 진산 사는 이가 성 쓰는 사람일세."

왕삼이 천연스럽게 말을 놓았다. 방갓은 대번에 얼굴이 일그러졌다.

"허허, 이게 무슨 행팬가?"

"행패라니? 자네가 도포를 걸쳤으면 걸쳤제, 요새 시속으로 보면 *개 팔아 한반, 돌 팔아 한반, 개돌 합쳐 양반인지, 개다리소반인지, 밑 빠진 쟁반인지 어느 놈이 안다던가?"

왕삼이 능글거리며 쏘아댔다.

"여보시오, 우리 나리님께서는 참판 댁 나리님이신데……."

"야, 이 새끼야, 참판 댁이고 개판 댁이고 아가리 닥쳐. 니까짓 것이 멋인디 헌 바지에 좆대가리 삐져나오듯 기어나와?"

곁에 섰던 막동이 악을 쓰며 발로 작자의 턱을 걷어차 버렸다. 궐자는 턱을 싸쥐고 주저앉았다.

"허허, 왜들 이러시오. 그렇다면 파탈을 하겠으니 이야기나 합시다."

작자는 눈초리가 치켜 올라갔으나 얼른 감정을 수습하고 흔연스럽게 나왔다.

"여편네를 빼앗겼다면서요?"

"허허, 그렇소. 그놈 거처를 알고 있는가요?"

방갓은 미치겠다는 모양이었으나, 성깔을 누르느라 안간힘을 썼다.

"거처를 가르쳐 주면 쫓아가서 *왁댓값 챙길라고 그러시오?"

왁댓값이란 아내를 빼앗기고 간부한테서 받는 돈을 일컫는 말이다.

"여보시오, 양반이 파탈을 하고 말을 올렸으면 그만한 대접이 쉽잖은데, 무슨 심사로 능멸이 그렇게 심하시오?"

작자는 성깔을 누르느라 얼굴 색깔이 창백해졌다.

"양반이 상놈한테 계집을 빼앗겼으면 그것은 묻지 않아도 연장 탓 아니오? 그랬으면 방구석에 국으로 틀어박혀 연장 한탄이나 할 일이제, 좆 빠진 강아지 모래밭 싸대끼, 남의 상소판까지 휘지르고 댕긴단 말이오? 양반은 행세를 그렇게 해도 좋소?"

왕삼이 빙글거리며 쏘아댔다. 작자는 상판이 붉으락푸르락했으나 이내 껄껄거리고 나왔다.

"허허, 따지고 보니 그도 그렇소. 그건 미안하니 사죄를 하겠소. 사죄를 하겠으니 기왕 말이 나온 김에 그 작자 거처나 가르쳐 주시구려."

"상놈이 양반 계집을 가로챘으면, 같은 상놈으로 그만큼 신명나는 일도 쉽잖은디, 내가 무슨 억하심정으로 남의 일에 훼살을 놓는단 말이오?"

"그럼, 그놈 거처를 안다고 토설을 한 것은 무슨 까닭이오?"

"그야 아니까 안다고 했을 뿐, 그걸 가르쳐 주겠다는 소리를 한 일은 없소. 설사 가르쳐 준다고 해도 당신 같은 약골은 그 곁에 얼씬도 못 하요. 일찌감치 냉수 마시고 맘 돌리시오."

"하여간, 가르쳐만 주시오."

"못하겠소."

"그러지 마시고 기왕 입을 열었으니 마저 여시구려."

작자는 이내 사정조로 나왔다.

"허허, 이 사람이 앞뒤가 칵 막혔구먼. 큰애기 초상에도 *성복술
이 있고, 강아지 홍정에도 *성애술이 있는 법인디, 여편네를 찾자는
사람이 맨입으로 조르다니 도포만 걸쳤지 예절하고는 담을 싼 모양
이로구만."

막동이가 곁에서 핀잔을 주었다.

"아, 그것이었소. 그렇다면 얼마나 드릴까요?"

"여보시오, 이것이 무슨 저잣거리 어물전 꼴뚜기 홍정이간디 값
을 묻고 있소?"

"가진 것이 푼푼찮아 그러니 백 냥 드리겠소. 막걸리나 한잔씩 하
시오."

"백 냥이오? 그 여편네가 백 냥짜리밖에 안된단 말이오? 내 눈에
는 그만한 일색이 쉽잖겠던디, 그런 인물이 백 냥짜리 대접밖에 못
받았으니, 도망친 연고가 연장 탓만은 아니었구만."

왕삼이 잔뜩 비꼬는 가락으로 핀잔을 주었다.

"이 찢어죽일 놈, 뭣이 어짜고 어째?"

방갓은 대번에 상판이 험하게 일그러지며 잡아먹을 듯이 악을
썼다.

"내가 그만큼 참고 대접을 했으면 그만이지, 뭣이 부족해서 또 능

멸이냐? 상놈이 양반 능멸한 죄가 형률에 어떻게 적혔는 줄 아느냐? 당장 관가에 발고해서 주리맛을 보이고 말겠다."

방갓은 얼굴이 벌개지며 고래고래 악을 썼다. 근처에 있던 사람들이 이쪽으로 몰려왔다.

"어라, 양반 못된 것 장에 가서 호령한다등마는, 꼴에 호령소리 하나는 제법일세. 어디 네놈 덕분에 관가 구경 한번 하자. 헌데, 내가 관가에 끌려가기 전에 네놈 배때기는 배꼽에서 등창까지 맞창이 날 것인께 그것만은 명심해 둬라."

"이놈, 마음대로 지껄여라. 양반을 능멸했을 뿐만 아니라 패륜지배와 내통한 죄는 살아남지 못할 것이다."

"내통? 여편네를 사통으로 빼앗겼다등마는, 이놈이 통자 돌림으로만 노네."

"음, 두고 보자."

방갓은 홱 돌아섰다.

"패륜을 다스려 인륜을 바로잡겠다는 자가, 그만한 일로 토라지다니 갈데없는 소인배로구만. 5백 냥쯤으로 더 사정을 해보지 그럴까?"

막동이 넌지시 핀잔조로 뒤를 달아났다.

방갓은 아니꼬운 눈초리로 *할기시 뒤를 돌아봤다. 그러나 작자는 분을 참지 못하고, 네놈들을 기어코 씹어 발기겠다는 서슬로 이를 악물며 돌아섰다.

"괜히 건드린 것 같아."

막동이 이죽거렸다.

"저 새끼 관가에 가나 못 가나 두고 봐라. 다시 고개 숙이고 올 것이다. 5백 냥은 기어코 뜯어내자."

"거짓말인지 참말인지도 모르고 5백 냥을 선뜻 내놓을까?"

"밑져야 본전이다. 양반 놈 곯려준 것만도 어디야? 나는 양반이라고 거드럭거리는 놈만 보면 작년 추석에 먹은 송편이 기어 올라와 못 견딘다."

동학도들은 장막 치는 일에 한 덩어리가 되어 들판은 큰 역사가 난 것 같았다. 짚을 지고 오는 사람, 울목을 지고 오는 사람, 대를 쳐 오는 사람, 길에는 사람들이 개미 떼처럼 줄을 섰다. 논바닥에서는 이엉을 엮는다, 대를 쪼갠다, 울목을 박는다, 거개가 농사짓다 온 사람들이라 일판이 손발 맞는 도둑놈들처럼 날파람나게 돌아갔다.

논 너덧 마지기 넓이를 싸잡아 울목을 박았다. 삽시간에 둥근 울타리가 쳐졌다. 동네서 차일을 여남은 채 날라 왔다. 울타리 안쪽으로 빙 둘러 차일을 쳤다.

한쪽에서는 여남은 개의 가마솥을 가져다 걸고 있었다. 동짓달 맨살에 찬물이라면 냉기가 뼛속까지 찌를 것이었으나, 솥을 걸고 있는 사람들은 조금도 몸을 사리지 않고 흙을 이겨 발랐다.

진산 황방호 패거리 염소수염과 거적눈도 솥 거는 데 얼려 일을 하고 있었다. 염소수염은 이런 토역에 한 솜씨가 있는 듯 앞장을 서서 설두를 하고 있었다.

"얼추 일이 끝난 사람들은 각 접으로 모여 집에서 가져온 쌀들 내노씨요."

변왈봉이 소리를 질렀다.

모두 식량을 내놨다. 두 되쯤 가져온 사람도 있고 한 되쯤 가져온 사람도 있고 드리없었으나, 더덜이를 옴니암니 따지지 않고 모두 가져온 대로 섬에 쏟았다.

여기저기 가마솥에서 장작불이 활활 타오르기 시작했다. 밥이 거진 되어간다 했을 때였다.

"각 접에서 한 사람씩 나오시오."

함지박에다 소금을 두 섬 쏟았다. 거기다 참기름을 서너 되쯤 부어 고루 섞었다.

"반찬은 따로 없고 이 기름소금 한가지뿐이오. 안 자셔본 사람은 잘 모를 것이요마는 이 기름소금이 한두 끼니 반찬으로는 이만치 구뚤한 반찬도 쉽잖소."

변왈봉이 기름소금 나누는 곁에서 한마디 했다.

한 접에 기름소금 반 대접씩 나눠 주었다. 밥은 큼직큼직한 함치에다 퍼서 접으로 가져갔다. 접에서는 주먹밥을 뭉쳐 한 덩어리씩 나눠주었다. 기름소금을 숟가락 자루 끝으로, 새끼손가락 한 매듭 요량씩 떠주었다.

"오줌 누고 손이나 잘 씻었는가 몰라?"

"뭣이 살로 갈지 모른께 아무케나 먹어둬!"

사람들이 한손에는 주먹밥을, 한손에는 기름소금을 받아들고 선 채로 밥을 우겨넣었다. 밥을 한 입씩 베물고 기름소금을 핥았다.

"먹어본께 기름소금이, 이것이 별것이네. 맨밥이라 목이 맺힐 줄 알았등마는 이런 데 반찬으로는 기름소금을 덮을 것이 없겠구만."

"참말로 기름소금이 맨밥을 이렇게 잘 넘겨줄지는 미처 몰랐구만."

정말 맨밥 *강다짐에는 기름소금만한 반찬이 없었다.

모두 밥을 먹고 났을 때였다. 장막 저쪽에서 느닷없이 꾕과리 소리가 났다.

—깨갱갱 깽갱 깨갱갱 깽깽.

이 근방 동네 사람들이 풍물을 잡히고 나온 모양이었다. 풍물패들은 신나게 돌아가며 장막으로 다가오고 있었다. 한 동네서만 나선 것이 아닌 듯했다. 장막 안으로 들어오며, 모닥불 주위를 돌았다. 풍물소리가 딱 멎었다.

"팔도에서 오신 도우님네들, 우리 삼례까지 오시느라고 수고가 많았소. 우리 삼례 사람들이 풍물을 한바탕 울려, 먼 데서 오신 도움님들 노독도 풀어 드릴 겸, 오늘 친 장막 마당밟이도 할 겸 한바탕 놀아 보겠소. 황토 구덩이에 *뗏장을 떠다 움막을 치고도 성주풀이를 하는데, 이만한 성주에 마당밟이 한마당을 안 놀 수가 있겠소? 처라."

—깨갱갱, 깽깽 깨갱갱 깽깽.

풍물패들은 신바람 나게 두들겼다. 솜씨들이 어지간했다. 버꾸놀이 한마당까지 결판지게 놀고 난 다음이었다.

건장한 사내 하나가 작대기를 들고 앞으로 나갔다.

"이번에는 지가 한판 놀겠소."

작자는 당돌하게 대작대기를 짚고 서서 말을 이었다.

"저는 순창 사는 김만돌이라는 사람이오. 저는 우리 교조 최수운 선사께서 지어 부르시던 칼노래로 칼춤을 춤시로 한판 놀아 지신을 달래겠소."

사내는 팔을 걷어붙이며 말을 이었다. 군중이 사내를 건너다보고

262

있었다.

"칼노래라는 것은 잘 아시는 바와 같이 우리 대신사 수운 선생께서 여기 전라도 남원 선국사 은적암에 머무르실 때 지으신 노래올시다. 여기 은적암에서 선사께서는 석 달을 머무르셨는데, 그 사이 도력이 더욱 왕성하시니, 그 희열을 금치 못하여 스스로 노래를 지으시어 달 밝고 바람 맑은 밤을 타서, 목검을 짚고 묘고봉상妙高峯上에 홀로 올라 노래를 부르며 칼춤을 추시니, 그 노래를 일러 검결 즉 칼노래라 하였습니다."

사내는 음조를 넣어 너스레를 떤 다음, 작대기를 들어 칼을 겨냥하는 시늉을 했다. 군중이 빙 둘러섰다. 사내는 대적세로 칼을 확 내두르며 한 발을 앞으로 내디뎠다. 같은 동작을 되풀이하며 칼노래를 읊기 시작했다.

> 시호 시호 이내 시호 부재래지 시호로다.
> 만세일지 장부로서 오만 년지 시호로다.
> 용천검 드는 칼을 아니 쓰고 무엇 하리
> 무수장삼 떨쳐입고 이 칼 저 칼 넌즛 들어
> 호호망망 넓은 천지 일신으로 비켜서서
> 칼노래 한 곡조를 시호시호 불러내니
> 용천검 날랜 칼은 일월을 희롱하고
> 게으른 무수장삼 우주에 덮여 있네
> 만고명장 어디 있나 장부당전 무장사라
> 좋을시고 좋을시고 이내 시호 좋을시고.

시호란 때가 이르렀다는 말이다. 만 년 만에 하나나 날까 말까 한 장수로서, 다시 올 수 없는 기회를 오만 년 만에 만났으니, 용천검 드는 칼을 아니 쓰고 어찌할 것이냐? 기세 좋게 칼을 들어 천지를 홀로 감당하고, 일월을 희롱하며, 우주를 덮을 용맹을 떨치니 만고명장인들 당할 수가 없으리라. 대충 이런 내용이었다.

30년 전 최제우에게 형을 내릴 때 특히 문제 삼은 것이 이 검결이었다. 역모의 뜻이 역력히 보인다는 것이었다. 그래서 최제우가 순교한 뒤부터 관의 탄압이 한층 심해졌는데, 그런 혐의를 피하기 위해서는 우선 이런 공격적인 경전은 되도록 뒤로 숨기지 않을 수 없었다. 동학은 어디까지나 마음을 바르게 가지려는 순수한 종교일 뿐 다른 뜻은 없다고 강조하자는 것이었다. 그래서 이 검결은 동학의 여러 노래를 모은 용담유사에서도 빼버려 일반 교도들은 이런 노래가 있는지조차 모르는 사람이 많았다. 그저 입에서 입으로 전해지고 있을 뿐이다. 여기 모인 사람들도 이 노래를 듣고 어리둥절해하는 사람이 태반이었다.

춤이 끝나자 우레 같은 박수를 치면서 여기저기서 수군거렸다. 수운 선생이 여기 와서 저런 노래를 지은 것이 사실이냐고 묻는 소리들 같았다.

"다시 한번 해보시오."

군중이 소리를 질렀다.

"좋소, 다시 한번 하겠소."

사내는 다시 칼을 휘두르며 노래를 부르기 시작했다. 교도들은 노래에 황홀하게 취한 표정들이었다. 사내는 아까보다 한층 더 신명나게 칼춤을 추며 노래를 불렀다.

노래가 끝났다.

"배우고 싶은 사람은 모두 나오시오. 춤사위는 딱이 안 맞아도 장단만 맞추면 됩니다. 자, 나오시오."

젊은이들이, 아까 울타리 막다 남은 댓가지를 하나씩 들고 나갔다.

"우선 판을 넓힙시다. 모두 채일 밑으로 물러서시오."

사내가 휘휘 돌며 판을 넓혔다. 모두 뒤로 물러섰다. 작대기를 들고 나온 젊은이들이 여남은 명이나 되었다. 그 속에는 왕삼도 끼여 있었다. 금산 패거리 중 코맹녕이도 어색하게 웃으며 작대기를 챙겨 들고 나갔다. 코맹녕이는 그 중 나이가 제일 많아 보였다.

"우리는 춤을 출 텡께 서 계시는 분들은 노래를 따라 부르시오. 한 대목씩 합시다. 시호 시호 이내 시호!"

사내는 칼을 겨누어 춤사위를 발라잡으며 노래를 선창했다. 앞에 나온 젊은이들은 사내의 춤사위를 따라 칼을 휘둘렀고, 주위에 모여 선 군중은 노래를 따라 했다.

"더 크게! 부재래지 시호로다."

"부재래지 시호로다."

군중의 소리가 더 커졌다.

"만세일지 장부로서."

"만세일지 장부로서."

"오만 년지 시호로다."

"오만 년지 시호로다."

군중의 소리는 점점 커졌고, 대칼이 하늘을 가르는 소리도 한층 날카로웠다.

"용천검龍泉劍 드는 칼을."

"용천검 드는 칼을."

노래가 진행될수록 군중은 한층 신명이 났다. 한 차례가 끝났다.

"그럼 이제 제대로 할 테니 따라 합시다."

사내는 다시 춤사위를 발라잡았다. 대칼을 든 젊은이들도 사내를
따라 자세를 잡았다.

"시호 시호 이내 시호."

"시호 시호 이내 시호."

노래와 춤이 시작되었다. 노랫소리는 하늘을 찌르는 것 같았고
칼끝은 쌩쌩 허공을 갈랐다.

노래에 따라 정신없이 대칼을 내두르던 왕삼이 차츰 한쪽으로 다
가갔다. 그러다가, 느닷없이 거기 서 있는 사내 하나를 향해 사정없
이 머리를 후려갈기는 시늉을 했다. 방학주였다. 졸지에 공격을 받
은 방학주는 잔뜩 겁먹은 표정으로 뒷걸음질을 쳤다.

왕삼은 방학주 코끝에다 칼을 바짝바짝 들이댔다. 양옆으로 목을
치는 시늉을 하기도 했다. 그러나 뒤에 있는 사람들은 길을 내주지
않았다. 방학주는 꼼짝도 못하고 당하고 있었다. 왕삼이 한층 더 신
이 나서 짓궂게 방학주를 난도질하는 시늉을 했다. 군중의 눈길이
그쪽으로 쏠리며 소리가 더 커지고 있었다. 왕삼은 더 신바람이 나
서 방학주를 아주 작살을 내는 시늉을 했다.

"용천검 드는 칼을 아니 쓰고 무엇하리."

왕삼이 방학주한테서 떠나 목청껏 노래를 부르며 신바람 나게 칼

을 휘둘러댔다.

그때 구경꾼들 뒤에서 황방호와 막동은 은밀하게 귓속말을 속삭이고 있었다.

"방학주 저 작자를 처치할 때는 바로 지금인 것 같네. 자네가 가서 밤실 김진사 아들 김중한을 이리 꼬여내 오게. 방학주 떨거지들한테 발각될까 싶어 제 놈은 지금 은행나무집 여각에 틀어박혀 있네."

"멋이라고 하까라우?"

"당신 춘부장 수염 뽑은 놈들이 저기 있다고 하면 정신없이 달려올 걸세. 당신은 누구냐고 묻거든 내중에 말하겠다며 달고만 오게. 헌데, 그 자가 자네 얼굴을 제대로 못 보도록 요령껏 처신을 해야 할 걸세."

"알겠소."

막동이 달려갔다. 김중한은 임군한이 밤에 자기 집에 와서 아버지를 데려갈 때 임군한 얼굴을 봤던 머슴을 앞세워 제 패거리들을 장막에 내보내놓고 자기는 혼자 여각에 틀어박혀 있었다.

황방호는 막동을 보내고 나서 방필만 머슴 칠성을 또 한쪽으로 불러냈다.

"조금 있으면 아까 말했던 자네 집에 북새질친 놈이 오네."

"그놈이 이리 온단 말이오?"

칠성이 깜짝 놀랐다.

"그렇네. 여기 섰다가 그놈이 나타나거던 자네 주인한테 가서 귀뜸을 하게. 아까도 말했지만 내가 그 말을 하더란 소리는 절대로 입 밖에 내서는 안 되네. 자네가 여기저기 살피고 댕기다가 봤다고 하는 걸세."

"알겠소."

좀 만에 막동이 김중한을 달고 장막 안으로 들어섰다. 막동은 감기로 기침이 심하게 나오는 척 연신 콜록거리며 수건으로 입을 가리고 있었다. 김중한에게 얼굴을 제대로 내놓지 않으려는 수작이었다.

"여기 잠깐 기다리고 계십시오!"

황방호를 본 막동은 김중한에게 속삭여놓고 저쪽으로 사라져버렸다.

"저 사람이지?"

황방호가 칠성한테 속삭였다. 울바자에 걸려 있는 장명등에 김중한의 얼굴이 제대로 드러났다.

"맞소! 틀림없이 저놈이오."

칠성이 눈에 빛이 번쩍했다. 그는 부리나케 저쪽으로 달려갔다. 이내 칠성이 방학주 형제와 패거리를 달고 왔다. 그들 눈에는 살기가 번뜩였다.

"저놈이 틀림없지요?"

칠성은 방세주를 향해 김중한을 가리켰다. 김중한은 그 자리에 박혀 서서 막동이 사라진 쪽만 뚫어지게 보고 서 있었다.

"틀림없다."

방세주가 이를 갈았다. 방세주가 김중한 옆으로 갔다.

"야, 이놈아!"

방세주가 김중한 옆구리를 쿡 찔렀다.

"나 알겠냐? 나 뒤지동 방세주다."

김중한은 눈이 둥그레졌다.

"이 때려죽일 놈!"

순간 방세주 주먹이 김중한 면상을 향해 날았다. 몰려섰던 방세주 패거리가 우 달려들었다.

"이 새끼 죽여라."

패거리는 김중한을 사정없이 후려갈겼다.

"아이고, 사람 죽네."

"여기서 이러면 안 돼!"

방학주가 악을 썼다. 그러나 그때 맞았던 머슴들은 분을 참지 못하고 악다구니를 쓰며 주먹질, 발길질, 제정신들이 아니었다. 김중한을 깔고 짓뭉갰다. 상투를 쥐어뜯는 놈, 팔목을 비트는 놈, 발로 대가리를 짓뭉개는 놈, 머슴들은 반 미쳐버렸다.

"아이고, 아이고."

김중한이 악을 썼다.

군중이 이쪽으로 몰려와 웅성거리며 둘러쌌다. 노래판은 깨져버리고 말았다.

"여기서 이러면 안 된단 말이다."

방학주와 그 패거리 진산 왈패들이 머슴들을 두들겨 패며 말렸다. 한참만에야 겨우 뜯어 말려 놨다. 그러나 머슴들은 아직도 분이 풀리지 않은 것 같았다. 김중한의 꼴은 말이 아니었다.

"아이고, 아이고."

김중한은 상투가 풀어져 봉두난발에 옷이 갈기갈기 찢겨진데다 얼굴도 짓뭉개져 도무지 꼴이 아니었다.

"도대체 웬 일이오?"

변왈봉이 방학주한테 따졌다. 접주들은 무슨 의논이 있는지 모두 도소로 들어가고 여기에는 한 사람도 없었다.

"우리는 진산 사는 사람이오. 이자가 얼마 전에 아무 까닭도 없이 제 패거리를 몰고 우리 집에 처들어와 우리 늙은 아버님 상투를 자르고 다른 집안사람들한테도 이루 말할 수 없는 행패를 부린 놈이오. 이 사람들은 모두 그때 얻어맞은 사람들입니다."

방학주가 침착하게 말했다. 군중이 웅성거렸다.

"당신도 동학도요?"

"아닙니다. 남의 등소판에 와서 북새질을 쳐서 죄송합니다."

그때 한쪽에 서 있던 황방호가 썩 앞으로 나섰다.

"여보시오, 얼마 전에 당신 집에 와서 당신 아버지 상투를 자르고 북새질을 친 것이 이 사람이 분명하오?"

"그렇소, 이제야 잡았소."

방학주는 원군이라도 만난 표정이었다. 김중한은 그대로 땅바닥에 퍼질러 앉아 있었다. 사판이 사판이라 묶인 맹꽁이처럼 기가 죽어 입술만 부들부들 떨고 있었다.

"그럼 당신이 잡아다 팬 박성삼 부자가 애매하다는 것은 분명하구먼요?"

황방호가 따졌다.

"그, 그렇소."

방학주는 좀 어색하게 웃었다.

"그럼, 범인은 이렇게 따로 있었는데, 박성삼 부자를 그렇게 두들겨 패서 감옥에까지 처박아놨으니 그건 어떻게 할 참이오?"

"미안하게 됐소. 감옥에 넌 것은 우리하고 상관없는 일이오."

"이 때려죽일 놈, 뭣이 어쩌고 어째?"

곁에 섰던 염소수염이 버럭 악을 썼다.

"미안하게 됐소. 당장 내놓도록 하겠소."

"아무 상관없는 우리한테 미안할 것은 없고, 여기 모인 만중 앞에서 한번 따지고 넘어가야겠소."

이내 황방호가 군중을 향했다.

"중대한 일이 한 가지 있어 외람되게 나섰습니다."

황방호가 크게 소리를 질렀다.

"가운데로 가서 말하시오!"

군중 속에서 누가 소리를 질렀다.

"저리 갑시다."

황방호가 방학주 형제와 그 패거리들, 그리고 김중한에게 손짓을 했다. 아까 칼춤을 췄던 젊은이들이 작대기를 들고 그들을 둘러싼 채 장막 한복판으로 몰고 갔다. 진산 왈패들과 차생원은 꽁무니를 빼버렸는지 보이지 않았다. 대작대기 든 젊은이들은 칼춤 추던 서슬이 시퍼랬다.

황방호가 말을 이었다.

"여러분, 우리 동학도가 당한 일이니 잘 들어보시고 이 일을 어떻게 처리했으면 쓰겠는가 말씀들을 해주십시오."

황방호는 침착하게 말했다. 군중은 물을 뿌린 듯 조용했다.

"당신한테 묻겠소."

황방호는 방학주를 향해 말했다.

"당신들은 동학도가 아니지요?"

"예."

방학주가 시르죽은 소리로 대답했다.

"여기는 우리 동학도인들이 신원 금포를 하자는 상소판이오. 그런데, 어째서 남의 상소판에 와서 북새질을 쳤소. 모두 듣게 말하시오."

황방호가 큰소리로 얼러멨다.

"저 사람이 아무 까닭도 없이 얼마 전에 우리 집에 와서."

방학주 말꼬리가 잦아들었다.

"이 사람이 아무 까닭도 없이 당신 집에 들이닥쳐 당신 부친 상투를 자르고, 닥치는 대로 집안사람들을 패고, 살림을 때려부쉈다 이말씀이지요?"

황방호가 큰소리로 사건을 차근차근 말한 다음 마지막 말에는 오금을 박아 물었다.

"예."

"그 소문은 진산 지방에는 널리 났소. 그래서 오늘 저 사람을 저렇게 두들겨팼단 말이지요?"

"예."

"그럼, 당신한테 묻겠소."

황방호는 김중한을 향해 말했다. 김중한은 험한 꼴로 부들부들 떨고 서 있었다.

"방금 이 사람 말이 틀림없소?"

김중한은 고개만 떨구고 있었다.

272

"틀림이 있소, 없소?"

"어서 대답해!"

작대기를 든 젊은이들이 작대기를 얼러메며 악을 썼다.

"맞소."

모기 소리만 하게 대답했다.

"그러면 다시 당신한테 묻겠소."

황방호는 방학주에게 향했다.

"당신은 범인을 여기다 두고 엉뚱하게 청동골 사는 우리 동학도인 박성삼 부자가 범인이라고 잡아다 팼지요?"

황방호가 한껏 의젓하게 다그쳤다.

"죄송하게 됐습니다."

방학주가 깊숙이 고개를 숙이며 말했다.

"저런 때려죽일 놈! 단매에 패 죽여!"

군중 속에서 욕설이 쏟아졌다.

"그렇게 두들겨팬 다음에 박성삼 부자가 동학도라고 진산 군아에 발고해서 지금 옥에 가둬 뒀지요?"

"죄송합니다."

"더 물을 것도 없소. 패 죽입시다."

군중은 악다구니를 썼다. 동학도라고 가둬놨다는 바람에 동학도들은 더 분통이 터진 것 같았다.

"잠깐 기다리십시오."

황방호는 군중을 제지한 다음, 다시 차근하게 물었다.

"우리가 말하기 전에 이 일을 어떻게 했으면 좋겠는가 당신이 말을 한번 해보시오."

"그 말을 듣기 전에 한 가지 할 일이 있소."

군중 속에서 누가 나섰다.

"지금 여기에는 방가 패거리가 많이 몰려와 있소. 그놈들도 같이 우리 교도 박성삼 부자를 팬 놈들이오. 몽땅 잡아다 놓고 따집시다. 그놈 마름 놈이랑, 또 저놈이 진산읍내 건달 두목인데, 저놈이 거느리고 있는 건달들도 모두 몰려왔답니다. 지금 이 장막 안에 있소. 몽땅 잡아냅시다."

"잡아내라!"

군중이 소리를 지르며 주변을 휘번덕였다.

그때였다. 장막 밖으로 튀는 놈들이 있었다.

"저놈들 잡아라!"

군중이 어둠속으로 몰려가며 악을 썼다.

"한 놈 잡았다."

어둠 속에서 소리를 질렀다.

"여기도 잡았다."

그들을 끌고 들어왔다. 모닥불 곁에 꿇어앉혔다. 차생원하고 두 놈이었다. 그들은 도망치다 나자빠졌던지 옷에 흙이 범벅이 되어 있었다. 읍내 건달들은 이미 도망을 쳐버린 모양이었다.

"나도 한마디 합시다."

군중 속에서 나서는 사람이 있었다. 염소수염이었다.

"저놈들은 죄가 그뿐이 아니오. 저놈 아비는 소작을 미끼로 처녀들을 가로채다 집구석에 아방궁을 차리고 있소. 아까 그 박성삼이란 젊은이도 정혼해 논 처자를 저놈들이 빼앗아갔소. 그 뚜쟁이가 저기 저 그 집 마름 차생원이란 놈이오."

"저런 쳐죽일 놈."

"내라이, 순 개 같은 놈."

곁에 섰던 왕삼이 대작대기로 차생원 등짝을 냅다 후려갈겼다. 다른 젊은이들도 후려쳤다.

"아이고, 아이고!"

차생원은 엄살을 부렸다. 젊은이들은 거푸 갈겼다. 군중 속에서 쫓아가 차생원 옆구리를 걷어차는 사람도 있었다.

"이래서는 안 돼요! 조금 참으시오."

황방호가 소리를 질렀다.

"이 군중 서슬 봤지요. 어서 말을 하시오. 박성삼 부자한테 한 짓을 어떻게 사죄를 하겠소?"

황방호가 방학주한테 다시 다그쳤다.

"돌아가는 길로 내놓도록 하는 일밖에 더 어떻게 하겠소?"

방학주가 시르죽은 소리로 말했다.

"이 죽일 놈아, 생사람을 잡아다 패놓고 뭐가 어째?"

군중 속에서 악다구니가 쏟아졌다.

"처분대로 따르겠습니다만, 우선 쌀이라도 몇 가마니 지고 가서 잘못을 사죄하겠소."

방학주가 침착하게 말했다. 기가 죽었지만, 그래도 건달 두목답게 배짱이 있어 보였다.

"들으셨지요? 쌀을 몇 가마니 지고 가서 사죄를 하겠답니다. 어떻게 했으면 좋겠소?"

황방호가 군중을 향해 물었다. 그때 군중 속에서 한 사람이 손을 들었다.

"그것은 우리가 여기서 정할 일이 아니오. 여기서 진산은 얼마 되지 않는 텐께 저놈보고 당장 옥에 있는 부자를 빼내가지고 이리 오게 합시다. 그래갖고 저놈들한테 당한 장본인들 뜻을 물어가지고 그 사람들 뜻대로 처분합시다. 그 사람들을 빼내가지고 올 때까지 저놈 패거리 몇 놈을 여기 잡아노면 될 것이오."

"안돼요, 당장 여그서 패 죽입시다."

"패 죽입시다."

군중이 악을 썼다.

"사람을 함부로 패죽일 수는 없는 일이고 다른 의견은 없소?"

황방호의 말에 한쪽에서 또 손을 들었다.

"말씀하시오."

"옥에 갇혀 있는 사람 꺼내는 일이 우선 급한게 그 사람들부터 꺼내다 놓고 저놈들 처치는 그때 의논해도 늦지 않소."

"그것이 합당한 의견 같소."

곁에서 맞장구를 쳤다.

"달리 말씀하실 분 안 계시지요?"

"그럼, 그 억지로 데려간 처녀는 어떻게 할 것인지 물어보시오?"

"그 처녀는 어떻게 하겠소?"

황방호가 방학주한테 물었다. 머라 낮은 소리로 대답했다.

"당장 본댁으로 보낸답니다."

"개새끼, 신세 조져놓고 보내면 멋해?"

군중 속에서 악을 썼다.

"저 쳐죽일 놈들, 멀쩡한 처녀를 데려다가 주물러놨으면 집으로 보낸들 그 처녀 신세는 뭣이 됐어? 저런 놈들 씨를 말리게 저놈들 불알이라도 발라버립시다."

"아니, 그냥 쳐죽여."

군중이 다시 흥분했다.

"저놈들은 그런 일만 한 놈들이 아니오."

군중 속에서 또 누가 나섰다. 당마루 주막에서 옷을 벗어 보이던 사내였다.

"저 작자는 또……."

그는 복골 김연삼의 딸 이야기를 했다.

"그 아비가 연장을 잘려버려 그 처녀가 소용이 없게 되자 저놈이 차지하려고 한다는 소문입니다."

군수한테 바치려 한다는 소문도 있더니, 그 소문은 여러 갈래로 난 모양이었다.

"허허, 저 때려죽일 놈. 오줌 누는 요강도 못못인데, 제 아비가 차지하려던 계집을 제가 차지한단 말이오? 돈 몇 푼 가지고 저렇게 인류을 어지럽히는 놈들은 불알을 발라 씨를 말려야 하오."

군중 속에서 악을 썼다.

"예끼, 이 때려죽일 놈!"

작대기를 들고 섰던 젊은이 하나가 작대기로 사정없이 방학주 등짝을 후려갈겼다. 덩달아 다른 젊은이들도 사정없이 작대기를 휘둘렀다.

"참으시오!"

황방호가 소리를 지르며 뛰어들어 가로막았다. 젊은이들은 코를 씩씩 불며 매질을 그쳤다.

"이러면 안 돼요. 일을 순리로 풉시다."

방학주는 여남은 대를 얻어맞았으나 크게 자세를 흐트리지 않았다. 역시 왈패 두목다웠다. 황방호가 방학주를 향했다.

"당신이 진산 가서 박성삼 부자를 데려오겠소?"

"예, 데려오겠소."

방학주는 살았다는 듯이 얼른 대답했다.

"진산 가서 그 부자를 데려오겠답니다. 이 사람들 처치는 그때 가서 의논하는 것이 좋을 것 같습니다."

황방호가 아퀴를 지었다.

"그렇게 합시다."

맨 처음 그러자고 의견을 내놓은 사람이었다. 반대하는 사람이 없었다.

"당신이 그들을 데려올 때까지 이 사람들은 여기 잡아놓겠소."

"알겠습니다."

황방호가 다시 군중을 향했다.

"그러면, 이 사람들을 도소로 데리고 가서 접주님들한테 말을 하고 진산으로 박성삼 부자를 데리러 보내겠소."

감영으로 소 올리러 갔던 접주들은 소를 올리고 저녁밥을 먹은 조금 뒤에 돌아왔다.

"그놈들 도망칠지 모른께 단단히 잡도리하시오."

군중 속에서 소리쳤다.

"염려 마시오, 갑시다."

황방호가 앞장을 섰다. 작대기 든 젊은이들이 그들을 둘러싸고 장막을 나갔다. 김중한도 비치적거리며 섞여갔다.

"저 개새끼도 애비 놈이 동학도를 잡아다 조지는 놈이여."

군중 속에서 김중한을 향해 소리를 질렀다. 그러나 더 어쩌고 나서지는 않았다. 핀잔을 퍼붓는 군중 사이로 일행은 비 맞은 장닭 꼴로 빠져나갔다.

"자 그럼, 우리 또 한판 놀아봅시다."

아까 상쇠가 꽹과리를 치고 나섰다.

풍물패는 모닥불을 빙빙 돌며 요란을 떨었다. 작대기를 들고 설치던 왕삼이는 막동이를 데리고 슬그머니 무리 속에서 빠져나왔다.

"걸걸하다. 곰보할미 주막에 가서 한잔 하자!"

그들은 요란스런 풍물소리를 뒤로 하고 곰보할미 주막을 향했다.

"어서 오겨!"

곰보할미가 반갑게 맞았다. 얼금뱅이 미운 데 없더라고 곰보할미는 우박 맞은 잿더미같은 곰보 자국이 듬성듬성한 얼굴을 활짝 펴고 웃으며 반갑게 맞았다.

"장막 안에서는 얼마나 좋은 일이 벌어졌간디, 개미 떼같이 모여든 사람들이 진종일 그 속에만 붙박혀 있으까?"

곰보할미가 목로판을 훔치며 *설레발이었다.

"장가들러 온 사람한테 초례청에 들었다고 탓하시오. 사흘 나흘

먼 길을 멋하러 왔간디, 할일 놔두고 곰보할미 술독 비워주자고 주막에 와서 붙박히란 말이오?"

왕삼이 핀잔을 주었다.

"술국 한 솥이 서방 기다리는 섣달 어미 애끓듯 진종일 끓고만 있는디, 그 많은 사람들이 술집하고는 웬수진 사람들맨키로 *빗감을 않은께 *토심스러서 하는 소리요."

"허허, 토심스러라우? 그렇게 유감이 많았소?"

"굿 구경하는 사람은 *계면떡도 한 재미 아니오? 나도 등소 덕에 한목 봐사제라우."

"그러겠소. 어디 서방 기다리는 여편네 애끓듯 하는 그 술국 한번 시원하게 마셔봅시다."

"혹시 우리 찾는 사람 없등가라우?"

"없는 것 같소."

"지난 초가을에 우리 여그 왔던 생각 나지라우? 그때 같이 왔던 친구 기다리요. 오거든 우리 여그 와 있다고 하시오."

용배 이야기였다.

"알았소."

"이 집에 술꾼이 안 꾀는 까닭을 이제 알겠네."

막동이가 무슨 생각이 났는지 웃으며 허두를 뗐다.

"이것은 농이 아니오. 동학도들은 개고기를 못 묵게 하요."

"아이고, 모두 잘만 묵습디다."

"다른 때는 그런 사람이 있을 것이요마는, 지금은 소 올리러 왔는디, 다른 사람 눈도 있고, 그런, 부정 거칠 일을 하겠소."

"참말로 그런갑이네. 오매 오매, 그라먼 나는 어째사 쓰꼬. 목 볼라고 두 마리나 잡아났는디."

"염려 마시오. 우리는 동학도래도 살짝 설익은 동학돈께 우리가 전부 처치해 드리겠소. 어디 그럼, 우선 한 근 썰어보시오."

곰보할미와 한창 수작을 부리고 있을 때 빈지문이 열렸다. 사내 하나가 들어섰다.

"그 빈지 좀 꽉 닫읍시다. 없는 수염에 고드름 얼겠소."

왕삼이 들어서는 사내한테 말했다. 사내가 빈지를 고쳐 닫았다.

"실례합니다. 나는 아까 호걸님들이 만나보셨던 충청도 김참판 댁 사람으로 이름을 박말석朴末錫이라 쓰는 사람이올시다."

작자가 두 젊은이한테 고개를 주억거리며 수작을 걸어왔다. 젊은이들은 멍청하게 작자를 건너다보고 있었다.

"우리 부모님들이 나보고 항상 남 앞에 겸손하라고 이름을 말석이라 지었소. 여기 말석에 엉덩이를 좀 디밀겠소."

사내가 넉살을 피우며 앉으란 말이 떨어지기도 전에 막동이 앉아 있는 걸상 한쪽에 엉덩이를 내려놨다.

"말석이고 상석이고 앉으시오. 당신이 우리를 찾아온 까닭은 짐작할만하요 마는 한 가지 물어봅시다. 그 참판인가 떡판인가, 그것이 그 작자 관작은 아닌 것 같고, 그놈도 무슨 관작 명색이 있던 놈이오."

왕삼이었다.

"그분은 그냥 백두白頭고, 그 할아버님이 참판을 지냈소."

"그 녀석도 순전히 조상 뼉다귀 업고 곤댓짓하는 놈이구만. 조상 팔아먹고 사는 놈 치고 변변한 놈 못 봤제마는, 그것은 그런다 치고 그 흔해빠진 공명첩空名帖이나 굴러댕기는 음직 하나도 얻지 못했단 말이오? 양반으로 행세한다는 놈이 면백免白도 못하고 여편네까지 상놈한테 빼앗겨 버렸으면, 그 참판 댁은 갈데없이 개판 댁이 되어 버렸구만."

왕삼이 입심을 부리자 막동이 깔깔거렸다.

"하하, 아까 단단히 비위가 상했던가 보지요?"

"아까 그 작자 관가가 어떻고 형률이 어떻고 노는 꼴이 삼정승, 육판서를 종놈 부리듯 하는 기세던데, 혹시 당신 벙거지 벗어 뒤꽁무니에 차고 지금 의뭉 떨고 있는 것은 아니오?"

"허허, 보아하니 만만찮은 호걸님들 같은데, 결김에 내뱉은 객담 한마디를 여적지 마음에 끼고 계신단 말씀이오? 내 꽁무니에는 방귀 나가는 밑구멍밖에 없소. 농이래도 그런 말씀은 마시오."

"그 작자 양반 떠세가 빨랫줄 같등마는, 알고 본께 두루 싱거운 작자였구만……."

"어쨌든 술이나 한잔 들며 이야기합시다. 아까 우리 주인이 크게 실수를 하신 모양인게 내가 그 *망발턱을 내지라우."

작자는 엉너리가락이 제법이었다.

"아주머니, 그 개고기 한 근 뱃살 쪽으로 살 부드런 데 골라 듬성 듬성 한 접시 썰고, 술 한 방구리 내오슈. 뭐니 뭐니 해도 전라도 온께 젤 맘에 드는 것이 군치리집입디다. 뒤탈 없고 속 실하고 술안주로야 개고기를 덮을 게 없지요."

작자는 제법 호기를 부리고 나섰다.

"안주는 벌써 시켰소."

"그럼, 값은 제가 내리다."

"헌데 한 가지 따지고 넘어갑시다. 아까 그 좀상으로 생긴 쥐알봉수한테도 하느니 그 말이었소마는, 상놈이 양반 댁 마나님하고 상음을 했으면 상놈으로서야, 남산골샌님 역적 소문보다 더 신명나는 일인데, 당신들은 무슨 억하심정으로 *슬인 춤에 지겟작대기 짚고 나서요? 유식한 가락으로 풀먼, 토끼가 죽으면 여우가 슬퍼하고 지초芝草가 불에 타먼 난초가 슬퍼하는 것은, 유유상종 환난상구의 떳떳한 의리인데, 모처럼 여편네를 얻은 동무한테 잘살라고 축수는 못할망정 동무 목을 베자고 칼을 들고 뒤를 쫓다니, 그게 어디 장부의 도리요?"

왕삼이 제법 유식한 가락으로 거침없이 주워섬겼다. 왕삼은 서당 물을 먹어 제법 유식했다.

"나는 그 집 겸인으로 *드난살이를 하고 있는 사람이오. 달리 호구지책이 없는 바에 주인의 영에 따라야지 별 수 있소."

말석이는 비굴하게 웃음을 흘렸다.

"아까 장막에서 추던 칼춤 구경했소?"

왕삼이 엉뚱한 데로 말머리를 돌렸다.

"예, 그 춤 한번 신명납디다. 나는 동학도들이라면 시르죽은 소리로 주문이나 외고 댕기는 사람들인 줄 알았더니, 헌 주머니에 마패 들었더라고, 그 춤을 보고 난게 등골이 오싹합디다."

"그 칼이 누구를 겨누는 칼인 줄 아시오?"

왕삼이 거듭 다그쳤다.

"누구를 겨누다니요?"

말석은 눈이 둥그레졌다.

"허허, 답답한 사람 하나 보겠네. 그것이 바로 중민을 늑탈하는 관리들 모가지하고 양반 놈들 모가지를 겨냥한 칼이오. 동학이 기가 죽어 움츠리고 있은께 아주 죽어 있는 줄 알제마는, 개구리가 움츠리는 속셈이 뭣이오? 오늘 동학도들 기세 본께 어떱디까? 용천검은 그냥 그렇게 칼춤이나 추자고 있는 것인 줄 아시오? 그 칼을 제대로 휘두르고 나서는 날에는 수령 방백은 말할 것도 없고, 조정의 대소 권속붙이며 골골이 박혀 있는 양반놈들 모가지를 선머슴 무 토막 자르듯 날려버릴 것이오. 그때는 양반놈들 밑에 빌붙어 강아지 노릇이나 하고 댕기는 당신 같은 사람 모가지도 덤으로 날아갈 것인께 정신 바짝 차리시오."

왕삼은 정색을 하고 눈알을 부라리며 입침을 튀겼다.

"나 같은 놈이야 목구멍에 풀칠하자고 따라댕기는 것인디, 무슨 죄가 있다고 나 같은 놈 모가지까지 날아갑니까요?"

말석이는 뒤통수를 긁적이며 멀쩡하게 웃었다.

"이제부터 정신 차리라는 소리요. 당신 동네 가더라도 양반 놈 등에 업고 너무 설치지 마시오."

막동이가 거들었다.

"당신이 여태 우리 뒤를 재고 있다가 여기까지 따라온 모양인디, 그럼 기왕 하던 홍정인께 그것이나 마무리합시다. 아까 오백 냥을 불렀소. 돈주머니는 챙겨가지고 왔소?"

왕삼이가 술잔을 들며 말했다.

"*짝하면 입맛이더라고, 이렇게 망발풀이까지 하며 *굽죄고 나서

284

는 마당에 이야기를 꼭 그렇게 돈으로만 풀어야 맛이겠소?"

작자는 능갈 솜씨가 여간이 아니었다.

"반명班名을 앞세우고 곤댓짓하는 놈이, 제놈 입노릇 하라고 달고
댕기는 세객說客이라면 변설에는 통수가 트였을 줄 알고 있소. 헌데,
설마 맨입으로 *후무리자는 수작은 아니지라우?"

"아이고 무슨 말씀을 그렇게 하시오."

사내는 펄쩍 뛰었다.

"허지만, 객지에 나선 사람이 적잖이 5백 냥이나 지녔을 까닭이
있겠소? 남은 객비 전부 긁어모아야 전부 백 냥이오. 사고무친한 타
관에서 더 조여봤자 마른 나무에 물내기라고, 또 아까 장막에서 동
학도들 어르는 기세를 보더라도 여기 더 어정거리고 있을 형편도 못
되요. 돈 이야기는 백 냥으로 뚝 자릅시다."

"백 냥?"

"예."

"좋소. 형편이 그런다니 군소리 안 하겠소. 헌디, 당신들한테 천
동인가 그 작자 있는 데를 가르쳐 줘도 그 작자를 잡지는 못할 것이
오. 우리한테 그 탓까지는 않겠지라우?"

"그야 두말 하면 잔소리지요. 네 병 낫든 말든 내 약값 달랬더라
고 형장들이야 그 작자 있는 데만 귀뜸했으면 그만이제, 애초에 그
런 약조가 없는 바에 무슨 염치로 그것을 탓하겠소."

"그리고 보니, 당신 사리 하나는 개운하구려. 무주에 적상산이란
산이 있소."

"무주 적상산이오?"

"그렇소. 천둥이는 그 적상산에 있는 적굴에 끼어들었소."

"적굴?"

작자는 눈이 둥그레졌다.

"그러기 가르쳐 주어도 못 잡는다고 했던 거요."

"형장들께서는 그 작자가 거기 끼여든 줄을 어떻게 알았소?"

"적굴 상관이라면 이쯤 이야기만 가지고도 모가지가 왔다갔다 할 판인디, 피천 백 냥에 남의 깊은 속내까지 염탐할 작정이오? 변설이 번드르하글래 세상 물정에는 웬만큼 *미립이 트인 줄 알았등마는, 알고 본께 상종 못할 사람이네."

왕삼이 튀겼다.

"하하, 무슨 정 부족한 말씀을 그렇게 하시오. 계책을 세우자면 좀더 깊은 내막을 알아야겠기에 물었을 뿐이오."

"계책은 우리가 상관할 바 아니오. 어서 돈이나 계산합시다."

"한 가지 더 물어봅시다. 거기 웅거하고 있는 패거리는 몇 놈이나 되요?"

"허참, 되게 진득거리네. 원래 화적 떼란 게 도깨비 넋으로 이합집산이 무상한 법인디, 어떻게 그 수를 종잡을 수 있겠소?"

"그래도 어느 만큼 짐작은 할 수 있을 게 아니오?"

"거기 구어 박혀 있는 놈들은 여닐곱 된다는 것 같습디다."

"여닐곱?"

말석이는 한참 고개를 갸웃거렸다.

"더부살이 주인마누라 속곳 걱정한다등마는, 보자한께 당신 걱정도 팔자요그랴. 주인 놈한테 가서 그렇게 일러만 주면 그만이제, 동무 목을 베는 일에 무슨 충성으로 고개가 지리산으로 갔다 가리산으로 갔다 염려가 그렇게 번거롭소."

왕삼이 핀잔을 주었다.

"하기는 그렇소."

작자는 멀겋게 웃으며 허리에서 전대를 끌렀다. 엽전꾸러미를 세어났다. 들판에는 풍물소리가 요란스러웠다.

10. 함성

삼례에 모인 지 닷새째가 되었으나 감영에서는 소식이 없었다. 그러나 그 사이 동학도들은 점점 불어나고 있었다. 기별을 늦게 받은 사람들이 계속 몰려든데다 가까운 데 동학도들 중에서 엉거주춤했던 사람들도 날이 가면서 한 사람씩 덩달아 나서고 있었기 때문이다.

근동 십여 리 어간 사람들은 집에서 자고 다녔고 대부분은 장막에서 잤다. 이 근동 사람들은 자기들만 집에 가서 자는 것이 아니고, 먼 데서 온 친지들이나 나이 먹은 사람들을 데리고 가서 같이 잤다. 자기 식구들을 모두 안방으로 몰아붙이고 나머지 방을 교도들에게 내놓기도 했으며, 동네 사랑방에 재우기도 했다.

이 근동 교도들은 이런 일뿐만 아니라 간장, 된장 등 장무새며 시레기 같은 국거리를 가져오기도 했고, 국 받아먹을 그릇도 서너 개씩 가져왔다.

원데서 온 사람들이 이런 동네 가서 자고 다니는 사이, 그 동네 사람들을 집회에 묻어 내오기도 했다. 요사이는 어디서나 모여 앉으면 삼례 이야기고 동학 이야기라 동학도들이 끼여 자는 사랑방에서는 더 말할 것도 없었다. 이 사람들한테서 동학 이야기를 들은 동네 사람들은 귀가 솔깃하여 동학에 입도하겠다는 사람도 있었고, 어정쩡했던 동학도들도 이 사람들의 운김에 싸여 엉거주춤 삼례까지 나오기도 했다. 그렇게 한번 나오기 시작한 사람들은 거개가 계속 나왔다.

특히, 어제는 삼례 장날이어서 더 볼만했다. 동학도라도 제 본색이 드러나는 것을 꺼려 시치미를 떼고 있던 사람들은 물론이요, 교도가 아닌 사람들도 일판이 어떻게 돌아가는가 구경을 하러 모여들었다. 먹구름 뒤에 벼락 치더라고 이런 데 잘못 얼씬거리다가 애먼 놈 곁에 벼락 맞지 않나, 무싯날에는 담구멍에 족제비눈으로 눈치만 살피고 있던 사람들이 장에 간다는 핑계로 너도 나도 나섰던 것이다.

가을걷이가 끝난 뒤 지붕까지 이어버리고 나니 일 벗은 기분이 *길마 벗은 황소처럼 개운할 때라, 예사 때도 이맘대면 일부러 핑계를 만들어서라도 할 일 없이 볼일 보러 바장이던 사람들이었다. 그런데, 굿이 나도 큰 굿이 난 판이라 풍물소리 들은 어린애들처럼 좀이 쑤셔 집구석에 죽치고 있지 못했다.

장막에서 자는 사람들은 입은 채로 짚북더기에서 부스대니 꼴이 꼴이 아니었다. 게다가 밥하고 물 긷고 더러는 등짐까지 하자니 거개가 주제꼴들이 거지가 따로 없었다. 더구나, 동짓날 한뎃잠이란 도무지 만만치가 않아, 새벽이면 생솔가지 타는 모닥불가로만 기어들다 보니 얼굴이나 옷이 그대로 먹감태기였다.

그제부터는 강추위가 몰려들자 찬물에 세수 정이 삼천리여서, 며칠간 세수를 안 한 사람들은 귀 밑이나 코 양옆 자개미께에는 모닥불에 그을린 시커먼 *버캐가 한 꺼풀씩 끼여 있었다. 예사 때도 일에 묻혀 제대로 거울 한번 볼 경황이 없는 사람들이라, 여기서라고 때 찾아 세수하고 알뜰하게 매무새 *감장할 리가 없었다.

이른 아침에 꽁꽁 얼어 고슴도치처럼 고개를 자라목으로 잔뜩 *옹송그리고 비실거리는 꼴들을 보면, 퀭하니 껑다리진 눈부터가 중병 앓은 송장 꼴이어서, 이 사람들이 언제 제 힘을 타서 제대로 거동을 해질까 싶었지만, 이런 사람들이 시레깃국에 밥 한 덩어리씩을 얻어먹고 돋아오른 햇볕에 몸을 녹이고 나면 언제 그랬느냐는 듯 땅가뭄에 소나기 만난 푸성귀처럼 팔팔하게 살아나던 것이다. 몸뚱이 부려먹고 사는 사람들이라 이쯤 추위나 *먹새에는 *오갈이 들지 않는 것 같았다. 더구나, 끼니때마다 밥만 먹고 나면 풍물소리가 농사철 두레길 재촉하듯 꽝꽝거리던 것이어서 또 그 꼴들을 하고도 장단에 맞춰 우줄거리고 나서는 꼴들을 보면 이런 가관이 없었다.

꽹과리는 짬만 나면 대중없이 꽝꽝거렸고, 도인들은 노소 가릴 것이 없이 이 꽹과리 소리에 꼭 접신한 무당처럼 신명에 떠서 우줄거렸다. 이렇게 몇 판 우줄거리다 나면 언제 간지 모르게 하루해가 저물고 밤이 깊어지던 것이다.

황방호와 염소수염은 금산 사람들이 자는 방에 끼여 잘 수 있어 다행히 한뎃잠은 자지 않았다. 그러나 거적눈과 다른 젊은이들은 장막에서 잤다.

그동안 장막에서는 여러 번 신나는 놀이판이 벌어졌다.

첫날밤은 검결과 꽹과리로 신명이 났고, 다음날은 소리판이 벌어져 엉뚱하게 명창을 뽑는 *사슴놀이가 되고 말았다. 사슴놀이에서는 도소에서 상품까지 내건 바람에 대단하게 열이 올랐다. 장원은 무명두 필, 차상, 차하는 한 필씩이 상품으로 내걸렸던 것이다.

명창을 뽑는 전주대사습에서는 명창이라는 칭호만 줄 뿐 장원이니 뭐니 하는 소리는 쓰지도 않았고 상품 같은 것도 없었는데, 여기서는 신명을 돋우자니 그런 명색을 썼던 것이다. 내로라고 한 동네를 울리던 *또랑광대들이 너도 나도 몰려나와 소리 솜씨를 뽐냈다.

그제 저녁에는 난데없는 사당패들이 들이닥쳐 익살과 청승으로 판이 걸쩍했다.

어제 저녁에는 고을별로 풍물 솜씨를 겨루기도 했다. 이 근방 여남은 동네 사람들이 치고 나왔던 풍물을 빌려 솜씨 자랑을 했던 것이다. 여기에도 상품이 걸려 신명을 돋웠다.

장막에서도 이렇게 놀이만 하고 지내는 것이 아니고, 어제와 그제 저녁에는 저녁밥을 먹고 나면, 접주들이 대거리로 나서서 동학교리 강講을 하기도 했다. 포덕문布德文과 논학문論學文 풀이를 했고, 교조의 행적을 좇아 동학가사 풀이를 하기도 했다.

오늘 저녁도 어제와 마찬가지로 저녁밥을 먹고 나자마자 강이 시작되었다. 오늘 저녁은 손화중이 강을 했다.

강이 끝나고 나서 또 꽹과리들이 기승을 부릴 때였다. 지난번에 경을 쳤던 방학주가 박성삼 부자를 데리고 도소로 들어서고 있었다.

"왜 이리 늦었소?"

김개범이 물었다.

"옥에서 빼내기가 쉽지 않았습니다."

박성삼 부자는 접주들이 있는 방으로 들어가 인사를 했다.

"저희들을 이렇게 돌봐주신 은혜에 어떻게 감사의 말씀을 드려야 할지 모르겠소."

박성삼 아버지 박치호가 정중하게 고개를 주억거렸다.

"우리는 한 일이 없소. 모두 도인들 덕분입니다. 하여간 고생들 하셨소. 몸은 어떠시오?"

손천민이 물었다.

"겉으로 드러난 상처는 없습니다."

그때 접주들의 눈이 방학주한테로 쏠렸다.

"죄송합니다. 오면서 백배 사죄를 했습니다. 달리는 더 사죄를 할 길이 없기에 몸보신이나 잘 하시도록 탕제 값이나마 섭섭잖게 드렸습니다. 돈으로 우기자는 것은 아닙니다만 열 섬 값을 이미 댁으로 이미 보내놓고 오는 길입니다."

방학주는 고개를 주억거렸다. 만약, 또 교도들 앞에 끌려 나가는 날에는 중구난방, 봉변이 말이 아닐 판이라 일을 여기서 마무리지어야겠다는 속셈인 듯했다.

이들은 여기까지 오는 사이 웬만큼 화해가 이루어진 듯했으나, 그 아버지와는 달리 박성삼은 아직도 화를 삭이지 못하는지 이마 밑으로 눈을 깐 채 *지르퉁한 표정이었다. 접주들은 뭐라 더 참견을 못하고 있었다. 탕제 값을 내놓은 돈도 쌀이 열 섬이면 방불하고, 사죄하는 꼴도 이만하면 정을 다신 것 같았다. 두령들은 비는 장수 목 못 베더라고 어정쩡한 표정으로 박성삼 부자 눈치만 살피고 있었다.

"어떻소. 이 일은 당사자들 의향에 따를 수밖에 없을 것 같소."

손천민이 나섰다.

"잠깐 기다리십시오. 이 분들네 의향도 의향이지만, 그날 이 일을 앞장서서 들고 나섰던 진산 황도인을 오라 해서 그이 말도 들어봅시다."

김개범이었다. 장막으로 사람을 보냈다.

"그럼, 그 동네서 데려갔던 처녀는 어쩌기로 했소?"

"이미 본댁으로 보냈습니다."

"들고 보니 당신 댁 소문이 너무 험해서 들을 수가 없소. 여색도 여색이지만 소작인들에 대한 횡포가 그럴 수가 있단 말이오?"

손천민이 닦아세웠다.

그때 황방호가 왔다. 김개범이 사정을 대강 설명한 다음 의향을 물었다.

"나야 뭐 당사자나 접주님들 의사에 따를 뿐입니다."

"당신들은 같은 고을에 사시는 것 같은데, 지난번에 황도인이 이 일을 들고 나선 것은 어디까지나 공의에 따른 것이었소. 따지고 보면 그때 황도인 같은 이가 일을 채잡았기 망정이지, 자칫했더라면 몰매를 맞아도 험하게 맞을 뻔했다고들 합디다. 이런 점도 생각해서 앞으로 수원수구가 없어야 할 것이오."

김개범이 방학주를 건너다보며 점잖게 말했다.

"잘 알겠습니다."

방학주가 선선히 대답했다.

"잠깐 나가 계십시오."

김개범은 방학주를 밖으로 내보냈다.

"어쩔까요?"

김개범이 박성삼 부자에게 물었다.

"당할 때는 절치부심했소 마는 소 마당에서 일이 이루어져 우리가 이렇게 풀려나오게 되었다니, 이것은 오로지 접주님들과 도우님들의 은혜입니다. 우리 동학도인의 힘이 이렇게 커졌는가 생각하니 감격스럽기만 하옵니다. 저 사람들에게 이미 이렇게 우리의 위세를 보인 마당에 더 보복을 하는 것도 옳지 않을 것 같아 마음 풀쳐 먹기로 작정을 했소이다."

박성삼 아버지는 접주들을 향해 고개를 주억거렸다.

"용서의 단서가 그쯤 의젓한데 우린들 달리 할 말이 있겠소. 내중에 저자들이 다른 마음이나 먹지 않게 단단히 뒤를 눌러두고 그대로 용서하는 것이 좋을 것 같소."

김개범이었다.

"그럼 들어오라 하지요."

김개범이 방학주를 불러들였다.

"이분들은 당신들한테 그렇게 무지막지한 수모와 곤욕을 당했으나, 오늘 부자가 옥에서 나오게 된 것이 우리 도우들의 힘으로 이루어진 것이니, 우리의 위세를 이미 보인 마당에 더 보복을 하는 것은 온당한 일이 아니겠다고 합니다. 당신들이 더 곤욕을 치르지 않는 것은 오로지 이 분의 이런 도량 때문이오. 감사해야 할 것이오."

"감사합니다."

김개범 말에 방학주는 고개를 주억거렸다.

"이제 돌아가시되 한마디 명심하실 것이 있소."

김개범의 말에 방학주는 다시 고개를 들었다.

"당신이 일생 동안 꼭 명심하실 것은, 당신은 하늘같이 귀한 사람이라는 사실이오. 당신은 하늘같이 귀하다, 바로 이것 한 가지만 명심하시오. 당신이 하늘같이 귀하다는 것은 당신도 이미 그렇게 생각하고 계실 것이오. 하늘같이 귀한 당신이 남을 괴롭히는 천한 짓을 한다면, 그것은 당신 스스로가 스스로를 그만큼 천하게 만드는 짓이오. 당신이 하늘같이 귀하듯이 다른 사람도 하늘같이 귀합니다. 이것이 우리 동학의 본지요. 이제 가보십시오."

김개범의 말에 방학주는 잠시 어리둥절한 표정이었다.

"감사합니다."

방학주는 여전히 어리둥절한 표정으로 고개를 주억거렸다.

다음날이었다. 점심을 먹고 나자 또 꽹과리가 기승을 부렸다. 한참 신명나게 돌아가고 있을 때 꽹과리를 멈추게 하며 변왈봉이 단으로 올라갔다.

"나를 쪼개 봐주시오. 이쁘지도 않은 사람이 자꾸 올라와서 미안스럽소. 우리가 가져온 쌀이 동이 나서 쌀을 팔러 가야 쓰겠소. 한 접에서 세 명씩 나오시오."

젊은이들이 다투어 나갔다. 여기 붙박여 있는 것보다 한번씩 바람을 쏘이고 싶은 모양이었다.

"저렇게 많은 사람을 보내는 것을 보면 감영에서는 아직도 누그러질 눈치가 안 뵈는 모양이제."

"어제 장에도 쌀이 많이 났던디 왜 장에서 알 풀고 저렇게 동네로 보내까?"

"거기에는 그만한 이면이 있을걸세."

황방호였다.

"이면이라니?"

염소수염이 물었다.

"저렇게 동네로 보내는 것은 쌀을 팔아오자는 것도 오자는 것이 제마는, 관가 놈들을 마음에 끼고 우리 기세를 널리 보이자는 속셈인 것 같구만."

염소수염은 그게 무슨 소리냐는 듯이 눈만 씀벅이고 있었다.

"감영에서는 지금까지 왜 이러고 가타부타 아무 말이 없는 중 아는가? 그 속셈이 환하잖어? 이놈들, 가만 본께 느그들이 점점 수가 불어나고 있는디, 수가 그렇게 불어나면 식량이 어디서 나서 그 수를 다 먹이며, 또 이 추위에 한데서 견디면 얼마나 오래 견디나 보자. 지금 감영 놈들은 이러고 버티고 있는 거라구. 식량 떨어지고 추우면 제절로 흩어질 거라고 지켜보고 있다 이 말이여. 그렇지만 두령들이 저놈들 그런 옅은 속셈 하나 못 짚었어. 두령들은 지금 그놈들 상투 꼭대기에 올라앉어서, 우리가 네놈들 속을 모를 줄 아냐? 두고 보자. 끝까지 버티겠다. 이런 생각에서 일부러 그놈들 귀에 들어가라고 지금 동네로 저렇게 많은 수를 보내 쌀을 팔아오게 하는 것이라구. 장판에서 팔아버리면 얼마나 팔아오는지 관에서 알 턱이 없잖겄어."

그제야 옷물이 도는지 염소수염이 고개를 끄덕였다.

"그러제마는, 저렇게 많이 팔아왔다가 오늘이라도 감영에서 제사가 내려오는 날에는 그 많은 쌀을 어뜨코 처치할 것이오?"

곁에서 끼어들었다.

"허허, 걱정도 팔자요그랴. 오늘이라도 제사가 내리면 그 쌀 다 먹을 때까지 여기서 한뎃잠 자라고 잡아놀까 싶어 걱정이오? 삼례 장 같이 큰 장에서 쌀 몇십 가마니 처치 못할 것 같소?"

"몇십 가마니가 아니고 저렇게 50명이나 나섰잖소. 그 쌀이 얼마겄소?"

"헛설수로 하는 일인디, 저 사람들이 다 한 가마니씩 팔아서 지고 올 것 같소? 쌀 팝네 하고 왜장치고 댕김시롱 팔리면 팔고 안 팔리면 빈 지게로 오겄지라우."

"허허, 참말로 황도인 말이 맞소. 쌀 팔아오라고 사람들을 우하니 내보내글래 뭘라고 저렇게 많은 사람들을 내보내는고 했등마는 두고 본께 참말로 그럴 듯하요."

곁에서 감탄을 했다.

"접주님들이 모두 촌구석에 묻혀 살아 그렇제 그 사람들이 예사 사람들이여?"

교도들은 접주들 칭찬이 흐드러졌다.

그때 황방호가 한쪽을 빤히 봤다.

"아니, 저 사람이?"

저쪽에서 달주가 여러 사람과 이야기를 하고 있었다. 황방호가 그쪽으로 갔다.

"여보게, 나 모르겠는가?"

"아이고, 황도인님 아니시오?"

"언제 왔는가?"

"며칠 됐소."

"그랬는디도 여태 못 만났구만. 잠깐 자네한테 할 얘기가 있네."

황방호가 주변을 조심스럽게 살피며 달주를 한쪽으로 따냈다. 달주는 진즉 여기에 왔으나, 장막 근처에 나온 것은 오늘이 처음이었다. 곰올 깊숙한 골목집에 김덕호와 묵으면서 늘 그의 심부름으로 먼 데로만 나돌았던 것이다. 짬이 나도 등소관에는 일부러 나오지 않다가 오늘 자기 동네 사람들을 좀 만나보려고 잠깐 나왔다.

"저 사람들은 누군가?"

"우리 동네 사람들이오."

"지난번 공주에서는 관에 쫓기는 눈치던데……."

황방호가 조심스럽게 말했다.

"그런 일이 있기는 했소마는 대단한 일이 아니었소."

달주는 대수롭지 않게 말했다.

"같이 댕기던 젊은이는 어디 가고?"

"잠시 떨어졌소."

"내가 달래 자네를 보자는 것이 아니고 공주서 자네들을 찾고 댕기다가 관에 잡혀간 젊은이 있잖은가? 그자가 여기도 나타나서 자네들을 찾고 댕겼네."

달주는 눈이 둥그레졌다.

"그애, 지금 어디 있소?"

"지난 초하룻날 저기 마방거리에서 보고 그 뒤로는 못 봤는디, 자네 만나거던 공주 포교들하고 목천 군아 포교들이 여기 스며든 것같은께 조심하라고 전하라더만."

"목천 군아요?"

달주는 눈이 둥그레지며 조심스럽게 주변을 살폈다.

"지금도 여기 모인 사람들 속에는 그렇게 변복을 하고 스며든 관속들이나 관가 끄나풀들이 한두 놈이 아닐 것 같네. 조심하게."

"고맙습니다. 그 젊은이 또 만나거든 곰올 곰보할미 주막에 들러 나를 물어보라더라고 전해주시오."

"알았네."

관가 끄나풀들이 많이 스며들었다는 황방호 말은 사실이었다. 황방호는 여기까지는 모르고 있었지만 당장 엊그제 여기서 당했던 밤실 김중한만 하더라도 방갓으로 얼굴을 가리고 다시 여기 스며들어와 있었다. 자기 아버지 수염 뽑은 놈이 저기 있다고 그날 저녁 여각에서 자기를 유인해 갔던 놈을 잡기 위해서였다. 진짜로 자기 아버지 수염 뽑은 놈은 그놈 패거리가 틀림없다고 생각했기 때문이다.

달주는 자기 동네 사람들한테 대충 인사를 한 다음, 젊은이 두 사람을 달고 바삐 곰올 쪽으로 사라졌다. 곰보할미 주막으로 들어갔다. 서당 동문들로 두 사람 다 전봉준 밑에서 지금 일을 거들고 있는 젊은이들이었다.

달주하고 용배는 소 올린 첫날 저녁 여기 스며들었으나, 김덕호의 심부름을 다니느라 강경으로 줄포로 밖으로만 나돌았을 뿐 장막에는 한 번도 나오지 않았다. 공주나 목천 벙거지들이 스며들지 않았을까 싶어서였다. 오늘 모처럼 나왔던 것은 집안 안부가 궁금해서 동네 사람 가운데 그동안 동네에 다녀온 사람이 없나 싶어서였다.

김덕호는 생각했던 것보다 거물이었다. 이번 집회 비용의 상당한 액수를 그가 대고 있었다. 달주는 그 돈 심부름 때문에 그동안 강경만도 두 번이나 다녀왔다.

김덕호는 손천민 등 거두들과도 잘 아는 사이 같았으나, 그는 도소에도 나가지 않았고 그들을 만나는 것 같지도 않았다. 매일 전봉준을 만날 뿐이었다. 곰보할미 주막 골목에 방을 하나 잡아놓고 김오봉과 기거하면서 돈을 도소로 넘길 때도 전봉준을 통해서만 넘기는 것 같았다. 전봉준 이외에는 장흥 접주 이방언을 두어 번 만나는 것 같았다.

저녁밥을 먹고 나자 또 꽹과리가 요란을 떨었다. 어둠이 깔릴 무렵, 쌀 팔러 갔던 사람들이 하나씩 돌아왔다. 팔아온 쌀은 도소 마당으로 가져가기 때문에 교도들은 얼마나 팔아왔는지 알 수 없었다.

저녁밥을 먹고 났을 때였다. 변왈봉이 또 단으로 올라갔다.

"오늘은 희한한 일이 한 가지 있소. 지난번에는 소리 장원을 뽑았는디, 오늘은 이름 장원을 뽑겠소."

느닷없는 소리에 군중은 잠시 술렁거렸다.

"뭐, 이름 장원?"

"이름 장원이 뭣이냐 하면, 시방 우리가 하나씩 달고 있는 이름 중에서 젤로 희한하고 좋은 이름을 뽑는 것이오. 춘만이니 만수니, 이렇게 한자로 지은 이름 말고 순전히 우리 조선말로 지은 이름, 일테면 이싯뚜리니 송솔부엉이니 이런 이름이래야 나설 자격이 있소. 자기 이름에 자신 있는 사람은 여기 나와서 그런 이름이 붙은 내력이나 그 이름 뜻이 무엇인가 풀이를 하면 되요. 그런 이름 중에서 젤

로 존 이름을 골라 장원하고 차상·차하를 뽑소. 그런께 이것을 달리
말하면 이름 과거지라우. 그걸 뽑아서 장원·차상·차하 등수를 매길
사람들은 지난번 풍물놀이할 때 상쇠 섰던 사람들이오. 그런께 그
사람들이 일테면, 이름 과거 보는 데 시관試官이오. 여기도 상품이
걸렸소. 장원에는 무명베 한 필, 차상·차하에는 반 필씩이오."

군중은 웃으며 한참 웅성거렸다. 이름 과거라니 모두가 듣던 중
희한한 일이었기 때문이다.

"이 과거판은 지난번 사습놀이 대 장원을 해서 명창으로 뽑힌 장
호삼張虎三 씨가 판을 이끌어가겠소. 시관으로 앉으실 상쇠님들은
모두 이리 나오시오."

상쇠들이 앞으로 나갔다. 변왈봉이 내려오고 장호삼이 웃으며 단
으로 올라갔다.

"지가 여기 올 적에 호랭이 꿈을 꾸고 왔등마는, 꿈땜은 단단히
하는 것 같소. 아닌 밤중에 인절미라고, 소리 장원에 뽑혀 가짜 명창
이 되잖는가, 과거 보는 데 과거판을 이끌잖는가, 보성 촌놈 장호삼
이가 오랜만에 출세 한번 크게 했소. 그런께, 이 과거 밑천은 순전히
자기 부모들이 지어준 이름인디, 우리 같은 무지렁이들이야 진서 읽
어 참과거 보기는 진작 틀린 일이고, 제절로 지어 받은 이름이나 들
고 나와서 과거를 한 번씩 보라는 소리 같소."

장호삼이가 구성지게 너스레를 떨었다.

"이 과거를 어떻게 보냐 하면, 아까 변왈봉 씨 말 돌아가는 것을
들어본게 이렇게 보는 것 같소. 일테면, 그 과거 볼 사람이 방금 내
려갔던 남원 변왈봉 씨라 합시다. 자기 차례가 되면 이 자리에 떠억

올라와서 이렇게 말을 하요그랴. 나는 남원 사는 변왈봉이란 사람인디, 으째서 내 이름이 변왈봉이냐 하면, 옛날 남원에 내려온 신관 사또 변학도가, 춘향이보고 수청을 들라고 아무리 사정을 하고, 어르고, 호령을 하고, 곤장을 치고, 큰칼 씌워서 옥에다 가두고, 벼라별 지랄발광을 해도 안 들은께, 그 사이 딩딩하게 부풀어오른 아랫도리를 주체할 길이 없잖았겠소. 그래서 꿩 대신 닭이라고 엉뚱하게 춘향이 곁에 설향이를 잡아다가 냅다 갈겨부렸는디, 그것을 갈겨도 지대로 갈겼던가 설향이란 년 뱃속에 떠억 애기가 들어부렀소그랴. 그래서 설향이가 열 달을 별러 애기를 낳는디, 나놓고 본께, 이놈 생긴 것이 이목구비가 빼어난 옥골 선풍이요, 허우대가 맞춰온 헌헌장부가 아니겠소? 군계 중에 일학이란 이를 두고 이른 말이요그랴. 군계 중에 일학이면 군학 중에는 일봉인께, 왈봉, 진짜 봉이 너로구나, 그래서 내 이름이 왈봉이오. 그런께, 나는 변학도 변가에 춘향이 뱃속에서 나올라다가 설향이 뱃속에서 잘못 나온 변왈봉이올시다. 이렇게 아뢰면 되요."

장호삼의 흐드러진 재담에 군중은 배를 쥐고 웃었다.

"예끼, 여보시오."

변왈봉이 소리를 질렀다.

"일테면 그렇다는 것이제 참말로 그랬다는 것은 아닌께 모두 내 말을 그대로 곧이듣지는 마시오."

모두 또 웃었다.

상쇠들이 자리를 골라 앉았다.

"과거 볼 사람들은 모두 이리 앞으로 나와서 줄줄이 앉으시오. 누구든지 자신 있는 사람은 다 나오시오. 나오고 싶은 사람은 다 나오시오. 동짓달 긴긴 밤 멋을 하고 새겠소?"

여기저기서 한 사람씩 앞으로 나오기 시작했다.

그때 군중 속에서 누가 소리를 질렀다.

"과거도 좋제마는 과거 보기 전에 당신 소리 한자리 뽑고 과거를 봐도 봅시다."

"한자리 하시오!"

군중이 소리를 질렀다.

"까짓것 어렵잖소. 소리도 소리제마는 지금 전주 감영에 있는 작자들 배 앓는 꼴부터 먼저 한번 엮어보겠소."

장호삼이는 커엄 목청을 가다듬었다.

"전주 감영에서는 시방 우리 소장을 받아놓고 동학도 저것들이 춥고 배고프면 제절로 흩어지겠제 하고, 되잖게 통박을 굴렸다가 일이 자기들 생각대로 안 돌아간께, 시방 감사, 영장, 호방, 이방, 이놈들이 미치고 환장을 하고 앉아 있소. 춥고 배고프면 이것들이 제물에 자중지란이 일어나서 제절로 흩어져도 험하게 흩어질 줄 알았다가, 자중지란이 일어나서 흩어지기는커녕, 날이면 날마다 배부르게 밥 처묵고 이렇게 깨가 쏟아지게 놀고 자빠졌으니 그놈들이 미치고 환장을 안 하겠소? 지금 그 작자들 환장한 꼴 한번 볼라요. 왜 저놈들이 안 흩어지까, 이 작자들이 그 까닭을 생각하느라고, 날이면 날마다 밤이면 밤마다, 낮잠 밤잠을 안 자고, 생각에 생각을 굴리고 궁리에 궁리를 굴려봐도 통 그 속을 모르겠은께, 시방 감사, 영장, 이방, 호방, 공방, 형방 이놈 저놈 끼리끼리 모여 앉아서 소근소근 속

댁이다, 고개를 이리 깐닥 저리 깐닥 도리도리 도리질을 치다, 그러
다가 화가 나면 깡깡, 선화당 대들보가 욱신욱신하게 소리를 지르고
고함을 치고 지랄발광을 하는디, 그렇게 지랄발광을 몇십 번 몇백
번을 해도, 이 때려죽일 동학도 놈들이 흩어지지 않는 속을 도무지
모르겠소그랴. 그래서 이번에는 이것들이 따로따로 한 놈씩 혼자 앉
아서 궁리를 하는디, 그 꼴 한번 가관이겄다."

장호삼이는 재담이 썩 구성졌다. 여태 아니리 가락으로 주워섬기
다가 소리로 들어갔다. 휘모리 가락이었다.

감영에 감사, 영장, 이방, 호방, 이놈들이 눈을 깜박였다
감았다, 콧구멍을 쑤셨다, 코딱지를 팠다, 코를 탱 풀었
다, 가래침을 뱉었다, 앉았다, 섰다, 앞으로 갔다, 뒤로 갔
다, 담배를 빡빡 빨았다, 재떨이에 탕탕탕탕 떨었다, 이
로크롬 환장속이 간장 된장 고추장 초장에다 겨자까지
두루두루 비벼갖고 서너 숟가락을 우물우물 우물거리고
난 속이구나.

장호삼이는 숨을 발라 쉬고 다시 아니리 가락으로 돌아왔다.

"그런디, 우리는 으째서 날마다 요로코롬 재미가 깨가 쏟아지냐?
사람이란 것이 맹물에 도치 대가리를 삶아 묵고 동냥치 첩질을 해도
제 잘난 맛에 살고, 똥뒷간에 앉아서 곧은낚시로 낚시질을 해도 그
것이 다 제 멋이드라고, 이 세상 개벽하고 나서 처음으로 조선팔도
방방곡곡 면면촌촌에 뿔뿔이 흩어져서 따로따로 살던 우리 도인들

이 이러크롬 한 자리 모여들어, 오랜만에 한식구로 같이 먹고 같이 자고, 북장구 같이 치고, 강 들고 손뼉 치고, 노래하고 춤추고, 보성 촌놈 장호삼이 같은 놈도 소리해서 장원하고, 이로코롬 흐드러지게 놀다 본께, 주먹밥 한 덩어리 짠지 가닥에다 강다짐을 하고 짚북더 기에서 말뚝잠을 자고 나서 아침에는 얼음똥을 싸고 나도 마음만은 우화등선, 하늘에 올라앉은 기분인즉, 그렇게 우화등선 기분으로 날 마다 징치고 메구치고, 노래하고 웃고, 시시덕거리고, 속댁이고 이 로코롬 지내는 맛이 어뜨크롬 좋아불든지, 관속배즈그놈덜 금침에 잣죽 게트림보다 열 배 스무 배, 백 배 이백 배, 아니 천 배 이천 배 낫기 때문이 아니겠소. 그래서 흩어지기는커녕 되레 날이면 날마다 수가 더 불어난다 이 말씀인디, 집 나온 지가 오래 된께, 저녁이면 품안이 쪼까 허전하고 아랫도리가 뻑적지근한 것이 아닌 게 아니라 쪼깐 머시기하지는 머시기하제마는, 이것이 다른 일도 아니고, 신원 에다 금포를 하자는 마당에 그까짓 것이 대수겠냐, 작것."

장호삼의 흐드러진 재담에 군중은 모두 웃으며 손뼉을 쳤다.

"자, 그러면, 장설은 이만 풀고 오늘 저녁에는 또 이름 과거를 봄 시롱 걸판지게 한바탕 놀아봅시다."

과거 볼 사람들이 서른 명 가까이 나와서 시관들 뒷자리에 앉아 있었다.

시관 중 한 사람이 허리춤에서 먹통을 꺼내놓고 종이를 편 다음 붓을 챙겨들고 있었다.

"그러면 지금부터 과거를 보요. 과거는 지금 그 자리에 앉은차례 대로 보겠소. 젤 이쪽에 앉은 당신부터 이리 나오시오. 먼저 어디서 사는 누구라고 이름부터 대고 이름을 그렇게 진 내력을 말씀하시오."

젊은이 하나가 웃으며 단으로 올라갔다.

"나는 강진 사는 최차돌이오. 으째서 지 이름이 차돌이냐 하면, 이 이름은 우리 한아씨가 지어준 이름인디, 우리 아버님이 사람이 너무 물렁해서 하는 일이 늘 되는 일도 없고 안 되는 일도 없은께, 너는 느그 아부지하고는 달리 차돌같이 단단하라고 차돌이요. 한번 작심한 일은 마음을 차돌같이 단단히 묵고 차돌같이 야무지게 해내란 소리지라우. 살림을 모을 때도 차돌같이 단단하게, 돈을 한번 손에 쥐었다 하면, 차돌같이 꽉 때려쥐고 하늘이 두 쪽으로 뽀개져도 놓지 말고, 몸도 얼음에 박힌 차돌맨키로 단단해서 맨몸으로 눈밭에 뒹굴어도 감기 고뿔도 걸리지 말라 이런 소리 아니겠소? 그런디, 아무리 이름을 그렇게 지어놔도 내림은 못 속이는가, 실은 나도 차돌같이 단단한 것이 아니라 우리 아부지맨키로 물렁하요."

모두 와 웃었다.

"그래도 이렇게 모두 모여서 소를 올리는 데는 차돌같이 단단하게 마음을 묵어사 쓸 것이오."

장호삼이었다.

"예, 그것 하나는 차돌 같아서 시방 내가 여기까지 이러고 왔소."

모두 웃었다.

다른 젊은이가 또 올라갔다.

"나는 함열 사는 배농직이오. 이것은 우리 어머님이 지어주신 이름인디, 농지기라는 것이 그렇잖소. 장롱 제일 밑에 곱게 개서 넣어 잘 간수해 두고 예사때는 두루치기를 입다가 어디 나들이할 때만 이

농지기를 꺼내 입고 나서지라우. 그래서 너는 농지기같이 그렇게 귀하고, 어디서든지 요긴한 사람이 되라 이래서 농직이라요."

군중은 비실비실 웃었다.

"그러면 당신이 이런 데 나온 것은 바로 그 농지기 출입이요그랴. 당신같이 귀한 사람이 다 이런 데 나온 것을 본께 신원 금포는 영락없이 되고 말 것 같소."

장호삼의 익살에 모두 웃었다.

"나는 장성 사는 전쥐불이오. 쥐불이란께 쥐붕알이라고 생각할 사람이 있을지 모르겠소마는 쥐붕알이 아니고 정월 첫 쥐날 논두럭에 놓는 그 쥐불이오. 이것은 우리 할아버님이 지어주신 이름인디, 너는 크거든 쥐불 놓대끼 여그저그 항상 쥐불을 놔서 네 곁에 쥐 같은 놈은 얼씬도 못하게 할 것이며 상대를 해도 큰사람만 상대하라고 쥐불이라요."

"허허, 그런게, 당신 같은 사람만 살면 쥐 같은 새끼들은 세상에 얼씬도 못하겠구만이라우. 관가에 있는 쥐서 자 이서배들이랑 이 세상 쥐같이 못난 새끼들은 당신이 몽땅 맡아 처치를 해부시오."

장호삼은 하나하나 익살이 구성졌다.

또 다른 젊은이가 올라갔다.

"나는 저그 남도 끄트머리 진도서 온 장대가리요. 우리 어무니는 딸을 많이 나으셨는디, 첫아들을 지달렸다가 딸을 난께 섭섭하다고 섭섭이, 또 아들 지달렸다 딸을 난께 너는 딸로는 막내라고 막내, 또 난께 꼴랑지, 딸로는 니가 꼴랑지다 이 소리지라우. 이름을 섭섭이에다 막내라고 지어놔도 아들을 안 낳등마는 꼴랑지라고 지어논께

사 그 꼴랑지가 참말로 딸로는 꼴랑지가 되아불고 나를 떠억 낳았다지 않소. 그래서 너는 사내로서는 대가리다, 너를 대가리로 해서 아들을 주욱 나아라, 이 소리라우. 이 대가리란 소리는 꼭 아들만 더 나라는 소리만이 아니고 이 세상에서도 대가리가 되어라 이 소리도 되는 것같은디, 이런데 나와 본게 잘난 사람이 하도 많아서 지가 다른 사람 우게 대가리 되기는 폴새 틀린 것 같소."

모두 웃었다.

"가만 있자, 아까 당신 성이 뭣이라고 했소?"

장호삼이 눈을 크게 뜨고 물었다.

"장가요."

"당신 성이 장가여서 천만다행이오. 만당간에 조가였더라면 큰 숭한 일이 날 뻔했소. 힘을 주어서 이름을 부른다고 조가 성자 밑에다 대가리를 착 올려붙여서 불러노면 그놈의 대가리가 먼 놈의 대가리가 되겠소."

군중이 폭소를 터뜨렸다.

"그래서 나는 조가라먼 곁에도 안 가요."

젊은이가 웃으며 내려갔다.

"나는 흥양 사는 정고두쇠요. 고두쇠란 것이 작두 쇠기둥하고 작두날에 꽂는 것이 고두쇠 아니오? 작두날이 지가 아무리 잘 들어도 이 고두쇠가 없으면 사북 없는 가새제 지가 어뜨코 심을 쓰겠소. 그런께 우리 아부지가 나보고 형제간이나 친구 사이에서 이 고두쇠같이 서로서로 맞물리고 힘을 합치는 디 고두쇠같이 요긴한 사람이 되라고 고두쇠라고 지었다오."

모두 고개를 끄덕였다.

"그런께, 형제간에도 당신이 고두쇠가 되아갖고 형제간에 서로 맞물려서 의논 좋게 살게 하고, 친구지간에도 이 사람 저 사람 의논 좋게 힘을 합해서 일을 하도록 고두쇠가 되아라, 시방 이 소리그만 이라우?"

"그렇지라우."

"그러고 본께 당신 같은 사람은 어디든지 꼭 있어사 쓸 사람이오. 작두가 그것이 아무리 잘 들어봤자, 고두쇠가 없으면 칼만도 못하제 그것을 어다다 쓰겠소. 우리 동학도인들 이리저리 얽어매는 디도 당신이 고두쇠 노릇을 해사 쓰겠소."

"염려 마시오. 이번에 우리 동네 사람들이 여그 오는디도 지가 한참 고두쇠 노릇을 했소."

"잘했소. 이 사람, 앞으로도 그런 고두쇠 노릇 잘하라고 우리 전부 이 사람한테 박수 한번 쳐줍시다."

모두 박수를 쳤다.

또 다른 젊은이가 올라섰다.

"나는 고창 사는 이쪼르르요. 우리 어무니도 자꾸 딸만 나싼께, 써운이, 고만예, 딸그만이, 딸매기, 딸 그만 나라고 이렇게 종주먹을 대다가 나를 나았소그랴. 그래서 전에는 딸만 쪼르르 넷을 낳았는디, 이번에는 아들만 쪼르르 너댓 나라고 지 이름을 쪼르르라고 지었다요."

모두 배를 쥐고 웃었다.

"그래서 당신 뒤로 아들을 쪼르르 몇이나 낳소?"

"내 뒤로는 아들이고 딸이고 더는 못 나서 이쪼르르가 안쪼르르가 되아부렀소."

모두 다시 배를 쥐고 웃었다.

별의별 희한한 이름이 다 많았다. 재취로 올 때 데리고 왔대서 얻은복이, 양자로 왔대서 모종쇠, 남 앞에 드러나지 말고 없는 듯이 살래서 솔부엉이, 똘똘한 놈이래서 똘남, 한 천 살까지 살래서 한천돌이, 딸만 주욱 낳다가 아들 쌍둥이를 낳았으니 땅가뭄에 소나기가 아니냐고, 형은 땅소나기 동생은 또소나기, 아들을 또 낳으라고 또쇠, 남 앞에서 드센 척 말고 물렁하게 살래서 물렁, 풍물에 상쇠같이 평생을 흥겹게 살래서 상쇠, 가뭄에 단비처럼 존 일만 하라고 단비, 동삼처럼 귀하대서 동삼, 머리통이 숫돌처럼 울퉁불퉁하대서 싯뚜리, 사내 한 놈 덩실하게 나왔대서 덩실, 얼씨구 아들이구나 어아나리요, 만년토록 춘삼월이라고 김만세춘, 신등치, 오꼼춘, 이무던, 남똥구리 등등.

과거가 진행되는 사이에 지원자가 더 나와서 50여 명이나 이름 자랑을 했다.

모두 끝나자 상쇠들이 머리를 맞대고 의논을 했다.

"의논하는 사이에 당신 소리나 한번 더 들어봅시다."

군중 속에서 또 누가 장호삼을 향해 소리를 질렀다.

"하지요. 가짜일망정 이판에서 명창이 되었는디, 내가 이판에서 소리를 아끼겠소? 그렁께, 여태까지 또랑광대로만 놀다가 명창 소리 듣고, 명창 소리로는 이것이 처음 뽑는 소리 같소."

홍보가 한 대목을 뽑았다.

흥보가 품을 팔 제 매우 부지런히 서둘러, 상평 하평 김 매기, 원산 근산 시초베기, 먹고 닷돈 받고 장서두리, 시 매긴 공사 급주하기, 신산조기 밤짐지기, 방 뜯는 데 조 역꾼, 담 쌓는 데 자갈줍기, 봉산 가서 모내기품, 대구령 에 약태전, 초상난 집 부고 전키, 출상할 때 명정 들기, 공관 되면 상직하기, 대장간에 풀무질, 기생 아씨 타관 이부 편지 전키, 부자 신랑 안부 서기, 들병장수 술짐 지 기, 초라니판에 무투놓기, 아무리 벌어도 시골서는 할 수 없다. 한양으로 올라와서 군치리 집 종노릇하다 소주가 마 눌러놓고, 뺨 맞고 쫓겨와서, 매품 팔러 병영 갔다가 차례 밀려 태장 한 개 못 맞고 빈손 쥐고 돌아오니 자식 들이······.

새로 들어봐도 장호삼의 소리 솜씨는 여간이 아니었다.

고개를 맞대고 한참 쑥덕이던 상쇠 시관들이 이내 등수를 결정을 한 것 같았다. 장호삼이 소리를 그치자 그에게 종이쪽지를 넘겼다.

"장원하고 차상·차하가 낙점이 났소. 임금님 어사화는 없소마는 장원은 장원인께 장원 난 접 사람들은 이따 그 사람 목말이나 태워서 장막이라도 몇 바퀴 도시오. 발표를 하거던 박수를 크게 치시오."

군중은 모두 숨을 죽이고 있었다.

"장원!"

장호삼이 장원 소리를 크게 내지른 다음 다시 목청을 가다듬었다.

"장원에 어아나리요."

"와!"

"차상에는 땅쏘내기!"

또 함성이 쏟아졌다. 차하는 장고두쇠였다. 풍물이 요란스럽게 울리고 그 고을 사람들은 급제한 사람들을 들어 헹가래를 치며 야단이 났다. 상품이 내리자 베를 풀어 급제한 사람들 몸뚱이를 둘둘 감았다. 목말을 태우고 장막을 돌기 시작했다. 그 뒤로 풍물이 따랐다.

마치 백중날 두레 호미씻이 때 두레 장원한 젊은이를 베로 치장한 소에 태워 풍물을 잡히고 동네 골목을 도는 꼴이었다.

호미씻이 때 두레 장원한 젊은이를 소에 태우고 풍물을 치는 풍속은 과거에 장원급제한 사람이 어사화에 삼현육각을 잡히고 삼일유가하는 제도에 대응한 풍속이었다. 두레 장원이란 두렛일을 다 끝내고 그 해 일을 가장 잘한 젊은이를 장원으로 뽑는 것이었다. 양반들은 글이지만 상민들은 일이므로 글에 대응해서 일의 격을 글과 똑같이 격상시키자는 생각에서였을 것이다.

이름 과거에 급제한 사람들의 목말태우기가 끝나자, 그 접 젊은이들은 상탄 베를 고루 찢어 머리에다 자랑스럽게 질끈질끈 동여맸다. 며칠 사이에 상으로 나온 베가 여러 필이어서 같은 모양의 수건을 머리에 동인 사람들이 수백 명이었다. 이렇게 상탄 베를 찢어 수건으로 나눠 머리에 동여매는 것도 두레 장원 때의 풍습 그대로였다.

장막에서 놀이가 한창 흐드러지고 있을 때였다.

"여기가 도소요?"

도포 차림의 사내가 벙거지 둘을 달고 가인에 있는 도소 앞에 와서 물었다.

"그렇소, 웬 사람이오?"

도소 대문에 파수 섰던 젊은이가 물었다.

"감영에서 제사를 가지고 왔다고 전하시오."

사십대의 사내는 의젓하게 말했다.

"가, 감영에서 제, 사요?"

파수 섰던 젊은이는 말을 더듬거렸다.

"그렇소."

눈이 주발만해진 젊은이는 정신없이 안으로 뛰어갔다. 감영에서
제사를 가지고 왔다고 방안에다 소리를 질렀다. 방에 있던 두령들은
잠시 어리둥절했다. 이내 모두 발딱 일어났다. 제사를 가지고 왔다
는 것도 그렇지만, 하필 밤에 그것을 가지고 왔다니 더 어리둥절한
모양이었다.

김개범을 비롯한 몇 사람의 두령들이 밖으로 나왔다.

"감영에서 오셨다고 하셨습니까? 이 사람은 도소에서 일을 보고
있는 태인 접주 김개범올시다."

김개범이 앞으로 나서며 의젓하게 말했다.

"이 사람은 전주 감영 호방이올시다."

키가 훤칠한 호방은 목소리가 카랑카랑했다.

"원로에 오시느라 수고가 많으셨습니다. 들어가십시다."

손천민이 마루에 나와 맞았다. 방으로 안내를 했다. 방에는 두령
열댓 명이 앉아 있었다. 손천민은 호방을 자기 옆자리에 앉혔다. 두
령들 가운데는 전봉준도 끼여 있었다.

손천민이 호방과 수인사를 했다.

"같이 소를 올린 접주들이올시다."

손천민은 한꺼번에 접주들을 가리키며 말했다.

"날씨도 찬데 고생들이 많습니다. 감영에서 호방 일을 맡고 있는 오면식이라 합니다. 순상 각하의 제사를 전해 올리라는 영을 받들고 왔습니다."

호방은 정중하게 말을 한 다음, 들고 왔던 보자기를 풀었다. 접주들은 숨을 죽이고 보자기 끄르는 호방의 손을 뚫어지게 보고 있었다. 무거운 침묵이 방 안을 터질 듯이 쩌누르고 있었다. 호방은 책갈피 속에서 봉투를 하나 꺼냈다. 편지를 보호하기 위해 책 속에다 끼워서 그렇게 싸가지고 온 것 같았다.

"여기 있습니다."

편지를 두 손으로 들어 손천민 앞으로 내밀었다. 손천민도 두 손으로 정중하게 편지를 받았다.

손천민이 피봉 속에서 알맹이를 뽑았다. 폈다. 먼 데서 보기에도 짤막한 것 같았다.

"아니, 이게 뭐요?"

편지를 훑고 난 손천민은 튀어나올 것 같은 눈으로 호방을 건너다봤다.

"본인은 그 내용은 전혀 모르는 일입니다. 그저 전해 드릴 따름입니다."

"아니, 이럴 수가 있단 말이오?"

손천민은 제사를 다른 접주들 앞으로 밀어놓으며 다시 호방을 봤다.

동학은 조정에서 금하는 바인데, 이치를 분별할 줄 아는
사람들이면 어찌 정학을 버리고 이단으로 나가 죄를 범
하려 하는가. 더는 미혹치 말라.

이뿐이었다.

접주들은 모두 이글거리는 눈으로 호방을 쏘아보고 있었다. 분에
못 이겨 숨을 씨근거리는 사람도 있었다.

손천민이 잔뜩 굳었던 얼굴을 조금 누그러뜨리며 입을 열었다.
그도 울화를 참느라고 안간힘을 쓰는 것 같았다.

"지금 우리가 여기에서 소를 올리고 제사를 기다린 지 오늘로 꼭
엿새가 되었습니다. 동짓달 이 모진 추위에 장막을 치고 한뎃잠을
자면서 죽은 듯이 엿새 동안을 기다렸습니다. 그 대답이 기껏 이것
이란 말씀입니까? 지금 여기 모인 수가 오천여 명입니다. 이 사람들
은 동학도이기 전에 이 나라 백성입니다. 백성 오천 명이 모여 지성
으로 소를 올리고 한뎃잠을 자면서 관아의 제사를 기다렸습니다. 우
리는 소를 올릴 때도 예모에 어긋난 점이 없었고, 여기서 이렇게 기
다리는 사이에도 모든 처신에 각별히 유념을 하며 은인자중 기다리
고 있었습니다. 백성이 하는 일이라면 비록 한두 사람이 모여 관아
에 청원을 한다 하더라도 지성으로 대하는 것이 목민관의 의당한 소
임이겠거늘, 오천여 명의 백성이 지원지통을 지성을 다하여 애소를
하였는데, 그 대답이 기껏 이것이란 말이오?"

손천민의 말은 목소리가 착 가라앉아 있었다. 그러나 그 목소리
에는 구구절절이 뼈를 깎는 듯 속힘이 꼬여 있었다.

"대강 들어 이 사람도 여기 사정을 알고 있습니다마는, 깊이 간여할 처지가 못 되니 그저 안타까울 뿐입니다."

호방은 접주들의 이글이글 타는 눈길에 기가 죽었는지 목소리가 기어들어가는 것 같았다.

"이것이 감영에서 내린 제사라고 저 장막에 있는 교도들한테 읽어준다면 그들이 어떻게 나올 것 같습니까?"

손천민은 제사를 호방 앞에 흔들며 노려봤다.

"이 사람 처지는 그저 딱할 뿐입니다."

"알고 있습니다. 우리는 처음 여기 모일 때부터 사리에 합당한 제사가 내리지 않을 때는 제사가 제대로 내릴 때까지 계속 여기 머물면서 다시 소를 올리기로 약조가 되어 있습니다. 기왕에 여기 모였으니 교조의 죄가 풀어지고 열읍 수령들에게 금포를 발령할 때까지 여기서 전부 얼어 죽는 한이 있더라도 소를 몇십 번이고 올릴 것입니다."

손천민이 단호하게 말했다.

"그렇게 아뢰어 올리겠습니다."

호방이 가볍게 고개를 주억거렸다.

"한 가지 물어봅시다. 나는 정읍 접주 송희옥이라는 사람이올시다. 우리 동학을 이단이라 하여 몰아치고 있는데, 우리는 정학인 유교를 주축으로 하고 또 기왕에 이 나라에서 신행이 되고 있는 불교와 선교를 합일시켜, 수심정기를 그 본지로 삼고 있습니다. 서양의 천주학은 좌도의 사슬을 풀었는데, 좌도 여부를 따지기로 하면 서학하고 동학은 어느 쪽이 좌도겠습니까?"

316

"관아에 매어 그저 순상 각하의 영을 받들고 온 한낱 이속일 뿐이니 제 처지를 헤아려 주시기 바랍니다."

호방은 웃으며 말했다.

"처지를 잘 알겠습니다. 우리는 당장 내일 다시 소를 올리겠습니다. 가시면서 저 장막이나 한번 둘러보시고 가십시오. 지금 여기 모여 있는 동학도들의 기세가 어떤지 잘 보시고 그것이나 감사 나리께 잘 전해 주시오."

"잘 알겠습니다."

호방은 훌쩍 일어섰다. 손천민은 호방을 문 밖까지 바래다주며 무장 강경중 접주에게 장막 안의 교도들 모습을 한번 구경시켜 주라고 했다.

"도대체 저자들이 지금 사람을 뭘로 보는 것이오? 내일은 당장 교도들과 함께 전부 감영으로 떼 몰려가서 소를 올려도 올립시다."

송희옥이었다.

"옳은 말씀이오. 군중의 기세를 한번 보여야 합니다."

흥덕 고영숙이었다. 두령들은 거개가 흥분을 했다.

"이 일을 그렇게 쉽게 볼 것이 아닌 것 같소."

손천민이 침통한 표정으로 고개를 저었다. 모두 잠시 말을 멈추고 손천민의 얼굴을 건너다봤다.

"여기에는 음모가 있는지 모릅니다."

"음모라니요?"

송희옥이었다.

"아무리 동학을 경멸한다 한들, 도대체 이런 무성의한 소리를 명색 제사라고 내릴 수가 있겠소?"

모두 말이 없었다.

"여기에는 다른 속셈이 있다고밖에 볼 수가 없소. 우리의 격분을 유발시켜 일거에 분쇄해버릴 무서운 계략인지도 모릅니다. 미리 올가미를 쳐놓고 우리더러 격분해서 몰려오라는 간계가 아닐까, 나는 지금 이런 생각뿐이오. 신중하게 생각을 해봅시다."

두령들은 잠시 서로를 건너다봤다.

"그럴지도 모릅니다. 몰려와 난동이라도 부리면 옳다구나 하고 그것을 빌미로 영병을 풀어 우리를 일거에 때려잡아버릴지 모르겠다 이 말씀이신데, 그 말씀에 저도 동감입니다. 그러나 그것을 알았으니 조심하면 됩니다. 가는 길에 덫이 있다고 지레 겁을 먹고 아예 갈 길을 포기한다면 이것은 어리석은 일입니다. 교도들에게 그런 정까지 다 말을 해서 잘 타일러가지고 몰려갑시다."

송희옥은 단호했다.

"옳은 말씀이오."

여기저기서 찬성이었다.

"지금 여기 모인 동학교도만 오천 명이 넘는데, 이 수가 전주로 몰려가면 구경꾼까지 몰려들어 엄청난 수가 될 것입니다. 만약에 저자들한테 그런 간계가 있다면, 군중을 흥분시킬 방도도 여러 가지가 있을 것입니다. 그때 그 많은 수를 우리가 어떻게 감당하겠소?"

"여기 모인 교도들이면 이 험한 세상을 이 눈치 저 눈치 볼만한 눈치 다 보고 살아온 사람들입니다. 그만한 지각은 다 있는 사람들이다 이 말씀입니다."

"남계천 두령께서는 어떻게 생각하시오?"

손천민이 남계천을 보며 물었다.

"저도 손두령님하고 같은 생각이올시다. 무슨 간계까지는 없다 하더라도 지금 감영의 태도를 보면 그 태도가 쉽게 달라지지는 않을 것 같습니다. 전주로 몰려가서 처음에는 조심을 한다 하더라도 여러 날을 끌게 되면 교도들은 날로 울화만 쌓여갈 것이고, 그렇게 되면 불상사가 일어나지 않는다고 장담을 할 수가 없을 것 같습니다."

"쉽게 달라지지 않을 것은 뻔한데 그럼 어쩌자는 것입니까?"

"몰려가지 말고 지난번처럼 우리끼리만 가서 그냥 소를 다시 올리는 것입니다."

"그래도 똑같은 소리가 나오면 어쩔 것이오?"

송희옥이 만만찮게 다그쳤다. 아까 손천민에게 말할 때와는 달리 말소리가 거칠었다. 항상 법소의 눈치만 보는 남계천의 태도가 못마땅했기 때문이었다.

"그것은 그때 가서 생각하더라도."

남계천은 시르죽은 소리로 말했다.

"그런 말씀이 어딨소? 확실한 계책이 있어도 위각이 나는 법인데, 무작정 소만 올리자 이 말이오? 그러다가 또 한 열흘 동안 아무 말이 없으면 어쩔 것이오?"

그때 손천민이 저만치 뒤에 앉아 있는 전봉준을 봤다.

"고부 전접주 생각은 어떠시오?"

모두 전봉준을 돌아봤다. 잠시 좌중이 조용해졌다.

"더 버틸려면 추위도 추위지만 식량이 문제 아니겠소?"

전봉준은 간단하게 대답했다.

"그럼, 이렇게 합시다."

손천민이 나섰다.

"우선 내일 소는 교도들을 데리고 가지 말고 우리끼리만 가서 올리고 그 다음 일은, 법소 교주님께 물어 결정하도록 합시다."

손천민이 아퀴를 지었다.

"여기서 며칠 고생 더 하는 것만 헛수곱니다. 우선 이런 제사가 내렸다는 소리를 들으면 저기 모여 있는 교도들이 그냥 우리가 하라는 대로 따라줄 것 같소?"

고영숙이었다.

다시 격론이 벌어졌다. 남계천을 제외한 남접 두령들은 모두 몰려가자는 쪽이었고, 손천민을 포함한 북접 사람들과 남계천은 몰려가지 말고, 이다음의 행동을 교주에게 묻자는 것이었다. 밤중까지 격론이 벌어졌으나 얼른 결론이 나지 않았다.

11. 전주

다음날 새벽 삼례 사람들은 때 아닌 돼지 악다구니 소리에 잠이
깼다. 이 집 저 집에서 돼지들이 죽는 소리로 악을 썼다. 여남은 마
리의 돼지들을 장막으로 떠메가고 있었다.

어제 저녁 접주들은 교도들한테 한 끼라도 기름기를 좀 먹이자고
의논이 돌아 돼지를 미리 흥정해 놨다가 새벽같이 잡아오고 있는 것
이다.

이런 일에 솜씨 있는 사람들이 모두 나서서 일을 했다.

돼지 목을 따서 끓는 물에 튀겨 털을 밀었다. 밥을 먼저 지어놓고
국을 끓여야 했으므로 장막에서는 신새벽부터 수선을 피웠다.

돼짓국이 다 끓자 교도들은 군침을 삼키며 줄을 섰다. 나이 먹은
축들부터 국 대접을 들고 차례를 기다렸다. 뭇국 국물에다 돼지고기
를 석 점씩 띄워주었다. 고기는 미리 건져 큼직큼직하게 썰어다가

그걸 따로 국에 띄워 준 것이다.

국그릇 수가 적어 한꺼번에 먹을 수는 없었다.

날씨가 몹시 추워 오오 떨던 사람들이 기름기가 둥둥 뜬 돼지고기 국물을 한 대접씩 받아 걸퍽지게 들이켜고 나면 제대로 어한이 되는 듯 모두 얼굴에 *연지발이 벌게졌다.

주먹밥을 한 입씩 베물고 뜨끈한 국물을 훌훌 마셨다.

어제 저녁 이름 과거에 나왔던 고창 이쪼르르는 국을 받아들고 한참 저쪽으로 쪼르르 달려갔다. 마치 무얼 훔쳐온 놈처럼 주변을 살피며 울바자 밑에 바짝 붙어앉았다.

국그릇을 땅에 놓고 옆에 찼던 수건을 뽑아 거기다 밥을 쌌다. 수건에 싼 밥을 엉뚱하게 고의춤에다 챙겼다. 국그릇을 들어 국물부터 후루룩 마셨다. 돼지고기를 우물우물 씹어 정신없이 넘겼다. 뜨거운지 몇 번이나 목을 낄룩거렸다. 누가 쫓아오기라도 하는 것같이 정신없이 마셨다. 다 마시고 나더니 입을 닦으며 조심스럽게 주변을 살폈다. 여러 번 입을 문질러 닦은 다음, 다시 천연덕스럽게 국 타는 줄로 가서 꽁무니에 붙었다. 차례가 왔다. 국자잡이 앞에 천연스럽게 국그릇을 내밀었다.

"아까 받아가 놓고 또 주라고?"

국자잡이가 벌컥 화를 냈다.

"내가 받기는 은제 받아가라우?"

이쪼르르는 눈을 크게 뜨고 대들었다.

"내가 자네 얼굴을 아는디 능청을 떨어? 입을 봐도 알어."

"워매, 그런 생사람 잡을 소리를 어디서 하고 계시오?"

이쪼르르는 사람 환장하겠다는 표정이었다.

"이 사람아, 고루고루 나눠 묵어사제 혼자만 그렇게 두 그릇 시 그릇 묵으면 다른 사람들은 으짤 것이여? 국 나누다가 떨어지면 나는 없는 논 폴아다 대란 말인가?"

"아니, 묵었으면 묵었다고 하제 내가 국 한 그릇 더 묵을라고 거짓말을 하겠소."

"한 번 묵었으면 저리 비켜."

뒤에서 악을 썼다.

"안 묵었단 말이여."

이쪼르르가 뒤를 돌아보며 악을 썼다.

"지미, 입갓에 괴깃국 묵고 닦은 기름기가 번질번질한디 안 묵었다고?"

뒤에서 핀잔을 주었다.

"아따, 국 한 그릇 갖고 인심 사납게 멀 그래쌌소. 쪼깐만 떠주시오."

뒤에서 나이 지긋한 사내가 끼어들었다.

"반 국자만 받아가!"

국자잡이는 무건데기 서너 개를 띄워 반 국자를 떠주었다.

이쪼르르는 고기까지는 더 주라고 할 염치가 없는지 거기는 그릇을 내밀지 않았다.

"기왕 낯내는 것인께 괴기도 한 점 얻어갖고 가!"

금방 거들었던 사내였다.

"자!"

고기 나누던 사람이 작은 것을 골라 한 점을 국에 넣어주었다.

"저놈의 새끼가 앞으로 딸만 쪼르르 있다등마는, 그런 속에서 교동으로 커논께 이런 데 나와서도 제 목구멍밖에 모르는구만."

뒤에 섰던 사람 중에서 누가 두런거렸다.

"그래도 이런 데 나온 것 보면 사람이 웬만하잖소."

곁에서 이쪼르르 역성을 들었다.

이쪼르르는 아까 그 자리로 다시 갔다. 그제야 고의춤에 싸 담았던 밥을 꺼내 국그릇에 털어 넣었다. 수건에 묻은 밥풀부터 뜯어먹은 다음 이번에는 차근히 먹기 시작했다.

국을 떠주고 있던 국자잡이가 또 한 작자 얼굴을 할기시 건너다보고 있었다.

"솔직히 말해서 나도 한 그릇을 묵기는 묵었소마는, 쪼깐 섭섭해서 그런께 많이도 말고 국물 반 국자만 더 주씨요."

작자는 눈을 찡긋하며 넉살을 떨었다.

"참말로 이러다가 내중에 온 사람은 국맛 못 보겠구만."

국자잡이는 두런거리면서도 못 이긴 듯 반 국자쯤 떠주었다.

작자는 고기 나누는 사람 앞에 가서는 헤 웃기부터 했다.

"괴기까지사 더 주라고 하겠소마는 으짜겠소, 쪼깐 안 남겼소?"

눈치를 살피며 헤실거렸다.

"나눈 사람 몫도 안 남게 생겼은께 한 점만 가져가!"

제일 작은 고깃점을 하나 추려 넣어주었다.

팔자 치레 못하면 염치 치레라도 하랬더라고, 염치 좋은 놈은 염치 좋은 놈대로 넉살 좋은 놈은 넉살 좋은 놈대로 타고난 치레 따라 국물을 한 순갈씩이라도 더 얻어먹었다. 입가에 먹은 흔적을 안 남기려고, 다른 사람 국그릇에다 부어놓고 와서 다시 타다가 나눠 먹는 축들도 있었다.

젊은 축들이 한참 걸퍽지게 먹고 있을 때였다.

"뭐애, 이것이 먼 일이여?"

젊은이 하나가 저쪽에 네 활개를 쩍 벌리고 땅바닥에 발딱 나가떨어졌다. 곁에는 먹던 밥덩이가 뒹굴고 있었고, 국그릇도 팽개쳐져 있었다.

"체했는가?"

사람들이 우 몰려들었다.

"등거리를 뚜드려!"

젊은이를 일으켜 앉혔다. 눈을 허옇게 까뒤집고 있었다.

서너 명이 달려들어 등을 두들겼다.

코피 쏟아지는 데는 틀어막는 재주밖에 없듯 여기서도 당장 두들기는 수밖에 달리 재주가 없었다. 서너 명이 미운 놈 패듯이 쿵쿵 등을 두들겼다.

"넘어간 모냥이다."

두들기고 있던 젊은이들이 소리를 질렀다. 까무러쳤던 젊은이가 가쁜 숨을 내쉬며 조금 몸을 추스르는 것 같았다.

"그대로 앉혀놓고 등을 더 쓸어!"

"천천히 씹어감시롱 묵제, 아무리 첨 본 것이라고 씹도 안 하고 통째로 삼켰던가? 끌끌."

"그런께 아무리 손이 바쁘더래도 괴기를 썬 사람들이 괴기점을 웬만하게 썰어사제, 똥 매라운 년 국거리 썰대끼 듬성듬성 썰어논께 저 야단들 아니라고."

"그래도 오랜만에 맛본 괴긴께 입 안에 넣고 쪼깐 씹는 맛이 있을 라면 듬성듬성 썰어사제, *섭산적으로 좃아노란 말이여? 이빨은 어디다 쓰라고 있간디, 이럴 때 이빨 아꼈다가 어디다 쓸 것이여?"

"너나없이 남의 살 맛본지가 너무 오래 되아논께, 모두가 제정신들이 아니구만."

"인자 웬만히 된 것 같네. 저쪽 주막으로 데리고 가서 따뜻한 방에다 뉘어!"

그때 변활봉이 이쪽으로 오고 있었다.

"소는 언제 다시 올린다요?"

황방호가 묻자 변활봉은 고추 먹은 소리부터 했다.

"오늘 소를 올리기는 올리는 모냥인디, 접주들 의사가 서로 잘 안 맞는 것 같소."

"안 맞다니요?"

"전라도 쪽 접주들은 거개가 교도들이 전부 전주全州로 몰려가야 한다고 하고, 법소에서 온 손접주님하고 여그 남계천 씨는 그래서는 안 된다고 맞선 것 같소."

남계천이 법소의 손천민과 의견을 같이하는 데는 그만한 까닭이 있었다.

작년 5월 교주 해월 최시형이 호남지방을 순회한 적이 있었다. 그때 호남우도 두령은 윤상오尹相五, 좌도 두령은 남계천이었는데, 남계천은 종 출신이라 호남의 다른 두령들의 그의 지시에 따르지 않았을 뿐만 아니라 윤상오는 숫제 그와 상종도 하지 않고 있었다. 이 사실을 안 해월은 크게 화를 내어 윤상오의 우도 두령 직책을 빼앗아 버리고, 남계천에게 호남좌우도 편의장 즉 호남의 우두머리 직책을 주어 버렸다. 호남 편의장이 아니고 굳이 호남 좌우도 편의장이라고 한 데는 이런 사연이 있다.

그러나 호남의 16포 두령과 도인 백여 명은 해월을 찾아가 해월의 처사가 부당하다고 항의하는 한편 결코 남계천에게 복종할 수 없다며 시정을 요구했다.

해월은 미동도 않고 그들에게 일갈을 했다.

"들어보시오. 우리 도는 후천개벽을 하자는 것이고, 우리 인간은 모두 다시 태속에서 태어나는 것과 같은 운세를 맡고 있소. 이것은 수운 대선생의 가르침이오. 수운 대선생께서는 여종 두 사람을 해방하여 한 사람은 양녀를 삼고 또 한 사람은 며느리를 삼았소. 선생의 문벌이 당신들만 못해서 그랬겠소."

해월은 단호하게 말하며 남계천의 지시를 받으라고 엄하게 명령을 했다.

각 두령들은 그것이 엄연한 동학의 본지라 그 앞에서는 아무 말도 못했지만, 남계천의 지휘에 따르기는커녕 그 곁에 가는 사람도 없었다. 모두가 입으로는 인내천, 후천개벽 하면서도 골수에 박힌 반상의식은 어쩔 수 없었던 것이다. 그 뒤 신원 문제를 놓고 법소에 대한 이 지방 사람들의 불만이 커지자 그런 사정까지 곁들여 이래저래 남계천은 더욱 외톨이가 되고 말았다. 결국 호남좌우도 편의장이란 직책은 유명무실한 것이 되고 말았다.

그러나 지난 초하룻날 교도들이 처음 들판에 모였을 때 남계천을 앞에 나서게 했고, 손천민이 굳이 유명무실해진 호남좌우도 편의장이란 직책을 되새겼던 것은 법소의 권위를 내세우자는 속셈이었을 것이다.

법소와 호남 두령들 사이에는 이만큼 거리가 있었다. 오늘 교도들이 전부 전주로 몰려가느냐 마느냐는 문제로 대립한 것은 남접과 북접의 관에 대한 태도의 차이를 다시 드러낸 것이다.

"으째서 도인들이 가서는 안 된다고 한다요?"

장호삼이 물었다.

"뻔할 뻔자 아니오?"

"우리가 몰려가면 난동을 부릴까 싶어서 그걸 걱정하는 것이지라우? 하여간, 접주들이 어떻게 작정을 하든 우리가 몰려갑시다. 여기서 이판사판 결판을 짓지 않으면 우리는 다 죽소. 이대로 돌아가면 집이 아니라 감옥으로 가요."

"맞소. 여기 온 사람들은 모두가 나 동학도요 하고 낯을 내놓고 온 사람들인디, 관에서 가만둘 것 같소. 여태까지 저 사람이 동학돈지 아닌지 모르던 사람들도 이번에 여그 오는 바람에 모두 본색이 드러나고 말았소. 더구나, 시방 여그는 각 관아 포교들이 변복을 하고 여러 놈이 스며든 것 같다고 하요. 그놈들이 시방 우리 골에서는 어떤 놈이 왔고, 또 어떤 놈이 젤 설치는가 모두 치부를 하고 있을 것이오."

"맞소. 감옥에 가서 맞아 죽으나, 감영으로 몰려가 악을 쓰다 죽으나 죽기는 매일반이오."

곁에 섰던 사람들이 모두 한마디씩 끼어들었다.

"벌써 금구에서는 잡아들였다는 말도 있소. 지난번 명창 사습놀이 때 차상으로 뽑힌 사람이 금구 사람 아니던가요? 그 사람이 그저께 집에 갔다가 잡혀가부렀다는 것 같소."

"그것이 참말이오?"

모두 눈이 둥그레졌다.

"같이 갔던 사람이 아침에 올라고 가본께 저녁에 현아에서 잡아가불고 없더라요."

"거 보시오. 벌써부터 그렇게 잡아넣고 있는디, 끝장을 안 보고 갈 수 있단 말이오?"

"가만 있자, 지금 여기에 각 관아에서 스며든 놈들이 많은 것 같은께, 그놈들부터 추려내갖고 요절을 내부러사 쓸 것 같소. 더 설치고 댕기도록 그냥 놔둬서는 안 될 것 같그만이라우."

장호삼이었다.

"잡아내다니, 변복을 하고 왔는디, 누가 누군지 알아서 그런 사람들을 잡아낼 것이오."

변왈봉이었다.

"수가 없지 않소."

장호삼은 변왈봉을 한쪽으로 끌고 가 한참 뭐라 속삭였다. 변왈봉이 크게 고개를 끄덕였다.

이내 변왈봉은 장막 밖에 있는 사람들을 전부 장막 안으로 들어오라고 소리를 질렀다. 무슨 일인가 하여 모두 장막 안으로 모여들었다.

"지난번 쌀 팔러 갔을 때 행수 섰던 사람들은 전부 이리 나와 주시오."

행수들이 무슨 일인가 하여 앞으로 나갔다.

변왈봉이 그들을 한쪽으로 데리고 갔다. 그들에게 한참 동안 뭐라 일렀다.

행수들이 장막 밖으로 나갔다. 그들은 장막 밖에 있는 사람들을 모두 들어오게 한 다음 출입문을 막아섰다.

이내 변왈봉이 단으로 올라갔다.

"지금 도소에서는 새로 소 올릴 의논을 하고 있은께 조금만 기다립시다. 그런디, 우리가 그전에 할 일이 한가지 있소. 지난번에는 진산 방가들 때문에 한바탕 소동이 벌어졌는디, 지금도 그런 수상한 놈들이 여럿이 이 속에 스며들어 있소. 이놈들이 병아리 마당에 소리개 꼴로 빙빙 봐돔시롱 우리가 하는 일이나, 우리가 하는 말을 낱낱이 염탐을 해서 치부를 하고 있을 것이오. 바로 이 자리에서 그 작자들을 못자리에 *피사리하대끼 뽑아냅시다. 모두 제 말씀에 따라주시오."

군중은 주변을 살피며 웅성거렸다.

"지금 출입구에는 이미 사람들이 나가 지키고 있소. 아무도 도망칠 생각일랑 아예 마시오. 모두들 이쪽으로 바짝 다가서요."

모두 한쪽으로 다가섰다.

"우선 김제 접 사람들부터 제 말씀대로 해주시오. 김제 사람들은 전부 저 빈 자리로 가시오. 그리고 한 동네면 한 동네, 하여간 아는 사람들끼리 몰려서 수상한 사람이 있는가 없는가 보시오."

김제 접 사람들이 전부 그쪽으로 갔다. 끼리끼리 뭉쳐 섰다. 서로 한참 돌아본 다음 수상한 사람이 없다고 했다.

"그럼 김제 사람들은 장막 밖으로 잠깐 나가 계십시오. 나갈 때 곁다리 붙을 놈이 있을지 모른께 아무도 못 붙게 해야 하오."

김제 사람들이 장막 밖으로 나갔다. 변왈봉은 익산 사람들을 또 그렇게 몰려서게 한 다음 수상한 사람이 없는가 보라고 했다. 없다고 했다. 내보냈다. 다음에는 남원 사람들을 몰려서게 했다.

"나 칙간에 쪼깨 갔다 올라요. 돼지고기에 설사가 났는가 으쨌는가 뒤가 매라 죽겠소."

젊은이 하나가 출입구에 다가와 오만상을 찌푸렸다.

"당신 어느 접이오?"

"남도 무안 접이오."

"무안 접 행수님은 여기 쪼깨 보시오. 이 사람 무안 사람이 맞소?"

"예, 맞소."

"저놈의 새끼가 아까 돼아지괴기를 두 그릇이나 처묵등마는, 탈이 붙은 모냥이구만."

모두 피글피글 웃었다.

설사 난 사람들이 한둘이 아니었다. 변소에 갈 사람들은 자기 접 행수를 데리고 오라고 했다.

"허허, 시레깃국만 먹던 창자에 뜬금없이 지름기가 들어가논께 창자들이 크게 놀랜 모냥이구만."

"그려. 뱃속에서는 시방 우리 쥔네가 어디를 왔간디 이런 느닷없는 것이 들어오는고 하고 시방 공론이 분분할 것이로구만."

변소는 열 개나 되었으나 변소마다 사람들이 줄줄이 늘어섰다. 못 참겠는 사람들은 염치 불구하고 논바닥에다 그대로 엉덩이를 까고 갈기기도 했다.

변왈봉이 마지막 전주접 사람들을 한쪽으로 뽑아내고 나자 장막에는 스무남은 명이 처졌다. 물 밭은 웅덩이에 자가사리 꼴로 덩둘하게 서서 놀란 눈으로 변왈봉을 건너다보고 있었다.

교도들을 모두 들어오라고 했다. 교도들이 우 쏟아져 들어왔다.

"이 중에서 동학도들은 이쪽으로 나오시오."

변왈봉이 그들을 향해 말했다. 여남은 명이 나왔다.

"당신 어느 접이오?"

"개성이오."

"동학도라면 어디 동학 주문 한번 외어보시오."

그는 멍청하게 서 있었다.

"주문도 못 외우는 사람이 동학도란 말이오? 당신 여기 뭣 하러 왔소?"

"실은 충청도 사는디, 지나다가 동학도들 모여 굿이 났다고 해서 들렸구만유."

"언제 왔소?"

"금방 들렸구만유."

"여보시오, 당신이 그저께부터 서성거리는 것을 내가 봤는디, 뭣이 으째라우?"

이름 과거에 나왔던 전쥐불이었다.

"바른 대로 대시오."

"들리기는 그저께 들렸지만유, 다른 뜻은 없그만유."

"저쪽에 서 있으시오."

다른 사람을 또 하나 불러냈다.

"나는 석성 사는 사람인디, 지나가다 노자도 만만찮고 해서 하룻 저녁 얻어묵고 끼여 잤그만유."

수더분하게 생긴 것이 거짓말은 아닌 것 같았다.

"손 쪼께 펴보시오."

손을 폈다. 소나무등걸처럼 거칠었다.

"당신은 이쪽으로 서시오."

또 한 사람을 불러냈다. 자기도 노자가 떨어져 끼여 잤다고 했다

"그 사람 강진 포교요."

군중 속에서 누가 소리를 질렀다.

"전에는 포교였소마는 지금은 아니오."

"그럼 여기 뭣하러 왔소?"

말이 막히고 말았다. 저쪽으로 서게 했다.

수상한 사람과 그렇지 않은 사람으로 나눠 세웠다. 너덧 명이 내리 수상한 사람들이었다. 이번에는 계집상의 사내가 불려나갔다

"당신은 여기 뭣 하러 왔소?"

"쇤네는 남자 옷을 입고 있지만유, 남자가 아니고 여자구만유."

"뭐, 여자라고?"

군중이 웅성거렸다. 얼굴 생김새도 그렇고 목소리도 여자가 틀림 없었다.

"그럼 여기 뭣 하러 왔소?"

"바른 대로 말씀 올리겠이유. 청주서 남의 집 종살이를 하던 사람인디유, 작년에 남편을 따라 쥔네 집에서 도망을 치다가유, 중간에서 느닷없이 쫓기는 바람에 서로 헤어졌잖겄이유. 우리 남편이 동학도라 혹시 이런 데 오지 않았는가 해서 찾아왔구만유."

여인은 눈물을 글썽이며 말했다.

"그 말 맞는 것 같소. 어제부터 이러이러한 사람 여기 안 왔더냐고 묻고 댕깁디다."

군중 속에서 누가 말했다. 군중이 웅성거렸다.

"남편 나이는 몇이고 이름은 뭣이오?"

"이름은 그냥 장쇠라 하고 나이는 서른둘이오."

"혹시 그런 사람 아는 이 있으시면 이따 이분한테 말씀드리시오. 저리 서시오."

수상하지 않은 사람들 쪽을 가리켰다. 여인은 눈물을 찔끔거리며 그리 갔다.

수상한 사람이 열둘이었다.

"이 사람들을 어떻게 했으면 좋겠소?"

변월봉이 군중을 향해 물었다.

"그놈들은 모두 우리를 옭아넣을라고 관에서 보낸 염탐꾼들이 틀림없소. 이 자리에서 모두 패 죽여붑시다."

군중 속에서 누가 소리쳤다. 모두 패 죽이자고 악다구니를 썼다.

"법이 있는 패 죽일 수는 없는 일이고, 이 사람들을 어찌해야 할 것인가, 접주님들께 여쭤가지고 처치를 하겠소. 어떻게 처치를 하든, 이자들이 또 우리 속에 끼어들지 모른게 모두 얼굴들을 똑똑히 봐두시오. 당신들 이리 나란히 서시오."

군중은 패 죽여야 한다고 야단이었다.

"저놈들은 어지간히 잡도리를 해서는 안될 것이오. 접주들한테 처치를 맡기더라도 반 죽여노라고 하시오."

"모두 여기서 패 죽여불잔 말이오."

변왈봉은 출입구의 행수들을 불러 그 작자들을 도소로 데리고 가라 했다. 그들이 군중 사이를 빠져나가는 사이 군중은 수없이 핀잔을 주었다. 발로 다리를 걷어차는 사람도 있었다.

도소에서는 아직도 격론이 계속되고 있어 이 일에 참견할 경황이 없었다. 김개범이 나와 저쪽 방으로 데리고 가서 철저하게 신분을 조사하라고 했다.

아침 새참 때가 조금 기울어 접주들이 장막으로 나왔다. 모두 무거운 얼굴들이었다. 손천민이 단으로 올라갔다.

"오늘 감영에 다시 소를 올리기로 했습니다. 그런데, 접주들이 오래 숙의한 끝에 교도들이 모두 몰려가는 것은 득책이 아니라는 데 의견이 모아졌습니다. 기왕에 지금까지 은인자중하고 참았으니, 접주들의 의견을 따라 여기서 더 기다려 주십시오."

그때 황방호가 손을 번쩍 들었다.

"동지달 한뎃잠이 얼마나 고생인지 잘 아실 것입니다. 이레 동안이나 한데서 뼈를 깎았으면 은인자중도 할 만큼 했습니다. 지금 관에서는 우리가 이러고 있은께, 자기들이 무서워서 그런 줄 알고 우리를 깔보고 있습니다. 우리가 참고 있는 것을 은인자중으로 보는 것이 아라 못난 꼴로 본다 이 말씀입니다. 속담에 개도 짖는 개를 돌아본다고 했습니다. 여기 모인 사람들은 다 그만한 지각이 있는 사람들입니다. 우리가 몰려가면 난동을 부릴 것으로 염려하시는 모양인데, 여기 오신 도인들 가운데서는 그런 지각없는 일을 할 사람은 없을 것입니다. 은인자중 참고 견디더라도 선화당 앞에 가서 그 사람들이 보는 앞에서 참고 견뎌야 견디는 보람이 있을 것입니다. 몰려가야 합니다."

황방호가 침착하게 말했다.

"옳은 소리요."

군중이 와 소리를 질렀다. 여기저기서 소리를 지르며 손을 들었다. 손천민은 군중을 제지했다.

"한뎃잠 자는 고통을 우리가 몰라서 하는 소리가 아닙니다. 우리가 여기서 이렇게 뼈를 깎으며 참고 견디는 것을 그 사람들도 뻔히 알면서 마치 우리를 경멸이라도 하듯 토막말로 제사를 내렸습니다. 거기에는 우리가 깊이 생각해 보아야 할 흉계가 있는지도 모릅니다. 이 점 가벼이 말을 할 수는 없으나, 여기서 우리가 잘못 생각했다가는 우리가 여태 여기서 했던 고생이 일거에 수포로 돌아가는 것은 물론이요, 저 사람들한테 되레 폭압의 구실을 줄는지도 모릅니다. 그러니, 우리 접주들을 믿고 참아주시기 바랍니다."

손천민의 말에 군중은 잠시 조용해졌다. 뭐가 그렇게 깊이 생각해야 할 점이 있는지 어리둥절한 모양이었다.

그때 고부 창동 조만옥이 번쩍 손을 들었다.

"접주님들께서 깊이 생각을 하시고 그런 결정을 내린 줄 충분히 짐작을 합니다. 그렇지만, 한뎃잠을 자는 것은 밑바닥 교도들인게 교도들도 한 사람씩 한 사람씩 말을 하게 해서 들어보시기 바랍니다."

"옳소."

군중이 악다구니를 썼다.

"좋습니다. 들어봅시다. 방금 말씀하신 이부터 말씀을 해주십시오."

조만옥을 지명했다.

"나도 여기 온 교도들이 전부 전주로 몰려가야 한다고 생각하는 사람입니다. 우리는 이레 동안 뼈를 깎는 고통을 이겨내면서도 아무 말썽 없이 잘 참아왔습니다. 다 자기 목숨 중한 줄도 알고 이 일이 우격다짐으로 될 일이 아니라는 것도 알고 있소. 아까 진산 황도인이 말씀하신 대로 고생을 하더라도 선화당 앞에 가서 그들이 보는 앞에서 해야 고생한 보람이 있을 것이오. 우리가 여기 올 때는 이제야말로 사생결단을 할 때라고 각오를 하고 왔소. 여기서 결판을 못 내면 우리 도인들은 저 놈들 곤장에 다 죽습니다. 저놈들한테는 여기 왔다는 죄목 하나만 더 만들어 준 셈입니다."

군중은 옳은 소리라고 고함을 질렀다.

또 한 사람이 나섰다.

"이 사람은 강진 사는 김병태라는 사람입니다. 나는 얼마 전에 관가에서 동학도라고 잡아다 패글래 나는 절대로 동학도가 아니라고 버텼소. 곤장에다 주리에다 뼈가 물러납디다마는, 이를 물고 버텼소. 그런디 아까 여그서 잡아냈소마는 우리 골 포교 한 놈이 여그 스며들어 내가 여그 온 것을 봤소. 나는 논 열닷 마지기를 벌다가 가지가지 죄목으로 그놈들한테 잡혀가서 닷 마지기를 날리고, 시방 논 열 마지기가 남았소. 이번에 여그서 결판을 못 보고 가면 지난번에 동학도가 아니라고 거짓말한 죄까지 뒤집어쓸 판이오. 인자 남은 논 열 마지기도 영락없이 결딴이 나고 말 것 같소. 나는 이번에 감영에서 금포의 영이 떨어지지 않으면 혼자라도 남아서 감영 담 밖에서 얼어 죽든지 맞아죽든지 결판을 낼 작정이오."

군중은 여전히 박수를 치며 옳다고 했다. 김병태는 사람이 의젓했고 목소리도 여간 거쿨지지 않았다.

또 한 사람이 나섰다.

"저는 영광 사는 이만돌이올시다. 저는 얼마 전에 동학도라는 죄 아닌 죄로 관가에 끌려가서 안 죽을 만치 얻어맞고 돈을 주고 빠져 나온 사람이오. 돈을 주고는 빠져나오지 말자고 했제마는, 사람이 당장 죽어가는디, 집에 있는 사람들이 그냥 보고 있겄소? 지가 여기 간다고 한께 우리 아버님께서는 가기만 가면 목매달아 죽어불겄다고 으름장을 놓으셨고, 어머님께서는 진지를 안 잡수시는 것을 보고 왔소. 이대로 돌아갔다가는 또 관가에 잡혀갈 것인디, 그때는 우리 부모님들 줄초상이 나게 생겼소. 나는 지난번에 맞아 다리를 이렇게 절고 있소. 이번에 잡혀가면 남은 다리 하나가 문제가 아니고, 이제 는 들여밀 돈도 없은께, 몸뚱이가 온전해 갖고는 못 나올 것 같소."

또 한 사람이 나섰다.

"나는 곡성 사는 김꼼춘이라는 사람이오. 나는 바로 지금 당장 우리 아버님이 동학도래서 감옥에 갇혀 있소. 우리는 한 섬지기 논을 벌고 있는디, 그 재산을 넘어다보고 잡아간 것이오. 우리 아버님은 그 재산을 모두 머슴살이를 해서 번 것이라 죽었으면 죽었제 한 푼도 내놓지 않을 작정이오. 혹시 내가 논이라도 팔아 빼낼까 싶어서, 잡혀감시롱 동네 앞에서 동네 사람들한테 말하기를 우리 아들놈이 논을 팔라고 해도 절대로 사지 말라. 만약에 내 논을 사는 놈이 있으면 저 죽고 나 죽고 할 것이라고 으름장을 놓고 들어가셨소. 그러니 논을 팔아 빼내자도 빼낼 수가 없소. 그런 판에 소를 올린다고 하글래 정신없이 쫓아왔소. 여기서도 일이 규정이 안 나면 우리 아버님도 아버님이제마는, 나도 여기 왔다는 것이 죄가 되어서 잡혀갈 판인께 부자가 쌍으로 옥살이를 하게 생겼소. 나는 우리 아부지를 내놀 때까지 감영 담 밑에서 얼어 죽을라요. 이렇게 죽을 각오를 한 사람들이 여러 사람일 것이오. 어디, 감사 입에서 금포한다는 소리 안 나오먼 나맨키로 감영 담 밖에서 얼어 죽을 사람 손 한번 들어보시오!"

그는 갑자기 뒤를 돌아보며 소리를 질렀다.

"죽읍시다."

모두 소리를 지르며 손을 들었다.

"나는 무장 사는 한천석이란 사람이오. 동학도라고 관에서 잡을라고 하는 바람에 여태까지 피해 댕기다가 소 올린다는 소식을 듣고 칠년대한에 쏘내기 소식 같이 뛰어왔소. 이번에 감사 입에서 금포 소리가 안 나오는 날에는 나는 가재도 갈 데가 없는 사람이오. 고향이라고 돌아가기만 가면 당장 잡아갈 판인디, 가면 어디로 가겠소. 감사 입에서 금포 소리가 안 나오면 나는 감영 담벼락에다 대가리를 찍고 죽어불라요."

여기저기서 너도 나도 손을 들었으나 손천민이 제지를 했다.

"대충 형편을 다 들었습니다. 우리 접주들이라고 그런 형편을 모

르는 것이 아닙니다. 너무도 잘 알고 있소. 허지만 우리가 기왕 은인
자중……."

"은인자중 은인자중, 이레 동안이나 한뎃잠으로 은인자중했으면
그만이지 은인자중을 하먼 얼마나 더 하란 말이오?"

군중 속에서 누가 손천민의 말을 채뜨리며 악을 썼다.

"옳소."

군중도 따라 미친 듯이 고함을 질렀다.

"갑시다. 우리가 먼저 몰려갑시다. 접주들은 접주들대로 소를 올
리라 하고 우리 교도들은 우리 교도들대로 몰려가 감영 담벼락에 대
가리를 찍든지 자결을 하든지 사생결단을 냅시다. 갈 사람은 나를
따라오시오."

어제 저녁 이름 과거에 나왔던 이싯뚜리라는 젊은이였다. 군중은
와 하며 이싯뚜리를 따라 장막을 쏟아져나갔다. 접주들은 당황하는
표정이었다. 손천민도 속수무책 멍청하게 보고만 있었다. 손천민이
단에서 힘없이 내려갔다. 손천민을 중심으로 접주들이 몰려들었다.

"하는 수 없겠소. 가기는 가되 거기 가서는 우리 접주들 영을 따
라야 한다는 다짐이나 단단히 받고 갑시다."

영광 접주 오하영이었다.

"다시 돌아오라고 하시오."

손천민이 맥살없이 말했다. 접주들이 쫓아나갔다.

"교도들도 모두 같이 전주로 가기로 했소. 가기는 가되 우리 말을
듣고 갑시다."

"듣기는 무슨 말을 더 듣는단 말이오?"

이싯뚜리가 악을 썼다.

"접주님들보고 따라오라고 그대로 갑시다."

교도들은 악을 쓰며 그대로 내달았다.

접주들이 사정하듯 이싯뚜리 앞을 막아섰다.

"그럼 더 군소리 없이 전부 전주로 가는 거지요?"

이싯뚜리가 다짐을 받았다.

"틀림없네. 가더라도 우리 얘기를 듣고 가얄 것 아닌가?"

홍덕 접주 고영숙이었다. 이싯뚜리가 홍덕 사람이기 때문이었다.

"그럼 돌아갔다가 갑시다."

이싯뚜리가 말하자 군중은 이내 다시 돌아섰다. 이싯뚜리가 대번에 군중을 휘어잡아버린 것 같았다. 서른 살 가량 되어 보이는 이싯뚜리는 그렇게 보아 그런지 그 이름처럼 허우대가 건장하고 강단져보였다.

손천민이 다시 단으로 올라갔다.

"도중들의 뜻이 정 그렇다면 모두 같이 가기로 하겠소. 그런데, 가기는 가되 가서는 행동거지를 각별히 주의해야겠소. 우선 접주들의 말에 어김없이 복종을 해주어야 합니다. 사공이 여럿이면 배가 산으로 갑니다. 모든 일을 접주들의 지시에 따라주시오. 그럼 접주들이 앞장을 섭시다."

"알았소. 어서 가기나 합시다."

군중 속에서 소리를 질렀다.

접주들이 앞을 서고 교도들이 뒤를 따랐다. 엄청난 행렬이었다. 풍물잡이들이 풍물을 치며 앞을 섰다. 버꾸재비들은 신명이 나서 버꾸를 휘두르며 갈 지 자로 들판을 휘질렀다.

김개범이 변왈봉과 황방호 그리고 장호삼을 뒤로 불렀다.

"저렇게 풍물까지 치고 가면 관을 너무 강박하는 것 같겠는데, 어떻겠소?"

"농사꾼들 풍물 치는 것쯤 예사 아니오."

황방호였다.

"그래도 전주는 전라도 부중인데, 이렇게 소란을 떨고 가면 안 될 것 같소. 꼭 전쟁이라도 하러 가는 군대 같지 않소?"

"그러면, 전주 가까이까지만 치고 가고 전주 부중에 들어갈 때는 그치지요."

변왈봉이었다.

전주 쪽 나루에는 위쪽 나룻배까지 끌어와 배 네 척이 사람을 실어 날랐다. 그러나 이 사람들이 다 건너자면 나루를 건너는 데만도 한나절이 걸릴 것 같았다.

접주들이 먼저 건넜다. 교도들이 다 건널 때까지 기다릴 수가 없겠다며 먼저 가서 소를 올리고 기다리겠노라고 했다.

먼저 건넌 풍물잡이들이 저쪽 도선목에서 신나게 풍물을 쳤다. 양쪽 도선목에는 사람들이 결진을 했다.

설사하는 사람들이 많았다. 나룻배를 기다리는 사이 여기저기 엉덩이를 까고 늘어앉아 있었다.

"어서 타라."

염소수염이 거적눈을 향해 소리를 질렀다. 거적눈은 상을 찌푸리며 배에 올라탔다.

"너도 설사 났냐?"

황방호가 물었다.

"난 것 같소."

거적눈은 두 다리를 꼬아 힘을 주며 연기 썬 꽹이상으로 상판을 으등그렸다.

"밀지 마시오."

배가 한쪽으로 휘청했다.

"밀지 말란 말이여."

그쪽 사람들이 뱃전으로 쓰러졌다.

"오매!"

너덧 사람이 밑에 깔렸다. 거적눈도 거기 깔렸다.

쓰러졌던 사람들이 일어났다. 거적눈도 일어나며 죽는 시늉을 했다.

"어디 다쳤냐?"

"아이고."

거적눈은 오만상을 찌푸리며 더욱 죽는 시늉을 했다.

"많이 다쳤어?"

"싸부렀소."

"싸다니, 바지에다 똥을 쌌단 말이냐?"

거적눈은 엉덩이를 한참 뒤로 뺀 채 엉거주춤 서서 사뭇 죽는 상을 하고 있었다.

곁에서 킬킬거렸다. 나룻배가 도선목에 닿았다. 거적눈은 어기적거리며 내렸다.

"물에다 *지르잡아라."

염소수염이 퉁명스럽게 쏘았다.

거적눈은 울상을 하고 강가로 갔다.

허리끈을 끄르고 바지 안을 들여다봤다.

"워매!"

바지 안을 들여다본 거적눈은 미치겠다는 표정이었다.

"벗어!"

염소수염이 소리를 질렀다. 거적눈이 바지를 벗었다. 아래 입은 것이라고는 누구나 핫바지 하나뿐이었다. 배꼽 밑이 온통 맨살로 드러났다.

"아따 저놈 물건 봐!"

"어허, 키는 토시짝만한 것이 물건 치레 한나는 걸쭉하게 했네."

모두 킬킬 웃었다.

"옷을 빨아노먼 이 추위에 괜찮겠나?"

"미치겠네."

거적눈은 바지를 뒤집어 냇물에다 한참 씻어냈다. 물을 짜기 시작했다. 두툼한 핫바지라 솜이 물을 잔뜩 먹어 한참 짜냈다. 거적눈은 으으 떨며 반쯤 물에 젖은 옷을 다시 입었다.

군중이 나루를 거진 건너자 풍물잡이들이 앞장을 서서 출발을 했다. 전주까지는 삼십 리길이었다.

전주에 가까워지자 풍물을 그쳤다. 군중이 전주에 도착했을 때는 접주들이 소를 올린 훨씬 뒤였다. 군중은 감영 앞에서 조금 멀찍한 골목에 몰려 웅성거렸다.

344

엄청나게 많은 수였다. 전주까지 오는 사이 가까운 동네 사람들
이 행렬에 붙기도 했고 구경꾼들이 또 엄청나게 몰려들었다.

만여 명이 훨씬 넘는 것 같았다. 포교들이 군중 속을 서성거리고
다녔으나 그저 동정만 살피는 것 같았다.

찌푸린 날씨에 진눈깨비까지 흩뿌리고 있었다.

군중은 오오 떨며 별반 말들이 없었다. 감영에서 어떻게 나올지
가늠을 잡을 수 없는 판이라 사람들의 얼굴들은 날씨만큼 썰렁했다.

저녁 새참 때쯤 김개범이 나왔다.

"조정에서 누가 왔다는 소문이던데 참말이오?"

황방호가 물었다.

"그런 것 같소. 어사가 왔다는 것 같소."

김문현金文鉉이 어사로 내려왔다. 그는 지금 감사 이경직이 이듬
해 동학도들의 한양 복합상소 사건으로 파면된 뒤 그 후임으로 여기
에 와 갑오년 농민전쟁을 맞게 되는 사람이다. 그때 이경직이 파면
되는 것은, 한양 복합상소에 몰려간 동학교도 가운데 전라도 사람들
이 태반이어서 그 책임을 물은 것이다.

"이 일로 온 것일까요?"

"그런 것 같소."

"그럼, 우리가 때맞춰 잘 온 것 같구만이라우."

"두고 봅시다. 그런데, 어쩌겠소. 날씨가 너무 추워서 이런 한데
서 밤을 지새우기는 어려울 것 같은데, 밥도 걱정이고……."

김개범이 입술을 빨았다.

"허지만, 지금 교도들 기세는 절대로 다시 삼례로 돌아가지는 않

을 것 같소. 얼어 죽더라도 여기서 버티자는 서슬들입니다."

황방호였다.

"촌놈들 집 나서면 한두 끼 굶는 것쯤 예사지라우. 밥이나 추위가 문제가 아니오. 목숨이 왔다갔다 하는 판에 추위가 문제고 한두 끼 밥이 문제요?"

언제 왔는지 이싯뚜리가 끼어들었다.

"허지만, 빈속에 이 추위를 이길 수 있겠는가? 나이 많은 사람들이라도 삼례로 돌아갔다 내일 다시 오기로 하면 어떨까?"

"나이 자신 분들도 쉽게 돌아가지 않을 것이오."

황방호였다.

"이것이 하룻저녁만이라면 몰라도 여러 날이 걸릴지도 모른게, 모두 몸을 생각해얄 것 같소. 그러잖아도 여태 한뎃잠을 잔 사람들이 아니오?"

김개범이 황방호를 보며 말했다.

"내중 일은 또 그때 형편 보아 작정하기로 하고, 오늘 저녁만은 어사까지 왔다고 한께, 우리 기세를 제대로 보여줍시다."

이싯뚜리였다.

"그래야 하요. 요새는 전보라는 것이 있어서 여그서 그것을 치면 바로 그 순간에 한양으로 닿는다고 합디다. 어사가 우리 정상을 보고 한양에다 전보를 치면 상감도 마음이 달라질지 모르요."

장호삼이었다.

"삼례 가봤자 오늘 저녁같이 춘 날은 거기나 여기나 잠 못 자기는 마찬가지요."

다른 젊은이였다.

김개범은 입술을 빨며 돌아섰다.

"나는 설사할래 나논게 죽겠는디, 큰일이네유."

거적눈은 목을 자라목으로 움츠리고 죽는 상판으로 달달 떨었다.

"오늘 저녁에는 죽는 한이 있더라도 다 같이 버텨야 하요. 동짓달 추위가 아무리 매서워도 관가 놈들 주리나 곤장보다는 낫소."

이싯뚜리였다.

"나는 지금도 이렇게 죽겠는디, 새벽까지 있다가는 꼭 얼어 죽을 것만 같네유."

"젊은 놈이 하룻저녁을 못 견뎌?"

동학도라고 지목을 받는 바람에 피해 다니다 왔다는 무장 한천석 이가 거적눈을 노려보며 쏘았다.

"아따, 장사 났네유."

거적눈이 경황 중에도 눈을 모로 세우며 발끈했다.

"젊은 놈이 이까짓 추위 하나를 못 견디고 그렇게 *발싸심을 할라 면 처음부터 멋하러 왔어?"

"허허, 이런 추위보고 이까짓 추위라니, 이렇게 바람 불고 눈발할 래 치는 추위가 이것이 보통 추위간디유. 나는 옷까지 젖어논게 삼 례 짚북데기 속으로라도 기어들어가야 살 것 같소."

"먼 말을 하면 어디로 듣고 지랄이여. 여기까지 왔으면 살아도 같 이 살고 죽어도 같이 죽어사제, 늙은 사람들도 참고 있는디, 젊은 놈 이 엄발을 나면 곁에 사람들이 얼매나 맥이 빠냐 말이여?"

한천석이 눈을 흘겼다.

"설사할래 난데다가 옷까지 젖어논게 시방 환장을 하겠는디, 남의 속도 모르고 그류?"

"그래도 참어!"

"허허, 무담시 와가지고 사람 미치겠네. 뒷간에는 자주 가야 하는디, 여기 와논께 뒷간질이 젤로 지랄이구만. 대처놈들은 으뜨케 생긴 놈들인지 뒷간에다 똥을 그냥 싸준다고 해도 마다잖유."

정말 도시에 와보니 제일 곤란한 것이 변소길이었다. 시골에서 머슴들한테 사랑방을 내놓는 것은, 젊은이들이 몰려와 자면 밤에 그만큼 든든하기도 했지만, 그보다는 그들이 거름할 똥을 싸주기 때문이었다. 잠은 남의 사랑방에서 자면서도 똥은 자기 집에 가서 싸는 약은 사람까지 있을 지경이었다.

밤이 깊어지고 있었다. 진눈깨비는 그쳤으나 바람은 더 세졌다.

밤중이 되자 설사가 심해 탈기진 사람들이나 나이 많은 축들은 근동 교도들 집에 가서 어한을 하도록 하자는 공론이 돌았다. 거적눈은 살았다는 표정이었다.

"영 죽겠는 사람만 가고 나머지는 절대로 자리를 떠서는 안 돼요. 젊은 사람들은 웬만하면 참아요."

이싯뚜리가 독려를 하고 다녔다.

"교주님께서는 이럴 때 웬만하면 발걸음을 쪼깐 하시제, 편찮으시면 어디가 얼마나 편찮으시간디, 여태까지 가만히 앉아만 기신다요? 그물이 삼천 코라도 벼리가 으뜸이더라고, 그래도 교주님께서 앞에 나서서 담판을 해도 해야 규정이 나도 지대로 규정이 날 것 아니오?"

염소수염이 변활봉을 보고 볼 부은 소리를 했다.

"교주님께서 안 오실래서 안 오신 것이 아니라요. 실은, 처음에 손천민 씨하고 같이 오실라고 말을 타고 나스셨다가 말에서 낙마를 하셨다지 않소. 지금 연세가 여순다섯인게 낼 모레면 남의 나이 자실 연센디, 웬만한 낙상도 아니고 말 위에서 낙마를 해논 바람에 아직도 기동이 불편한 것 같다고 합디다. 평소에 말을 많이 안 타보신 분이라 크게 실수를 하신 것 같소."

요사이 와서야 얼핏 소문이 나돌던 말이었다.

"우매, 그럼 크게는 안 다치셨다요?"

"그렇게 크게는 안 다치신 것 같은디, 쉽게 기동하기는 어려울 것 같다고 하요."

"그럼 왜 그런 소리를 처음부터 교도들한테는 안 해줬다요?"

"이런 큰일에 존 징조가 아닌 것 같은게 입을 봉하고 있었던 모양입디다."

"많이 안 다치셨단게 불행 중 다행이요 마는, 아무래도 존 징조는 아닌 것 같소."

"작것, 나는 이번에 금포 소리가 안 나오는 날에는 오도가도 못하게 생겼은게, 일이 제대로 안 되면 저놈의 선화당에다 불이라도 싸질러불라요."

무장 한천석이었다.

"여보시오. 어디서 그런 소리를 함부로 하고 있소. 만당간에 그런 짓을 했다가는 당신 혼자만 죽는 것이 아니고 우리 동학도들 다 죽소."

염소수염이 핀잔을 주었다.

"그러면 그놈들한테 언제까지 이렇게 죽어라죽어라 당하고만 살
잔 말이오?"

한천석이 발끈했다.

그때 금산 코맹녕이가 다가오며 말했다.

"가만 본께 관청 기색이 조깨 달라지기도 한 것 같소마는……."

"달라지다니라우?"

"관속들이 지금까지도 안 나가고 선화당에 있는 것 같소. 이 밤중
에까지 이 일을 의논하고 있다는 소리 아니겠소."

"아니, 그러면, 그놈들이 아무리 무지막지한 놈들이라고 수천 명
이 이렇게 한데서 떨고 있는디, 즈그들만 이불 속에서 마누라 품고
잘 것이라고 생각했소?"

바람은 계속 세게 불었다. 사람들은 추위를 견디다 못해 제자리
에서 뛰다 서성거리다 발싸심이었다.

동짓달 밤이 길다지만 이렇게 긴 줄은 미처 몰랐다.

교도들은 어디다 엉덩이 한번 붙이지 못한 채 하룻밤을 *찰원수
짓이기듯 짓이겼다.

"대처는 인심이 사난께 춥기도 더 춘가, 미치겠네."

드디어 동쪽 하늘에서 희부옇게 동살이 잡혀오기 시작했다. 이내
날이 샜다.

"워매 저것이 멋이여?"

"큰일 났네."

골목과 담벼락을 본 교도들은 넋 나간 표정들이었다. 똥오줌으로 길바닥과 담벼락이 말이 아니었다.

조금만 으슥한 골목에는 여기저기 똥이 갈겨져 있고, 담벼락에는 오줌 자국이 도벽이 되어 있었다.

똥은 거의 설사똥이었다. 접주들은 더 기겁을 했다.

"관가 사람들이 등정을 하기 전에 얼른 치웁시다."

"쉽게 치울 수도 없을 것 같소."

똥이 땅바닥에 꽁꽁 얼어붙어 있었기 때문이다. 된 똥은 괜찮을 것 같은데 설사똥이 문제였다.

도시 여염집에 삽이나 괭이가 있을 리 없었다. 변두리에 사는 교도들이 달려가 연장을 가져왔다.

"제미, 싼 놈들이 치워!"

젊은이들이 악을 썼다.

"기왕에 싸는 똥 니 똥 내 똥 가리겠냐?"

염소수염이 괭이를 들고 나섰다. 괭이로 땅을 찍었다. 꽁꽁 얼어붙어 괭이 날이 바윗등에서 퉁기듯 퉁겨올랐다. 젊은 축들이 괭이를 빼앗아들었다.

"제미, 넓게도 갈겨놨네. 설사 난 놈들은 모두 돼짓국을 두 그릇씩 처묵은 놈들이여."

젊은이들이 앙알거리며 괭이질을 했다. 그러나 어림도 없었다.

"안 되겠소. 얼른 저잣거리에 가서 섶나무를 사오시오. 불로 녹입시다."

김개범이었다. 변왈봉이 두어 사람을 데리고 달려갔다. 저잣거리에는 벌써 나무장수들이 와 있었다.

"얼른 얼른 녹여갖고 칩시다. 등청하는 관리들이 보면 우리 꼴이 멋이 되겠소."

마치 불침 뜨듯 섶나무로 똥을 녹여 치워내기 시작했다. 모두 손을 합쳐 일을 했다.

관속들이 등청할 무렵까지는 어지간히 치웠다.

아침밥은 근동 교도들 집에 맡겨 지어오기로 했다. 원체 수가 많으니 이만저만 거추장스러운 일이 아니었다.

새참 때쯤 되어 아침 겸 점심을 먹었다. 주먹밥에 반찬은 맨 처음에 그랬듯 기름소금이었다.

점심때가 지나고 해가 설핏할 때까지 감영에서는 아무 말도 없었다. 교도들은 지쳐빠지고 말았다. 어디 엉덩이 한 군데 내려놓을 데도 만만찮아 어제 저녁부터 꼬박 하룻밤 하루낮을 길바닥에 서서 노상 바장이자니 미칠 지경이었다.

다시 눈발이 날리기 시작했다.

그때 저쪽에서 김개범이 나타났다. 김개범뿐만 아니라 다른 접주들도 몰려오고 있었다. 교도들은 모두 자기 고을 접주들 곁으로 몰려들었다.

"소식이 있소?"

"제사가 내렸소?"

성급하게들 물었다.

"오늘 안으로는 소식이 없을 것 같소. 그래 접주들이 의논을 했소. 오늘 저녁에도 이 수가 모두 또 여기서 밤을 샐 수는 없는 일인께……."

사람들을 대충 두 패로 나누어 그중 나이 많은 사람들은 밤에는 삼례 가서 잔 다음 뒷날 아침에 이리 오고, 젊은 축들은 여기서 어제 저녁처럼 밤을 새고 낮에는 삼례 가서 자고, 이렇게 서로 대거리를 하자는 것이다.

"우선 여기서는 밥도 밥이제 마는 어디 앉아서 쉴 데도 없어 논께 이대로는 더 견뎌낼 재간이 없을 것 같소."

"그럼 여그서도 여러 날 걸리겄다, 시방 이 말씀이오?"

"감영에서는 가타부타 말이 없은께 도무지 저 사람들 속내를 짐작할 수가 없소."

군중은 욕설을 퍼부으며 웅성거렸다. 김개범은 다시 말을 이었다.

"삼례로 갔던 사람들이 내일 아침밥을 일찍 먹고 이리 오면, 여그서 밤을 샌 사람들은 거그 가서 아침밥을 먹고 낮에 잠을 잔 다음에 저녁밥을 일찍 먹고 다시 이리 오고……."

교도들은 다시 웅성거렸으나 반대하는 사람은 없었다. 삼례에 온 지 여드레째나 된데다 어제 저녁은 매서운 강추위 속에서 그나마 꼬박 길거리에 서서 밤낮 하루를 보내고 나니 몸이 파지 꼴이라 반대하고 어쩌고 할 경황이 없는 것 같았다.

고을별로 사람을 나누어 여기저기서 늙은 축들을 축발하기 시작했다. 잔뜩 웅송그리고 눈발을 헤치며 가는 꼴들은 *추렷하기 짝이 없었다.

이렇게 사흘이 지났으나 감영에서는 꿀 먹은 벙어리처럼 말이 없었다.

두령들은 여각 하나를 잡아 도소를 정하고 중간에 사람을 넣어 감영의 동정을 염탐했다. 그러나 도무지 무슨 낌새를 챌 수 없다는 것이다. 감사가 여간 당황한 것 같지 않다는 정도밖에는 도무지 깜깜하기만 했다.

나흘째 되는 날이었다. 갑자기 감영에서 소두를 부른다는 것이었다. 손화중, 김개범 등 몇 사람이 손천민을 배행했다.

교도들이 감영 앞으로 몰려들었다. 한참 만에 접주들이 나왔다.

얼굴이 조금 밝은 것 같기도 했으나 그렇게 펴진 얼굴들은 아니었다.

"덕진德津 쪽 들판으로 갑시다."

교도들은 웅성거리며 따라갔다.

"여그서 말을 하제 뭘라고 시방 저쪽으로 끌로 가는고?"

"아무래도 일이 안 존 것 같은디, 우리가 떠들 것 같은게 한쪽으로 뺄라는 것 아녀?"

"하여간, 갔다가 신통찮으면 다시 몰려와!"

덕진 쪽으로 한참 빠져나갔다. 조금 높은 논둑을 중심으로 군중을 모이게 했다. 손천민이 앞으로 나섰다.

"그동안 우리가 고생한 보람이 방불하게 나타났소. 신원은 감사 권한 밖의 일이라 그것은 여기서 결정할 일이 못 된다고 해서 그것은 제대로 대답을 못 받았습니다마는, 그러나 관속배들의 탐학은 그치게 됐소."

교도들은 물을 뿌린 듯 조용히 듣고 있었다.

"이제부터는 관에서 우리를 함부로 잡아가는 일도 없을 것이고, 제물을 뺏는 일도 없을 것이오. 감영에서는 우리한테 다시 제사를 내린 것이 아니고 각 고을 관아에 탐학을 금하는 감결甘結을 내렸소. 그 감결을 여기서 읽어드리겠소."

감결이란 상급 관아에서 하급 관아에 내리는 공문이었다. 손천민은 한문으로 되어 있는 감결 원문을 먼저 읽은 다음 새겨주었다.

> 동학은 조정에서 금하는 바이니 단속하는 것은 당연한 일이나 금단을 핑계로 재물을 빼앗는다니 이것이 어찌 말이 되는가? 금단을 범한 자는 단속하고 죄를 범한 자는 죄를 주되 작으면 읍에서 재결하고 크면 영에 보고하여 처리하는 것이 옳은 일이지, 돈이나 재물을 빼앗는다는 것은 말이 안 된다. 그렇게 하면 금하는 효과가 없을 뿐 아니라, 이것을 정법으로 헤아리면 실로 작은 일이 아니다. 이 감결이 도착하는 즉시 군내에 영을 내려 미혹하는 사람이 있으면 정학正學으로 마음을 닦게 하고 관속배의 토색은 저저이 금하여 푼전이라도 탈취하는 일이 없게 할 것이며, 지시한 결과를 보고하라.
>
> 11월 11일

교도들은 어리둥절했다. 동학을 단속하는 것은 당연한 일이나 제물만 빼앗지 말라는 소리였기 때문이었다.

"가만 있자, 저 소리는 쉽게 새기면, 동학이 죄는 죈게 단속을 하되 돈을 받고 내주는 일은 없도록 하라 이 소리구만. 그럼 돈 주고 빠져나올 구멍까지 막아버린 것이 아녀?"

군중 속에서 누가 중얼거렸다.

손천민은 잠시 뜸을 들였다가 말을 이었다.

"감영에서 이만큼이라도 누그러진 것은 우리의 뜻을 반은 이룬 셈이오. 동학도를 잡아갈 때는 돈을 울궈내자고 잡아간 것이 뻔한 일이었으니, 이제부터 전 같지는 않을 것이오. 그 사람들은 처음부터 잿밥에만 염이 있는 사람들인데 잿밥이 없는 다음에야 그자들이 무슨 충성으로 동학도들을 또 옭아가겠소. 신원이 되지 않아 응어리는 그대로 남아 있소 마는, 첫술에 배부를 리 없고 이만큼이라도 큰 소득입니다. 윗 관청의 체면도 있는데 당장 금단을 하지 말라 이런 소리는 할 수 없을 것이오."

그때 무장 한천석이 손을 번쩍 들었다.

"저놈들이 잡아다 족칠 때 금단을 핑계로 족쳤지 언제는 돈 내노라고 왜장침시롱 족쳤던가요. 지금 저놈들이 눈감고 아웅 하는 것 같소."

한천석이 크게 소리를 질렀다.

군중은 말없이 손천민의 얼굴만 보고 있었다.

"의당 그런 의문이 있으실 줄 압니다. 그러나 우리가 이렇게 몰려와 있는 판에 그 앞에서 이보다 더 물러선다면 그것은 관의 체통 문제가 아니겠소? 그런 점에서 보면 이것은 상당히 크게 물러선 것이오. 이번에 우리 기세를 보았으니 그 사람들도 전같이 우리를 만만하게는 보지 못할 것이오. 이제 우리도 너무 지쳤으니 돌아가서 지켜봅시다."

군중은 웅성거릴 뿐 더 나서는 사람은 없었다.

그때 부중 쪽에서 뒤에 남았던 손화중 등 서너 명의 접주들이 오고 있었다. 접주들이 빙 둘러앉아서 한참 동안 이야기를 하고 있었다.

교도들도 끼리끼리 모여 웅성거리고 있었다.

"기왕 이렇게 모인 짐에 사정없이 밀어붙이제, 저런 소릴 듣고 어뜨크롬 안심하고 집에를 가냔 말이여?"

"우리가 한두 번 둘러봤다고, 관에서 하는 저런 미지근한 소리를 그대로 믿고 돌아가도 괜찮을까? 미련한 소견이제마는 아무리 생각해 봐도 나는 저 작자들이 발등에 불만 끄자고 하는 소리 같소."

"그래도 관에서 이렇게까지 나온 바에는 우리가 여기서 더 어쩌고 할 건덕지가 없지 않소."

"그렇기는 하요마는, 나 같은 사람은 기왕에 쫓기던 놈이라 가기만 하면 당장 잡혀갈 판인디 어떻게 안심하고 돌아가겠소?"

무장 한천석이었다.

"당신 같은 이는 눈치 봐감시로 처신하는 것이 줄 것 같소."

그때 손화중이 단으로 올라갔다. 교도들은 조용해졌다.

"교도들 가운데는 감영의 조처를 보고, 그런 정도의 소리를 듣고 물러설 수 있느냐고 말씀하시는 분들이 계실 줄 알고 있습니다. 신원이 안 된 것도 사실이고, 또 동학을 그대로 금단한다고 한 것도 사실입니다. 그러니, 앞으로도 마음먹기에 따라서는 관에서 얼마든지 동학도들을 잡아가 괴롭힐 구실이 그대로 남아 있는 셈입니다. 허지만, 지난번에는 엿새 동안이나 미치적거리고 있다가 기껏 그런 제사를 내렸는데, 우리가 여기 몰려오자 대번에 태도를 바꿔 각 고을 관속들의 늑탈을 나무라는 감결을 내렸습니다. 방금 손천민 대접주께서도 말씀하신 것으로 알고 있습니다마는, 관의 체통으로 보아 이만큼 물러서기도 쉬운 일이 아닙니다. 동학도들이라면 언제나 서릿발치는 호령만 하고 건듯하면 잡아다 족치던 관가에서, 더구나 전라도 관속의 우두머리인 관찰사가 우리 동학도들 앞에서 자기 수하 수령들을 나무라는 감결을 내렸습니다. 이번에 가장 큰 소득은 바로 이것입니다. 이제 돌아가 관에서 어떻게 나오는가 지켜봅시다. 이후로도 각 고을 관아의 태도가 바뀌지 않는다면, 이번보다 한층 더 강경한 계책을 세울 수밖에 없습니다."

손화중은 말을 마치고 잠시 군중을 바라보았다. 군중 속에서는 말이 없었다.

"그러면 바로 삼례로 갑시다. 거기 가서 오늘 저녁 우리가 앞으로 취할 바 조치를 의논하여 내일 알려 드리겠습니다."

손화중은 단에서 내려왔다.

교도들은 어리둥절한 표정들이었다. 아무래도 너무 미진한 모양이었다. 군중은 각 고을별로 자기 접의 접주들을 둘러쌌다. 한참 만에 모두 삼례를 향해 움직이기 시작했다.

다음날은 며칠 동안 험하게 으등그렸던 날씨가 확 풀렸다. 봄날씨 같았다.

교도들은 아침 일찍부터 장막을 뜯어내는 등 뒤치다꺼리에 바빴다. 차일을 걷어내고 장막 울비자의 이엉을 걷고 울목을 뽑았다. 변소도 뜯어내고 자리를 메웠다. 이엉을 말아 짚을 내놨던 집에 날라다 주는가 하면 별산과 새터로 울목도 옮겼다.

얼추 일이 끝날 무렵 도소에서 두령들이 나오며 모두 한군데 모이라 했다.

손천민이 단으로 올라섰다.

"그동안 고생이 많았습니다. 꼭 열하루 동안이나 이 한데서 동짓달 강추위를 견뎌냈습니다. 우리의 뜻이 원하는 만큼 이루어지지는 않았으나……."

손천민은 장황하게 작별 인사를 했다.

만약 앞으로 관의 탐학이 있으면 즉시 법소로 알려 줄 것이며, 지성으로 도를 닦아 세상 사람들의 본이 되자고 했다.

"그러면 앞으로 우리가 지켜야 할 일을 읽어 드리겠습니다."

손천민은 통문을 펴들었다. 경통敬通이란 이름의 통문은 꽤나 길었다.

공주와 전주 두 감영에 소를 올렸으되 도는 나타났으나, 아직 운이 더디어 원통함을 펴지 못했다. 무릇 수도하는 선비들은 성심을 배로 하여 법헌法軒의 지휘를 기다려 원통함을 씻을 것을 고심하는 것이 도리다. 모두 집으로 돌아갈 것이며 거리에 방황하지 말라. 약속 수개 조를 세우니 도우 중에서 약속을 어긴 사람이 있으면 마땅히 모두 모여 성토해야 할 것이다.

1. 이번에 신원은 되지 않았으나 우리가 여기 모여 보인

처신은 대도에 어김이 없었다. 연후에 신원이 될 것이
니 더 공부하자.

2. 법헌께서 친히 나와 지휘를 하셨어야 할 것이나 노구
에 환후라 그러지 못했음을 섭섭하게 생각한다.

3. 감결이 내려가 이제 더 지목이 없을 것이나 혹 그런 일
이 있으면 위로 보고하라.

4. 윤강倫綱을 범한 사람이 있으면 문책하고 그래도 듣지
않으면 관에 알리라.

5. 그동안 집이 기울고 가산을 탕진한 사람이 있고 집에
돌아가도 생활 대책이 없는 사람이 있으니 그런 사람
은 서로 돕자.

임진 11월 12일 미시

완영도회소

군중은 별로 감동이 없었다. 뭣을 조금 얻어낸 것 같기도 했으나
관을 믿을 수가 없으니 이렇게 돌아가도 괜찮을까 하는 표정들이었
다. 열하루 동안의 흥분이 가라앉고 냉엄한 현실로 돌아온 것이다.

◉ 녹두장군 2권 어휘풀이

간에 바람 들다 하는 짓이 실없다는 말.

갈포래 '갈파래'의 사투리. 갈파랫과의 해조를 일컫는 말. '비 맞은 갈파래
    짐'은 아주 귀찮고 부담스러운 물건을 이르는 말.

감때사납다 사람이 억세고 사납다.

감발 발감개. 발감개를 한 차림새.

감장 제힘으로 일을 처리하여 나감.

감창소리 성교할 때 내는 소리.

감투거리 여자가 남자 위에 올라가 하는 성행위.

강다짐 밥을 국이나 물에 말지 아니하고 그냥 먹음.

개 팔아 한반 돌 팔아 한반 개돌 합쳐 양반 양반을 같잖게 여겨 놀림조로
    이르는 말.

겨죽 쌀의 속겨로 쑨 죽.

결곤決棍 곤장으로 죄인을 치는 형벌을 집행하던 일.

계면떡 굿이 끝난 뒤에 무당이 구경꾼에게 나누어 주는 떡.

고마전雇馬錢 조선 후기에, 말을 징발하는 비용을 대기 위하여 고마청에서
    백성으로부터 거두어들이던 돈.

고자리 먹고 자란 호박 꼴 몹시 여리고 마디게 자란 모양을 비유적으로 이
    르는 말.

고자리 먹다 '고자리'는 오이돼지벌레의 유충을 말하며, 그 고자리가 오이
　　를 쏠아먹으면 오이가 뒤틀려 자라게 됨.

고추 먹은 소리 매운 것을 먹었을 때 하, 허, 하듯 허텅지거리를 섞어서 하는
　　소리를 이르는 말. 못마땅하게 여겨 씁쓸해하는 말.

골을 붉히다 부끄럼을 타다.

곽란霍亂 음식이 체하여 토하고 설사하는 급성 위장병.

구뜰한 구뜰하다. 변변하지 않은 국이나 찌개 따위의 맛이 제법 구수하여 먹을
　　만하다.

구실아치 조선 시대에, 각 관아의 벼슬아치 밑에서 일을 보던 사람.

굽죄다 떳떳하지 못하여 기를 펴지 못하다.

권커니 잣거니 술 따위를 남에게 권하기도 하고 자기도 받아 마시기도 하며
　　계속하여 먹는 모양.

궐자厥者 '그'를 낮잡아 이르는 말.

그물이 삼천 코라도 벼리가 으뜸 아무리 사람이 많아도 통솔자가 있어야
　　한다는 말.

근계謹啓 한문 투의 편지 글 첫머리에서, '삼가 아룁니다'의 뜻으로 쓰는 말.

기왓장끓림 기왓장을 깨서 그 위에 사람을 꿇어앉혀 고통을 주던 형벌.

길마 짐을 싣거나 수레를 끌기 위하여 소나 말 따위의 등에 얹는 안장.

꼬라리 '꼬투리'의 사투리.

꼭두잡이 '꼭뒤잡이'의 잘못. 뒤통수를 중심으로 머리나 깃고대를 잡아채
　　는 짓.

난번 숙직 따위의 근무를, 정하여진 순서에 따라 마치고 쉬는 차례. 또는 쉬
　　는 차례가 된 사람.

너름새 너그럽고 시원스럽게 말로 떠벌려서 일을 주선하는 솜씨.

노류장화路柳牆花 아무나 쉽게 꺾을 수 있는 길가의 버들과 담 밑의 꽃이라

는 뜻으로, 창녀나 기생을 비유적으로 이르는 말.

단사자리   오라로 묶었던 자국.

달걀 섶에 절구질   약자를 잔인무도하게 다루는 경우를 비유적으로 이르는 말.

닳아먹다   세파에 시달리거나 어려운 일을 많이 겪어 성질이나 생각 따위가
　　　몹시 약아지다.

대고大賈   큰 규모로 장사하는 사람.

대처大處   도회지都會地.

더뎅이   부스럼 딱지나 때가 거듭 붙어서 된 조각.

덧두리   정해 놓은 액수 외에 얼마만큼 더 보탬. 또는 그렇게 하는 값.

동바리   툇마루나 좌판 따위의 밑에 괴는 짧은 기둥.

두락斗落   마지기.

두름성   주변을 부려서 이리저리 변통해 가는 재주.

뒤발   온몸에 뒤집어써서 바름.

드난살이   남의 집 행랑에 붙어 지내며 그 집의 일을 도와주며 지내는 생활.

드리없다   경우에 따라 변하여 일정하지 않다.

떠세   재물이나 힘 따위를 내세워 젠체하고 억지를 쓰는 짓.

뗏장   흙이 붙어 있는 상태로 뿌리째 떠낸 잔디의 조각.

또랑광대   한 동네 정도에서 내로라 할 정도의 소리꾼.

뚜쟁이   ‘중매인’을 낮잡아 이르는 말.

마장   거리의 단위. 오 리나 십 리가 못 되는 거리를 이른다.

망발턱   ‘망발풀이’의 사투리. 망발한 것을 씻기 위하여, 그 말을 듣거나 그 행
　　　동을 당한 사람에게 한턱을 내어 사과하는 일.

매화타령   주제에 맞지 아니하는 같잖은 언행을 조롱하며 이르는 말.

먹새   음식을 먹는 태도. 먹음새.

모탕   나무를 패거나 자를 때에 받쳐 놓는 나무토막.

무녀리   한 태에 낳은 여러 마리 새끼 가운데 가장 먼저 나온 새끼.

무춤   놀라거나 어색한 느낌이 들어 하던 짓을 갑자기 멈추는 모양.

문면文面   문장이나 편지에 나타난 대강의 내용.

뭇   짚, 장작, 채소 따위의 작은 묶음을 세는 단위.

미련한 놈 똥구멍에는 불송곳도 안 들어간다   미련한 사람은 고집이 세다
　　는 사실을 낮잡아 이르는 말. '불송곳'은 불에 달군 송곳.

미립   경험을 통하여 얻은 묘한 이치나 요령.

바람만바람만   바라보일 만한 정도로 뒤에 멀리 떨어져 따라가는 모양.

바리   1. 마소의 등에 잔뜩 실은 짐. 2. 마소의 등에 잔뜩 실은 짐을 세는 단위.

발싸심   팔다리를 움직이고 몸을 비틀면서 비비적대는 짓.

방곡령防穀令   조선 고종 26년(1889)에, 함경 감사咸鏡監司 조병식이 일본에 대
　　한 곡물 수출을 금지한 명령. 강화도 조약으로 항구를 개방한 후 우리나라
　　의 쌀이 일본에 싼값으로 나가는 것을 막기 위한 조처였으나 일본 정부의
　　강력한 항의로 곧 해제되었다.

방구리   주로 물을 긷거나 술을 담는 데 쓰는 질그릇. 모양이 동이와 비슷하나
　　좀 작다.

배꼽 밑에 금테 둘렀나   술집 여자들이 젠 체할 때 성기를 들어 천박하게 비
　　꼬는 말.

버캐   액체 속에 들었던 소금기가 엉겨 생긴 찌끼.

벼락에 떨어진 잠충이 같다   정신을 차리지 못하고 어릿어릿하는 사람의 모
　　양을 이르는 말.

벼리   그물의 위쪽 코를 꿰어 놓은 줄. 잡아당겨 그물을 오므렸다 폈다 한다.

병구완   앓는 사람을 돌보아 주는 일.

보료   솜이나 짐승의 털로 속을 넣고, 천으로 겉을 싸서 선을 두르고 곱게 꾸
　　며, 앉는 자리에 늘 깔아 두는 두툼하게 만든 요.

보추대가리   보추때기. 진취성의 낮춤말.

봉노   여러 나그네가 한데 모여 자는 주막집

봉충다리의 울력걸음   한 다리가 짧은 사람도 여럿이 함께 기세 좋게 걷는 데
     끼면 절뚝거리면서라도 따라갈 수 있다는 뜻으로, 조금 모자라는 사람도
     여럿이 어울려서 하는 일에는 한몫 낄 수 있음을 비유적으로 이르는 말.

부담롱負擔籠   옷이나 책 따위의 물건을 담아서 말에 실어 운반하는 작은 농짝.

부중府中   예전에, 행정 구역 단위였던 부府의 가운데.

북새질   많은 사람이 야단스럽게 부산을 떨며 법석이는 짓.

비대발괄   억울한 사정을 하소연하면서 간절히 청하여 빎.

비명거리   비명에 올려 이야기할 소재.

비비송수   거절하면서도 손을 내민다는 말.

비쌔다   어떤 일에 마음이 끌리면서도 겉으로 안 그런 체하다.

빗감 않다   오던 사람이 오지 않다.

사리물다   이를 악물다.

사블여의事不如意   일이 뜻대로 되지 아니함.

사습놀이   대사습놀이. 조선 숙종 이후부터 시작된 것으로 보이는, 말을 타고
     활을 쏘던 대회. 조선 후기부터는 여러 가지 놀이와 판소리 따위가 곁들여
     졌다.

산송山訟   묘지를 쓴 일로 생기는 송사訟事.

살세다   친족 사이에 정의가 탐탁치 않다. 아는 사이에 정이 떨어져 악감을
     품다.

삼패 막창   노는 계집 가운데서 제일 낮은 급.

상말   항간巷間에 떠돌며 쓰이는 속된 말.

색을 바치다   색탐이 심하다.

서끌   '서까래'의 사투리.

서리 맞은 참나무 밑에 상수리 이파리   무엇이 흔하게 널려있는 모양.

선다님   '선달'의 높임말.

섣달 큰애기 개밥 퍼 주듯   시집 못 간 것에 심술이 나서 개한테 밥이나 많이
　　퍼주는 섣달 큰애기의 심사에 비유하여, 무엇을 후하게 주는 경우를 이르
　　는 말.

설레발   몹시 서두르며 부산하게 구는 행동.

섭산적   쇠고기를 잘게 다져 갖은 양념을 하고 반대기를 지어서 구운 적.

성복成服   초상이 나서 처음으로 상복을 입음. 보통 초상난 지 나흘 되는 날부
　　터 입는다.

성애   흥정을 끝낸 증거로 옆에 있는 사람들에게 술, 담배 따위를 대접하는 일.

손톱여물을 썰다   음식이나 무엇을 나누어 줄 때 양이 너무 적어 조금씩 조
　　금씩 나눠주는 모양을 이르는 말. '손톱여물'은 앞니로 잘근잘근 씹거나
　　물어뜯어 낸 손톱 조각.

솔가率家   온 집안 식구를 거느리고 가거나 옴.

솟대쟁이   솟대 꼭대기에서 양편으로 두 가닥씩, 네 가닥의 줄을 늘여 놓고
　　그 위에서 여러 가지 재주를 부리는 사람.

수자리   국경을 지키는 일.

술덤벙물덤벙   술과 물을 가리지 않고 덤벙댄다는 뜻으로, 경거망동하여 함
　　부로 날뛰는 모양을 이르는 말.

슬인 춤에 지겟작대기 짚고 나서다   슬인 춤에 지게 지고 엉덩춤 춘다. 슬
　　인이 추는 춤에 자신도 맞추어 지게를 지고 엉덩춤을 춘다는 뜻으로, 남이
　　한다고 무턱대고 좇아 하는 어리석은 경우를 비유적으로 이르는 말.

시새우다   자기보다 잘되거나 나은 사람을 공연히 미워하고 싫어하다.

시앗   남편의 첩.

신발차   심부름하는 값으로 주는 돈.

366

쏠쏠하다 품질이나 수준, 정도 따위가 웬만하여 괜찮거나 기대 이상이다.

아딧줄 바람의 방향을 맞추기 위하여 돛을 매어 쓰는 줄.

아방궁阿房宮 중국 진秦나라 시황제가 기원전 212년에 세운 궁전. 지나치게 큰 크고 화려한 집을 비유적으로 이르는 말.

안다미 남의 책임을 맡아 짐.

안다미로 담은 것이 그릇에 넘치도록 많이.

안다미쓰다 남이 당할 일을 자기가 뒤집어쓰다.

알겨먹다 남의 재물 따위를 좀스러운 말과 행위로 꾀어 빼앗아 가지다.

암팡지다 몸은 작아도 힘차고 다부지다.

어름 구역과 구역의 경계점.

여불비례餘不備禮 예를 다 갖추지 못하였다는 뜻으로, 편지의 끝에 쓰는 말.

연지발 얼굴이 벌겋게 되어가는 모양.

열명길 저승길.

염낭 두루주머니. 허리에 차는 작은 주머니의 하나. 아가리에 주름을 잡고 끈 두 개를 좌우로 꿰어서 홀치며, 위는 모가 지고 아래는 둥글다.

오갈 '오가리'의 준말. 오그린 모양이나 오그라든 상태.

옥사쟁이 옥에 갇힌 사람을 맡아 지키던 사람.

옹송그리다 춥거나 두려워 몸을 궁상맞게 몹시 옹그리다.

왁댓값 자기 아내를 딴 남자에게 빼앗기고 그 사람으로부터 받는 돈.

외대박이 돛대가 하나뿐인 배.

왼데 정해진 곳이 아닌 다른 곳.

우세 남에게서 비웃음을 당함. 또는 그 비웃음.

울목 울타리가 되도록 심은 나무.

의뭉 겉으로는 어리석은 것처럼 보이면서 속으로는 엉큼함.

이각離却 병이 떨어짐. 또는 그 병을 떨어지게 함.

자물씨다 '까무러지다'의 사투리.

잠충이 '잠꾸러기'의 사투리.

잡도리 1. 단단히 준비하거나 대책을 세움. 또는 그 대책. 2. 아주 요란스럽게 닦달하거나 족치는 일.

장기튀김 장기짝을 한 줄로 늘어놓고, 그 한쪽 끝을 밀면 차차 밀리어 다 쓰러지게 된다는 뜻으로, 한 군데에서 생긴 일이 차차 다른 데로 옮겨 미침을 이르는 말.

재장바르다 무슨 일을 시작하려는 첫머리에 좋지 못한 일이 생겨 꺼림칙하다.

정을 좀 다셔야 정다시다. 어떤 일에 크게 혼이 나서 다시는 하지 아니할 만큼 정신을 차리게 되다.

정배定配 죄인을 지방이나 섬으로 보내 정해진 기간 동안 그 지역 내에서 감시를 받으며 생활하게 하던 형벌.

존문편지存問便紙 고을의 원이 그 지방의 형편을 알아보려고, 관할 지역의 백성을 방문하겠다는 뜻을 적어 보내던 편지.

중뿔나다 하는 일이나 모양이 유별나거나 엉뚱하다.

쥐포수 하찮은 것을 얻으려고 애쓰는 사람을 비유적으로 이르는 말.

지게문 방에서 마루로 드나드는 곳에 안팎을 두꺼운 종이로 바른 문.

지르잡다 옷 따위에서 더러운 것이 묻은 부분만을 걷어쥐고 빨다.

지르퉁하다 못마땅하여 잔뜩 성이 나서 말없이 있다.

지장전支裝錢 조선 시대에, 새로 부임한 수령을 맞을 때에 그 지방 관아에서 새 수령에게 바치던 돈.

징상시롭다 '징그럽다'의 사투리.

짚북더기 '짚북데기'의 사투리. 짚이나 풀 따위가 함부로 뒤섞여서 엉클어진 뭉텅이.

짝하면 입맛 건성으로 한마디하거나 시늉만 해도 위안이 되거나 인사치레가 되는 경우를 이르는 말.

차일遮日 햇볕을 가리기 위하여 치는 포장.

차접 맡은 벙어리처럼 벙어리 차접을 맡았다. '차접差帖'은 하급 아전직을
　　임명하는 사령장. '벙어리 차접 맡았다'는 벙어리 직에 임명장을 받았다
　　는 우스갯소리로, 마땅히 정당하게 담판할 일에 입을 열어 말하지 못하고
　　끙끙거리는 경우를 이르는 말.

찰원수 풀릴 수가 없을 정도로 원한이 깊이 사무친 원수.

추렷하다 '추레하다'의 사투리. 너절하고 고상하지 못하다.

쳐 (수량을 나타내는 말 뒤에 쓰여) 포개어진 물건 하나하나의 층을 세는 단위.

코맹녕이 '코맹맹이'의 잘못.

토심스럽다 남이 좋지 아니한 태도로 대하여 불쾌하고 아니꼬운 느낌이 있다.

파과기破瓜期 여자가 월경을 처음 시작하는 시기.

파탈擺脫 어떤 구속이나 예절로부터 벗어남.

팔모 여러 방면. 또는 여러 측면.

포실하다 살림이나 물건 따위가 넉넉하고 오붓하다.

푸네기 가까운 제살붙이를 낮잡아 이르는 말.

푼푼하다 옹졸하지 아니하고 시원스러우며 너그럽다.

피사리 농작물에 섞여 자란 피를 뽑아내는 일.

할기시 은근히 한 번 흘겨 보는 모양.

합하閤下 정일품 벼슬아치를 높여 부르던 말.

핫바지 시골 사람 또는 무식하고 어리석은 사람을 낮잡아 이르는 말.

해깝다 '가볍다'의 사투리.

행전行纏 바지나 고의를 입을 때 정강이에 감아 무릎 아래 매는 물건. 반듯한
　　헝겊으로 소맷부리처럼 만들고 위쪽에 끈을 두 개 달아서 돌라매게 되어
　　있다.

행하行下 1. 놀이가 끝난 뒤에 기생이나 광대에게 주는 보수 2. 집안에 경사가
　　　 있을 때 주인이 부리는 사람에게 주는 돈이나 물건 3. 심부름을 하거나 시
　　　 중을 든 사람에게 주는 돈이나 물건 4.품삯 이외에 더 주는 돈.
헤살　남의 일을 짓궂게 훼방하는 짓.
홍루紅樓　창기娼妓를 두고 영업하는 집.
후무리다　남의 물건을 슬그머니 훔쳐 가지다.
희학질 소리가 낭자하다　방사하면서 내지르는 소리가 요란스럽다 '회학戱
　　　 謔질'은 남녀가 성행위를 하는 짓.
흰소리　터무니없이 자랑으로 떠벌리거나 거드럭거리며 허풍을 떠는 말.